KB034591

3
Kotobuki Yasukiyo
코토부키 야스키요
아라포 현자의
이세계생활일기

쟈네
크로이사스
츠베이트
세레스티나
카에데

레나
이리스
제로스
루세리스
Characters

⋘ 흑의의 마도사

"괴물 같이 강한 주제에
잘도 그런 소리를 하네?"

"나이가 있으니까
너무 놀라게 하지는 마.
연장자를 공경해야지?"

쇳소리의 울림과 함께 두 사람은
서로에게 검을 부딪친 상태로 정지했다.
흔히 말하는 코등이싸움이었다.

코토부키 야스키요 지음
JohnDee 일러스트
김장준 옮김

Contents

프롤로그 이스톨 마법 학교로 이어진 항로

오러스 대하의 물살을 타고 상선(商船) 한 척이 하류 도시를 향해 흘러가고 있었다.

장사에 이용하는 배지만 상인 말고도 이스톨 마법 학교 교복을 입은 학생들이 타고 있어 젊은이들의 활기로 차 있었다. 엇갈리는 감정들 속에 어떤 이는 긴 휴가가 끝났다며 우울해했고, 또 어떤 이는 배움의 터에서 다시 친구와 책상을 맞대길 기대했다.

두 달이나 되는 귀성 동안 유의미한 나날을 보내 성장한 사람이 있는가 하면 게으르게 허송세월하여 별 성과도 얻지 못한 사람도 있는 등 학생에 따라 그 결과도 모두 다르리라.

그 성과는 학교에서 강의가 시작되면 오롯이 드러나 일희일비하는 사람과 땅을 치고 후회할 사람으로 나뉠 것이다.

그런 인간군상 떠도는 갑판에 두 남매의 모습이 있었다. 오빠인 츠베이트 반 솔리스테어와 여동생 세레스티나 반 솔리스테어였다.

솔리스테어 마법 왕국을 수호하는 4대 공작 가문 중 하나, 솔리스테어 가문의 자제들이자 가장 유명한 마도사 중 한 명인【연옥의 마도사】의 손주였다.

크로이사스 반 솔리스테어라는 차남이 한 명 더 있지만, 그는 이 두 달이나 되는 휴가를 학교에 틀어박혀 보내며 한 번도 고향으로 돌아오지 않았다. 연구에 빠져 귀성할 생각조차 들지 않았다는 모양이다. 어떻게 보면 마도사다운 성격이라고 할 수 있겠다.

다만, 한 번도 돌아오지 않은 탓에 그의 어머니가 도리어 남편인 델사시스 반 솔리스테어 공작이 골머리를 앓는다는 소문이 있었다.

이복형제인 츠베이트와 세레스티나는 아무 영향도 없었지만, 두 아내에게 들볶이는 델사시스 공작의 고생을 생각하면 절로 동정이 갔다.

그러나 그런 아내들의 마음을 잘 다독여 원만한 가정을 꾸려나가는 델사시스 공작도 참 대단했다. 과연 수많은 애인을 둔 카사노바다웠다.

은근슬쩍 아이들에게 불똥이 튀지 않게 커버하는 그 배려심은 아주 얄미울 정도였다.

그런 줄은 꿈에도 모르고 두 아이는 배가 항구에 도착하기만을 기다렸다.

초가을에 하얀 꽃을 피우는【사크투레스】.

바람에 날린 꽃잎이 오러스 대하의 수면 위에 눈처럼 떨어져 흘러갔다.

자연이 만들어 낸 아름다움과 무상함— 이 계절 특유의 환상적인 광경이었다.

"아름답다……."

세레스티나는 순수한 마음을 입에 담았다.

소녀다운 애티가 배어나는 미소는 이 환상적인 광경과 어우러져 그녀를 요정처럼 보이게 했다. 청순하며 그 무엇에도 물들지 않은 소녀다운 순수한 행동거지가 갑판에 있는 많은 이들의 가슴에 사랑스러운 감정을 불러일으켰다. 동년배 소년들이 뺨을 발그레 물들이고 고개 숙여 눈을 피할 정도로.

그러나 그 옆에서는 오빠인 츠베이트가 새파랗게 질린 얼굴로 배 난간에 몸을 기대고 있었다.

그냥 뱃멀미였다.

"읍…… 항구 아직 멀었어……? 나 죽어…… 진짜 죽을 거 같아……."

입을 열지 않으면 잘생긴 청년이건만, 지금 그에게는 평소의 늠름함은 온데간데없었다. 아름다운 광경도 이래서야 소용이 없었다.

"오라버니…… 아직 뱃멀미가 안 낫나요?"

"우웩…… 더는…… 나올 것도 없어……. 나는 여기서…… 죽을지도 몰라."

기껏해야 뱃멀미, 그래도 뱃멀미는 뱃멀미였다. 츠베이트와 마찬가지로 멀미로 힘들어하며 아름다운 경관을 해치는 자들은 의외로 많았다. 관광 목적으로 배에 오른 이들의 눈총이 따가웠다.

그래도 체질과 경험의 문제이므로 멀미를 호소하는 사람들로서는 어쩔 수 없는 노릇이었다.

"미스카는 뭐 하는 거야……. 약을 가지러 간 지가 언젠데……. 우웨엑……."

세레스티나를 경호하고 수발을 들기 위해 저택 메이드장인 미스카가 동행하고 있었다. 그러나 지금 그녀는 선창으로 약을 가리러 간 뒤로 감감무소식이었다.

"그러게 말이에요……. 한 시간이 다 돼 가는데 뭘 하는 걸까요?"

"설마…… 날 갖고 노는 건가? 내가 괴로워하는 모습을 보고, 필

낄대고 있는 건가?"

"아무리 미스카라도 그렇게까지 심한 짓은……."

『심한 짓은 안 한다』. 그렇게 말할 근거와 증거가 어디에도 없었다. 그도 그럴 것이 미스카는 다양한 의미로 성격이 끝내줬다. 이런 장난을 치지 않는다고 단언할 수 있을 만큼 그녀는 인격자가 아니었다. 오히려 낯빛 하나 안 바꾸고 솔선해서 장난을 치는 어른스럽지 못한 인물이었다.

"왜 거기서 말을 머뭇거리시나요? 아가씨……."

"꺄?! 미, 미스카…… 언제……."

"지금 막 왔습니다. 무슨 문제라도 있나요?"

메이드복 여성이 어째선지 등 뒤에 서 있었다. 푸른 단발머리, 살짝 눈꼬리가 올라간 눈에 삼각 렌즈 안경을 쓴 여인. 겉만 보면 쿨한 미인이었다. 그러나 속엔 능구렁이가 들었다.

【연옥의 마도사】라고 불리며 두려움을 사는 조부 크레스톤마저 속여 넘기는 몹시 담이 큰 여걸이었다. 그런 그녀는 인기척을 전혀 내지 않고 어느샌가 등 뒤로 몰래 다가와 사람을 놀라게 했다.

"미스카…… 지금까지 어디서 뭘……. 약은, 가지고 왔어……?"

"죄송합니다. 도중에 행상인에게 별난 과자를 얻어 음미하고 있었습니다. 정말로 맛이 훌륭해 그만 대량 구매해 버렸죠."

"……역시, 날 갖고 놀았어……. 그렇게 내가 괴로워하는 모습이 보고 싶었냐…… 읍!"

"이상한 말씀을 하시는군요, 츠베이트 님. 애초에 멀미약은 배를 타기 전에 복용하는 것입니다. 그것을 빼먹고 멀미를 한 뒤에

먹어도 소용없습니다. 지금부터 먹어도 효과가 나타날 쯤에는 항구에 도착하겠죠. 주의서는 꼼꼼히 읽을 것을 추천해 드립니다."

옳은 말이었다. 하지만 한 시간 가까이 그를 방치한 것도 엄연한 사실이었다.

"……더는, 못 견뎌……. 의식이……."

"고작 배를 탔을 뿐인데 한심하시네요. 영예로운 솔리스테어 공작가의 차기 당주가 이래서야 앞날이 걱정됩니다. 훈련을 다시 받으셔야겠어요."

"미스카…… 왜 그렇게 태도가 거만하죠? 잘 생각해 보니까 사용인이잖아요? 상식적으로 말이 안 되는 행동을 하고 계신 것 같은데……."

"그건 말입니다, 아가씨…… 제가 누구보다 잘났기 때문이죠. 저와 진심으로 맞붙을 수 있는 사람은 주인 어르신 정도뿐입니다. 정말로 아니꼽지만요……. 언젠가 결판을 낼 생각입니다."

이게 정말 사용인이 맞나 싶은 초연한 태도에 세레스티나는 입이 다물어지지 않았다. 어디까지가 진실인지 모를 말에 아무 대꾸도 할 수 없었다.

그리고 두 오빠의 어머니인 공작부인들이 미스카를 무서워하는 것도 사실이었다. 실제로 그녀와 마주치면 두 공작부인이 후다닥 도망칠 정도였다.

"예전부터 생각했는데 미스카는 대체 정체가 뭐죠? 왜 공작부인인 두 어머니께서 무서워하는 건가요? 아버지와 무슨 연관이 있는 것 같은데……."

"아가씨, 저는 99개의 비밀과 99사이즈의 가슴을 가진 여자입니다. 쉽게 비밀을 밝히는 여자가 아니랍니다."

"가슴이 99…… 거짓말은 안— 죄송합니다. 때리려고 하지 마세요……."

괴상한 분위기 속에서 배는 조용히 흘러갔다.

이래저래 지옥을 맛보고 있는 두 남매를 태우고…….

제1화 아저씨가 없는 일상

이스톨 마법 학교. 비교적 유복한 계층의 젊은이가 모이는 마도사 육성 기관이다. 솔리스테어 마법 왕국이 건국되기 이전에 창립하여 300년의 역사를 자랑하는 명문교로, 외국에서도 이름을 떨치는 가장 유명한 학술 기관이기도 하다. 광대한 넓이를 자랑하는 부지 내에는 수많은 마법 연구 기관이 늘어섰고, 학생들의 생활을 뒷받침하는 번화가까지 있어서 학원 도시라고 말해도 과언이 아니었다.

마도사를 목표로 하는 많은 사람이 이곳에서 배움을 구하고자 하지만, 그 입구는 학력에 좌우되어 일부 사람밖에 통과할 수 없을 만큼 높고 좁았다.

현재 이 학교는 많은 파벌이 난립해 각 구역에서 대립각을 세우는 권력의 각축장이었다. 그것이 단순한 학생들의 의견 충돌이라면 그나마 다행이겠지만, 실상은 마법 귀족들의 대리전쟁에 가까웠다.

졸업생인 귀족들은 자신의 아이들을 조종해 파벌을 형성하고, 심할 경우 마음에 들지 않는 자들을 폄훼, 배척하는 등 자신들의 권위를 세우는 데만 정신이 팔렸다.

그 태반이 선조 대대로 특수한 마법을 이어받은 계승 마법이나 모종의 이유로 유전적으로 이어지는 특수 마법, 일반적으로 혈통 마법이라고 불리는 마법을 이은 마도사들이었다. 일반 시민의 입장에서 보면 이런 민폐가 없었다.

이 학교는 사교의 장임과 동시에 욕망에 빠진 귀족들이 권위 확대를 노리는 장소, 비유하자면 변경의 전쟁터나 다름없었다. 이런 암투는 귀족 사이에서만 하면 좋으련만, 안타깝게도 귀족이 싸우면 일반 학생에게도 불똥이 튀기 마련이었다. 특히 파벌에 소속하면 그만큼 싸움에 말려들기 쉬웠다.

그리고 세레스티나도 그런 싸움에서 도망칠 수 없는 입장에 있었다.

“후우…… 우울하네요. 정말로 이 학교에서 제가 배울 게 있을까요?”

마차에서 짐을 내리면서도 세레스티나는 아직도 미련을 버리지 못하고 투덜댔다.

대현자에게 가르침을 받던 입장으로서 이 학교에서 배울 것이 있다는 생각은 들지 않았다.

두 달 사이에 마법을 쓸 수 있게 됐고 다소의 마법식 해독과 개량을 할 수 있게 된 그녀에게는 불만족스러울 만도 했다.

"아가씨, 한숨을 쉬면 잔주름이 늘어난다고 합니다. 조심하세요."

"그거 정확히는 복이 달아난다 아니었나요? 후우…… 보람찬 날이 이어진 탓에 내키지 않아요. 여기서 뭘 배우라는 걸까요……."

"그건 아마 학생이 아니면 할 수 없는 일을 하라는 의미가 아닐까요? 친구를 사귀고 훔친 말로 질주하는 청춘을 만끽하는 것도 학생의 특권이라고 생각합니다."

푸른 머리칼의 쿨한 안경 메이드는 세레스티나가 친구조차 없다는 사실을 알고 있었다. 실은 한 명, 친구라고 부를 만한 인물이 있었지만, 그 인물에게는 작은 문제가 있었다.

"돌아왔는데 이제 와서 푸념해 봤자 무슨 소용이겠어요. 미련이란 건 알지만, 받아들여야죠. 에효~."

"받아들이신다면서 웬 한숨인가요? 그보다 짐을 옮기세요. 지금은 어린애 손이라도 빌리고 싶으니까요."

"미스카…… 제가 어린애인가요? 짐 정도는 제가 알아서 옮길 수 있어요."

세레스티나가 못마땅해 하며 대답했다. 그러고는 큼직한 가방을 들고 낑낑거리며 계단을 올라 간신히 기숙사 현관까지 옮겼다.

학생 기숙사는 로만 콘크리트로 건축한 초기 고딕 양식의 건물이었다. 정문 현관에 들어서자 곧바로 아치 두 개를 교차시킨 교차 리브 볼트가 특징적인 플로어가 나왔다. 양옆에는 학생이 사는 방으로 이어진 복도, 정면에는 좌우대칭을 이룬 계단이 눈에 띄었다. 장식이 적은 양식이라서 나쁘게 말하면 밋밋했지만, 세레스티나는 별장과 가까운 분위기를 가진 그 구조가 편안하게 느껴졌다.

건물 좌우에 선 작은 첨탑은 주로 징벌방으로 쓰이지만, 사용되는 일은 그다지 없었다.

제법 연식이 있는 건물이라서 주로 상인이나 평민 출신 학생이 이곳에서 생활했다.

『야, 저거 봐…… 무능아 왔다.』

『뭐야? 마법도 못 쓰는 주제에 아직 여기 있을 생각인가?』

『능력이 없으면 자기 분수라도 알아야지. 공작가 인맥으로 입학한 주제에……』

『말이 좋아 공작가지 불륜녀 사이에서 낳은 아이잖아? 수치심이란 말을 알 리가 없지.』

『정말로 후안무치한 애야. 어서 사라지면 좋을 텐데.』

돌아온 세레스티나를 목격한 사람들의 얼굴에는 노골적인 멸시의 감정이 묻어 있었다. 그들에게 공작가 출신인 세레스티나의 인상은 『능력은 있지만 재능이 없다』, 『권력으로 빌붙어 있는 무능아』, 『편애 대상』이었다. 거액의 학비를 내고 아등바등 학력을 쌓은 그들에게 세레스티나는 분명히 아니꼽게 보일 것이다.

그녀도 그 사실은 알기에 전에는 학교 서고에 틀어박혀 살았다. 그들에게 미안하게 생각하는 한편, 어떻게든 마법을 쓰려고 필사적으로 노력했었다.

그 결과는 실망스러웠지만, 이제는 과거의 이야기였다.

지금 세레스티나는 마법을 쓸 수 있고 간단한 마법이라면 주문 없이 사용할 수도 있었다.

그러나 학생들은 지금 그녀의 사정을 몰랐다. 세레스티나는 혹독한 생존 경쟁이 벌어지는 마의 숲에서 싸워 살아남았다. 그 실력은 이미 일개 학생의 수준을 크게 초월했다.

"아가씨, 마음에 두지 마십시오. 그들은 지금의 아가씨를 모릅니다."

"알고 있어요. 그렇지만 두 달 전의 저는 용케 이런 곳에 있었네요. 솔직히 불쾌할 뿐이에요."

"마음에 여유가 생겨 냉정하게 판단하실 수 있게 된 거겠죠. 앞으로가 중요합니다."

"알아요, 미스카. 선생님의 이름에 부끄럽지 않은 마도사가 돼서 이 학교를 졸업하겠어요!"

의욕과 결의에 찬 표정으로 그녀는 의연하게 걸어 나갔다.

세레스티나의 왼팔에는 스승이기도 한 제로스가 제작한 팔찌, 마법 매체가 빛나고 있었다. 앞으로 그녀의 새로운 일상이 시작되려 하고 있었다.

이틀 후. 결의를 가슴에 품고 고난에 맞서겠다는 마음으로 학교 강의를 들어봤지만, 상황이 그리 쉽게 변할 리는 없었다.

모욕과 조롱 섞인 시선이 언제나 따라다니며 두 달 전과 같은 상황이 반복됐다.

솔직히 도망치고픈 충동도 들었지만, 세레스티나는 어떻게든 마음을 다스리며 강의를 들었다.

학교 강사들도 그녀를 없는 사람 취급하며 괜한 말은 일절 하지 않았다. 섣불리 수업 과제에 관한 질문을 던지면 되레 새로운 관점에서 의문을 제기해 대답이 궁해지기 때문이었다.

강사진에게 세레스티나는 하나의 터부였다. 모르는 것을 알려고 하는 자세에는 호감이 가지만, 자신들도 모르는 질문을 하는 통에 꺼리게 된 것이었다.

마법은 쓸 수 없지만 우수. 그것만으로 강사들에게는 성가신 학생이었고 결과적으로 세레스티나를 무시했다.

사람을 가르치는 사람으로서 자질이 의심되는 태도지만, 강사들 입장에서 보면 정말로 귀찮은 우수함이었고 그 우수함을 인정하면 자신들의 부족함을 인정해야 했다.

그녀가 마법을 쓸 수 있다면 이야기가 달라지겠지만, 마법은 못 쓰는데 이론만 늘어놓는 세레스티나를 강사진이 꺼리는 것도 어쩔 수 없는 현실이었다.

그런 강사의 생각과는 별개로 세레스티나는 강의 내용을 종이에 필기했다.

이 세계에는 공책이라는 편리한 도구는 없었다. 종이는 개인적으로 구매해야 했고 사지 않으면 암기하는 수밖에 방법이 없었다. 그래서 강의를 듣는 학생들의 태도는 한결 진지했다.

'이 강의 내용은 전에 도서관에서 조사했었어. 선생님은 예습도 중요하다고 말씀하셨으니까. 하지만 마법 문자 하나하나에 뜻이 있다고 전제하는 시점에서 잘못이 아닐까? 마법 문자로 마력을 변질시키는 명령 문자를 만들고 그것을 연결함으로써 마법식을 형성하는 게 정답인데, 이대로 잘못된 마법 문자 인식을 퍼뜨려도 괜찮은 걸까?'

지금 그녀가 학교에서 배울 것은 없었다. 마법 문자와 마법식의 본질을 알기에 이 강의를 듣는 것은 시간 낭비라고 할 수 있었다.

하지만 잘못된 지식을 퍼뜨리는 것도 좋지 않다고 생각하고 있었다. 미래의 마도사를 위해서라도 여기서 잘못된 강의 내용에 제동을 걸어야 한다고 생각했다.

그리하여 그녀는 결국 일을 저질렀다.

"사마스 강사님, 질문이 있는데 괜찮을까요?"

강사 사마스는 속으로『올 것이 왔다—!』라고 외쳤다.

그로서는 바라지 않는 사태였다.

"뭔가, 세레스티나 학생. 강의에 무슨 이상한 점이라도 있나?"

"아뇨. 전부터 생각했는데, 마법 문자는 56음과 숫자를 나타내는 별개의 마법 문자 열 개로 이루어져 있지요? 현재 마법 이론에서는 일반적으로 그 문자 하나하나에 뜻이 있고 그것을 복잡하게 조합해 마법식을 형성한다고 믿고 있어요. 이건 틀림없지요?"

"그, 그게 어디가 문제란 말인가?"

"소박한 의문이지만, 이 마법 문자는 문자로서 말을 형성해 사용하는 게 아닐까요? 만약 문자 개개에 뜻이 있는 것이 아니고 문자를 연결해 말을 이루어야 마력을 변질시키는 명령 문자가 형성된다면 지금 우리가 배우는 내용에 의미가 있을까요?"

사마스 강사에게 그것은 충격적인 발언이었다.

현재 마법식 해독은 난항을 겪고 있었다. 아니, 오히려 정체되었다고 해도 과언이 아니었다.

많은 마도사가 마법식은 마법 문자의 배열이며 마법을 구사하는 마법 문자의 연쇄로 발동하는 퍼즐 같은 것이라고 인식했다.

그러나 그것 자체가 말의 나열이라면 의미가 크게 달라졌다.

“잠깐만, 세레스티나 학생. 학생은…… 본인이 무슨 소리를 하는지 이해하고 있나?”

“네. 충분히 이해하고 있습니다.”

“학생이 하는 말은 지금까지 인류가 쌓아 온 연구를 근간부터 뒤집는 내용이야. 그건 많은 마법 연구자를 적으로 돌리는 행위라네. 학생의 발언은 그만큼 위험해.”

현재 마법 문자 해독 관련 연구에서는 마법 문자가 하나하나마다 고유의 뜻을 내포했으며 그것을 퍼즐처럼 나열해 마력을 현상으로 불러일으킨다고 믿고 있었다. 마법식이란 비유하자면 기판이며, 마법은 그 기판에 마력을 통하게 함으로써 물리 현상으로 전환하는 기술로 생각했다.

그러나 세레스티나의 주장은 기존의 상식과 궤를 달리했다. 마법 문자란 말 그대로 언어를 만드는 문자이고, 그 문자를 이용해 마력 변질을 촉진하는 언어를 만들어 물리 현상으로 전환한다는 것이었다.

어느 이론이나 마력을 물리 현상으로 바꾼다는 부분은 동일하나, 근간은 전혀 다른 내용이었다. 만약 세레스티나의 주장이 진실이라면 지금까지 해 온 연구가 모두 허사가 되어 버린다.

'또 귀찮은 말을……. **무능아** 주제에…….'

강사들도 말로 하지는 않지만 속으로는 세레스티나를 『무능아』라며 업신여겼다.

하지만 그녀는 공작가의 영애. 공공연히 모욕할 수도 없었다.

그것은 사마스 강사도 마찬가지였다.

"왜, 왜 그런 생각에 이르게 됐나? 대단히 흥미로운 주장인데……."

"아시다시피 저는 마법을 쓸 수 없었어요. 그래서 많은 지식을 얻어 원인을 규명하려고 했죠. 그러던 도중 현대 마법이 고대 마법보다 뒤떨어진 것이 아닌가, 라는 생각에 이르게 됐어요."

"그렇군. 말도 안 되는 이야기는 아니라네. 그러나 그것을 실증할 수 없는 것도 사실이야."

"이 세계 사람들은 모두 마력을 가졌는데 고대에 비해 현대의 마도사가 적은 이유는 뭘까요? 만약 연구 도중에 구시대의 마법을 왜곡해 개인에 따라선 발동조차 못 하게 만들어 버렸다면, 지금 마법 연구는 잘못된 방향으로 나아가고 있다는 뜻이 돼요."

구시대에 완성된 마법을 잘못된 연구로 파괴한다. 절대로 가능성이 없는 이야기는 아니었다.

오히려 그럴 가능성이 컸다. 세레스티나가 말한 대로 지금 세계에는 마도사의 수가 한정되어 있었다. 문헌에 따르면 구시대의 인간은 적잖게 마법을 썼고 생활 기반도 마법을 이용한 것이 많았다고 전해졌다. 동시에 사마스 강사는 그녀의 말에서 신경 쓰이는 부분을 발견했다.

"세레스티나 학생……. 지금 『마법을 쓸 수 없었다』고 했지? 왜 과거형인가?"

"지금 저는 마법을 쓸 수 있어요. 두 달 동안 훈련을 쌓아 마법을 사용할 수 있게 됐어요."

"뭐?! 그, 그럴 리가. 이런 단기간에 훈련을 했다고 마법을 쓸 수 있다니……. 그게 사실이라면 대체 무슨 방법으로? 지금까지 아무도 학생이 마법을 쓸 수 있게 하지 못했는데……."

"매일 전투 훈련을 하고 틈틈이 마력 운용 훈련을 계속했어요. 매일 마력을 소비했고 마지막에는 실전도 경험했어요."

두 번째 충격 발언이었다. 세레스티나가 전투를 경험했다면 당연히 레벨도 오른다. 레벨이 오르면 몸이 그 힘을 효율적으로 운용하기 위해 최적화를 시작해 신체 능력이나 마력 보유량도 현격히 상승한다. 그녀의 말을 믿는다면 마법 사용이 가능한 레벨까지 끊임없이 싸웠다는 뜻이 된다. 하기휴가를 받은 학생이 할 만한 행동이 아니었다.

"사, 상당히 혹사했군. 급하게 격을 높이면 몸에 부담을 줘서 위험해."

"그렇지만 생사가 걸린 상황에서 그런 소리를 할 여유는 없었어요. 마물이 습격해 식량을 빼앗기고 몇 시간 단위로 마물이 몰려오는 상황에서 근 나흘간 사냥을 하며 살아남아야 했으니까요."

"무슨 생지옥에라도 다녀왔나! 그런 상황에서 살아남을 수 있을 리가 없어!"

"살아남았으니까 여기 있는 건데요……. 제 오빠와 기사단 사람들도 함께 갔었으니까 확인해 보셔도 상관없어요."

파프란 대산림 지대에서 펼쳤던 서바이벌 생활을 떠올렸다.

기사들과 함께 한시도 경계 태세를 풀지 못하고, 허기를 달래기 위해 마물이 배회하는 숲으로 들어가 사냥하고, 인격에 조금 이상이 생길 만한 상황에서 살아남았다.

예의 바르던 기사들은 불과 며칠 만에 와일드한 전사로 변모했고 존경하는 스승 제로스는 무자비하게 마물을 학살했으며, 오빠는 연금술에 재미를 붙여 미쳐 날뛰었다. 세레스티나도 레벨 올리기가 즐거워서 마물이 나오지 않을까 기대했을 정도였다.

"싸움은…… 사람의 마음을 망가뜨려요."

"왜, 왜 자네…… 그런 공허한 눈을 하는가?"

"지금의 마도사들은 그 숲에서 살아남을 수 없어요……. 그 땅은 지옥이에요, 너무 가혹하다구요……."

"설마…… 파프란 대산림 지대에서 그 고행을 하고 왔는가?!"

"그 숲 안쪽에 사는 마물은 더 사납고 강하다고 해요. 지금 제가 가 봤자 죽으러 가는 꼴일 거예요."

상상을 초월하는 내용이었다. 이야기를 듣던 주변 학생들도 경악하여 말을 꺼내지 못했다.

파프란 대산림 지대는 안쪽으로 들어갈수록 마물이 강해지는 마굴이었다. 비록 바깥쪽이라도 마물의 힘은 이 주변과 비교할 수 없을 정도로 큰 격차가 있었다. 그런 곳에서 계속해서 싸우다니, 인간이 할 짓이 아니었다.

또 그런 실전 훈련은 기사단에서밖에 하지 않았고 마도사 파벌은 그들을 따라다니며 전투를 할 수 없었다. 기껏이나 기사단과 사이가 나쁘기로 유명한 마도사단이었다. 정치적으로 대립하는 조직을 따라 파프란 대산림 지대로 가는 것은 제정신으로 할 짓이 아니었다. 그것이 가능한 마도사라면 신생 파벌【솔리스테어파】뿐일 것이다.

사마스의 등에 식은땀이 흘렀다. 그는 위슬러파 소속이었다. 솔리스테어파가 마도사에게 실전 훈련을 행하고 있다면 파벌의 상황이 일변한다.

실전파인 위슬러파가 존속 의미를 잃고 동시에 솔리스테어파는 기사단과의 관계가 강화된다. 그러면 위슬러파가 염원하는 마도사의 군사권 장악이 불가능해진다.

"솔리스테어파는 전투 경험이 풍부한 마도사를 모으고 있는 건가?"

"그건 모르겠지만, 적어도 저는 다른 파벌에 들어갈 생각은 없어요. 다른 파벌 마도사분들은 제 문제를 해결하지 못했으니까요."

"누, 누군가에게 지도를 받은 건가?! 대체 어떤 파벌의……."

"할아버지의 지인이라서 저는 몰라요. 그걸 공표할 권한도 없고요."

세레스티나를 지도할 수 있는 마도사는 어느 파벌에도 존재하지 않았다. 그러나 실제로 마법을 쓸 수 있게 됐다면 그녀를 지도한 마도사가 있다는 뜻이었다. 그 유명한【연옥의 마도사】의 지인이라면 실력도 비슷하게 강력한 마도사라고 추측할 수 있었다.

그리고 이 폭탄 발언은 주변에도 큰 영향을 미쳤다. 그녀를 무능하다며 깔보던 학생들에게였다.

"사실이야……? 무능아가 마법을 쓸 수 있게 되면, 우리는 어떻게 돼?”

“야…… 우리 지금까지 걔 엄청 무시했잖아?”

“공작가의 딸이지? 우리 위험한 거 아냐?”

“어쩌지. 저번에 저 애 앞에서 무능하다고 웃은 적 있는데…….”

그녀를 비웃던 이들은 일제히 새파랗게 질렸다.

얼굴을 마주하고 조롱한 적은 없지만, 일부러 들리도록 모욕 섞인 말을 한 것은 사실이었다. 원래는 용서받지 못할 행위지만, 이 학교는 공식 방침으로는 권력과 분리된 곳이었다. 모든 사람에게 문호를 열고 많은 사람에게 양질의 교육 기회를 제공한다고 선전했지만, 사실상 권력 다툼과 파벌 싸움이 횡행하는 마굴이었다.

그런 곳이다 보니 공작가의 영애지만 마법에 소질이 없던 그녀가 동네북이 될 때까지는 그리 오랜 시간이 걸리지 않았다. 그들은 평소의 울분을 세레스티나에게 풀어 왔었다.

“어, 어차피 허세야. 두 달 만에 그렇게 실력을 쌓을 수 있다면 누가 고생을 해?”

“그렇지? 까 보면 별거 아니겠지.”

“그래. 그럴 리가 없지…….”

개중에는 현실을 부정하는 자도 있었다. 그들은 성적이 밑바닥이라서 마법을 못 쓰는 세레스티나를 깔보던 패거리였다. 세레스티나도 그들의 얼굴은 기억하고 있었지만, 이제 와서는 아무래도 상관없는 존재로 전락했다.

강의실이 소란스러워졌을 무렵에 맞춰 마침 강의 종료를 알리는 종이 울렸다.

"오늘 강의는 여기까지. 세레스티나 학생, 자네의 의문은 하나의 학설로서 정말 흥미롭네. 내 나름대로 검증해 보지."

"그런가요? 뭔가 알게 되면 알려주세요. 기대하고 있을게요, 사마스 강사님……."

이때 사마스는 세레스티나가 이미 결과를 알고 있지 않을까 의심했다. 단기간에 마법을 습득했다는 것 자체가 믿어지지 않아 세레스티나가 【연옥의 마도사】의 지인인 마도사에게 자신들이 모르는 지식을 얻었다고 생각했다.

마법 강사로서 사마스에게도 양보할 수 없는 긍지가 있었지만, 그는 지금껏 느낀 적 없는 불안을 느끼고 있었다. 자신들이 배우고 당연하게 생각하던 마법 상식이 붕괴하는 게 아닌가, 하는 불안이었다.

결국 사마스는 세레스티나가 말한 가설을 실증하려고 하지 않았다.

마법 문자를 언어로 나열해 사용하는 방법은 현재 알려진 연구 성과를 모두 쓰레기통으로 보내 버린다. 언어 해독 등의 작업을 생각하면 학교 창립 당시처럼 모든 것을 처음부터 모색해야만 한다. 다시 말해서 지금까지 쭉 가르쳐 온 상식이 근간부터 흔들리는 것이다.

우수한 성적으로 졸업한 그이기에 더더욱 새로운 가능성을 인정하지 못하고 부정했다.

그것이 이윽고 어떤 결과를 불러올지, 그는 아직 알지 못했다.

◇ ◇ ◇ ◇ ◇ ◇ ◇

학교는 마법만 가르치는 곳이 아니다. 나라의 역사와 문학, 수학에서 약학에 이르기까지 폭넓은 학문의 강좌를 다룬다.

이런 강의는 학생이 자유롭게 선택해 수강할 수 있으며 관심 없는 과목은 들을 필요가 없었다. 대학 강의와 비슷한 제도인데, 강의를 한 번 쉬면 다음 내용을 따라갈 수 없는 것이 난점이었다.

세레스티나가 들은 과목은 주로 마법학과 물리학이었다. 이번 신학기부터 연금학에도 발을 들여 내용을 필기해 도서관에서 예습하며 날을 보냈다. 그동안 말을 거는 사람은 아무도 없었다. 어떤 이들은 먼발치에서 흥미를 담아, 어떤 이들은 적의를 담아, 저마다 시선을 보내왔다.

전자는 무능아라고 불리던 세레스티나가 어떤 마법을 쓰는가에 대한 흥미였고, 후자는 지금까지 무시한 죄를 묻지 않을까에 대한 두려움 때문이었다.

그리고 일부 학생은 마치 배신자를 보는 듯한 눈길을 보냈다. 그 일부가 바로 흔히 『낙오자』라고 불리는 성적 최하위권 학생들이었다.

일방적인 사정으로 배신자 취급받을 이유는 없지만, 그들에게 마법을 쓸 수 없는 세레스티나는 자신들의 못난 점을 감춰주는 위안거리였다. 『나는 마법을 쓸 수 있으니까 그나마 낫다』, 『머리는 좋아도 재능이 없으니까 내가 더 낫다』라며 삐뚤어진 생각으로 그녀를 마지막 방파제로 삼던 이들이었다.

그렇게라도 하지 않으면 그들이 피벌 디툼의 격전지인 이 학교에서 버틸 수 없기 때문이었다. 자기중심적인 이유로 멸시해 놓고 이제 와서 배신이라는 것도 웃길 따름이었다.

그런 가운데 어떤 이는 바라지 않던, 또 어떤 이는 바라마지 않던 강의가 드디어 시작됐다. 바로 마법 발동 훈련이었다. 학생들은 이제부터 훈련장에 집합해 마법을 쏘는 훈련을 받을 것이다.

이 강의는 거의 한 시간 동안 하염없이 표적을 향해 마법을 쏴서 마법이 얼마나 자신의 마력을 소비하는지 몸으로 외우기 위한 훈련이었다.

실전에서는 마력이 고갈되면 싸움터에서 버려진다. 다소 마력이 남아 있어도 싸울 수 없다면 의미가 없다. 그때를 대비한 예행연습…… 그런 그럴싸한 이유를 늘어놓지만, 실상은 학생들의 스트레스 해소 시간이었다.

사용하는 마법은 초급 마법인 『파이어 볼』. 그 위력을 보고 개인의 마력 총량과 제어 능력을 측정한다.

구시대의 『자연계 마력을 이용한다』는 개념이 사라진 지금, 그들이 사용하는 마법은 모두 본인의 마력으로 충당할 수밖에 없었다. 이 훈련도 본인의 마력량을 파악해 활용하는 것이 목적이지만, 실제로는 마법을 쏴 대기만 할 뿐 아무런 성과도 얻지 못하는 실정이었다.

어디 사는 대현자라면 마력 고갈 횟수가 늘어나는 이 기회를 살려 【마력 조작】이나 【마력 증가】 스킬을 배우게 하려고 할 테지만, 안타깝게도 학교 강사는 그런 사실을 생각하지도 못할 만큼 경험이 부족했다.

어찌 보면 강사들도 학생의 연장선에 있는 존재에 불과했다.

"후우……."

세레스티나는 한숨만 나왔다.

"의욕이 없어 보이시네요, 아가씨……."

"골렘을 상대하는 편이 나아요. 그 훈련은 심신을 모두 단련시키고 다양한 면에서 성장한다는 실감을 주니까요."

"너무 편해서 오히려 재미가 없다는 말씀이신가요?"

"저는 여기서 체험하는 것보다 많은 것을 알아 버렸는걸요."

미스카는 시중드는 주인을 믿음직하게 생각하면서도 함께 한숨 쉬었다.

그녀도 진심으로 이 학교에서 배울 것은 없다고 생각하는 듯했다.

"그렇지만 이 학교에는 방대한 자료가 있으니까 가능한 한 많은 정보를 모아야겠어요. 선생님이 만들어주실 마법 매체…… 매력적이에요!"

"이 세계의『물리 법칙』말인가요? 제로스 님께서 말씀하신 과제 중 하나였죠."

"네. 마법 구축에는 현상이 가진 의미를 아는 것이 중요해요. 마법식에서도 읽어 낼 수 있지만 여전히 막연하고, 물리 법칙을 참조하면 마법 발동의 원리를 알 수 있을 테니까요."

조금은 마법식을 해석할 수 있지만, 새로운 마법을 만들어 낼 정도는 아니었다. 지금은 지식을 쌓는 것이 그녀가 해결할 최우선 과제였다. 이 강의라는 이름의 허울 좋은 장난은 솔직히 이제 그만 하고 싶었다. 그런 의미에서 마법을 쓰지 못하던 시절에는 이 소중한 시간을 허비했다고 할 수 있었다.

세레스티나는 오늘로 몇 번째인지 모를 한숨을 뱉었다.

"어머? 거기 계신 건 세레스티나 양 아닌가요? 아직 이 학교에 계셨나요?"

두통을 유발하는 존재가 하나 더 있었다.

말을 걸어 온 사람은 금발 롤 헤어 소녀였다. 이름은 캐럴스티루드 생제르맹.

마법 연구 일파를 총괄하는 생제르맹파의 거두, 생제르맹 후작의 자녀였고 세레스티나에게 스스럼없이 말을 거는 몇 안 되는 인물이기도 했다.

"캐럴스티 양이시네요. 오랜만이에요."

"네, 오랜만이에요. 그나저나 별일이네요. 당신이 이 강의를 듣다니."

"강의요? 저한테는 그저 장난 같아요. 아무것도 얻을 게 없는걸요."

"그건 그래요. 그런데 들리는 말로는 마법을 쓸 수 있게 됐다고 하시던데…… 대체 어떤 수단을 쓰셨는지 모르겠네요. 저 무척 궁금해요."

"알고 싶으세요?"

"얘기 좀 해주셔요. 궁금해서 밤에 잠도 못 이룬답니다."

세레스티나는 그녀가 조금 껄끄러웠다.

본인에게 그런 의도는 없었지만, 주위 사람에게 그녀의 언동은 세레스티나에게 시비를 거는 것처럼 비쳤다. 그래서인지는 몰라도 주변 사람들도 세레스티나를 멸시하는 태도를 감추려고 하지 않았다.

그렇다고 심성이 나쁜 사람은 아니어서 함부로 대할 수도 없는, 이래저래 귀찮은 소녀였다.

"머드 골렘을 상대로 세 시간 동안 쉬지 않고 싸웠어요. 심신 양면으로 단련되지만, 추천은 하지 않을게요."

"……아, 악착같으시네요. 그런데 그 골렘은 다 어디서 구하셨나요?"

"할아버지의 지인인 마도사분이 『골렘 크리에이트』로 만들어주셨어요. 강할 뿐 아니라 통솔되어 움직여서 다치기도 했었어요."

"그렇게 실력 좋은 마도사가 있다는 말은 들은 적이 없는걸요. 혹시 【스승】인가요?"

"그 이상의 실력자세요. 떠돌아다니셔서 거의 뵐 기회가 없는데 휴가로 귀성했을 때 우연히 뵈었어요. 그래서 하기휴가 동안 지도를 받은 거죠."

입장상 제로스에 관한 정보를 알려줄 수는 없으므로 순간적으로 말을 지어내 얼버무렸다.

그래도 경이적인 실력을 갖춘 마도사가 있다는 이야기에 캐럴스티는 경악했다.

"그분은 지금 어디 계시죠? 꼭 만나 뵙고 싶어요!"

"아쉽지만, 하기휴가가 끝나면서 또 여행을 떠나셨어요. 권력에는 관심이 없는 분이니까요."

"훌륭해요. 아주 훌륭해요. 이 세계에는 아직 진짜 마도사가 있었군요!"

생제르맹파는 마법 연구자가 많이 재적해 약초 재배와 의료 마법약 개발, 고고학 등 다양한 분야에서 연구를 발표하고 검증과 실험, 발굴 조사 등을 진행하는 파벌이었다. 그들은 마법 연구가 진척되지 않는 이유는 우수한 마도사가 적기 때문이라고 생각해 각국의 실력 있는 마도사를 헤드 헌팅 하려고 권력을 키우려 했다.

연구야말로 파벌의 존재 의의라는 파벌 창시자의 이념은 학생뿐 아니라 혈족인 캐럴스티에게도 드러나 있었다. 구시대에 존재했다는 현자에게 강한 동경을 품은 그녀가 아니던가. 만약 대현자가 현존한다는 사실을 알면 무슨 수를 써서라도 제로스를 스카우트하려고 집요하게 따라붙을 게 뻔했다. 평온한 생활을 바라는 스승을 위해서라도 세레스티나는 허실을 섞어 화제를 돌리려고 했다.

'내 스승님이 대현자라고는 말 못 해. 알면 바로 만나게 해 달라고 할 테고, 거절해도 학교를 쉬고 억지로라도 만나러 갈 것 같아.'

캐럴스티는 쓸데없이 행동력이 강한 사람 같았다.

"다음! 세레스티나 반 솔리스테어."

강사의 호령에 세레스티나는 생각에서 깨어났다. 차례가 돌아온 모양이었다.

"그럼 가 볼게요."

"적당히 조절하셔야 해요, 아가씨."

내키지 않는 발걸음으로 강사가 대기하는 곳으로 갔다.

"세레스티나 양은 정말로 마법을 쓸 수 있나요? 솔직히 예전과 변함이 없어 보이는데……."

"보시면 압니다. 지금 아가씨는 웬만한 마도사보다 더 강하십니다."

"그런데 왜 미스카 씨가 여기 계신가요? 메이드는 기숙사에 있어야 하지 않나요?"

"저는 여기 졸업생이니까요."

그건 이유가 되진 못했다. 아무리 졸업생이라도 마음대로 학교 안을 돌아다닐 권한은 없었다. 그러나 그녀는 눈도 깜빡하지 않고 태연하게 말했다.

관중의 시선이 집중되는 가운데, 세레스티나는 표적을 향해 서서 거리를 가늠했다.

표적은 다마스쿠스 강과 미스릴을 섞은 복합 소재에 마법 내성 마법식을 넣은 갑옷이었다.

이 갑옷은 쉽게 파괴할 수 없기 때문에 마법의 정확한 사격 솜씨와 위력을 판별하는 데 안성맞춤이었다. 얼마나 튼튼하면 흠집만 내도 우수한 편에 속한다는 소리를 들을 정도였다.

"좋아. 그럼 시작할게요."

세레스티나의 손바닥에 마법진이 떠오르고 작은 불덩이가 생겼다. 파이어 볼처럼 보였지만, 다른 학생이 사용하는 것보다 훨씬 작았다.

그것을 본 학생들은 『애개, 겨우 저 정도야?』라며 실소했다.

그러나 강사들은 다른 의미로 경악했다. 지금 세레스티나는 주문도 외지 않고 마법을 사용했다.

"발사."

갑옷을 향해서 불덩이가 발사됐다. 초고속으로 날아간 불덩이는 갑옷에 명중하자 고열로 장갑판을 녹이고 들어갔고, 안쪽에서 폭발을 일으켜 갑옷을 산산조각으로 날려 버렸다.

같은 파이어 볼이라도 불덩이를 압축하면 열량도 위력도 상승하며, 불덩이가 폭발하면 파괴력도 현격하게 상승한다. 압축한 만큼 열량이 파괴력으로 전환되므로 그 위력은 다른 학생의 마법에 비할 바가 아니었다.

마법 자체는 똑같아도 마법식과 【마법 제어】, 【마력 조작】 스킬이 복합되면 이토록 위력이 상승했다.

게다가 세레스티나의 마법은 제로스가 개량해 구시대의 마법과 비교해도 손색이 없었다. 그녀 본인의 마력 소비율은 낮고 위력은 높기 때문에 어떻게 보면 치사하다 싶은 수준이었다.

"뭐, 뭐얏――――?!"

"말도 안 돼……. 어떻게 저런 위력이 나와?!"

"같은 마법이지?! 저게 어떻게 봐서 무능아야!"

훈련장이 소란에 휩싸였다. 마법 내성이 부여된 갑옷이 박살 나다니, 전례 없는 사건이었다. 심지어 그것을 이룬 사람은 학교에서 【무능아】로 유명한 소녀였다.

이날, 【무능아】라고 불리던 소녀는 학교의 【신동】으로 이름을 떨치게 됐다.

하지만 그녀에게 그런 호칭은 아무런 가치도 없었다.

그녀가 따라가려는 스승의 등은 그보다 훨씬 높은 곳에 있으니까…….

제2화 츠베이트의 일상

츠베이트 반 솔리스테어. 대현자의 제자며 솔리스테어 공작가의 장남이자 후계자이기도 한 소년. 본인도 그 자각을 가지고 항상 배움을 게을리하지 않는 성실한 성격의 소유자였다.

그런 츠베이트는 지금 소속한 파벌【위슬러파】의 전술 토론회에 참가해 있었다. 그러나 지금 그는 눈앞에서 벌어지는 논쟁이 대단히 현실에서 동떨어졌다고 느끼고 있었다.

“그러니까 이곳에 기사단을 배치하고 마도사단이 좌우로 전개해 마법 공격을 가하면 적을 양옆으로 포위할 수 있어.”

“하지만 말처럼 순조롭게 풀릴까? 적도 인간인 이상 이런 뻔히 보이는 전술에 걸릴 거라고는 생각하기 어려워. 상황 판단이 너무 안이해!”

“상황에 따라서는 유용하겠지. 하지만 기사단이 우리의 요청을 받아줄까? 누가 봐도 미끼 역할이잖아.”

“피해를 생각하면 놈들은 움직이지 않을 거야. 그 이전에 우리가 이 포진을 사용할 장소에 도착할 수 있을지도 문제야.”

이 토론회는 특정 적 진영을 가정해 그곳을 어떻게 공략할지 모의하는 자리였다. 원래는 전략적 지식을 나누며 서로의 지식을 늘리는 곳이었을 텐데 실제로 하는 일은 딴지 걸고 발목 잡기였다.

30명이 넘는 학생 대부분이 실전 경험이 없거나 전투에 관한 식견이 좁아 회의는 탁상공론의 영역을 벗어나지 못했다.

“츠베이트, 넌 어떻게 생각해?”

"디오, 이거 전술을 논하는 자리 맞지? 그럼 현장 지식이 있는 기사를 부르는 게 현실적이지 않아? 일단은 집단 전투 작전이잖아."

그 한마디에 토론장이 찬물을 끼얹은 듯 조용해졌다.

마도사단과 견원지간인 기사단이 그런 요청을 받아 주리라고 생각하기 어려웠다.

심지어 이 위슬러파는 기사단이 자신들의 명령에 복종해야 한다고까지 생각하는 사람이 다수 재적했다. 츠베이트의 한마디는 그들의 긍지를 저버리는 말로 간주될 수도 있었다.

"왜 기사를 불러? 그들은 우리 엄호가 없으면 아무것도 못 하는 자들이야."

"전쟁을 혼자서 하냐? 많은 장수가 있고 면밀한 대화가 이루어진 끝에 작전을 수행해. 개인의 의견 따위는 참고밖에 안 돼. 시간과 상황에 따라 전황이 크게 변하기 때문이지."

"그건 알지만, 기사들이 우리 이야기를 들어 줄 것 같지는 않아."

"그렇다면 이런 이야기를 나눌 의미는 있고? 우리가 아무리 작전을 짜 봤자 그것을 수행해주지 않을 텐데? 무엇보다 가상적의 움직임이 너무 단순해."

"그래? 나는 잘 짜였다고 생각하는데."

친구이기도 한 디오조차 이 전략 토론회의 커다란 허점을 알아차리지 못했다.

국내에서 가장 위험한 곳이라고 불리는 파프란 대산림 지대에서 돌아온 츠베이트이기에 이 토론회는 무의미하다고 생각했다.

"그럼 묻겠는데, 왜 항상 적군과 아군의 병력이 호각이지? 장비,

군량, 인원까지도 같은 수라고. 저번에는 우리가 압도적으로 유리한 상황이었고 말이야."

"그건…… 적과 같은 병력을 모으는 게 전쟁의 기본이기 때문 아니야?"

"이거 봐…… 상황이 그렇게 유리하게만 돌아갈 리 없잖아? 정치 상황이나 계절, 게다가 국력 차에 따라서도 병력 수는 달라져. 그걸 고려하면 작전 자체가 크게 바뀌어야 해. 언제나 병력 수가 호각이고 상대방도 우리 형편에 맞춰 움직여준다는 건 말도 안 돼."

"결론을 말해주지 않을래? 네 논리는 이해하지만, 무슨 말이 하고 싶은지 모르겠어."

"이 토론회는 최악의 상황을 가정하지 않아. 아군의 승리가 처음부터 전제되어서 가상적의 움직임을 거기에 끼워 맞출 뿐이지. 이런 걸 논의해서 뭐해?"

이것이 지금 위슬러파의 현실이었다.

잘난 척 떠들어 봤자 어차피 전쟁을 경험한 적 없는 백면서생 집단. 지옥 같은 상황을 겪어 보지 못한 그들은 최악의 사태를 상상하지 못했다.

상상할 수 없기에 필연적으로 작전 내용은 승리가 전제되었다.

"그럼 너라면 적국의 병력을 어떻게 배분할래? 한번 들어보고 싶어."

"흠…… 이웃 나라에서 기근이 발생해 식량 물가가 폭등, 백성이 굶주리는 사태를 생각해 볼 수 있겠지. 적은 총력을 다해 솔리스테어로 침공해서 약탈을 개시해. 병력에는 민중도 가세해서 이군의 열 배라고 하면 어떨까? 물론 아군은 적의 동향을 파악하지 못해 기습당한 상황이야."

너무나도 돌발적인 적 침공 시나리오였다. 츠베이트와 디오의 대화를 듣던 주변 학생들이 웅성거렸다. 토론장은 순식간에 소음에 휩싸였다.

지금까지 열 배의 병력 차이를 상정한 적은 없었다. 심지어 츠베이트가 가정한 적군의 행동은 돌발적으로 일어난 기습 작전. 군단 규모로 침공을 개시해 식량 따위의 물자를 강탈한다는 내용은 말 그대로 최악의 상황이었고 퍼뜩 작전이 떠오르지 않았다.

"그게 말이 될 리가! 그거야말로 공론(空論)에 지나지 않아!"

"왜 말이 안 된다고 단언하지? 샘트롤, 적은 백성을 굶기기보다 타국에서 빼앗는 편이 빠르고 무엇보다 영토가 넓어져. 동맹이란 것도 결국은 서면상의 이야기일 뿐인데 어떻게 곧이곧대로 믿겠어? 정말로 급박해지면 타국을 침공해 멸망시키려고 할 거야."

"그, 그건……."

"그래서? 너희는 이 상황을 어떻게 타파할 거지? 이렇게 내 의견에 트집 잡는 동안에도 침공이 진행돼 백성은 죽고 재산은 빼앗겨. 즉각적인 판단이 요구되는 상황이야."

츠베이트가 세운 적 침공 조건에 그들은 의견을 내놓지 못했다. 이길 수 있는 싸움밖에 상상하지 않던 그들은 이런 촌각을 다투는 작전을 구상할 능력이 없었다.

그야말로 실전과 최악의 사태를 상정한 작전 내용이었다.

"참고로 나는 라오스 요새에 병력 절반을 두고 방어하겠어. 다른 기사들과 용병을 모아 민간인들을 피난시키고 적을 안쪽으로 불러들인 뒤, 피난과 동시에 빼앗길 만한 식량을 모조리 소각하고 적을 굶주리게 하는 방법을 택하겠어. 그러면 백성의 몇 할은 구할 수 있겠지."

"그러면 영지 대부분을 빼앗기잖아!"

"나라를 구할 수 없어!"

"라오스 요새는 함락하기 어려워. 아울러 식량을 원하는 녀석들이니까 보급을 할 수 없는 상황에서 전선이 확장되면 각개 격파는 가능하겠지. 나라가 패배하기 전에 후퇴할 수 있어."

이기기 위한 작전이 아니라 나라가 멸망하지 않도록 하는 작전이었다.

약탈을 반복하면 침공 속도가 떨어지므로 민간인을 피난시킬 시간은 벌 수 있다. 적은 식량 확보를 위해서 병력을 분산해야만 하므로 꼭 전 병력을 동원해 방어할 필요도 없다. 부대를 신속하게 움직이기 위해 항상 나라의 정보를 파악하고, 언제든지 움직일 수 있는 병력을 유지해야만 할 것이다. 또한 이 작전에서는 마도사도 전선에 나가 강탈당할 것 같은 식량을 소각하는 역할이 주어진다.

"뭐라고?! 왜 우리가 전선에 나가!"

"적을 굶게 하려면 식량을 불태워야지. 마도사가 나설 일이잖아? 너야말로 무슨 소리야?"

"기사단에게 기름이든 뭐든 도구를 쥐여 주면 될 일 아닌가!"

"긴급 상황에 그게 가능하다고 생각해? 10퍼센트라도 소각하면 많이 한 셈이겠지."

"그렇다면 기사단에게 마법을……."

"이봐, 그건 마도사단이 존재할 필요가 없다고 말하는 거나 다름없어. 기사단이 마법을 배우면 우리가 왜 필요해? 애당초 전선에 나가지 못하는 마도사가 신뢰받을 턱이 없지."

모든 이가 말을 잃었다. 츠베이트가 내놓은 가상 전쟁 시나리오는 그들이 생각할 수 없는 최악의 사태였고 신속함을 요구했다. 어차피 국왕의 칙명이 있으면 마도사단도 전선에 나가야 하며, 지금까지 논의한 안이한 작전은 결코 군부에 받아들여질 리 없었다. 그만큼 엉성한 계획이었으니까.

"전쟁은 최악의 국정이야. 그런 최악의 사태에 후방에서 찔끔찔끔 공격할 수 있는 상황이 이어질 거라고 생각해? 경우에 따라서는 우리가 굶는 상황도 있을 수 있고, 그런 상황을 피하기 위해서라도 체력 유지와 식량 확보가 가능한 기술도 필요해. 그걸 감안하고 묻겠는데, 이 토론회, 해 봤자 의미 있어? 본인들은 제대로 싸울 능력도 없으면서 말야. 그 점은 어떻게 생각해?"

지극히 당연한 의견이었다. 실전을 경험한 적 없는 학생은 비참한 전황이 어떤 것인지 생각할 수 없었다. 전쟁은 살아 움직이는 생물과 같으며 승패가 분명하게 갈리는 싸움이었다.

"츠베이트! 잘난 척 떠드는데, 너도 전쟁을 경험한 적 없잖아!"

"전쟁은 아니지만 실전은 경험했어. 마물이 식량을 먹어치워서 나흘 동안 서바이벌 생활을 했지. 파프란 대산림 지대에서 말이야……."

""""""뭐?!""""""

"그때 뼈저리게 깨달았어. 필요한 건 지식만이 아니라 혹독한 상황에서 살아남기 위한 기술이라고……. 지금 이대로 가다간 너희 진짜로 죽는다?"

지금 츠베이트에게는 실전을 경험하지 않은 이들에게는 없는 어떤 박력이 있었다. 최악의 상황이 어떤 것인지 안 츠베이트는 그 상황을 가정하고 스스로 군략 연구를 재검토하기 시작했다. 결과는 지금 상황을 보면 일목요연했다.

"기사단의 지휘권을 얻으려는 건 알겠지만, 지금 상태로는 불가능해. 너희가 생각하는 작전은 조잡하고 엉성해. 기사를 쓰고 버릴 말로밖에 생각하지 않는 마도사에게 권위가 있을 리 없지. 병사는 소모품이 아니야. 수가 한정돼 있으니까 손해를 최소한으로 줄여야 한다고."

"넌 우리가 무능하다고 말하는 거냐!"

"싸움을 모르는 오합지졸이지. 아니면 걸림돌이라고 불러주랴? 기사가 마법을 배우는 게 너희보단 쓸 만할 거다. 그리고 이 안에서 자기 몸 하나 지킬 수 있는 사람이 몇 명이나 되지?"

"우, 우리에게는 강력한 마법이 있다! 이래도 몸을 지킬 수 없다고 할 셈이냐!"

"마법 공격으로 마력을 소진했다면? 혹은 후퇴 중에 마력을 다 써 버렸다면? 보급이 지체되어 마법약을 구할 수 없는 상황도 예상해 볼 수 있겠지. 근접 전투를 못 하는 마도사는 속절없이 죽을 수밖에 없다고. 실제로 나도 죽을 뻔했지만, 아는 마도사 덕분에 살았어."

"그것 봐라, 역시 마법은 위대하지 않은가!"

"참고로 그 사람은 검으로 마물을 잡았어. 같은 마도사인데 말이야. 내 목숨을 구할 때도 칼을 이용했지. 대산림 지대에 가기 전 그 사람은『전쟁터에서 근접 전투도 제대로 못 하는 마도사는 죽을 뿐』이라고 말했어. 사실이었지. 난전이 벌어지면 지금 마도사는 쪽도 못 써……."

"""""""……."""""""

책상머리에서 아무리 전략을 논한들 실제로 그것이 가능하냐면 절대로 그렇지 않았다.

전략은 중요하지만, 그것을 실행하는 것은 사람이며 서로 척을 진 방위 조직이 정상적으로 연계할 수 있을 리 없었다. 싸움터에서는 면밀한 연락 수단이 없으면 고립되며 섣부른 용병술은 피해를 확대시킨다. 전쟁은 살아있는 생물과 같다.

그렇게 대논쟁이 벌어졌다. 츠베이트는 지금까지 토론한 모의작전 내용을 예로 들어 거기서 부족한 점을 꼬치꼬치 지적해 이 자리에 있는 학생의 의견을 모두 논파했다.

그 지적은 그들의 자신감을 꺾다 못해 뿌리째 뽑아 버렸고, 정면으로 부정하는 말은 정론으로 가차 없이 뭉개 버렸다.

이 격론은 내리 세 시간 동안 이어졌다.

"나는 말이야, 싸우는 마도사와 마법을 연구하는 마법사는 나누는 편이 낫다고 생각해. 지금 이대로 가면 이도 저도 아닌 마도사밖에 육성할 수 없고 그런 게 전쟁에서 도움이 될 거란 생각은 안 들어. 딱히 파벌을 부정할 생각은 없으니 오해 말라고. 그렇지만 자신들이 지금 놓인 상황을 객관적으로 돌아볼 필요는 있을 거야."

"……큿, 겨우 한 번 실전을 경험했다고 잘난 척은……."

"너희한테는 잘난 척처럼 보이겠지. 하지만 너희는 전투에서 목숨이 위험에 처한 적 있어? 내가 경험한 나흘은 해치워도 해치워도 끊임없이 마물이 몰려드는 지옥이었어. 살기 위해 사냥하면 다른 마물과 맞닥뜨리고, 그놈을 해치우면 또 다른 마물이 나와. 한 시간마다 경계를 교대하고 마물이 떼 지어 나타나면 전원을 두들겨 깨워 맞서 싸우길 나흘간 수도 없이 반복했어. 일주일짜리 실전 훈련이었지만, 처음 이틀은 운이 좋았다는 걸 똑똑히 깨우쳤지. 숲을 빠져나오고 처음으로 살아남았다고 실감했지만, 한번 지옥을 경험하니까 미세한 소리만 나도 잠이 확 달아나 버리더라. 최근이 되어서야 겨우 푹 잠들 수 있게 됐어."

""""""너 대체 어떤 지옥에서 살아 돌아온 거야…….""""""

"훈련 전에 근접 전투를 경험해 둬서 살았어. 덕분에 마력이 바닥나도 싸울 수 있었고 잘못된 상황 판단 없이 냉정하게 대처 가능했어. 뭐든 경험해 보고 볼 일이야."

스승인 대현자가 마련한 그 지옥 같은 훈련을 떠올렸다. 해치워도 재생해서 달려드는 골렘과의 전투 훈련이 없었다면 자신은 살아서 이 자리에 있지 못했을 것이다.

파프란 대산림 지대에서 그 경험을 살렸고, 고전은 했지만 그 이상으로 강해졌다고 실감했다. 마지막 전날에는 적이 오기를 기대할 정도로 기분이 고양됐을 정도였다.

"흥! 분명히 실전을 경험한 마도사는 귀하지. 하지만 우리 파벌에서 연구하는 광범위 섬멸 마법이 있다면 그런 잡것들을 두려워할 이유가 없어."

"아, 그거…… 아마 실용성이 없을걸? 마도사 한 명이 그 방대한 마법식을 처리할 수 있을 리 없고 애초에 기동하기에도 마력이 부족해. 생사람 잡아 폐인 만들기 싫거든 관둬."

"네가 뭘 안다고! 그 마법식은 내 파벌의 비밀병기다. 그걸 모욕할 셈이냐!"

"아니, 냉정하게 생각해서 인간의 마력만으로 그걸 움직이는 건 불가능하다고. 게다가 설사 기동한다고 쳐도 그런 무식하게 큰 마법진을 무슨 수로 옮기게?"

"그, 그건 뇌에 각인해서……."

"불가능해. 사람이 마법을 외울 수 있는 용량에는 한도가 있고 마법식 밀도가 커지면 그만큼 외울 수 있는 수도 적어져. 실전을 경험하지 않은 마도사는 격이 낮을 뿐 아니라 보유 마력도 적지. 그 마법은 적어도 격이 1,000은 되지 않는 한 못 쓸 거다. 그런 마법을 누가 쓴단 말야?"

광범위 섬멸 마법 연구는 처음부터 잘못됐다. 사람의 마력으로 기동시키기에는 마법식이 방대하고 마력이 부족하며, 가령 기동할 수 있더라도 레벨 1,000 이상인 마도사가 조건이 될 것이다. 연구가 전부 헛짓이라고는 하지 않겠지만, 이론 자체가 처음부터 그릇됐다.

아저씨 마도사의 마법과는 제작 과정부터 달랐다.

츠베이트는 초고레벨 마도사를 가까운 곳에서 본 탓에 오히려 자신의 미숙함을 뼈저리게 깨달을 수 있었다. 그래서 도움이 안 되는 섬멸 마법 따위 기대해 봤자 소용없다고 판단한 것이었다.

"쓸 수 있을지 없을지도 모를 섬멸 마법에 집착하기보다 자신을 단련하는 게 건설적이라고 보는데?"

"으으…… 이건 내 파벌에 대한 반역이 아닌가!"

"아니지. 난 이 나라를 짊어질 한 사람의 마도사로서 말한 것뿐이야. 이 정도로 반역이니 배신이니 하면 네 옹졸함만 드러내는 꼴이라고, 샘트롤."

"듣자 듣자 하니까……!"

"그리고 하나 틀렸어. 네 파벌이 아니라 우리 파벌이다. 너 그거 알아둬, 이곳은 네 소유물이 아니야."

샘트롤은 험악한 얼굴을 붉히며 분노를 필사적으로 억누르고 있었다.

샘트롤 이바 위슬러. 위슬러 후작가의 차남이자 언젠가 이 파벌을 짊어질 중진이 되겠다는 야망의 소유자였다.

하지만 호전적인 성격이 악영향을 미쳤는지 그에게는 인망이 없었다. 일족의 권력을 등에 업고 방종을 부리며 살았지만, 이곳에 와서 솔리스테어 공작가의 장남이라는 벽에 부딪치고 말았다.

원래는 공작가의 권력을 이용해 파벌의 힘을 강화할 계획이었건만 반대로 츠베이트는 파벌을 비판해 유능함을 보여줬다. 샘트롤은 그런 츠베이트를 끌어들이기 위해서 뒤에서 암약했지만, 하기휴가가 그 노고를 모두 물거품으로 만들었다. 심지어 츠베이트가 강력한 라이벌로 대두해 버렸다.

샘트롤은 이대로 가면 파벌을 빼앗길지도 모른다는 초조함을 느

꼈다.

"약한 마도사가 무슨 도움이 되지? 연구는 생제르맹파에 맡기면 돼. 우리는 실력을 키워 국내 조직화를 원활히 진행하는 편이 나아. 지금 상태에서 전쟁이 나면 우린 망할 거라고."

"우리가 진다고 말하고 싶은 거냐? 우리를 너무 과소평가하는군!"

"사실이야. 이 나라 안에서 파벌 다툼을 하는 동안 타국이 힘을 키우지 않는다고 어떻게 단언하지?"

노려보는 샘트롤과 태연히 대답하는 츠베이트.

이 시점에서 둘의 격이 다르다는 사실이 확연히 드러났다.

"권력에 눈이 팔려 앞을 보지 않는 인간에게 국가 안보를 맡길 수는 없지. 샘트롤…… 현실을 봐. 광범위 섬멸 마법이 완성되지 않는 이상 네가 하는 말은 그냥 이상론이야. 아니, 망상이나 다를 바 없지."

"너는 이 위슬러파의 질서를 어지럽힐 생각이냐! 옳거니, 이 자식, 솔리스테어파로 넘어간 거군? 그렇지?!"

"이상은 가깝지만, 그 파벌은 동생이 중심이 될 예정이야. 나는 4대 귀족의 역할을 다할 뿐이지."

"윽……."

솔리스테어 가문과 위슬러 가문은 성격이 달랐다. 솔리스테어는 국가 방위를 맡은 왕족 직계 귀족이라서 발언력으로 따지면 츠베이트 쪽이 우선되는 경향이 있었다.

지위가 다른 터라 샘트롤은 그에게 간섭할 수 없었다. 무엇보다 정론을 펼치는 것은 츠베이트였다. 샘트롤의 말은 누구에게나 그

차한 트집으로밖에 들리지 않았다.

"끝날 시간이 됐군. 나는 기숙사로 돌아가련다."

"같이 가, 츠베이트. 나만 두고 가지 마."

퇴실하는 츠베이트를 쫓아 디오가 뒤따랐다. 파벌 내부 이야기라고는 하나 그들이 하는 일은 동아리 활동에 가까웠다. 규칙상 시간이 되면 아무리 가열된 토론이라도 중간에 맺고 기숙사로 돌아가야 했다.

학생들은 츠베이트가 퇴실한 것을 계기로 일제히 기숙사로 돌아가기 시작했다.

그 후 남은 사람은 샘트롤을 포함한 귀족 일파뿐이었다.

"어떻게 된 거냐……. 왜 저 녀석이 원래대로 돌아왔어?! 브레마이트, 네 마법 효과가 사라졌잖아!"

"아마도 정신적으로 강한 충격을 받았나 봐. 내 혈통 마법은 조금씩 정신을 장악하지만, 정신에 큰 변화가 생기면 효과가 깨지기도 한다고 해."

"공작령으로 돌아갔을 때 무슨 일이 있었단 건가? 정신을 뒤흔들 정도의 일이……"

츠베이트가 멍청한 방약무인 귀족이 된 것은 사실 그들이 암약한 결과였다.

혈통 마법이란 일족의 혈육이 선천적으로 이어받는 마법을 말하지만, 그 효과는 그다지 강하지 않았다. 브레마이트의 혈통 마법은 대화 중 마력을 섞어서 대화 상대의 정신을 서서히 장악하는 세뇌 마법이었다. 이 마법의 결점은 강한 마도사에게 전혀 효과를 발휘하지 않는다는 점과 정신에 큰 충격을 받으면 세뇌가 풀릴 가능성이 높다는 점이었다. 그밖에도 지속적으로 마법을 걸지 않으면 체내 마력에 의해 세뇌가 풀리고, 오랜 시간에 걸쳐 정신에 변화를 주기 때문에 처음에는 효과가 있는지 알 수 없다는 등 자잘한 결점들이 존재했다.

그들은 공작가의 권력을 이용하기 위해서 츠베이트를 파벌로 불러들여 수년의 세월에 걸쳐 세뇌했지만, 그 공든 탑이 불과 두 달 사이에 무너지고 말았다.

츠베이트의 세뇌가 풀린 이유가 첫사랑으로 발병한 연애 증후군과 세뇌 마법의 효과가 중복 폭주를 일으켰기 때문이라고는 그들은 생각지도 못했다. 거기에 맨손으로 비보 마법을 파훼한 대현자의 존재가 그의 정신에 지각변동을 일으켰고, 마지막에는 아버지와 존경하는 할아버지에게 질타받아 완전히 세뇌가 풀렸다. 설마 이런 이유로 계획이 파탄 나리라고는 아무도 생각하지 못했으리라.

더불어 파벌에 속한 여타 학생에게도 똑같이 마법을 걸었는데, 츠베이트의 충격적인 논파가 큰 파문을 일으키고 있었다. 이래서는 언제 세뇌가 풀릴지 알 수 없었다.

"다시 세뇌할 수 있어?"

"못 해. 토론 중에 몇 번이나 시도해 봤지만, 내 마력이 모두 튕겨 나갔어. 츠베이트 그 녀석, 무섭게 강해졌어."

"제길! 성가신 녀석 같으니라고. 순순히 세뇌나 당할 것이지……."

"당분간 잠자코 있는 게 나아. 어쩌면 내가 한 일을 들켰을 가능성도 있어."

"그럼 세뇌가 풀린 녀석들이 저쪽에 붙을지도 몰라."

"이 일이 드러나면 극형감이야. 지금은 자제해야 해."

지금까지 잘 풀리던 흉계에 차질이 생기자 섣불리 손을 쓸 수 없는 상황으로 변했다.

학교 내에서 타인에게 마법을 거는 행위를 엄격히 금지하고 있었다. 정도에 따라서 다르지만, 세뇌 마법이라면 극형도 충분히 있을 수 있는 이야기였다.

지긋지긋하다는 양 혀를 찬 샘트롤은 토론장으로 쓰인 방을 불쾌하게 나갔다.

이런 영악한 인간은 어디에나 있는 모양이다.

◇ ◇ ◇ ◇ ◇ ◇ ◇

"브레마이트 녀석, 거기서 무슨 수작을 부리고 있었어……."

"브레마이트가? 나는 아무것도 못 느꼈는데?"

"녀석이 이야기할 때마다 마력이 나를 향해 왔어. 아마도 정신계 마법, 그곳에서 할 수 있는 일이라면…… 세뇌인가?"

"그럴 리가! 학교 내에서 타인에게 마법을 사용하는 건 범죄야. 그게 사실이라면 무엇 때문에……."

"솔직히 알 것 같기도 해."

토론회 중에 샘트롤이 낸 의견에만 부정적 의견이 나오지 않았다.

지금까지 있었던 일을 떠올려 보면 그가 낸 작전만 언제나 받아들여졌다.

몇 번이나 되짚어보자 이건 명백히 이상했다. 보통은 아무리 뛰어난 의견이라도 한 명 정도는 비판하는 사람이 있는데 그에게는 그런 일이 전혀 없었다. 마치 그 말이 전적으로 옳은 양 간단히 납득해 버렸다. 부자연스러웠다.

"녀석들, 파벌 소속원을 전부 세뇌했을 가능성이 있어. 나를 포함해서."

"설마 나도?! 믿어지지 않아……."

"효과는 그렇게 강하지 않은 거 같아. 몇 번이나 마법을 걸어야 비로소 효과를 발휘하는 누적 시차 타입이겠지."

"어떻게 그런 거까지 알아? 마법을 걸었는지조차 모르잖아."

"지금까지 나를 되돌아보고 나답지 않은 행동이 많았다고 생각했을 뿐이야. 그때는 반드시 저 녀석들이 곁에 있었어. 충분히 수상해."

"의심하기에는 충분한 이유네. 나는 그다지 이상하다고 느끼지 못했는데."

"녀석들이 원하는 건 공작가의 권위야. 나를 이용하려고 한 거지. ……열 받아!"

지금은 단순한 억측에 지나지 않았다. 짜증이 솟구치는 마음을 다잡고 그들은 기숙사로 돌아가는 길을 걸었다.

일부 성적 우수자들은 학업을 어느 정도 쉬어도 되는 규칙이 있었다. 츠베이트도 그중 한 명이었다. 그런 특별 우등생은 자유롭게 학교 안을 돌아다닐 권한이 주어지며 마법 연구를 진행할 시간을 확보할 수 있었다. 츠베이트는 기숙사로 돌아가 스승에게 받은 숙제를 해결할 생각이었다.

그런 그에게 디오가 말했다.

"츠베이트, 잠깐 들르고 싶은 곳이 있는데 괜찮아?"

"상관은 없는데, 어디 가게?"

"실은 관심 있는 여자애가 있어서. 말을 걸고 싶은데 **동행하는 메이드**가 무섭더라고."

"아아…… 좋겠다~, 봄바람 든 녀석들은……."

봄바람 난 디오를 따라서 도착한 곳은 중학생 마법 훈련장이었다.

마법 내성을 부여한 갑옷을 향해 마법을 쏘는 후배들이 보였다.

"야, 여긴 중등 학과 아냐? 너 좋아하는 여자란 게 연하였냐……."

"그래. 처음 그녀를 봤을 때는 충격이었어. 아아…… 이렇게 아름다운 아이가 있구나, 싶었어……."

"아, 그러셔……? 그래서 누구야?"

"응? 평소에는 견학석에 있었는데……."

"뭐야? 낙오자야?"

츠베이트는 그다지 내키지 않는 태도였지만, 그는 그곳에서 자신의 동생 세레스티나를 발견했다. 그녀 곁에는 수행 메이드, 미스카가 평소처럼 따라다니고 있었다.

'미스카 저 녀석, 왜 여기 있지? ……아니, 잠깐만! 『동행하는 메이드』라고?! 설마 디오가 좋아하는 사람이란 게…….'

츠베이트의 머릿속에 안 좋은 예감이 스쳤다.

"저 애야. 긴 금발을 가진 저 아이……."

"혹시나 했더니! ……저거 내 동생이라고."

"츠베이트…… 우리 친구지?"

"어? 어, 그렇지……."

말이 떨어지기 무섭게 디오는 츠베이트의 손을 양손으로 덥석 붙잡았다.

일부 여자가 기뻐할 것 같은, 모르는 사람이 보면 수상하게 보일 광경이었다.

"저 애를 소개해줘!"

"진심이냐? 죽을 각오는 돼 있어?"

"너한테? 의외로 동생을 아끼는구나."

"아니…… 우리 할아버지한테……."

"【연옥의 마도사】?!"

츠베이트의 할아버지인 크레스톤은 홀몸으로 세레스티나를 키운 탓인지 그녀에게 쏟는 애정이 보통이 아니었다. 변태적이라고 바꿔 말해도 과언이 아닐 만큼 귀여워했다. 디오가 비참한 시체가 될 것은 안 봐도 뻔했다.

"그래도 별일인걸. 저 애가 훈련을 받다니."

"아, 그거라면…… 사정이 좀 있어."

지금까지 마법을 쓸 수 없었기 때문에 세레스티나는 견학만 했을 것이라고 츠베이트는 예상했다.

그러는 사이 세레스티나의 차례가 돌아왔다.

"설마 그녀의 실력을 볼 수 있을 줄이야……. 어쩌면 뭔가 힘이 되어줄 수 있을지도 몰라."

"……."

오빠의 마음속에서는『아니, 쟤가 너보다 우수하거든? 예전이었으면 힘이 되었을지 모르지만…….』이라는 말로 할 수 없는 생각이 스치고 있었다.

그리고 그런 두 사람이 바라보는 앞에서 세레스티나가 마법에 시동을 걸었다.

그녀의 손바닥에서 작은, 그러나 태양 같은 빛을 내뿜는 불덩이가 생성됐다.

사태를 파악하지 못한 학생들에게서는 실소가 흘러나왔다.

"저 아이, 재능이 없나? 그렇다면 나에게도 기회가……."

디오도 마법을 불덩이의 크기로 판단한 모양이었다. 그러나…….

—콰아아아아아아아아아아아아아아아아아아아앙!!

마법 내성을 부여한 갑옷이 산산이 조각나며 날아갔다. 상식적으로 불가능한 광경이었다.

모두 벌어진 입을 채 다물지 못했다. 사정을 아는 두 사람을 제외하고는.

'아차…… 세레스티나 저 녀석, 너무 요란하잖아. 위력을 좀 더 줄여!'

이곳에 있는 사람이 모두【무능아】가【신동】으로 거듭나는 순간을 목격했다.

"저게……【파이어 볼】이야? 하지만 위력이……."

"디오…… 저건【파이어 볼】이 아니야. 그냥【파이어】지."

"뭐?!"

당치도 않은 대답에 디오는 경악했다.

“저게 어딜 봐서【파이어】야! 위력이 확연히 달라!”

“아니, 정확하게 말하면【파이어 볼】은【파이어】를 구형으로 만들어 쏘는 마법이잖아? 저 녀석은 그 구형으로 만드는 마법식을 쓰지 않고【파이어】를 손바닥 위에서 압축해 쏜 것에 불과해. 애초에【파이어】와【파이어 볼】의 차이는 구형으로 불을 뭉치는 마법식의 유무에 지나지 않아.【파이어】를 스스로 압축할 수 있고 동등한 위력을 낼 수 있다면 딱히【파이어 볼】마법식에 집착할 필요는 없어.”

덧붙이자면 오히려【파이어 볼】마법을 쓰지 않는 편이 스킬 레벨도 잘 오르고 마법 제어와 마력 조작 숙련도가 훨씬 높아진다.【파이어 볼】은 쉽게 발동할 수 있고 위력은 높지만, 마도사의 기량을 떨어뜨리는 마법식이 들어갔다고 해도 과언이 아니었다.

세레스티나는【파이어 볼】을【파이어】로 재현했다. 그것도 더욱 위력을 높이는 부가 효과까지 더해서.

“그런 게 가능해……? 천재잖아. 내가 가르친다니 가당치도 않아…….”

‘아이고…… 이 녀석의 계획까지 박살 내 버렸군. 세레스티나…… 죄 많은 여자야.’

얼떨떨한 디오에게 츠베이트는 연민 어린 눈길을 보냈다.

그는 굉장히 충격을 받았는지 어깨를 부르르 떨고 있었다.

“아름다워……. 그녀는 그야말로 천사야…….”

“엥?”

“소녀 같으면서도 의연하고 청순하면서 늠름한 모습은 그야말로 마법의 천사, 아니, 여신이야!”

"그렇게까지?! 콩깍지에 색안경까지 꼈냐!"

"당연하지! 나는 그녀에게 어울리는 남자가 되고 말겠어!"

디오는 의욕에 불탔다. 그리고 연정에 불탔다. 그의 마음에 붙은 불길은 뜨겁고 격렬하게 타올랐다.

그런 친구를 보자 츠베이트의 머릿속에서는 디오가 할아버지에게 살해당하는 광경이 생생하게 그려졌다. 비보 마법으로 새까맣게 타 버린 친구의 모습. 왠지 『잘 구워졌구먼…… 크크크.』라고 말하는 할아버지, 크레스톤의 목소리가 귓가에 들린 것 같았다.

뜨겁게 불타는 디오였지만, 생명의 불꽃이 풍전등화라는 사실을 그는 몰랐다.

【연옥의 마도사】의 마수가 조만간 그에게 뻗치겠지…….

여담이지만, 디오의 세뇌 효과는 이때 해제됐다. 마음의 힘이란 대단한 것이다.

제3화 크로이사스의 일상

크로이사스 반 솔리스테어.

솔리스테어 공작가의 차남이며 마법 학교 수석으로 일부 사람에게는 천재 마도사라고 불린다.

냉정하며 마법 연구 외에는 관심이 없는 그는 가문의 계승권 문제를 알면서도 모른 척하고 연구에만 빠져 있었다. 어차피 주변 인물들이 마음대로 떠들고 있을 뿐이지 그는 가문을 이을 생각은 전혀 없었다. 그는 마법에만 관심이 쏟으며 지식을 추구하는 연구자였다.

지혜를 갈구한 끝에 파멸한다면 오히려 기쁘다고 생각할 정도였다.

그런 크로이사스는 현재 수많은 서적에 파묻혀 있었다.

"……잘 안 풀리는데. 대체 뭐가 부족한 걸까?"

그가 연구하는 것은 마법식이었다. 물론 마법약이나 기타 연구에도 손대고 있지만, 전문 분야는 이쪽이었다. 지식을 추구하는 것은 그의 삶의 보람임과 동시에 취미이기도 했다.

쉽게 말해 오타쿠 같은 성격이었다. 어머니에게 물려받은 은발에 단정한 이목구비. 안경이 어울리는 조금 냉철한 인상이지만, 이래 보여도 그는 주변 사람을 잘 챙겨줘서 신망이 있고 많은 팬에게 뜨거운 눈길을 받는 남자였다. 즉, 무자각한 인기남이었다.

그러나 그것은 어디까지나 타인의 시각에서 바라본 평가일 뿐 본인이 들으면 전면 부정할 것이다.

가문은 형이 이을 것을 알기에 그는 오늘도 내키는 대로 마법 연구에 몰두했다.

계승권 싸움을 하는 이들에게는 안쓰러운 이야기지만, 그는 권력에 그다지 매력을 느끼지 않았다.

어떻게 보면 어디 사는 아저씨 마도사와 비슷했지만, 그의 경우는 마법 연구 외에는 아무래도 상관없다고 생각했다. 타인을 챙기는 이유도 작업을 효율적이고 원활하게 진행하기 위해서였다.

모든 것은 합리성과 효율을 추구한 결과일 뿐. 지금 당장 재미있으면 그만이라는 생각까지 가졌다. 그의 행동은 모두 자신을 위해서였다.

가족에 대한 평가도 냉담하여 아버지인 델사시스는 유능하지만 난봉꾼, 어머니는 과보호 체질이라서 돌아가면 귀찮게 구는 사람, 형은 난폭하고 최근 몇 년 사이에 멍청해졌으며, 그 어머니는 자신의 어머니의 친구라는 인식밖에 없었다. 할아버지는 존경할 만하지만, 무능한 여동생을 싸고돌아 감점 대상. 그도 마도사 집안에 태어난지라 마법을 쓸 수 없는 세레스티나에게는 아무런 관심도 보이지 않았다. 옆에 있어도 없는 사람 취급하며 무시로 일관했다. 그건 지금도 변함없었다.

그러나 지금 그는 이 평가의 일부를 정정해야만 하는 사태가 벌어졌다고는 생각하지 못하고 있었다.

왜냐면 그는 두 달 동안 방에 틀어박혀 살았고 그중 3주 정도를 학교에서 빌려준 연구실에서 지냈기 때문이었다. 소문 같은 이야기도 처음부터 관심이 없었다. 그는 중도의 방구석 폐인이었다.

그런 그가 지금 하고 있는 연구가 마법식 해독이었다. 크로이사스는 학교에서 가르치는 마법 문자와 마법식 해석에 의문을 품고 독자적인 해석을 도입했다. 그것이 바로…….

"마법 문자는 한 자 한 자가 의미를 나타내는 것이 아니라 그것을 이음으로써 뜻을 이룬다. 만약 이 가설이 옳다면 지금까지 해온 연구로 밝혀지지 않았던 모든 원인이 판명돼……."

마법식이 언어거나 그와 유사한 명령을 표기한다는 것이 그의 생각이었다.

학교에서는 개개의 문자가 의미를 가지며 그 나열에 마력을 원활하게 순환시켜 마력이 현상으로 변화한다고 가르쳤다. 그러나 그게 맞다면 마법식을 기동했을 때 전혀 발동하지 않는 경우가 있다는 것이 부자연스러웠다. 왜냐하면 가령 마법식이 마력 구현화를 원활하게 하기 위해 존재한다면 설령 연립한 마법 문자가 잘못되었어도 어떤 반응이 있어야 했다.

일반적인 지식으로는 마법 문자 중에 속성을 결정하는 문자가 존재한다고 알려졌으나, 마법이 아예 발동하지 않는 것은 마력 자체가 흐르지 않았다는 의미였다. 이것은 이상한 이야기였다.

그는 강의 내용을 믿고, 발동하지 않았던 마법식과 정상 발동한 마법식을 비교해 이상한 점이 있는 마법식만 따로 기록해 뒀다.

그는 고생해서 양쪽 마법식, 또는 다른 속성의 마법식에서 공통된 마법 문자 나열을 뽑아내고 불명료한 나머지 마법식을 조사했다. 그 결과, 이 마법식은 몇 세대나 전에 개조된 것임이 판명됐다.

이것으로 구시대에 완성된 마법을 당시 마도사들이 파괴하지 않았나, 라는 추론을 끌어냈다.

동시에 마법 문자로 물리 법칙을【언어】로 나타내는 것이 아닐까, 하는 생각에 이르렀다.

예컨대 바람 속성. 이 속성 마법에 공통된 나열은 마법 자체에 속성을 부여하는 물리 현상 변환 마법식, 그 외 모든 부분에 공통된 마법 문자는 제어나 위력 조정을 나타내는 것이라고 결론지을 수 있었다. 그는 그 작업을 홀로 진행하며 조사했고 모든 내용을 기록해 논문으로 정리했다. 그러나 아직 그것만으로는 확고한 증거가 되지 못해 세상을 수긍시킬 수 없었다.

생제르맹파에 속한 마도사들은 평가는 하겠지만, 다른 파벌은 비판을 넘어서 어떻게든 연구 성과를 말소하려고 움직일 것이다.

타인의 발목을 잡기 바쁜 현 상황에서 이 논문을 세상에 내놓을 수는 없었다.

크로이사스는 한숨 돌리기 위해 자리에서 일어났다. 장시간 의자에 앉은 탓인지 통증에 인상이 찌푸려졌다.

"으윽…… 그러고 보니 얼마나 앉아 있었는지 기억이 안 나."

"어제도 똑같은 소리 하던데~? 얼마나 몰두했던 거야, 크로이사스."

목소리가 들린 방향으로 눈을 돌리자 그곳에는 개의 귀가 달린 소녀가 소파 위에서 모포를 덮은 채 누워 있었다. 아마빛 머리를 어깨높이로 자른, 붙임성 좋아 보이는 소녀가 자다 일어나 눈을 비볐다.

"이 린인가요? 방에는 언제 침입한 겁니까? 전혀 눈치채지 못했는데……."

"와, 너무하다. 나 말도 걸었는데. 전혀 몰랐구나~."

머리에 새집을 지은 이 린은 천진난만하게 웃었다. 크로이사스의 동기이자 같은 파벌에 속한 연구자인 그녀는 인간과 수인족 사이에서 난 혼혈아이기 때문인지 선천적으로 높은 마력을 보유해 학교에서 상위의 성적을 거두는 실력자이기도 했다.

수인족은 본래 마법을 잘 쓰지 못하는 종족이지만, 그녀는 오히려 마법 운용이 특기였다.

"젊은 여성이 남자 방에 혼자 침입하는 건 썩 바람직하지 않아 보이는데요."

"괜찮아. 크로이사스는 믿을 수 있으니까."

"그거 영광이군요."

"믿어…… 아이가 생기면, 꼭 책임져줄 거라고……."

"어디서 생긴 믿음입니까……?"

크로이사스는 피곤하게 한숨 쉬었다. 그는 인기남이었지만, 그 이상으로 목석같은 사람이었다.

당분간 두 사람은 강의 내용 따위로 이야기를 나누었으나—.

"그러고 보니 크로이사스. 세레스티나라는 여동생 없었어?"

무슨 이유인지 이복동생이 화제에 올랐다. 솔직히 그로서는 전혀 관심 없는 이야기였다.

지금 이 순간까지는—.

"있는데, 그게 왜요?"

"마법을 못 쓴다고 했었지? 그거 사실이야?"

"네. 어릴 적부터 적성이 없다는 말을 들었죠. 그런데 갑자기 왜 그 이야기를?"

"그 애, 지금은 중등 학과 성적 상위권이란 거 알아? 마법을 못 쓴다는 게 거짓말이었나 싶을 정도로 강력한 마도사가 됐다고 해."

그 말을 듣고 크로이사스는 손에 든 책을 떨어뜨렸다.

"……뭘 잘못 안 거 아닌가요? 그녀에게 그런 일이 가능할 것 같지 않은데……."

"들은 이야기로는 대산림 지대에 수행하러 갔다고 하던데……? 그로이사스네 오빠랑 같이."

"설마요. 그거야말로 말도 안 되죠. 형은 그녀라면 치를 떠는 사람이니까요."

"그렇지만 최근에는 자주 서고에서 같이 공부하는 거 같던데? 무슨 어려운 이야기를 나눈다나 봐. 아무도 무슨 말인지 못 알아듣는다고 해."

적어도 그가 아는 츠베이트는 세레스티나와 친밀하게 행동할 인간이 아니었다. 오히려 어릴 적부터 솔선해서 괴롭히던 사람이었다.

크로이사스의 기억과 그녀가 이야기하는 남매의 모습이 서로 엇나가 있었다.

"무슨 심경의 변화라도 있었나……. 하지만 아무리 그래도 그렇게 사이가 좋아졌다고는 생각하기 어렵네요."

"그래서 궁금해서 나도 조사해 봤는데 사실이었나 봐. 오후부터 폐관 시간까지 뭘 조사하는 것 같아. 둘이서……."

"……신경 쓰이네요. 솔직히 아무래도 상관없는 사람들이지만, 그 둘이 함께 행동한다는 게 이상해요. 부자연스러워요."

"둘이서 남들 몰래……. 혹시 금단의 관계?"

"왜 이야기를 그쪽으로 끌고 갑니까? 집에서 무슨 일이 있었다고 보는 게 타당하겠죠."

냉정하게 따지는 크로이사스를 보며 이 린은『크로이사스도 참 재미없는 사람이야~.』라고 평가했다. 그는 조금이지만 상처받았다.

"그리고 서고 직원이 빌려 간 책을 빨리 반납하라고 말하던데?"

"……그러고 보니 빌려 오고 오래 방치했네요. 반환하러 가야겠군요……."

"왜 그렇게 피곤해 보여?"

"빌린 책이란 게…… 거기 산더미처럼 쌓인 거 전부니까요……."

"운반 카트…… 있어야겠네."

눈앞에는 대량의 서적이 바닥부터 천장까지 쌓여 있었다.

언제 무너져도 이상하지 않은 상황이었다.

"가끔 제 방을 여관처럼 빌려 쓰잖아요. 도와주시면 안 될까요?"

"뭐~? 이렇게 많은 걸……? 서고까지 대체 몇 번 왕복해야 돼~?"

"글쎄요? 적어도 카트로 열 번은 옮겨야겠죠?"

"아…… 나 볼일이 생각났어……."

도망가려는 이 린의 팔을 크로이사스가 덥석 움켜잡았다.

"도와……주실 거죠?"

"아니, 그렇게 가까이서 바라보면…… 나 반해."

"얼굴이 뻔뻔한데요? 그건 그렇고 대답은요?"

크로이사스는 얼굴을 코앞까지 들이댔다. 웃는 얼굴에서 묘한 위압감이 전해졌다.

이 린은 당황하며 뒤로 물러나려고 했지만, 팔을 붙잡혀 도망가지도 못했다.

"싫어어어~! 열 번으로 안 끝나잖아~! 나 죽어어어~!"

"괜찮아요. 당신은 나보다 체력이 좋으니까."

"못 해, 못 해, 못 해, 못 해, 못 해! 못~한~다~고오오~!"

어지간히도 싫은지 그녀는 팔을 풀려고 아등바등 날뛰었다.

그러나 크로이사스도 귀중한 노동력을 놓칠 순 없었다.

서로 양보하지 못하고 아웅다웅하다가 두 사람은 몸이 뒤엉킨 채 소파 위로 쓰러졌다.

"""……."""

그 결과, 두 사람은 마치 지금부터 정사에 돌입하려는 듯한 자세로 서로를 노려보게 됐다.

왠지 말없이 시간이 지나갔다. 그것이 1분인지 1초인지는 모르겠지만, 두 사람 사이에 어색한 침묵이 흘렀다.

"너, 너너…… 너희 뭐 하는 거야?"

"야~, 크로이사스. 부탁할 일……이…… 있는…… 우오오오오오오오오오오오오오?!"

"세리나?!" "마카로프?!"

그리고 사건 현장을 목격당했다.

"크로이사스…… 어렴풋이 알고는 있었지만, 너 그러는 거 아니다……."

"너, 너희 어느 틈에 그런 사이로……."

"""차, 착각이에요!"""

"게, 게다가 으…… 의외로 힘이 좋구나? 어떻게 열 번씩이나…… 아무리 수인의 피가 흐른다고 해도 여자친구…… 이 린이 정말 죽을지도……."

"뭐?! 크로이사스! 너 이 자식, 여자한테 관심 없는 척하더니 할 건 다 하고 있었잖아!"

단단히 오해받았다. 세리나는 뺨을 붉히고 횡설수설하며 오해에 박차를 가했고, 마카로프는 엄지를 검지와 중지 사이에 끼우고 주먹을 내밀며 피눈물을 흘렸다.

"오해입니다. 책을 서고까지 옮겨 달라고 부탁하려다가……."

"졸지에 자빠뜨렸다 이거냐! 무심결에 흥분해서~?! 제기랄!"

"아, 아니야! 정말로 그냥 사고……."

"그래…… 사고겠지. 치기 어린 사고……. 피임은 괜찮아?"

""……사람 말을 안 듣네.""

단단히 오해한 세리나와 마카로프를 필사적으로 진정시키려고 했으나 이미 혼란이 가중되어 말이 통하지 않았다. 결국 두 사람에게 사실을 전달하는 데 약 세 시간이 소요됐다.

이쯤 되자 크로이사스와 이 린도 피로가 극에 달할 만큼 정신적으로 지쳐 있었다. 두 사람은 일단 이해는 했으나, 『그래…… 다 알아. 그런 걸로 해 달라는 거지? 괜찮아, 나는 이래 봬도 어른이니까……. 그런 분별력 정도는 있어.』, 『오늘은 이 정도로 봐주마! 야, 크로이사스. 나중에 이야기해야 한다? 어땠는지 상세하게!』라는 말을 남기고 떠났다. 오해는 아직 계속되고 있었다.

다음 날 아침에는 두 사람이 사귄다는 소문이 퍼졌고, 생제르맹파 내부에서는 공인 커플로 자리매김했다.

이스톨 마법 학교에서는 학생 사이의 혼인이 인정되어 부부가 함께 학업에 매진하는 경우도 적지 않았다.

그런 가운데 두 사람은 오해를 풀려고 노력했지만, 주위에서는 그저 쑥스러워서 그런다고 생각하는 모양이었다. 그 탓에 일부 사람들에게 질투를 사서 설득은 실패로 돌아갔다.

앞으로 두 사람이 어떻게 될지는 모르지만, 적어도 이 린은 그렇게 싫지만은 않은 눈치였다.

무슨 말을 해도 소용없다고 깨달은 크로이사스는 방에 틀어박혀 며칠 동안 모습을 보이지 않았다고 한다. 결국 서고에서 빌린 책은 수일 뒤에 반납하게 됐다.

◇ ◇ ◇ ◇ ◇ ◇ ◇

5일 후, 크로이사스는 서고— 정확히는 학교에 존재하는 대도서관이지만, 그 방대한 장서량으로 편의상 【서고】라고 불리는 시설에 와 있었다.

이유는 물론 빌린 책을 돌려주기 위해서였다.

책을 반납하기 위해 연구동과 서고를 몇 번이나 왕복할지 생각하자 한숨밖에 나오지 않았다.

원래 그는 비활동적이며 자발적으로 밖으로 나가 노는 일은 없는 사람이었다. 사적인 시간을 즐길 때도 그랬다. 언제나 자기 방에서 홍차를 마시며 책을 읽는 것이 그의 일과였다. 그래서 조만간 이루어지는 성적 우수자의 실전 훈련을 앞두고 귀찮은 계절이 왔다며 불평을 흘릴 정도였다.

연구 외에는 번거로운 일을 좋아하지 않아 이 연례행사를 보이콧할까 진지하게 고민 중이었다. 장신에 체력도 있어 보이지만, 크로이사스는 스포츠와 아예 담을 쌓은 몸치였다. 책 반환조차 귀찮아하는 그의 외출 기피증은 병적 수준이었고, 그런 그에게 실전 훈련이라는 이름의 마물 사냥은 생각하고 싶지도 않은 이벤트였다.

그러나 성적 우수자의 의무가 있기 때문에 참가는 강제였다.

일부 소문에서 그는 성적이 우수하고 두뇌가 명석하며 믿어지지 않는 미남에 못 하는 스포츠가 없는 데다가 집안도 좋은, 어디 하나 나무랄 곳 없는 초인으로 여겨졌다. 그러나 실상은 그저 방구석 폐인에 불과하다는 것은 그다지 알려지지 않았다. 겉모습 때문에 손해를 보는 불쌍한 케이스였다.

카트를 옮기는 그의 발걸음은 무거웠다. 실제로 카트도 무거운 것은 두말할 것도 없었다.

"후…… 드디어 도착했다. 조금만 더 가까워도 좋았을 텐데. 입지 조건이 너무 안 좋아."

혼잣말을 중얼거리면서도 서고 입구를 지나자 눈앞에 열람석이 펼쳐졌다. 강의 시간이라서 학생은 한 명도 보이지 않았다. 아니, 있었다. 그로서는 만나고 싶지 않은 인물이…….

이복형제인 츠베이트가 그곳에 있었던 것이다.

츠베이트는 무슨 조사를 하는지 책을 산처럼 쌓아 놓고 가끔 종이 위로 펜을 놀리고는 다시 책으로 눈을 돌렸다. 크로이사스가 기억하는 츠베이트는『마법은 뭐니 뭐니 해도 위력이지, 으하하하하하하!』라고 말하는 인물이지, 책을 펼쳐 지식을 탐구하는 성실한 인물이 아니었다.

그러나 그것이 애초에 잘못된 인식이었다. 츠베이트는 노력하는 모습을 남에게 보여주기 싫어할 뿐이지, 사실은 꽤나 성실한 성격이었다. 크로이사스가 그 사실을 지금까지 몰랐던 이유는 오로지 그가 방에 틀어박혀 츠베이트가 노력하는 모습을 볼 기회가 없었기 때문이었다. 그만큼 크로이사스가 주변 일에 관심이 없다는 증거이기도 했다.

그러나 여기서 봤다면 인사 정도는 해야 한다고 생각하자 얼굴이 자연스럽게 우울해지고 입에서는 절로 한숨이 나왔다.

"별일이네요. 형님이 이런 곳에 있다니……. 파벌의 하루 일과인【탁상공론회】에 나가셨을 줄 알았는데 말이죠."

"엉? 뭐야, 크로이사스냐? 그쪽은 당분간 쉬어. 내가 그 녀석들이 고찰한 전술론을 전부 부정한 뒤로 내부에서 싸움이 났거든. 나더러 출입금지란다."

크로이사스는 한순간 어리둥절하게 생각했다. 그의 기억 속 형은 이토록 스스럼없는 인물이 아니었다.

"나 참, 누구야!『고대 마법 전술 전집』과『로세나 셀러스트의 마법 이론』을 장기 대출한 인간이. 이곳 책에 적힌 마법식은 전부 수정된 거뿐이잖아……."

"……아, 그건 제가 빌렸습니다. 방에 산처럼 쌓여서 파묻혀 있을 거예요."

"쳇, 너였냐……. 그래, 그러니까 안 보일 수밖에."

츠베이트는 이야기를 나누면서도 책에서 눈을 떼지 않았다. 크로이사스는 당혹스러웠다. 그가 아는 한 츠베이트는 이렇게 마법 연구를 할 인물이 아니었으니까.

"갑자기 무슨 바람이 분 거죠? 이제 와서 마법 연구에 빠지셨나요?"

"숙제가 있어서 그래. 비보 마법을 사용하기 쉽게 개량해야 할 뿐이야……."

"숙제요? 설마 할아버지나 아버지가 내셨나요?"

"아니, 스승님이야. 세레스티나도 지도를 받고 지금은 【신동】이라고 불리더라."

"……?!"

학생이 【스승】을 가진다. 그것은 마도사라면 누구나 꿈꾸는 일이며 우수한 마도사에게 지도받아 대성한 인물도 많았다.

예를 들어 크레스톤이나 이 나라의 명망 높은 마도사에게 가르침을 얻고 실력을 인정받으면 나라의 요직에 앉을 가능성이 높아진다. 그러나 그러기 위해선 뛰어난 재능과 학교에서의 좋은 성적이 전제되어야했다.

그래서 크로이사스는 츠베이트와 세레스티나가 【스승】을 가졌다는 것이 믿어지지 않았다.

"대체 누구에게 지도받은 거죠? 네거스 자작인가요? 아니면 아트마이어 후작?"

"……크로이사스, 지금부터 할 이야기는 솔리스테어 공작가의 비밀이야. 함구할 수…… 있겠어?"

"그렇게 대단한 인물인가요? 하긴, 그 【무능아】가 마법을 쓰게 됐다고 하니……."

"그 건도 극비야. 폐하에게도 알릴 수 없는 문제라서 발설할 수 없어. 이 사실이 알려지면 나라가 발칵 뒤집어질 거다."

츠베이트는 전에 없이 진지했다. 이게 그 오만하던 인물이 맞을까? 진심으로 책무를 짊어진 자의 표정이었다. 크로이사스도 마음을 다잡고 각오를 다졌다.

“들어보죠. 저도 솔리스테어 가문의 일원이니까 일족에 관련된 일이라면 들을 의무가 있습니다.”

“……알았어.”

츠베이트는 주변을 돌아보고 다른 사람이 없는지 확인했다.

그리고 더욱 주의를 기해 마법으로 누가 도청할 가능성까지 고려하는 조심성을 보였다.

“결론부터 말하면 우리가 가르침을 받은 사람은 무명의 마도사야.”

“네?!”

형의 입에서 말도 안 되는 대답이 튀어나왔다.

“할아버지와 세레스티나가 하기휴가로 귀성하는 도중 가도에서 도적에게 습격받았는데 그 궁지에서 구해준 게 그 마도사야. 은인의 간절한 부탁이 있어서 이 일은 발설할 수 없어. 더구나 실력이 상식을 벗어났어.”

“……잠깐만요. 그냥 무명 마도사에게 그런 비밀 유지 의무가 붙는 것 자체가 이상하잖아요. 대체 뭐 하는 자입니까!”

“문제는 그 마도사의 직업(job)이 【대현자】란 거야. 이 사실이 알려지면 어떻게 될지 예상이 되지?”

“뭐라고요?! 확실히…… 다른 귀족뿐 아니라 폐하도 스카우트하려고 들겠군요…….”

이 세계에서는 특정 기술을 얻은 사람에게 가장 적절한 명칭이 선택되어 스테이터스에 직업으로 표기된다. 이것은 세계가 인정한 호칭이기도 하며 대부분의 사람은 그 직업에 맞는 삶을 살려는 경향이 있기에 인생의 천직이라고 바꿔 말할 수 있었다.

그중에서【대현자】나【현자】,【성인】,【성녀】,【용사】같은 직업은 전설에 속하는 부류였다. 만약 그 직업을 가진 사람이 나타나면 국가란 국가는 모두 몰려들어 포섭하려고 하리라.

"본인은 조용히 살고 싶어 해. 만약 이 사실이 정치가의 귀에 들어가 봐라. 까딱 잘못하면 이 나라가 멸망할 거야."

"……그거 사실인가요? 쉽게 믿어지지 않는데……."

"사실이야. 이 학교의 교본에 적힌 마법식을 모두 다시 썼다고. 너 그런 짓 할 수 있어? 나는 못 해."

"그렇군요. 세레스티나가 마법을 쓸 수 있게 된 이유가 그건가요?"

대현자가 수정한 마법이라면 그것을 써서 무능한 동생이 마법을 사용할 수 있게 됐다고 해도 이상하지 않았다. 크로이사스는 잠정적 결론에 도달했다.

"이런 말 하고 싶지 않지만…… 우리가 사용하던 마법은 모두 잘못된 형태로 수정됐다고 해. 세레스티나가 사용하지 못한 이유는 마법식 자체에 문제…… 결함 때문이라는 모양이야. 개인차는 있을지언정 마법 자체는 누구든 사용할 수 있다고 해. 우리가 그 녀석에게 몹쓸 짓을 했었다는 뜻이지."

"……역시 그랬나요. 현대의 마법식은 태고에 비해 퇴화했다는 말이군요. 이미 완성된 마법을 파괴해 버렸다…… 이단 마도사 사하클의『잃어버린 마법과 파괴자들』에 적힌 논설이 모두 사실이었다고 증명된 셈이네요. 그리고 몹쓸 짓을 한 건 형님뿐이잖습니까? 저는 관심이 없었을 뿐입니다."

"……상대도 해주지 않은 네가 더 심하지 않냐?"

크로이사스나 세레스티나나 지식 면에서는 우수했고 독학으로 같은 답에 도달해 있었다.

"뭐, 아무튼 사하클의 논설에는 세레스티나도 도달했었어. 마법은 쓰지 못해도 마법식을 바꿀 수는 있었던 모양이니까."

"흠, 그녀를 재평가해야겠군요. 우리 동생님께서 그렇게 우수했었나요?"

"그래…… 게다가 지금은 너보다 강해. 실전으로 경험을 쌓았으니까."

"대현자님은 어지간히 우수한가 보군요. 그녀를 단기간에 그만큼 성장시키다니……."

"아니, 그 인간은 실전주의일 뿐이야. 성격은 너랑 비슷해 보이지만 성질은 정반대지. 이론을 실전에서 시험해 온 괴물이니까 말이야."

"……그거 무섭네요."

크로이사스와 대척점에 위치한 인간은 육체파였다. 크로이사스는 실내 활동을 좋아하는 사람을 억지로 밖으로 끌어내는 인간을 거북하게 생각했다. 실전파라면 싸움터를 바랄 것이고 그곳에서 마법 실험을 반복해 왔을 모습이 쉽게 머릿속에 그려졌다.

"그런데 그 마도사에게 어떤 숙제를 받으셨죠? 솔직히 관심이 생기네요."

"방금도 말했지만, 비보 마법의 효율 향상이야. 이 마법 술식을 다시 조사해 봤더니 아무래도 사용자에게 주는 부담이 크고 마력을 무식하게 퍼먹어. 그 탓에 위력이 안정되지 않는데 마치 누굴 놀리려는 것처럼 절묘한 마법식으로 유지되고 있어. 이 마법을 만든 인간은 어떤 면에서 천재야. 조금이라도 효율을 높이려고 마법식을 건드리면 발동조차 안 해."

"상상 이상으로 골칫거리…… 아니, 잠깐. 마법식을 해독할 수 있어요?!"

"그래……. 이번 두 달 동안 철저하게 머리에 때려 박아야 했거든. 예습도 하고 언어 해독을 위한 사전도 뒤지고 있어."

이때 크로이사스는 집으로 돌아가지 않은 것을 죽도록 후회했다.

그와 동시에 그는 츠베이트의 말에 신경 쓰이는 단어가 있었다는 것을 깨달았다.

"지금【언어 해독】이라고 하셨나요? 그럼 역시 마법식 문자는 언어의 나열이었던 거군요!"

"맞아. 마법이란 물리 법칙을 마법 문자로 표기하고 마법진이라는 회로를 형성해서 발동해. 『역시』라고 했지? 너는 독학으로 그 답을 도출했던 거야?"

"전부터 학교에서 가르치는 이론이 이상하다고 느끼긴 했습니다. 본격적으로 조사하기 시작한 건 두 달쯤 전이었죠. 어쨌거나 제 가설이 맞았다는 거군요. 후후후…… 힌트는 충분합니다. 이제 연구가 진행되겠네요."

연구가 한 단계 진척됐다는 생각에 크로이사스는 기쁨을 감추지 않았다. 자신이 비밀표 논문에 정리한 가설이 옳았음이 증명되자 갑자기 의욕이 샘솟았다.
그에 비해 츠베이트는 복잡한 감정으로 크로이사스를 보고 있었다.
"크로이사스…… 솔직히 나는 너를 과소평가했던 것 같다."
"뭡니까? 갑자기 안 하던 소리를 하고…… 기분 나쁘게."
"나나 세레스티나는 스승님의 지도를 받아서 마법식을 읽을 수 있어. 그렇지만 너는 독학으로 그 경지에 도달했어. 이건 큰 차이야."
두 달 사이에 츠베이트는 크게 성장한 모양이었다. 세뇌가 풀린 영향도 있을지 모르지만, 그의 마음에는 솔직하게 잘못을 인정할 수 있는 여유가 싹터 있었다.
"그냥 취미입니다. 재밌으니까 하는 것뿐이에요."
"하지만 조심해. 너는 스승님과 같은 부류의 인간이야. 종국에는 위험천만한 물건을 만들어 낼지도 모를 만큼……."
"위험천만한 물건…… 그런 게 있었나요?"
"광범위 섬멸 마법……. 스승님은 그걸 쓸 수 있어."
조용한 도서관에 냉랭한 바람이 흘렀다.
"광범위 섬멸 마법……? 그럴 리가요! 그건 사람이 쓸 수 있는 마법이 아니라고요. 개인의 마력으로는 발동조차 불가능한데 그 방대한 마력을 어디서 조달합니까? 어림도 없어요!"
"루기우스가 쓴『세계의 섭리와 신비학』…… 거기에 답이 있어."
"아?! 서, 설마 자연계 마력을 이용해서……. 그렇군요. 읽을 가치도 없는 책이라고 생각했는데 거기에 진리가 있었다니……. 저도 아직 멀었네요."

"아니, 충분히 우수해. 너는 누구보다 마도사다워……. 해독 방법, 알고 있어?"

"아뇨. 하지만 여기까지 왔으니 마지막까지 독학으로 해 보겠습니다. 답은 이미 나왔고 해독이 가능하다는 것도 판명됐으니까요."

크로이사스의 머릿속에서는 마법식 해독 방법도 어느 정도 짐작이 가고 있었다.

남은 것은 연구실로 돌아가 조사하고 실증한 뒤 마법식을 구축해 실천해 보는 것뿐이었다.

과연 천재라고 불리는 인재였다.

"아 참, 깜빡했군. 스승님이 너한테 주는 거야."

츠베이트가 그에게 뭔가를 던졌다. 반사적으로 잡은 그것은 백은 반지였다. 잘 보니 표면에 복잡한 마법식이 무늬처럼 새겨져 있었다.

놀라운 정밀함에 크로이사스는 순간 말문이 막혔다.

"이, 이 반지는 대체……."

"마법 매체…… 지팡이의 대체품이야. 써 보고 소감을 들려 달래. 리포트로 정리해주면 고맙겠다던데?"

"금속 마법 매체. 미스릴로 만든 건가요? 정말로 흥미롭네요. 무서울 정도로 정밀한 마법식이 새겨졌군요."

"리포트는 할아버지 앞으로 보내. 그러면 스승님한테 전해질 거야."

"알겠습니다. 조만간 정리해서 보내죠."

"그리고 책 얼른 반납해. 너 말고도 필요한 사람이 있으니까!"

"……."

산처럼 쌓인 책들을 쉽게 옮길 수 있으리란 생각은 들지 않았다.

어느 세월에 다 돌려줄 수 있을지 모르겠다. 몇 번이나 카트에 싣고 나르느라 진이 빠졌는데 지금부터 또 왕복하려니까 절로 기분이 우울했다.

"형님, 도와주시면 안 될까요?"

"싫어. 생각 없이 빌려 댄 네가 자초한 일이잖아? 네가 옮겨."

기대는 안 했지만, 역시나 거절당했다. 크로이사스는 당분간 하고 싶지도 않은 중노동을 반복해야 할 것이다.

"그러고 보니까 너…… 여자랑 동거한다면서?"

"안 합니다. 그녀가 어느샌가 연구실에서 자고 있을 뿐이에요."

"소문이 파다하던데? 둘이서 알몸으로 끌어안고 있었다며? 부럽잖아, 이 자식……."

"피눈물을 흘릴 정도로 부러운가요? 단순한 오해인데……."

그는 피눈물을 보았다. 형이 실연의 상처로 아파하는 줄은 크로이사스도 어찌 알았겠는가.

"좋겠다~. 나만 빼고 다 봄날이구만……. 아베크족 놈들, 쥐도 새도 모르게 확 묻어 버릴까 보다!"

질투에 미친 형의 모습은 참으로 추하고 한심했다.

"누가 소문을 흘리는 거죠? 괜찮다면 알려주셨으면 좋겠군요."

"응? 중등 학과 때 동기였던…… 분명 너희 파벌에 있었지……. 마, 마카롱이었나?"

"마카로프군요. 그렇군요…… 그 친구가……. 크크크, 이 젖값을 어떻게 치르게 할까…….”

“역시 너 스승님이랑 똑같아…….”

어두운 미소를 띤 크로이사스는 카트를 밀며 책장들 사이로 사라졌다.

츠베이트는 그의 등을 바라보다가 다시 책으로 눈을 돌리고 중얼거렸다.

“……저 녀석도 변했어.”

예전 크로이사스는 사람에게 아무런 관심도 보이지 않았다. 표면상 웃는 얼굴로 대응하면서도 그 눈에는 누구도 비치지 않았다. 친형인 츠베이트조차 단순한 장식 정도로만 생각했을 정도로 무관심했고, 타인의 이름은 외우려는 시늉조차 하지 않고 주야장천 책만 읽는 그런 인물이었다.

츠베이트는 그의 언동을 비아냥스레 느꼈고, 무엇보다 자신을 쳐다보려고도 하지 않는 동생이 마음에 들지 않았다. 그러나 지금 크로이사스에게는 그런 냉담함이 없었다.

이야기를 할 때도 크로이사스는 츠베이트에게서 눈을 떼지 않았다. 아쉽게도 본인이 그 사실을 전혀 자각하지 못했지만, 자기 자신의 변화는 누구나 알기 어려운 법이리라.

“역시 여자인가? 여자야? 여자가 남자를 변하게 하나? 제기랄…… 왜 나한테는 봄날이 안 와!”

현재 마음이 한겨울인 츠베이트는 애인 절찬 모집 중. 세뇌 상태였다지만, 하필이면 루세리스에게 반했던 탓에 마음의 상처는 상상 이상으로 깊었다.

"브레마이트…… 두고 봐라. 이 원한은 반드시 갚아주마."

실연의 분노는 세뇌 마법을 건 장본인으로 추정되는 브레마이트에게 향했다.

사실 거의 화풀이에 가까웠지만, 어떤 의미로는 정당한 행동일지도 몰랐다.

그와 별개로 츠베이트에게 봄이 올지는 분명치 않았다.

제4화 아저씨, 아르바이트를 가다

아저씨 마도사 제로스는 고민 중이었다.

광산 채굴에서 돌아온 후 그는 도구 제작에 여념이 없었다.

지하엔 드럼통을 세 배 크기로 늘린 듯한 금속 원통이 세 개 나란히 놓였다. 제로스가 만든 건조기 달린 곡물 사일로였다.

기존의 마법식을 이용해 온도를 원활하게 조절함으로써 언제나 최적의 온도로 쌀을 보관하는 물건이었다. 같은 기술을 이용해 냉장고를 제작하고 족답식 탈곡기와 휴대용 재떨이를 만들어 한껏 신이 나 있던 아저씨는 여기서 중요한 사실을 하나 잊고 있었음을 깨달았다.

"쌀이 없어!"

그랬다. 아무리 성장이 빨라 한 해에 일곱 번이나 수확할 수 있어도 벼는 아직 발목 높이까지밖에 자라지 않았다. 쌀을 수확하려면 몇 주는 더 있어야 했다. 마음이 급해 도구를 만든 것까지는 좋으나, 그 도구를 쓰려면 꽤 시간이 걸릴 테니 당장 급하게 만들 필요는 전혀 없었다.

쌀을 발견한 제로스는 상당히 흥분했던 모양이었다.

"어쩔 수 없지……. 누룩곰팡이라도 찾을까?"

누룩은 된장이나 간장을 만드는 데 빠뜨릴 수 없는 곰팡이의 일종인 발효균이다. 이것을 이용해 종국(種麴)을 만든다. 종국을 끊임없이 배양해 항상 떨어지지 않게 하는 것이 중요하다.

참고로 같은 발효균인 효모균도 이미 노면법[#1]을 시도해 불리고 있었다. 양육원에서 빵을 굽기 때문에 배양은 편했지만, 정작 술이나 된장에 필요한 누룩균을 발견하지 못했다.

제로스는 누룩균을 발견하고야 말겠다고 다짐하며 현관문을 열었다.

"……댁 뭐 하는 거야……?"

"네에에?!"

그러나…… 현관을 열자 그곳에 서 있는 것은 목공수 나구리였다.

아니, 정확히는 목공뿐 아니라 건축업 전반을 다루는 건설 전문가였다.

"『네에에?!』는 무슨! 내가 오늘부터 일 좀 부탁한다고 했어, 안 했어?"

"앗…… 교각을 놓기 위한 기초 공사 요원이었죠? 오늘부터였나요?"

"전에 만났을 때 다음 주라고 말했잖아!"

#1 노면법 미리 숙성 발효해 둔 반죽을 새로운 반죽에 섞어 사용하는 요리 방식.

"날짜를 정확히 말해주셨어야죠. 막연하게 다음 주라고 말해도 어떻게 알겠습니까?"

"……내가 말 안 했어?"

"안 하셨어요."

언어의 이해 방식 차이였다. 건축업에서 다음 주라고 하면 대개 월요일을 말하며 그게 아니면 요일을 따로 말하는 경우가 많았다. 그러나 회사에 다니던 월급쟁이에게 그 상식은 통하지 않았다. 시간 개념이 엉성한 기술자와 분 단위로 스케줄을 짜는 회사원은 말을 이해하는 방식이 전혀 달랐다.

"그래, 좋아. 어쨌든 댁에게 도움을 받기로 약속했었으니까 따라와 줘야겠어."

"잠깐만요, 오늘 저는 **누룩**을……."

"그래, 오늘부터 **공사**[#2]지. 똑바로 일해야 해? 보통 큰 공사가 아니니까 말이야."

"발음은 똑같아도 의미가 다르다니까요―――!"

이렇게 아저씨는 도살장으로 가는 소처럼 끌려갔다. 계획은 수포로 돌아갔다!

직공은 대부분 고집이 세서 현장에서 사고라도 나지 않는 한 언제나 일을 완수하려고 했다. 그들은 작업에 타협하는 법이 없었다.

참고로 이번 공사 현장 감독은 나구리 본인이었다.

그들 햄버 토목 공사는 오늘도 가장 핫한 현장을 찾아 도전하려

#2 공사 누룩(麴[こうじ]과 공사(工事[こうじ]의 일본어 발음은 코우지로 동일하다.

고 하고 있었다.

한 아저씨 아르바이트를 끌어들인 채…….

◇ ◇ ◇ ◇ ◇ ◇ ◇

—어느 숲 깊은 곳에서 용병들이 마물과 싸우고 있었다.

—그어어어어어어어어…….

마지막 힘이 다했는지, 포레스트 그리즐리는 숨을 거뒀다.

3미터를 넘는 거구의 곰이었지만, 틀림없이 마물이며 앞다리가 네 개인 점이 특징이었다. 이 나라에서 중급 마물로 통하는 이 거대 곰을 쓰러뜨린 사람은 네 명의 용병이었다.

"사람 귀찮게 하고 있어……. 가뜩이나 배고파 죽겠는데!"

"누가 아니래. 그나저나 배고파……. 요즘 이상하게 허기가 져."

"너도? 나도 요즘 속이 허해서 미치겠어. 아무리 먹어도 배가 안 차……."

"그나저나 이 아이템, 효과가 엄청난데? 배가 고파지지만……."

용병으로서 그들의 실력은 썩 뛰어나지 않았지만, 최근 며칠 사이 상황은 일변했다. 용병들은 요 며칠 사이에 위험하기로 유명한 오크 소굴과 아머 리저드 등 네 명으로는 절대로 수행할 수 없는 토벌 의뢰를 받아 모두 달성했다. 용병 길드도 경악할 정도로 그들은 빠르게 강해졌고, 오늘도 마물 토벌 의뢰를 받아 일을 완료한 참이었다.

이게 다 어느 날 술집에서 만난 마도사에게 받은 애뮬릿 덕분이었다. 탁한 검은 돌을 은색 틀에 고정했을 뿐이라서 모양은 극히 단순했다.

그러나 이 애뮬릿에 마력을 불어넣으면 믿어지지 않는 힘이 샘솟았다.

본래 애뮬릿은 방어형 마도구라서 대개 속성 내성이나 마법 장벽을 펼치는 물건이 많았다.

그러나 그들이 가진 애뮬릿은 범상치 않은 힘을 부여하며, 대신 견디기 힘든 공복에 시달리게 했다. 그 때문에 용병들은 아무리 먹어도 포만감을 얻지 못했다. 그 공복감은 점차적으로 심해지고 있었다.

"배가 고프군……."

"그러게. 이거 지옥이 따로 없구만……."

"밥 먹고 싶다……."

"저거 맛있어 보이지 않냐……."

그들의 눈이 향한 곳은 포레스트 그리즐리의 사체였다.

용병들은 급격히 몰려오는 공복감에 이기지 못했다. 네 사람은 일제히 사체를 향해서 달려들어 해체도 하지 않은 날고기를 그대로 물어뜯었다. 고기를 뜯고 피를 빨며 뼈를 부숴도 그 식욕은 멈출 줄 몰랐다.

눈 깜짝할 사이에 포레스트 그리즐리는 흔적도 없이 뜯어 먹혔고 그 후에 남은 것은 핏자국뿐이었다.

"부족……해……. 부족해……."

"부족하다고오오……. 밥, 먹고 싶어……."

“먹고 싶어……. 뭐든 좋으니까 먹고 싶어…….”

“밥…… 바아아아아아아아아아아아아아아아아아압!”

세 사람의 상태가 급속도로 이상해져 갔다. 동시에 옷 안쪽에서 근육이 팽창해 억센 털로 뒤덮인 팔이 드러났다. 얼굴에 핏줄이 불거지고 팔과 마찬가지로— 아니, 몸 전체가 뭔가 다른 존재로 변모해 갔다. 그건 이미 사람이 아니었다. 사람이었던 무언가였다.

용병이었던 자들은 저마다 따로 움직였고 그중 한 명이 어느 방향을 향해 걸어 나갔다.

그 앞에 있는 것은 작은 마을, 포레스트 그리즐리 토벌 의뢰를 낸 마을이었다.

완전히 짐승으로 변한 용병은 대량의 침을 흘리며 단숨에 달려가 한 민가를 급습했다.

이윽고 그 작은 마을에서 비명이 터졌다. 기괴한 생물은 움직이는 것을 무차별적으로 덮쳐 그 시체를 먹어치웠다. 탐욕스럽기까지 한 배고픔이 이 마물을 지배하고 있었다.

이날 200명 가까운 마을 사람이 정체불명의 짐승 네 마리에게 습격받아 대부분 살해당했다.

살아남은 사람은 채 스무 명이 되지 않았다.

숲 속에 수상한 그림자가 있었다. 두 명의 인간이었고 똑같은 검은 옷으로 몸을 싸냈나.

그들은 나무 위에서 쌍안경으로 일정 방향을 계속 관찰하며 그곳에서 본 상세한 정보를 적고 있었다. 쌍안경으로 보이는 것은 네 명이 용병이었다.

"상태는 어때?"

"겉모습에 변화는 없지만, 힘이 제법 강해졌군. 식욕도 비정상적이야."

"흠…… 예상 범위 안인가?"

"잠깐! 저건 뭐지……?"

쌍안경을 들여다보던 남자는 예상치 못한 사태에 경악했다.

"무슨 일이야?"

"포레스트 그리즐리를 뜯어먹고 있어. ……아니, 흡수하는 건가……?"

"나는 안 보이니까 결론만 말해줘."

"이, 인간이, 괴물로 변했어……."

"뭐?!"

쌍안경을 든 손이 떨렸다. 너무나도 소름 끼치는 광경이 그를 공포에 떨게 했다.

"위, 위험해! 놈들이 여기로 온다!"

"뭐, 뭐라고?! 설마 냄새를 맡은 건가!"

"도망가자! 우리가 싸워 봤자 승산이 없어."

그들은 서둘러 철수를 개시하며 마물을 부르는 금기의 약물【사향수(邪香水)】를 살포했다.

마물을 유인해 저 짐승들을 교란해 자신들의 몸을 지키겠다는 작전이었다.
얼마 지나지 않아 이 주위에 서식하는 마물이 몰려들어 끔찍한 살육이 벌어졌다.
그 사태를 만들어 낸 자들은 마물을 미끼로 죽자 살자 줄행랑치고 있었다.

관측하던 것은 그들만이 아니었다.
그 인물은 나무 위에서 마법을 써서 마물로 변한 용병을 관찰하고 있었다.
"우와…… 장난 아닌데. 설마 이 정도일 줄이야……. 내가 이런 위험한 걸 만들었다니……."
온통 새까만 옷을 두른 마도사는 경악과 약간의 후회가 담긴 말을 뱉었다.
"정말 위험하다 싶으면 내가 처분하면 되지만, 저 녀석들에게 들키면 그것도 귀찮지. 그나저나 부작용이 심한데……. 상대하려면 애 좀 먹을 것 같아."
애뮬릿을 만든 사람은 이 흑의의 마도사였지만, 설마 이 정도로 끔찍한 부작용을 수반할 줄은 생각하지 못했다. 어떻게든 마물을 쓰러뜨리고 애뮬릿을 회수하지 않으면 안 되겠다며 그는 고민했다.
"아무리 놈들이 표적이라지만, 주민들에게 원한은 없단 말이지……. 이렇게 끔찍한 효과가 나오다니…… 돌이킬 수 없는 짓을 저질러 버렸어. 제기랄!"

씁쓸한 감정을 말에 실어 뱉은 흑의의 마도사는 그 자리에서 사라졌다.

그 후, 그는 어느 인물과 뜻밖의 만남을 가지게 된다. 두 마도사의 만남은 조용히 다가오고 있었다.

◇ ◇ ◇ ◇ ◇ ◇ ◇

"나는 말야, 앞으로 며칠은 더 휴가였다고……."

"그 기분 압니다……. 저도 강제 연행됐어요. 시간 개념이 너무 엉성해서 못 살겠어요."

"그렇지? 이제 막 내가 좋아하는【메칼라 빈】을 만들어서 술안주로 먹으려고 하던 차에 갑자기 나구리가 들이닥쳐서는 명치를 한 방 갈기더니……."

"눈을 떠 보니 마차 위였다, 이건가요? 진짜 너무했네요."

"그렇지? 기껏 콩을 물에 불려서 삶으려고 한 찰나에 말이야. 그 녀석은 사람도 아니야."

아저씨는 흔들리는 마차 위에서 보기 드물게도 수염이 없는 드워프와 잡담을 나눴다.

마차를 타고 이동하길 사흘째, 제로스를 포함한 햄버 토목 공사 일행은 곧 다리 건설 현장에 도착하려 하고 있었다. 그러나 아무런 준비도 없이 연행된 제로스는 짐칸에서 지루함을 주체하지 못했다.

건축 자재는 현장에 있다고 하지만, 문제는 교각 기초 공사가 진행되지 않아 다리를 놓을 수 없다는 것이었다. 제로스가 고용된 이유는 현재 드워프들이 토목 마법 【가이아 컨트롤】을 능숙하게 다루지 못해 그들 대신 기초 부분 공사를 할 사람이 필요했기 때문이었다.

"작업 예정일을 정하지 않은 것도 문제지만, 이렇게 느닷없이 끌고 가는 법이 어딨습니까?"

"다른 영지 인간들이 몇 번이나 실패한 곳이라서 마음이 급한 거야. 그곳 영주가 대대적으로 선전해 버려서 『다리를 놓지 못하겠다』는 말로 무마할 수 없는 상황이거든."

"그래서 마지막 희망을 걸고 햄버 토목 공사에 도움을 요청했다는 건가요……. 기가 차네요. 계획성이 그리도 없을까."

"아아……【메칼라 빈】. 내 소울 푸드……."

"엄청 아쉬웠나 보군요."

【메칼라 빈】이란 【칠리 빈】와 유사한 요리로, 고추의 매운맛과 콩의 단맛이 어우러진 소박한 가정식 요리였다. 고급스럽게 조리할 경우 닭고기와 허브 몇 종류를 함께 삶아 더욱 깊은 풍미를 내며 술안주로 인기가 있었다.

"그러고 보니 야채 성장이 빠르다고 들었는데 그렇게 대단한가요?"

"이 부근은 파프란 대산림 지대가 가까이 있어서 그래. 마도사들 이야기로는 대지에 흐르는 마력의 영향으로 성장이 빠르다고 하더군."

'그렇군……. 이 인근 토지는 레이 라인 위에 걸쳐 있나…….'

"그나저나 마도사인데 검을 가졌다니 별나구먼. 보통 마도사는 지팡이를 든다고."

"마법이 뭐 만능인가요? 마법을 무효화하는 마물도 있습니다. 그럴 때는 육탄전밖에 방법이 없어요."

"후퇴하면 되지. 마력이 떨어져도 잠깐 후퇴하면 다음번에 끝장 낼 수 있을지도 모르잖아?"

"후퇴할 여건이 된다면 말이죠. 애초에 전투 중에는 그런 상식이 안 통합니다."

명확한 규칙이 있는 전쟁이란 귀족이나 왕족 사이에나 가능한 이야기고 일반인이나 용병들은 그럴 수 없었다. 보상금을 위해 공로를 원하는 용병은 마도사나 귀족 장병을 집중적으로 노리며, 도시를 정복하면 만행을 저지른다. 규율이나 군기가 바로 선 곳은 군대처럼 국가에 따르는 부대뿐이며, 돈으로 고용된 인간들에게 그런 규율은 존재하지 않았다. 가령 있다고 해도 긴급 상황이므로 대개의 행동은 묵인됐다.

제로스는 원래 세계에 있을 때, 어떤 나라에서 비행기를 환승하고자 비행장에서 대기하던 중, 모 국가의 테러 조직과 국군의 전투에 휘말려 사흘 정도 발이 묶인 적이 있었다.

피난 장소로 지정된 호텔에서 쉬려고 했을 때 창문으로 날아든 도비탄에 하마터면 목숨을 잃을 뻔했다. 다행히 어깨를 스치고 말았지만, 그 이후 제로스, 【오사코 사토시】는 세계의 화약고라고 불리는 방면의 해외 출장을 거부하게 됐다.

전투는 타인의 사정을 일일이 헤아려주지 않으며, 그곳에 규칙

따위는 존재하지 않는다.

이 이세계는 원래 세계보다 구시대적이지만, 그렇기에 왕후와 귀족은 긍지와 명예를 중시했다. 그러나 언제 전쟁이 벌어질지 모르는 세계에서 사람은 얼마나 이성적일 수 있을까?

원래 세계에도 오랜 기간 전쟁을 이어 온 사람들보다도 이 세계의 사람들이 성격이 순수한 만큼 오히려 전투는 더 가열할지도 몰랐다. 이런 곳에서 전쟁이 일어난다면 싸움에 유발되어 폭력에 경도되는 사람이 나오고, 그런 자들은 적의 병사보다 무서웠다.

전쟁에는 기사뿐 아니라 민간인이나 용병도 차출된다. 기사단이나 마도사단 등은 병력의 극히 일부에 불과하다. 병사는 대부분 징집된 민중 병력으로, 훈련받지 않은 그들을 기사단이 통제할 수 있다고는 도저히 생각하기 어려웠다.

만행을 일삼는 자의 대부분은 징집된 민중이나 용병이었다. 아군이라면 다행이지만, 적일 경우 도망치는 마도사를 집요하게 쫓아오리라. 그들은 공적을 세우길 바라고, 그것으로 돈을 벌어 생활하므로 후퇴해 봤자 안전은 장담할 수 없었다.

"어려운 말 하는데 말이야. 당신, 성격 삐뚤어졌다는 소리 안 들어?"

"자주 듣죠. 극단적이라느니 머리가 이상하다느니."

"이 나라는 평화 그 자체야. 뭐, 마도사가 쪼끔 거만하긴 하지만."

"귀족 절반이 마도사니까요. 평화로운 때일수록 사람은 타락한다고요. 그 피해가 저한테 오지 않길 빌 따름입니다."

'어째 마도사단 일부가 궐기해서 멍청한 짓을 벌일 것 같단 말이

지…….'

생각한다고 어쩔 수 있는 일은 아니지만, 사는 세계 자체가 변한 제로스에게는 어쩌면 모든 것을 받아들일 여유가 없는 건지도 몰랐다. 실제로 하는 일에도 논리가 없었고, 『적을 해치운다』라기보다 『무서우니까 없앤다』에 가까웠다. 아무리 강해도 심리적인 면은 한낱 아저씨였다.

공작가를 대할 때도 『얕보이면 이용당할지도 모른다』며 두려워했을 가능성이 높았다.

문제는 그것을 본인이 자각했느냐, 였다. 지금까지는 얼렁뚱땅 상황 흘러가는 대로 살아왔을 뿐이었다.

"오, 이제 보이는군. 저기가 우리가 일할 현장이야."

"그러고 보니 이름을 아직 못 들었네요. 먼저 여쭸어야 했는데 죄송합니다."

"나? 나는 보링이란 사람이야."

머릿속에 스플릿 핀이 공에 튕겨 반대편 핀을 쓰러뜨리는 광경이 떠올랐다. 옛날 볼링 방송에서 본 장면이었다. 보링과 볼링, 비슷하지만 아저씨의 착각이었다.

"지금 무슨 무례한 생각 하지 않았나?"

"아뇨, 기분 탓이겠죠. 제 이름은……."

"반장에게 들었어. 총각이 제로스지?"

"총각?!"

"우리는 인간보다 오래 사니까 우리가 보기에는 새파란 젊은이야."

꽤 연배가 있는 모양이었다. 드워프도 그렇지만 정령종은 전반적으로 연령을 알기 어려웠다.

공사 현장은 오러스 대하 상류의 넓은 가도에 있었다. 돌로 포장된 도로였는데, 도중부터 길이 끊겼다. 아마 그곳에 다리를 놓을 예정이리라. 그러나 문제는 기초 부분이었다.

아직 도착하지도 않았는데 강물이 흐르는 소리가 들릴 정도였다. 실제로 수류가 상당히 빠를 듯싶었다. 현장의 상황을 보러 강으로 다가가자 계곡 아래로 무시무시한 격류가 흐르고 있었다.

'마법으로 해결될 수준인가? 물살이 상당히 거센데…….'

"상류에서 두 강이 합류해서 물살이 제법 빨라. 어떻게 안 될까?"

"나구리 씨…… 무모한 일을 받으셨네요. 무턱대고 교각을 세우면 이쪽 계곡이 격류에 깎여 나갈지도 몰라요."

"관청은 일을 너무 대충한다니까. 심지어 나라에서 요청한 일이라서 우리는 거스를 수도 없어. 무모한 일을 억지로 떠넘기는 통에 나도 머리가 깨질 것 같아."

"왕족, 귀족들도 주먹으로 날려 버리는 거 아니었나요?"

"처음 일을 받은 게 우리였다면 그랬겠지. 하지만 이 일은 우리만 받은 게 아니야."

햄버 토목 공사만의 일이었다면 관리를 때려눕히고 국왕에게 쳐들어갔을 것이다.

하지만 다른 토목 업자가 참가해 그들에게도 책임 문제가 전가될 수 있었다.

노동자들은 업체가 달라도 연대가 강했다. 동료 의식도 강해 설령 다른 업체의 사람이라도 도움을 주곤 했다.

'이거 어쩌지……. 이렇게 물살이 센데 교각을 무슨 수로 세워? 【가이아 컨트롤】이나 【락 포밍】을 쓰기도 전에 모은 토사가 죄다 쓸려 내려갈 거 아냐. 우선 단단한 암반에 기반을 완전히 고정하지 않으면 안 되겠어. 아니, 그렇지만 물살이 이렇게 빨라서야…….'

"이건 복합 마법을 쓰지 않으면 방법이 없겠네요. 쓸 수 있는 사람은 없겠지만요."

"할 수 있겠어? 어려운 일인 건 알지만 부탁할게. 어떻게 좀 해줘!"

"3일 정도 시간을 주세요. 마법을 한번 개량해 보죠."

'이 세계에는 예전 지인들이 없으니까 기존의 마법식으로 만들어야 해. 그렇다면 다수의 마법을 연동시켜 하나의 공정으로 묶어야 해……. 시간이 없어. 오늘 밤부터 밤샘 작업을 해야 할까? 어떻게 하지…….'

제아무리 제로스라도 자연의 힘 앞에서는 두 손 들고 싶은 심정이었다. 그러나 하지 않으면 직공들이 처벌받는다.

"이 일을 제안한 인간을 잡아다가 힘껏 패 버리고 싶네요."

"건너편 일대를 다스리는 영주야. 요크부케노 백작이라고 해서 걸핏하면 공사비를 깎으려고 들지. 게다가 국왕의 명령이기도 해."

"여기에 다리를 놓을 의미는 있나요? 솔리스테어 공작령과 교역하려면 배로도 충분할 텐데요?"

"사실 전혀 없어. 교역로로 쓰자니 멀리 돌아가는 꼴이고, 만약 완성돼도 도적들이 이 길목에 죽치게 되겠지."

"공사비를 횡령하려는 거 아닌가요? 실수하면 책임은 이쪽으로 떠넘기고요."

“아…… 그럴 만하군. 그렇지만 완성되면 적자일걸? 이 다리의 관리와 치안 유지는 백작이 맡을 테니까.”

이곳은 요크부케노 백작령과 솔리스테어 공작령 사이에 위치한 회색지대라서 관리하는 귀족이 없어 방치되는 땅이었다.

그리고 상류로 가면 파프란 대산림 지대와 맞닿아 마물이 유난히 강했다. 다리를 만들다가 강한 마물에게 습격받을 위험이 크다는 의미였다.

“아무 생각도 없이 눈앞의 이익에 눈이 멀었을 가능성도 있겠군요. 어디까지나 상상이지만…….”

“그럴 가능성도 무시 못 하지. 그런 인간이니까.”

“뭐가 됐건 상종 못 할 인간이네요. 일하는 사람에게 억지스런 요구를 떠미는 시점에서…….”

“동감이야.”

구시대라면 몰라도 이 시대의 이 세계에는 편리한 토목 관련 마법이 존재하지 않았다.

심지어 아저씨가 만든 토목 마법으로도 손대기 힘들 정도라니, 이곳이 얼마나 무모한 현장인지 알 만하다.

“댁은 어떻게 할 생각이야?”

“저라면 단단한 암반에 마법을 걸어 교각 기초를 타원형으로 만들겠습니다. 물살에 대한 부담을 줄이도록 양측을 예리한 형태로 튀어나오게 해서…….”

“오호라, 그거 재미있군. 하지만 폭이 너무 좁지 않겠어? 비슷한 공사를 해 봤는데 쓸려 내려가면 끝장이야.”

"교각은 몇 개로 할 예정이었죠?"

"두 개였어. ……아하, 수를 늘려서 그만큼 부담을 줄이려고?"

도면에 당초 예정된 건설 공정을 그리며 설계를 재검토했다.

어느샌가 다른 직공들도 모여 작업 변경 논의가 빠르게 진행되었고, 예정보다 튼튼하게 만들기 위한 강도 설계까지 즉석에서 시작되는 판국……. 그 작업 공정 회의는 날이 저물 때까지 이어졌다.

◇ ◇ ◇ ◇ ◇ ◇ ◇

당초 설계에 따르면 다리는 두 개의 교각으로 지탱하는 아치 구조였다.

기초 터 위에 하중을 분산하는 아치 모양 토대를 쌓고 그 위로 다리를 설치하기로 했었지만, 건너편 계곡까지 200미터 가까이 떨어진 강에 교각 두 개로 족할 리 없었다.

적어도 교각이 네 개는 필요했고, 거기에 더해 제로스가 원래 세계의 기술을 참고해 교각 측면에 세로로 돌기를 붙이기로 결정됐다. 이것은 강물의 유속을 교각의 돌기로 감쇠해 물살을 조금이라도 완만하게 만들기 위한 장치였다. 동시에 교각에 오는 부담도 분산되므로 다리의 수명도 길어진다. 더불어 하류의 수해를 경감시키려는 목적도 있었다.

토대에 교각을 세우는 것은 드워프들의 마법으로도 가능하지만, 이번에 교각을 만드는 사람은 아저씨였다. 실패가 용납되지 않기에 책임은 막중했다.

“건너편에도 비슷한 형식으로 물살을 죽일 토대가 필요하겠어. 일단 고정만 하면 많이 편해질 거야.”

“그건 우리가 할 수 있는 일이야? 교각을 만든 다음에 조사하는 편이 나을 거 같은데.”

“그렇지. 물살을 이용해 유속을 조절한다니, 기가 막히는군. 마도사 아니랄까 봐 머리가 잘 돌아가.”

“그 마도사 양반은 어디 갔어? 안 보이는데?”

“어떤 마법을 써야 안전할지 골라서 사용하겠다더라. 최악의 경우 마법을 연속해서 사용해야 하니까 신중에 신중을 기하겠대.”

드워프들이 임시 숙소에서 술을 마시며 수다를 떨 무렵, 제로스는 나구리와 함께 작업에 착수해 있었다.

“수심은 어느 정도죠?”

“아마…… 지금은 5길(미터) 정도 아닐까?”

“깊은 곳은 6이나 7길쯤 될걸? 암반까지는 얼마나 되는지 모르겠지만.”

“작업 공정은 대충 파악했지만, 아무래도 처음이라서 불안하네요. 신중하게 하지 않으면 붕괴할 거고, 되도록 한 번에 성공해야만 합니다. 상당히 난이도가 높은 작업이 될 거예요.”

“시간이 걸리는 건 어쩔 수 없지. 원래부터 무모한 공사니까. 기일을 다소 넘겨도 상관없어.”

구축할 마법은 이미 정해 놓았다. 교각을 만들기 위해 우선 교각을 세울 곳을 철판으로 둘러싸고 암반에 쇠말뚝을 박아 지주로 삼는다. 그곳에서 물을 빼고 지주 몇 개를 천공으로 고정한다. 그리고 교각의 모양을 결정할 형틀을 만든 후 시멘트를 붓는다.

이번에는 지주도 시멘트도 형틀도 없기 때문에 모든 공정을 마법으로 일괄 처리해야 했다. 타원형 마법 장벽으로 물을 막음과 동시에 암반과 주위 토사를 이용해 교각을 구축, 그것을 아래에서부터 순서대로【락 포밍】으로 고정한다. 얼마나 마력을 소비할지, 얼마나 빠르게 교각이 완성될지는 미지수였다.

'【백은의 신벽】를 이중 전개 하고【가이아 컨트롤】를 병용, 그리고【락 포밍】……. 마법식 만들기가 귀찮겠어.'

예상 이상으로 어려운 작업에 제로스도 머리가 지끈거렸다.

"세 가지 마법 동시 전개라…… 돌겠네요. 못 할 것까진 없지만 어렵겠어요."

"그 정도야? 난 마법에 관해선 문외한이라……."

"수압을 막고 교각의 형틀을 대신할 장벽 마법을 써야 하는데, 물살의 압력으로 얼마나 부하가 걸리는지 모르는 게 문제네요. 수압 때문에 마력이 계속 소비되거든요."

장벽 마법은 물리 공격의 위력이 크면 클수록 마력 소비가 크며 빨리 고갈된다.

대개는 활이나 적의 공격 마법을 막을 때 사용하기 때문에 공격의 충격은 한순간이다.

그러나 막아야 할 대상이 흐르는 강물이라면 그렇지 않다. 설령 마력 소비가 적어도 마법 사용자는 끊임없이 마력을 소비한다. 자연계에서 마력을 모아도 그것을 유지하는 데도 마력을 사용하며, 동시에 다른 마법도 제어해야 한다.

“교각은 가능한 한 튼튼하게 만들겠지만, 모양이 상당히 보기 안 좋을 거예요.”

“그건 직공으로서 용납하기 힘든데. 이유가 뭐야?”

“마법을 쓰는 저한테 그럴 여유가 없으니까요. 교각을 구성하는 돌이나 흙은 흘러 내려오는 토사를 이용하면 되지만, 그것을 하나의 형태로 유지하면서 튼튼하게 만들기는 좀…….”

“그렇게까지 하려면 벅차다, 이건가……. 마법도 그렇게 편리하지만은 않군.”

“작업을 보좌할 중장비라도 있으면 편리하겠지만, 그게 없으니까 문제네요. 누가 좀 만들어주면 안 되나~.”

투덜대고 싶어질 만큼 귀찮은 일이었다.

자택의 컴퓨터라도 있다면 수압과 구조를 면밀하게 조사해 마법 제작도 편해지겠지만, 이번에는 기존의 마법 문자만으로 토목 마법의 마법식을 만들어야만 했다. 필요한 마법의 마법식은 이미 가지고 있으니까 상관없지만, 이미 완성된 마법을 연결해 재구축하면 어떤 폐해가 나올지 알 수 없었다. 여러 공정을 마법 문자로 구성해야 하고, 이번에는 그 마법식 양이 너무 많아 전부 제어할 수 있을지 불안했다.

‘밤새 제작하고 실험하고, 게다가 수정까지 한다고 치면 일정상 세 번이 한도일까? 상류에 물살 감쇠용 기둥을 세우면 조금은 부담이 줄지도 몰라……. 이런 막막한 현장이 얼마 만이지?’

“부탁할게. 믿을 사람은 댁뿐이니까.”

“부담 주지 마세요. 이래 보여도 소심하다구요.”

"허이구, 퍽이나!"

타인의 눈에 제로스는 상당히 자유롭게 사는 것처럼 보이겠지만, 그의 마음속은 언제나 불안에 시달리고 있었다. 이세계에서 살아간다는 것은 정신에 꽤나 부담을 주었다.

아저씨는 투덜거리면서도 마법식 제작에 전념했다.

제5화 아저씨, 맞닥뜨리다

어두웠던 임시 숙소의 방에 희미한 빛이 들었다.

촛불을 쉴 새 없이 태우고, 부족해지면 마법으로 빛을 보완해 가며 작업을 이어가던 제로스는 무심히 창밖을 내다보았다. 울창하게 펼쳐진 숲에 약한 햇빛이 새어들며 서서히 밤의 장막을 거두어 갔다.

"아…… 아침이구나."

장시간 마법 통합에 온 힘을 쏟은 제로스는 아직은 불완전하지만 대략적인 구상을 마쳤다.

이제는 시험과 재조정을 반복하며 완전하게 조정할 뿐이었다. 문제는 지금 제작 중인 마법이 누구나 사용할 수 있을 만한 것이 아니라는 점이지만.

범위 장벽 마법 이중 전개에 형상 조작, 대지 조작 마법과 경화(硬化)를 하나의 공정으로 묶으니 마력 소비가 커진다. 자연계 마력을 이용해도 어디까지나 토사를 모아 경화하는 것이 우선이라서 장벽과 교각의 형태 유지는 시전자의 힘으로 해야 한다.

물살이 험한 강에서 사용하면 수류로 인해 장벽에 드는 마력은 계속해서 늘어나고 강을 따라 흘러오는 바위나 자갈이 장벽 유지를 힘들게 한다.

막지 않고 받아들이면 될 일이지만, 그러면 이번에는 장벽을 유지할 수 없다.

"아무튼…… 한번 써 보는 수밖에 없으려나?"

결국에는 그런 결론에 도달했다. 그러나 지금 상태로 실험하기는 불안하다고 생각한 제로스는 그 자리에 드러누웠다. 조금 쉬지 않으면 작업 중 실수로 이어질 우려가 있기 때문이었다.

얼마 지나지 않아 방 한쪽에서 아저씨의 규칙적인 숨소리가 들렸다.

◇ ◇ ◇ ◇ ◇ ◇ ◇

"뭐야? 상류에서 마법을 시험해 보고 싶다고?"

"네. 대략적인 기능은 넣었지만, 문제는『실용성이 있느냐』입니다. 대뜸 실전에 투입할 수는 없으니까 시험해 보지 않으면 계획을 세울 수 없어요."

세 시간 정도 잔 후, 제로스는 나구리에게 마법을 시험해보기 위해 허가를 받으러 왔다.

토목 일은 작업 공정을 중시하기 때문에 일정이 조금이라도 늦어지는 것을 용납하지 않는 경향이 있었다. 상황에 따라서는 받아들일 수 있겠지만, 지금은 한시라도 빨리 작업에 착수하고 싶을 것이다.

그러나 정작 중요한 마법이 불완전하면 목숨이 위험할 수도 있었다.

"3일 기다려주겠다고 한 사람은 나지만, 마법 자체는 완성되지 않았어?"

"그래도 아직 완성도가 조잡해서 현장에서 사용하기 꺼려져요. 마력을 얼마나 소비할지도 모르고요."

이것은 전직 프로그래머의 자존심이었다. 프로그래밍은 문자 하나를 잘못 입력하면 전체에 영향을 미치기도 한다. 그래서 디버그 팀을 준비해 시종일관 모니터를 바라보며 수정하는 작업에 매진하곤 했다. 해외에서 프레젠테이션이 있으면 책임자로서 출석해야 했고, 그 덕분에 작업이 정체되어 연일 밤샘 지옥에 빠져 살았다. 상사와 말싸움을 벌인 일도 부지기수였다.

마법도 일종의 프로그램이라서 약간의 실수가 마법 전체 기능에 영향을 끼쳤다. 복잡한 마법식으로 구성된 마법은 한번 테스트해서 성능을 확인할 필요가 있었다.

"그런데 왜 하필 상류야?"

"상류에 교각 지주를 몇 개 세워서 물살을 감쇠하면 강물이 조금은 약해질 테고 공사도 편해질 겁니다."

"그렇군. 강에 떨어져 죽는 일은 줄겠어."

"그렇다고 사람을 강에 밀어 빠뜨리진 마세요."

"누가 그런 짓을 한다고. 기껏해야 밧줄로 묶어서 떨어뜨리기밖에 안 해."

나구리는 아직 윰보에게 빼앗긴 음식의 원한을 잊지 않았다. 그렇다. 제로스의 집을 공사할 때 말한 【보로모로 새 매콤 튀김】의 원한이었다.

"그나저나 혼자 상류까지 가도 괜찮겠어?"

"어떻게든 되겠죠. 그렇게 멀리 가는 것도 아닌데."

"뭐, 댁이 그렇게 말한다면야 괜찮겠지. 빨리 돌아와."

"마법을 몇 번 시험해 볼 뿐이니까 시간은 많이 안 걸릴 겁니다. 그럼 잠깐 시험해 보고 오죠."

"그래. 조심하고."

제로스는 조금 졸린 표정으로 상류로 갔다. 자신의 결과물에 따라서 공사의 명암이 나뉜다고 하니 부담감이 상당했다.

강을 따라 상류로 가는 제로스는 마냥 우울했다.

상류로 가도 물살에는 변함이 없었다.

여전히 격류가 휘몰아쳐 다소 기세를 죽여 봤자 물살이 완만해질 것 같지 않았다.

"안 되겠는데……. 교각을 여러 개 세워 볼까?"

제로스는 복합 마법의 마법식을 기동했다. 격류 속에 빛으로 된 벽이 생기더니 범위를 점차 늘려 갔다. 동시에 강바닥에서 토사나 돌멩이를 모아 만든 기둥이 서고, 이중 진게 된 실드 내부에서 치층 지정된 형태로 모습이 바뀌었다.

예리한 타원형 기둥이 강바닥을 향해 퍼지는 형태로 만들어졌다. 측면에 난 돌기가 대류(對流)를 낳고 유속을 줄여 격류를 완화했다. 그러나 이대로 가면 마법이 끊긴 시점에서 바로 분해되어 무너질 것이다. 그곳에【락 포밍】마법을 걸자 토사와 돌이 압축되며 하나의 돌기둥으로 변했다.

마법은 물리 현상으로 변화해도 바로 마력으로 돌아가기 시작해 확산되는 특성이 있었다. 그러나 응축한 토사와 돌은 압력으로 열을 발생시키고 물질을 서로 결합해 마법 효과가 끊겨도 기둥만은 형태로 남는다.

부차적으로 발생하는 물리 현상은 마력으로 변질한 것이 아니기 때문에 마력이 확산돼도 물리 법칙의 울타리를 벗어나지 않는다.

그래서 인위적으로 마법으로 발생시키는 현상과는 달리 사라지지 않는다. 문제는『마력 소비가 장난 아니다!』—란 점이었다.

세 마법의 병행 운용과 마법식 기동에 필요한 마력은 제로스가 예상하던 수준을 크게 웃돌았다.

레벨 1,800을 넘은 제로스의 보유 마력량은 비범한 수치다.

하지만 이 세계 사람의 레벨 평균은 100 이하, 높아 봤자 300이었다.

그래서인지 마도사의 평균 마력은 250 전후였다.

"이 마법은 크레스톤 씨 레벨로도 한 번이 한계겠어……. 쓸 수 있는 마도사가 없겠는걸."

공작가의 전 당주였던【연옥의 마도사】라도 개인 레벨은 303에 불과했다.

그런 마도사가 사용해도 한 번이 한계인 최대 이유는 교각의 형틀이 될 장벽 마법【백은의 신벽】이중 전개 때문이었다.

마음대로 형태를 바꿀 수 있지만, 자유도가 높은 만큼 마력을 많이 소비하는 마법이었다. 심지어 아직【한계 돌파】나【임계 돌파】,【극한 돌파】등 특수 조건에서 발생하는 신체 능력 변화를 일으키지 않았다.

이 현상은 신체 레벨이나 스킬 레벨이 일정 단계에 달했을 때 일어나며 각 능력이 대폭 상승한다. 개인의 능력이 두 배 가까이 뛰며 보유 스킬이 많을수록【임계 돌파】,【한계 돌파】를 일으킬 가능성이 높아진다. 실제로 그 수준까지 가려면 상당한 수행이 필요하지만, 마물을 계속해서 해치우다 보면 도달할 수 있는 경지이기도 하다.

그러나 현시점에서 이런 비법과 관련된 지식은 뿔뿔이 흩어져 이 세계에는 남아 있지 않았다.

사신 전쟁 시기의 피해와 그 후 정치적 요인으로 안전한 곳에서 몸을 사리는 폐쇄적 정책을 펼친 탓에 고레벨 보유자가 생길 기회가 사라지고 말았다. 위험 영역 개척에서 손을 뗀 바람에 대중의 저레벨화가 진행되었고, 아울러 기술 퇴화를 불러 구시대에 비해 약한 종족으로 전락한 것이었다.

뭐, 아저씨와는 상관없는 이야기지만—.

"실전에 앞서 연습 삼아 몇 번 써 볼까……. 실패하면 나구리 씨한테 얻어터질지도 모르니까."

이렇게 제로스는 착실하게 연습을 시작했다. 입에 담배를 꼬나문 것은 에티켓 위반이지만…….

오러스 대하의 상류에 돌기둥 몇 개가 세워졌다.

유속이 빠르던 강도 기둥 건조가 진행됨에 따라 물살이 약해져 눈에 보일 정도로 완만해졌다. 원래부터 물살이 빨라 오가기 힘든 장소였기에 다른 도시로 가는 배는 다른 강으로 우회하므로 배가 좌초할 걱정은 없었다.

다만, 이곳 상류에는 다른 나라가 존재하며 약 100년 전 오러스 대하를 따라 내려와 침공한 역사가 있었지만, 그런 배경을 모르는 아저씨는 또 혼자 신이 나서 일을 내고 말았다.

"물 때문에 노후화하면 말짱 꽝이니까 조금 손을 써 볼까……."

기둥에 복잡한 마법식을 넣어 마석이 주위에서 마력을 흡수하도록 조금 손을 본 뒤 안에 묻었다. 요컨대 강에서 튀어나온 이 기둥을 마법 도구로 바꾼 셈이었다.

기분이 좋아졌는지 다른 기둥도 손보기 시작했다. 기둥들은 표면에 기하학적 무늬를 가진 기이한 모습으로 변해 갔다. 주위에서 마력 공급을 받고, 시간제한은 있지만 강력한 장벽을 지속적으로 펼쳐 기둥이 쉽게 무너지지 않도록 개량한 것이었다.

그러자 이번에는 그게 밋밋하다고 생각했는지, 기둥 위에 바위를 만들어 그리폰 같은 동물 조각으로 바꾸는 등의 일을 반쯤 재미 삼아 벌이기 시작했다. 장난을 시작한 아저씨는 멈출 줄 몰랐다. 차츰 공을 들여 조각을 양산했다. 주로 초시공 요새함이나 어디 나오는 휴머노이드 기동 병기를 의인화한 것, 심지어는 발키리도 북유럽 신화가 아닌 다른 쪽에 나오는 발키리였다. 그밖에도 가희니 마법 천사니, 생각나는 건 닥치는 대로 만들어 댔다.

이변을 느낀 것은 마침 재미가 붙었을 때였다.

"마물? 아니, 그런 것치고는……."

계곡 반대편에서 움직이는 그림자를 발견하고 응시하다가, 온몸이 빳빳한 털로 뒤덮인 생물과 눈길이 맞았다.

입은 갯과 동물에 가까워 보였다. 날카로운 이빨이 나란히 자란 입으로 굶주린 것처럼 타액이 질질 흘렀다.

몸통은 사람에 가까우나 위협적인 손톱을 가진 팔이 네 개나 달렸다. 짐승은 제로스를 발견하자 고속으로 기둥을 뛰어넘으며 접근해 왔다. 그리고 칼날 같은 손톱을 제로스 앞에서 치켜들었다.

후방으로 뛰어 공격을 피한 제로스는 그 짐승의 모습에 전율했다. 이 마물의 몸에는 무수한 인면이 떠올라 있었고 개중에는 어린아이의 얼굴까지 있었다. 그 얼굴들이 신음을 흘리며 제로스를 원망하듯 바라보았다. 본능적인 혐오감이 솟구쳤다.

"뭐야? 이 마물은 뭐냐고……."

마물은 집요하게 쫓아왔다. 휘두른 왼팔의 주먹을 몸을 숙여 피하자 다른 한쪽 왼팔이 날아왔다. 그것을 허리춤의 칼을 뽑음과 동시에 반격해서 잘랐다.

그러나 통증을 느끼지 않는 걸까? 마물은 그 자세에서 백 너클처럼 왼팔을 휘둘렀다.

다시 칼로 왼팔을 잘랐지만, 이 마물은 오히려 돌진해서 제로스를 날려 버렸다.

"컥?!"

숲에 자란 나무에 격돌해 한순간이지만 호흡이 멈출 뻔했다.

제로스는 초인적으로 우수한 신체 능력을 가졌지만, 이 마물은 순간적으로 제로스도 반응할 수 없는 속도로 공격해 왔다.

"위험해……."

다짜고짜 돌격해 오는 마물에게 카운터를 노리고 【백은의 신벽】을 전개했다. 전방으로 뻗은 무수한 가시 장벽이 마물을 벌집으로 만들었다.

그래도 마물은 속도를 늦추지 않았다. 가시에 찔린 채로 돌진해 제로스를 붙잡으려고 오른팔을 뻗었다.

"【에어 버스트】."

바람 계통 마법인 【에어 버스트】를 코앞에서 때려 박고 그 위력에 마물과 정반대 방향으로 떠밀려 날아갔다. 자세가 흐트러져서 잠깐이라도 움직임이 멈추면 그 순간 치명적인 허점으로 이어진다.

마물이 제로스를 추격하려고 일어서는 것이 보여서 자세를 바로잡는 동안 방어 장벽을 펼쳤지만, 마물은 추격해 오지 않았다. 그럼 무엇을 하고 있느냐? 절단된 두 왼팔을 먹고 있었다. 게다가 팔이 사라진 곳에서 살이 꾸무럭거리며 순식간에 재생이 시작됐다.

【백은의 신벽】으로 준 상처도 빠르게 아물었다. 그러나 그 이상으로 마물의 입에서 쉴 새 없이 떨어지는 타액이 이 마물의 상태를 더없이 자세히 말해줬다. 놈은 극한까지 굶주려 있었다.

게다가 몸 곳곳에서 팔이나 다리가 자라 나와 그 모습을 기괴하게 바뀌 나갔다.

체조직이 폭주한 탓인지, 보는 것만으로 구토를 유발하는 역겨운 광경이었다.

심지어 사람의 상반신까지 여럿 자라났다. 이보다 더한 게 있을까 싶을 정도로 불쾌하고 광기 어린 공포를 줬지만, 이것은 절호의 기회이기도 했다.

"【체인 바인드】."

마물 바로 아래에서 마법진이 떠올라 사슬들이 놈의 몸을 옭아맸다.

속박된 마물은 날뛰었지만, 그것이 풀리기 전에 다음 공격이 이어졌다.

"【프로미넌스 플레임】."

눈부시게 작열하는 불덩이가 마물을 휩쌌다.

재생한다면 재생으로 따라잡을 수 없는 속도로 태워 버리면 그만이다. 그렇게 판단해 화염 계통 소각 마법【프로미넌스】계열을 사용한 것이었다. 구시대에는 금술(禁術)의 하나로 통했고 지금은 잊혀 사라진 마법이었다.

개별 공격 마법이었지만, 위력은 적을 흔적도 없이 태워 버리는 열량을 가졌다.

반쯤 플라즈마화한 불은 재생할 여유도 주지 않고 마물을 잿더미로 만들었다. 그렇지만 마물이 사라져도 그곳에 선명하게 새겨진 것이 있었다. 공포였다.

잠깐이었지만 마물은 제로스를 능가했다. 그것은 자신을 죽일 존재가 있다는 의미였다.

상식을 초월한 식탐 때문에 살았지만, 그대로 싸웠더라면 어떻게 됐을지 모른다. 그는 처음으로 공포에 떨었다. 그것은 처음으로 느낀 생명의 위험이기도 했다.

"이세계를 너무 우습게 봤어……. 그나저나 이 마물은 뭐지? 말도 안 되는 재생 능력이야……."

마물이 보유한【재생 능력】은 편리한 스킬이지만, 이상하리만큼 강한 공복감이 동반되기 때문에【광전사】스킬이 동시에 붙는 경우가 많았다. 팔이나 다리를 재생하려면 그만한 영양분이 필요하며, 초고속 세포 분열을 강제로 유발할 영양을 보충하고자 다른 생물을 덮치는 폭주를 일으킨다.

이 마물은 먹은 생물을 흡수하고, 통각이 존재하지 않으며, 강력한 신체 능력을 발휘하는 대신 굶주림에 시달렸다. 끊이지 않는 영양 결핍증 같은 상태였다.

신체 능력 향상은 동시에 칼로리 소비를 촉진하는 것 같았다. 그리고 활동할 때마다 근육이 파괴돼 언제나 근육을 재생해야만 했다. 사냥감을 잡아먹어 능력과 영양분을 흡수하고, 이동하는 것만으로 몸에 부하가 걸려 육체가 파괴되고, 재생을 계속해 영양을 소비하고 굶주리는 악순환.

【재생 능력】은 주로 오크나 오거가 가진 스킬이지만, 해치운 마물은 그 어느 쪽도 아니었다. 무엇보다 여러 사람의 얼굴을 몸에 붙인 짐승이 있다고는 난생 들어보지도 못했다.

'설마…… 인간을 잡아먹은 건가? 그렇다면 끝없이 사람을 습격

하는 거 아니야?'

식은땀이 흘러 떨어졌다.

"와…… 그걸 해치웠어? 그럼 남은 건 세 마리인가?"

"세 마리가 남아? ……아, 아니, 누구냐?!"

제로스가 돌아보자 그곳에는 흑의를 입은 마도사가 한 명 서 있었다.

감각적으로 전해지는 기운이 평범한 인물이 아니라고 경고했다.

"……너는…… 누구야?"

"글쎄, 내가 누구인가……. 당신은 자신이 누구인지 이해하고 있어?"

체형으로 보아 20대 젊은이일까? 하지만 뿜어져 나오는 기운이 이 세계 인간과는 이질적이었다.

장담컨대 위험한 상대였다.

"선문답할 생각 없습니다. 대답은 지극히 단순하게……."

"적이냐 아니냐……인가? 단순해서 좋은데. 일단은…… 적이겠지?"

제로스가 이 세계에서 처음으로 느낀 기운. 자신에게 가장 가까운 존재. 이런 상대는 처음이었다.

"이 괴물…… 그쪽이 보낸 건가요?"

"흠…… 상황을 보러 왔을 뿐인데 이런 일이 될 줄은……. 이건 개량의 여지가 있겠는데. 이런 결과가 나온 건 본의가 아니지만, 목격자를 이대로 두는 것도 위험하거든……"

"귀찮고 안 좋은 예감밖에 안 드는데……."

"하하하하…… 그 예감은 정답……이야!"

순간 마도사의 모습이 흔들렸다.

본능적으로 위기를 느낀 제로스는 퍼뜩 쇼트 소드를 교차시켰다.

—키이이이이이잉!

쇳소리가 울림과 함께 두 사람은 서로에게 검을 부딪친 상태로 정지했다.

흔히 말하는 코등이싸움이었다.

"막았어……. 하하하, 이거 정말로 방심 못 할 사람이네……."

"나이가 있으니까 너무 놀라게 하지는 마. 연장자를 공경해야지?"

"괴물같이 강한 주제에 잘도 그런 소리를 하네? 【플레어 랜스】."

"【플레어 브리드】."

선공으로 발사된 【플레어 랜스】를 속공이 가능한 【플레어 브리드】로 응수했다. 두 마도사는 선홍색 불길에 휩싸였다. 아니, 그렇게 보였다.

두 사람은 폭발에 휘말리기 전에 이탈하고 서로 즉각 거리를 좁혀 검으로 충돌했다.

—키이이이잉! 끼릭! 채애애애앵!

서로의 검이 격렬한 불똥을 튀기며 믿어지지 않는 속도로 상대에게 파고들지만 상처를 줄 수는 없었다. 두 사람은 이해했다. 눈앞의 상대가 상당한 실력자임을—.

"야아, 강한데……. 나이 때문인지 따라가기도 버거워……. 【에어 버스트】."

"무슨 나이 타령이야? 엄청난 실력이잖아……. 【에어 버스트】."

—콰아아아아아아아아아앙!

거의 동시에 발사된【에어 버스트】가 주위 지면을 들춰내고 나무들을 뿌리째 쓰러뜨렸다. 흙먼지가 주위를 뒤덮었다. 시야는 차단됐지만, 서로의 기운은 느낄 수 있었다.

흑색과 회색의 그림자가 먼지를 뚫었고 은색 칼날이 회오리를 일으키며 부딪쳤다.

"쳇…… 역시 보통내기가 아니잖아. 강에 이런 기둥을 세우는 마도사가 있어서 평범한 인간은 아니라고 생각했지만…… 어이가 없네."

"그건 피차일반이죠……. 슬슬 정체가 뭔지 알려주시면 안 될까요?"

"하하하하하, 알려줄 리가 없잖아. 재밌는 소리를 다 하네."

"하기는 그렇겠죠~. 지진 않겠지만, 이대로 가면 소모전이 되려나?"

가벼운 불평을 토로하면서도 서로에게 치명상을 주기 위해 칼을 휘둘렀지만, 그럼에도 타격을 주지는 못했다. 정말로 성가신 상대였다.

"왠지 서로가 어떻게 나올지 다 아는 것 같네요. 당신, 마도사 맞죠?"

"그건 내가 할 말이야. 당신 정말로 마도사야?"

제로스는 지금까지 공수를 주고받으며 자신이 질 만한 상대는 아니라고 깨달았다. 그러나 이 마도사가 절대로 방심해선 안 될 인물이란 것도 꿰뚫어 보았다. 마치 서로의 머릿속을 들여다보는 것처럼 칼을 부딪치기만 할 뿐 아니라 서로 강력한 마법을 쓸 수 없는 상태에 빠져 있었다.

강력한 마법이라도 주문 없이 사용할 수는 있었다. 그러나 발동하기까지 약간의 시간이 필요했다. 그 시간이 서로에게 치명적인 허점을 만들 것이다.

'난감하네……. 마치 나 자신과 싸우는 기분이야. 결정타를 줄 수 없어.'

그랬다. 마법이 어떤 것인지 숙지하고 있기에 결정타를 주지 못했다.

물론 검술 스킬과 격투 스킬도 있었다. 그러나 지금 대치한 흑의의 마도사는 그 기술조차 쓸 틈을 주지 않았다. 동시에 자신도 상대에게 틈을 주지 않는 상태가 지금도 계속되며 격전을 연출했다.

검술 스킬도 사용하는 순간에는 일정 패턴의 모션이 발생하는데, 서로 그것을 간파하고 파훼하는 상황이었다. 이만큼 성가신 경우는 지금까지 경험해 본 적이 없었다.

"저기요…… 이제 그만 포기하면 안 될까요? 솔직히 상대하기 지치는데……."

"내 눈에는 아직 여력이 있어 보이는데? 싸움을 건 날 순순히 놔줄 것 같지도 않고…… 믿을 수 있을 만큼 친한 사이도 아니잖아?"

"그야 뭐, 다짜고짜 칼을 들이댔으니까요. 사정 청취 정도는 각오하셔야겠죠?"

"하하하하, 정말로 재밌는 사람이네……. 그건 좀 봐주라."

"역시 그렇겠죠~. 아, 귀찮아……."

서로에게 껄끄러운 상대였다.

원한이 있는 것은 아니지만, 그래도 괴물을 낳는 위험한 마도사였다. 여기서 놓아줄 수는 없는 노릇이었다. 그러나 이대로 싸움을 계속하는 것은 무의미의 극치였다.

몇 번이고 반복되는 충돌. 진저리나는 상황에 혀를 차고 싶어졌다.

『이봐아아~! 어디 있어어어~!』

""……?!""

누가 이쪽으로 오고 있었다. 그것은 제로스에게 치명적인 빈틈이, 흑의의 마도사에게는 호기가 되었다. 그 손으로 집약되는 방대한 마력의 흐름이 느껴졌다.

"【그랑 오버 익스플로드】."

"쳇! 【플라즈마 버스트 디스트럭션】!"

―쿠콰아아아아아아아아아아아아아아아아아아아아아앙!

두 개의 초대형 마법이 정면으로 부딪쳤다.

무시무시한 충격이 두 사람을 덮치고 비명을 지를 틈도 없이 날려 버렸다.

바닥을 구르고 몇 번이나 돌과 나무 파편에 맞은 제로스는 거목에 부딪치고 나서야 겨우 충격파의 흐름 속에서 빠져나왔다. 삭신이 쑤시고 비명을 질렀다.

"콜록…… 몸은…… 무사해. 그건 그렇고 온몸이 저려……."

주위는 흙먼지가 일어 상황 파악도 할 수 없는 상태였다. 폭발 지점에는 거대한 크레이터가 생겼다.

'놈은…… 도망쳤나? 기운이 느껴지지 않아……. 무슨 아이템을

쓴 건가?'

이미 흑의의 마도사는 없었다. 폭발을 이용해 이곳을 이탈한 것 같지만, 멀리 도망쳤다고는 생각하기 어려웠다. 만약 가까운 곳에 잠복했다고 해도 누가 이쪽으로 오고 있다면 무리하게 싸울 수는 없었다. 결국 추적은 단념해야 했다.

"이게 다 뭐야아아아아아아아아아아아아아아아?!"

"……?!"

놀라서 돌아보자 그곳에 나구리를 포함한 드워프 몇 명이 있었다.

"아, 나구리 씨. 어쩐 일이세요?"

"어쩐 일이긴, 식사 시간이 됐는데도 안 돌아오니까 찾으러 온 건데…… 이게 다 무슨 일이야? 게다가 저 기둥은……."

"시험 삼아 만든 교각인데요? 그냥 방치하면 심심하니까 조금 장식을 만들어 봤습니다."

"조금이 아니잖아. 놀고 있었냐……."

"장난이 아니에요. 습격을 받는 바람에……."

"습격이라고? 그래서 이 꼴이 난 거구만! 그, 그보다 다치거나 하지 않았어?"

"네. 아찔했지만, 멀쩡합니다."

"그래……. 무사하다니 다행이야. 그렇지만…… 저건 창작 의욕이 샘솟는 작품이군."

전투는 있었지만, 장난기에 몸을 맡기고 논 것도 사실이었다.

마법 문자와 조각이 들어간 기둥은 그들 드워프에게는 참신한 작품으로 보였다.

겉보기에는 투박하고 데면데면한 성미 같지만, 드워프는 예술에 조예가 깊은 종족이었다. 그들은 진지한 눈으로 강에 선 기둥을 응시했다.

"조각은 그럭저럭 괜찮군. 하지만 저 문양과는 안 어울려."

"그것도 다른 관점에서 보면 괜찮지 않아? 새로운 것에는 완성되지 않은 아름다움이 있어."

"미숙하지만 나쁘지 않군. 기둥이 조금 더 얇았으면 좋았겠는데~."

"그래선 강물에 못 버티잖아. 조각을 소형으로 만들고 앞뒤 대칭으로 놓으면 어때?"

"상류와 하류에서 각각 볼 수 있도록 하는 건가? 기왕 만든 조각도 꽁무니만 보는 건 너무 아쉽지."

난데없이 이런저런 품평이 시작됐다.

"조각을 하나씩 더 만들어서 전후 대칭으로 고쳐. 크기는 절반이면 돼."

"네……? 지금부터 고치라고요?"

"당연하지. 우리 앞에서 대충 넘어가려고 하지 마."

"전투와 실험으로 마력을 많이 소비했는데요……."

"쥐어짜."

나구리는 억지를 부렸다. 그러나 다른 드워프들도 같은 의견인 것 같았다. 그들의 눈은 이상하리만큼 광채를 발했다. 진심이었다.

"기둥이 몇 개나 된다고 생각하십니까? 이거 제법 힘들다고요."

"마흔다섯 개지. 뭐 어때, 죽을힘을 다하면 괜찮을 거야."

"기력으로 마력이 회복되는 줄 아세요?!"

“““하라면 해! 더 구시렁대면 빠뜨려 버린다!”””

괜한 장인 정신 때문에 일을 대충 넘기지 못하는 그들은 수정을 강요해 왔다. 초보자가 장난으로 만든 조각은 퇴짜 맞고 철저한 디테일을 요구당했다. 그들 드워프의 사전에 타협이란 없었다.

결국 제로스는 졸지에 조각을 수정하게 됐다. 드워프가 무서운 눈길로 감시하는 가운데서 필사적으로 조각 제작에 들어갔다.

결국 작업은 해 질 녘이 되어서야 완료됐고 그동안 쉴 새 없이 드워프들의 노성이 메아리쳤다고 한다.

임시 숙소로 돌아왔을 때, 가뜩이나 교각 시험 제작과 전투로 마력을 소비한 제로스는 이 수정 작업으로 완전히 마력이 고갈되어 녹초가 되어 있었다.

그는 이 세계에 와서 처음으로 마력 고갈로 쓰러졌다.

◇ ◇ ◇ ◇ ◇ ◇ ◇

‘나 원, 그런 어처구니없는 마도사가 있다니……. 그 괴물을 해치울 만해.’

흑의의 마도사는 범위 마법이 충돌한 틈을 타서 오러스 대하를 이탈했다.

그는 자신이 이 세계에서 상당히 상위 마도사에 속한다고 생각했다. 설마 그 이상 가는 마도사가 나올 줄은 예상하지 못했다. 아니, 예상은 했지만, 웬만해서는 만날 일이 없을 거라고 생각했다.

그러나 그 웬만해서는 일어날 리 없던 만남이 예고 없이 찾아왔고 어쩌다 보니 전투로 발전하고 말았다.

'그런 괴물이 된 시점에서 어차피 즉시 제거해야 했었나. 목격당하다니 좋지 않군. 아니, 수고를 덜었다고 생각해야 할까……? 그나저나 그 힘은【섬멸자】수준이었는데…… 응?'

여기서 그는 뭔가 마음에 걸리는 것을 느꼈다.

'잠깐.【섬멸자】? 설마…… 그 마도사, 그 사람인가? 아니, 설마 그럴 리는…….'

그가 아는 마도사의 모습은 마른 체형에 미덥지 못한 느낌을 주는 중년이었다.

그렇지만 잘 생각해 보니 그 인물과 방금 싸운 마도사의 언동이 묘하게 겹쳐졌다.

'……앗, 이 세계에서는 아바타가 아니라 본래 모습이지.'

그리고 자신의 착각을 뒤늦게 깨달았다.

'……망했다. 만약 그 사람이라면 나중에 사과하러 가야 해. 안 그러면 죽어……. 의외로 뒤끝 있는 사람이지. 그렇지만 어디 사는지도 모르는데 어떻게…….'

만약 그가 아는 마도사였다면 머리 숙여 사과해야 했다. 그러지 않으면 무슨 짓을 당할지 몰랐다. 그러나 아직 해야 할 일이 있는 이상 지금 돌아가서 만날 수도 없었다.

사정을 설명하면 힘을 빌려줄지도 모르지만, 감정을 품었으면 반죽음은 피할 수 없었다.

"큰일 났다……. 나 어떡해!"

사과하느냐, 이곳을 떠나느냐, 그것이 문제였다.

흑의의 마도사는 당분간 숲 속에서 홀로 고민에 빠진 채 헤어나오지 못했다.

결국 그는 해야 할 일을 우선해 동료와 합류하고자 그 자리를 벗어났다.

◇ ◇ ◇ ◇ ◇ ◇ ◇

심야의 숲 속, 세 남자가 걷고 있었다.

한 사람은 계곡 반대편에서 대기하던 동료, 나머지 두 명은 로프를 써서 강을 건너온 이들이었다.

두 사람은 탁류에 치이면서도 간신히 건너편으로 도망쳐 동료의 안내를 받아 이곳까지 왔다.

"아까부터 말이 없는데 실험 성과는 어떻지?"

"……최악이야. 그건 잘못 사용하면 우리까지 위험해져."

"그렇게 위험했어?"

"위험하다는 말로 끝날 게 아니야! 사람이 괴물로 변했다고."

그들은 어떤 마도사가 용병들에게 건넨 애뮬릿의 효과를 확인하기 위한 감시원이었다.

그러나 그 효과는 예상을 초월한 것이었다. 인간이 상식을 벗어난 괴물로 변해 버렸으니까 말이다.

당초 예정과는 다른, 소름 끼치는 결과를 목격해 버렸다.

"도망치기 위해 【사향수】를 썼지만, 놈들은 거기에 유인된 마물까지 먹어치웠어."

"그 모양이라면 이용하기는커녕 오히려 적을 낳을 거다."

"우리가 아무리 떠들어 봤자 어떻게 결정할지는 상부에서 정한다."

"그건 그렇지만…… 그건 위험해. 손대선 안 될 물건이야."

그들은 입을 열지 않고 걸음만을 옮겼다. 세찬 강물 소리만이 울릴 뿐 주위에 짐승의 기척은 없었다.

그렇게 경계하면서 걷는 도중 계곡 아래로 묘한 물건이 있는 것을 발견했다. 건너편 계곡 쪽에 늘어선 기둥이었다. 강에서 솟아나온 기둥 위에는 멋진 조각이 놓였는데 그 완성도가 숨이 막힐 정도였다.

그러나 그 생각도 금방 날아가 버렸다.

"뭐야……? 뭐냐고, 저 기둥은?!"

"한 방 먹었군……. 이래서는 기습할 수 없어."

"솔리스테어 마법 왕국은 우리 동향을 이미 파악한 건가? 같은 전철은 밟지 않겠다는 말이군……. 얕볼 수 없겠어."

그들의 나라는 한때 배로 강을 타고 내려가 산토르 요새를 기습한 역사가 있었다. 지금은 도시지만, 한때는 난공불락이라고 불리던 그 요새에서 격전을 펼치고 패주한 굴욕적 역사였다.

당시는 솔리스테어라는 나라가 존재하지 않았지만, 이때 받은 굴욕은 왕족들에게 이어져 내려왔고 지금도 설욕의 기회를 호시탐탐 노리고 있었다. 물론 전쟁 준비도 시작하긴 했지만, 오러스 대하에 기둥이 세워지면 기습용 선박이 이 기둥에 막혀 좌초될 가능성이 컸다. 게다가 기둥 앞까지는 물살이 빨라 배는 감속하지 못하고 기둥을 그대로 들이박을 것이다. 주위는 꺾이지른 계곡이 둘러쐈으니 마법으로 공격받으면 과녁이 될 것이 뻔했다.

즉, 완전히 사지에 내몰리는 꼴이었다.

"이걸 보고하지 않았다간 돌이킬 수 없는 일이 벌어져."

"음…… 놈들은 만반의 준비를 하고 우리가 오길 기다리는 게 틀림없어."

"어이, 이 흔적은 뭐지? 마치 전투가 벌어진 흔적 같은데……."

그들의 눈을 끄는 것은 쓰러진 나무들과 폭발 흔적, 고열로 인해 절구 모양으로 용해된 땅이었다.

그 열량이 얼마나 대단했는지 땅이 유리화될 정도였다. 상당히 강력한 마법이 사용됐다고 판단할 수밖에 없었다. 그리고 그 크레이터 한쪽에서 그들은 어떤 것을 발견했다.

"이봐, 실험체는 총 몇 명이었지?"

"네 명이었는데, 그건 왜?"

"이걸 봐……. 아무래도 한 명이 여기서 죽은 모양이야."

유리화한 지면에 탁한 검은색 돌이 융합해 있었다.

그들은 이 돌을 본 적이 있었다.

"그럴 리가, 그 괴물을 해치웠어?!"

"말도 안 돼……. 마물 무리를 몰살하고 모조리 먹어치우는 놈들이라고!"

"……하지만 여기 증거가 있어."

검은 돌을 본 그들의 얼굴이 새파랗게 질렸다.

"이 상태를 봐서 화염 계통 마법이야. 그것도 무시무시하게 강력한……."

“마도사가…… 그걸 쓰러뜨렸다고?”

“불가능해. 기사가 나서도 쓰러뜨릴 만한 상대가 아니었어. 하물며 마도사라면…….”

“그렇지만 이건 분명히 마법에 의한 공격이다. 대단한 실력자인가 보군.”

“화염……【연옥의 마도사】인가?”

불을 다루는 마도사면서 실력자라고 하면 수는 한정됐다. 그중 이곳까지 올 수 있는 마도사가 있다면 그들로서는【연옥의 마도사】밖에 떠오르지 않았다.

“4마도사 중 한 명인가……. 그 은거 노인을 끌고 와서까지 지켜야 할 것이 이 앞에 있다는 말인가?”

“몰라. 하지만 우리는 그걸 조사해야 해.”

“가자. 만약의 경우에는…….”

“단 한 명이라도 좋아. 반드시 살아남아 보고해야 한다.”

사내들은 각오를 다지고 서로 고개를 끄덕였다. 그리고 숲을 따라 걷던 그들은 넓게 트인 장소로 나왔다.

풀숲에 숨어 주위를 관찰하자 아무래도 가도에서 공사를 하는 모양이었다. 그러나 이 부근은 변경이라고 부르기도 무색한 오지였다. 가도를 만들 의미가 없었다.

“가도…… 왜 이런 무의미한 것을…….”

“산토르는 하류에 있잖아? 육로보다 배가 더 빠를 텐데.”

“잠깐만, 이 앞은 오러스 대하야. 설마…….”

그들에게는 가도가 있으면 고맙지만, 이곳은 변두리 중의 변두리였다. 교통의 요지가 될 도시도 없거니와, 산적들을 기쁘게 해 줄 이유도 없지 않은가.

그들은 숨죽이고 강을 따라 이동했다. 그러던 중 비로소 그 가도가 가진 의미를 알았다. 누군가가 다리를 놓으려고 하고 있었다.

"틀림없어. 놈들은 우리나라와의 전쟁을 염두에 두고 있다."

"이곳에 다리를 둬서 무슨 의미가 있지? 내 생각에는 쓸모없는 지출 같은데……."

"모르겠나? 이곳에 다리를 놓으면 우리나라 병력이 큰 타격을 받는다."

그들의 나라는 상류에 위치한 소국이지만, 솔리스테어 마법 왕국을 공격하려면 한 나라를 경유해야만 했다. 유일하게 가능한 경로는 병력을 배에 실어 오러스 대하를 따라 수송하는 것이지만, 기둥들과 다리가 그들에게 위협이 됐다. 상류에 세운 기둥이 수로를 차단했고 격류로 속도를 제어할 수 없는 상황에서는 좌초할 것이 불 보듯 뻔했다.

주위는 절벽이고 고지에서 공격을 퍼부을 수 있다. 운 좋게 그곳을 빠져나가더라도 이번에는 다리와 절벽 위에서 집중포화를 당한다.

비유하건대 이 땅의 지형이 천혜의 요새가 된 것이다.

이로써 배로 침공한다는 계획이 무모한 행위로 변했다.

"이럴 수가…… 이미 선수를 쳤어. 이래서는……."

"우리나라가 영광을 되찾을 수 없어. 게다가 저 기둥으로 물살이 약해져 이 부근도 배로 오갈 수 있게 돼. 제법 우수한 책략가를 둔 모양이로군."

"지형을 이용해 번영의 발판을 다진다……. 상당히 머리를 잘 쓰는군."

그냥 우연이었다.

"솔리스테어 침공은 당분간 보류해야겠어. 우선 주변국을 흡수해야 해."

"하지만 이래서는 양면 작전이 무산돼. 게다가 이웃 나라는 우리나라의 은인이기도 해……. 적으로 돌리는 건 좋지 않아. 그리고 그 녀석들이 압력을 가하고 있어."

"어쩔 수 없지. 설마 상류에, 그것도 격류가 흐르는 오러스 대하 합류 지점에 이런 수작을 부릴 줄 누가 상상이나 했겠어? 우리 내부 사정을 전부 꿰고 있다고밖에 생각할 수 없어."

"이 작전을 짠 건 상당히 책략에 능통한 인물이야……. 설마 델사시스 공작인가?!"

착각이었다.

이것이 모두 우연의 산물임을 모르는 그들은 상황에서 정보를 도출할 수밖에 없었다. 그것이 옳은지 그른지는 별개로 눈앞의 상황을 객관적으로 분석했다.

그 분석에 그들의 주관이 크게 영향을 끼쳐 이런 결론에 달하고 말았지만…….

본래 이 가도는 『뱃삯을 치를 수 없어 육로로 가야만 하는 백성을 위한 길』이라는 명목으로 만들어졌지만, 주위에 마을이 없고 상인은 도적에게 습격받기 일쑤였다.

또 피프린 대삼림 지대도 가까운 탓에 마물에게 위협받기도 쉬웠다.

그러나 타국을 침공하려는 그들에게는 급하게 개척이 시작된 것으로밖에 보이지 않았고 그 행동의 신속함은 자신들을 향한 견제처럼 보였다.

입장이 다르면 생각도 달라진다는 좋은 예였다.

"호위가 용병뿐인 이유는 왜지?"

"아마 우리에게 들켜도 상관없다는 뜻이겠지. 어차피 아무것도 할 수 없으니까."

"거기까지 생각하고 이렇게 노골적으로……. 소문과 달리 무서운 나라잖아?"

그들이 파견된 이유는 솔리스테어 마법 왕국의 국내 조사와 실험의 유효성 확인이었다. 처음 조사에서는 마도사단과 기사단의 불화 소문이 떠돌아 쳐들어갈 기회라고 생각했었다.

그러나 실정은 달랐다. 그들은 길을 개척해 침공을 저지하고 있었다.

이렇게 되면『국내 조직 불화설』도 의도적으로 흘린 기만 정보가 아닐까, 국내로 침투한 생쥐들을 교란하려는 작전이 아닐까 의심됐다. 게다가 중요 거점을 당당히 폭로하는 점이 그들의 오해에 더욱 신빙성을 부여하고 있었다.

모든 것은 우연의 일치였지만, 그들은 사실을 알 수 없었다.

"가자. 이 사실을 어떻게든 조국에 알려야 해."

"그래. 인내심이 바닥나 출전하면 피해가 얼마나 커질지 알 수 없어."

"이 나라에는 무서운 책략가가 있다. 번영과 적의 섬멸을 동시에 계획할 수 있는 책략가가……."

사내들은 존재하지 않는 책략가에게 두려움을 품었다. 조국을 위해서라면 죽음도 불사하겠다고 각오한 전사들이라도 동포가 일방적으로 죽기를 원하지는 않았다. 그들은 밤의 어둠 속을 달려나갔다. 나라의 번영을 바라면서…….

여담이지만, 그들이 흑의의 마도사와 합류한 곳은 산토르가 아닌 다른 도시였다.

제6화 아저씨, 일하다

이틀 전 마법 테스트를 할 때 신념으로 뭉친 직공들에게 기둥과 조각을 보인 탓에 제로스는 수정 작업으로 진땀을 뺐다. 고함을 들어가며 해가 질 때까지 이루어진 지옥의 작업으로 기둥은 훌륭한 예술품으로 거듭났다.

그러나 완전히 고갈된 마력은 쉽게 돌아오지 않아 꼬박 하루가 지나가 버렸다.

"오, 일어났냐? 마력은 돌아왔어?"

"아직 3분의 1 정도입니다. 마력을 모두 써 버려서 회복도 그만큼 느려요."

"그래서 작업은 할 수 있겠어? 오늘 안에 교각 다섯 개를 세워야 하는데……."

“그저께 같은 일이 없는 한 괜찮지만, 또 수정이 들어가면 3일은 못 움직일 겁니다.”

나구리는 얼굴을 홱 돌렸다. 애초에 제로스에게 이 일을 부탁한 사람은 나구리 본인이었다. 그런 나구리가 『일을 대충 하는 꼴은 못 본다!』라며 마법 실험을 위한 기둥에 조각을 수정하라고 강요했다. 그 탓에 마력이 고갈되어 다리 공사 자체가 지연됐으니 이런 주객전도가 없었다.

그도 내심 지나쳤다고 생각하는 눈치였다. 그러나 이것만은 확실했다. 드워프는 건축물이나 예술 작품을 보면 눈에 뵈는 게 없는 종족이다. 터져 나오는 뜨거운 무언가를 주체할 수 없는 것인지도 모르겠다.

“저는 이 마법을【기반 구축(베이스 크리에이터)】이라고 부르기로 했습니다.”

“적당한 이름 같은데? 그보다 마나 포션 마셔 둘래?”

“마실게요. 머리가 띵해서 안 되겠어요. 조금이라도 회복해 놔야죠.”

건네받은 마나 포션을 단숨에 들이켰지만 회복량은 미미했다. 그래도 안 마시는 것보다는 나았다. 참고로 현재 아저씨의 마력은 최대치의 3분의 1 정도지만, 그것도 일반 마도사와 비교하면 훨씬 많은 양이었다.

“자…… 그럼 시작해 볼까? 잘 부탁해.”

“능력 닿는 데까지 해 보겠습니다. 그저께와 비슷한 느낌으로 하면 되겠죠?”

“그래. 교각 폭은 머릿속에 넣어 뒀어? 아니면 설계도를 보고 해도 돼."

"괜찮습니다. 그러면 시작하죠."

제로스가 절벽 앞까지 와서 양손을 내밀고 마법식을 기동해 지정한 장소에 마법을 발동했다. 그러자 수면에 한 줄기 빛의 기둥이 나타났고, 이윽고 수면을 밀어내며 퍼졌다.

내부에 전개된 장벽이 교각의 형틀이 되었다. 강에 쌓인 진흙이나 돌을 모아 응결시키자 고압으로 압축된 토석이 열을 발생시켰고 내부의 수분을 증발시켜 밖으로 배출했다.

수면에 대량의 수증기가 피어올랐다.

"오오, 대단해~!"

"역시 마법은 마도사한테 맡기는 게 제일이야."

"교각만 완성되면 끝난 거나 다름없지."

"크크크…… 손이 근질근질하는구만~!"

마치 이때가 오기만을 기다렸다는 양 손을 풀며 흉악한 미소를 지었다.

그들은 중증의 일 중독자였다. 얼마나 중독됐냐면 자신의 마력을 끌어올리기 위해 일부러 숲으로 사냥을 가 레벨을 올릴 정도였다.

드워프는 체질상 타고난 기술자지만, 전사의 소양도 타고났다. 불도저 같은 체력과 완력에 땅 속성 마법이 더해졌을 때, 그들은 공사 전사가 되는 것이다. 물론 전쟁터의 공병과는 달리 그들이 레벨을 올리는 이유는 모두 건축을 위해서였다.

그러는 사이 두 번째 교각이 만들어졌다. 그것을 본 드워프들은 단숨에 흥분으로 달아올랐다. 열기는 최고조. 불타는 건축 의욕을 주체할 수 없었다.

"가자, 애들아! 우리의 공ㅇ력[#3]을 보여주자, Hya──ha───s!!"

"""""Ya─────s!!"""""

"제1 부대, 앞으로!!"

"""""Ya────s!!"""""

"준비!!"

"""""WE, RE HARD WORKERS!! 우리는 대가리에 일 생각밖에 안 든 미친놈이다!!"""""

"돌격─────!!"

"""""LET'S ROCK'N'ROLL!!"""""

일하지 않는 드워프는 시체나 다름없다. 드워프의 공통점은 농사부터 전쟁까지, 일이라면 전력을 다한다는 점이다. 그들의 열정은 다양한 현장에서 그 목숨이 다할 때까지 불타오른다.

햄버 토목 공사의 드워프들은 제로스가 만든 교각 위에서 단체로 【가이아 컨트롤】을 발동해 다리의 토대를 이었다.

그들은 부족한 숙련도를 머릿수와 팀워크로 보충하고 부족한 마력은 보급반이 마법약을 옮겨 서포트했다. 한 치 흐트러짐 없이 통솔된 마법 병용. 토대가 이어지자 손가락을 튕기며 열을 맞추고 나타난 다른 부대가 【락 포밍】을 걸었다. 그리고 문 워크로 석재를 옮긴 이들과 교대해 정해진 부분에 석재를 설치, 고정했다.

흙을 쌓고 모양을 갖추는 것은 【가이아 컨트롤】 반이었다. 그들이 바로 메인 댄서였다. 절도 있는 댄스를 선보이면서도 제1 부대

#3 공ㅇ력 공사력. 만화 『융보르』에 등장하는 전투력과 유사한 개념.

는 전진을 계속해 상판을 조립, 백댄서인【락 포밍】반이 보조하고 무대 뒤 보급반이 샤우팅하며 회복약을 보급했다.

드워프들은 완성한 곳에 석재를 쌓았다. 장식이 끝난 석재를 둔 이들은 돌 위에서 헤드 스핀을 하는데, 상당히 볼만했다. 그런 주제에 일 처리는 또 완벽했다.

점차 교각 위에 상부 구조가 완성되어 갔다. 난생처음 보는 광경에 제로스는 넋이 나가 있었다.

그런 그를 향해서 나구리가 눈으로 뜨겁게 말을 걸었다.

『너도 해!』

『……정말로 해요?!』

눈빛으로 봐선 진심이었다. 제로스는 연예계에는 관심이 없어 이런 일은 거북했다. 그러나 유일하게 아는 유명인이라면 그 사람밖에 없었다. 곤란하게도 그는 초보자지만 그 흉내가 특기였다. 송년회에서 개인기로 보여줄 만큼…….

"이, It's show time!"

처음에는 얻어맞기 싫어서 어쩔 수 없이 했지만, 곤란하게도 차츰 즐거워졌고 어느새 그들과 하나가 되어 있었다. 지금 아저씨는【BAD】다.[#4]

보통은 작업이 늦어지겠지만, 그들은 오히려 믿어지지 않는 속도로 일을 진행했다.

정체될 것 같은 곳을 발견하는 즉시 춤추며 물 흐르는 듯한 솜씨로 커버했다.

#4 BAD 일본의 유명 록 유닛 b'z의 패러디. It's show time은 34번째 싱글 앨범의 타이틀 곡이다.

이중적인 의미로 그들의 실력은 뛰어났다.

이른 아침 시작된 건축 작업은 날이 저물 때까지 계속됐다.

이날, 한 명의 아저씨와 드워프들은 어떤 힘으로 마음이 맺어졌다.

마치 위대한 엔터테이너처럼 춤추는 아저씨와 드워프 직공들. 고삐가 풀린 그들은 물 만난 고기처럼 며칠에 걸쳐 상부 구조를 완성했다. 미친 듯이 춤을 추면서—.

햄버 토목 공사의 면면은, 여러모로 이상했다.

이른 아침, 제로스는 몸이 아파 잠을 깼다.

농사일과 댄스를 하면서 진행하는 토목건축은 근육의 부담이 달랐다. 최근 며칠간 토목 작업으로 몸을 혹사한 까닭에 중년의 육체에는 피로가 쌓여 있었다.

"으…… 근육통이……. 여러분은 왜 멀쩡하신 거죠?"

"엉? 우리는 익숙하니까 그렇지."

"부실하구먼, 형씨. 이 정도로 빌빌거리면 쓰나."

"뭐, 초보자치고는 제법 좋았어."

즉, 그들은 매일 댄스를 춘다는 뜻이었다. 이 시점에서 이미 정상적인 인부들은 아니었다.

"춤추는 토목업자……. 이세계, 상상을 초월하는군……."

근육통으로 괴로워하는 제로스는 새삼 이 세계가 넓다는 사실을 깨달았다. 그런 그의 앞에서 호쾌하게 아침을 먹는 드워프들에게는 이미 어제 피로는 남아 있지도 않은 것 같았다.

"오늘은 두 번째 단부터 메인인 다리 부분을 동시에 진행한다. 다들 정신 똑바로 차리고 하자!"

"""""넷――――――!!"""""

그들은 오늘도 춤추며 다리를 만들었다. 남은 마력이 다 회복되지 않은 제로스에게는 힘겨운 상황이었다. 햄버 토목 공사의 작업은 미친 듯이 춤추는 것 말고는 의외로 평범했다. 저마다 역할을 분담해 작업 효율화를 꾀하고 있었다. 비트박스를 하면서였지만…….

석공이나 장식을 담당하는 사람은 다리 만들기를 담당하는 사람과 떨어져 끌질, 망치질을 했다.

그 소리가 묘하게 정신을 뒤흔드는 8비트였고 그 음색에 맞춰 탭 댄스처럼 발을 굴리는 터라 리듬은 점점 더 흥겨워져 갔다. 축제를 좋아하는 종족 특성 때문인지, 그들은 이 곡조에 기분이 고양되어 작업 속도를 더욱 높였다.

근육통으로 움직이지 못하는 제로스는 그런 그들을 보며 그저 어이가 없을 따름이었다.

"왜 사고가 안 나나 몰라. 아무리 생각해도 위험한데……."

다리는 아치형 3단 구조였다. 드워프들은 첫 번째 단 끝에서 안전 로프도 없이 통나무를 안고 리듬에 맞춰 척척 나아갔다. 이 통나무를 놓아 발판을 만들고 손이 닿지 않는 곳에 장식을 넣었지만, 그들 발밑은 흐르는 강물이었다. 다른 세계 같았으면 노동 기준법 위반이었다. 계곡 위까지 거리는 20미터에 약간 미치지 못했다. 아무리 유속이 약해졌어도 빠지면 무사하긴 힘들 것이다.

사람의 힘으로 헤엄쳐 나오기에는 아직 물살이 너무 강했다.

"오, 햄버 토목 공사! 이번에 신세 좀 지겠어."

"이게 누구야, 메이거 토목 아냐! 우리가 남인가? 서먹서먹하게 그런 소리 마."

"거들러 왔어. 그 망할 백작이 놀라 자빠지게 해주자고!"

"믿고 맡길게, 추브리 토건!"

건축 관련 동료들이 속속 집결했다. 그들은 모두 햄버 토목 공사와 같이 일을 한 적이 있는 동료들이었고 함께 술잔을 나눈 사이이기도 했다. 그들의 정보망은 넓었고 각 귀족이 다스리는 영지의 내정까지 속속들이 꿰고 있었다. 어떤 의미에서는 적으로 돌리고 싶지 않은 자들이었다.

사실 당초 가도 공사를 맡은 곳은 메이거 토목이었지만, 추후 그들은 다리 건설까지 떠넘겨 받았다.

본래라면 똑바로 길을 내서 요크부케노 백작령부터 그 앞 공작령을 이을 예정이었으나, 이유도 없이 갑자기 다리를 건설하라고 강요받은 것이었다.

심지어 국가의 명으로 나온 일인지라 거절할 수도 없었다.

그래서 햄버 토목 공사에 상담했고, 그들이 다리 건설을 이어받은 것이 이번 사건의 시작이었다.

"그 망할 백작, 한 대 맞은 정도로는 정신을 못 차린 모양이군. 이번에는 반 죽여 놓을 거야."

"여기에 다리를 만들어 봤자 무슨 의미가 있나?"

"내가 아냐!"

나라에도 일단 나름의 생각이 있었다. 미개발 토지에 도시를 세우고 그곳을 개척해 경제를 원활하게 하겠다는 목적이었다. 물론 거액의 예산을 써야 하지만, 미개발지에는 광맥이 있는 산도 확인되어 개척을 추진할 가치는 있었다.

아직 계획안 단계였지만, 일단 예산이 있을 때 가도를 넓히자는 이야기가 나왔다.

개척안이 가결되면 이 가도를 많은 직공과 상인이 오가게 된다. 물자 수송이 편해지기 때문이다. 그곳에 눈독을 들인 것이 요크부케노 백작이었고 그는 자진해서 가도 공사를 맡았다. 다만, 다리에 관한 계획은 미정이었고 순전히 요크부케노 백작의 독단으로 추진됐다.

귀족이란 세습제 도지사나 시장 같은 것이지만, 그들의 권위는 절대적이지 않았다. 세습제라도 민중의 지지율에 따라서 그 역할에서 파면되기도 하고 다른 귀족이 그 지위에 앉게 되는 경우도 드물지 않았다. 그 역할에 책임감을 가진 귀족이라면 오래도록 그 토지를 다스리게 되지만, 신흥 귀족 중에는 그 책무를 가볍게 여기는 이들도 많았다.

대개 어떤 공적을 인정받은 자가 귀족이 되지만, 권력을 가지면 금세 부패해 버리곤 했다.

요크부케노 백작은 3대째였다. 조부는 유능했지만, 현재 당주는 오냐오냐 컸는지 몹시 어리석은 인간이었다. 돈 얘기에 민감한 주제에 그 정보를 살리지 못했다. 예전 솔리스테어 공작령에서 선행투자의 의미로 가도 정비를 한 적이 있는데, 그는 그 흉내를 낸 것에 불과했다.

가도가 완성되면 관리는 요크부케노 백작이 하게 되지만, 그 이전에 그는 자신의 발등에 불이 붙었다는 사실을 깨닫지 못했다. 현 당주에 대한 백성의 불만이 왕실까지 들어간 것이었다. 그리고 이 다리 건설 비용은 국가 예산에 포함되지 않아 그가 지불해야만 했다.

요약하자면 요크부케노 백작은 국가에서 요청하지 않은 일을 마음대로 진행하고 국명을 사칭해 의뢰서를 위조했다. 이것만으로도 충분히 극형에 처할 일이었지만, 그의 머릿속에는 돈이나 권력에 대한 집착뿐이었다. 세세한 절차를 전부 생략해 버리고 욕망이 가는 대로 행동한 결과였다.

성공하면 국가로부터 상을 받고, 실패하면 건설에 관련된 자들에게 위약금을 받을 속셈이었다.

자신의 안전을 염두에 두지 않았다는 것을 그는 깨닫지도 못했다. 가령 다리가 완성돼도 비용은 그가 지불해야만 하며, 동시에 왕명으로 의뢰서를 위조한 사실이 백일하에 드러날 것이다.

한마디라도 국왕에게 허가를 받았다면 상황은 달라졌겠지만, 그는 그런 간단한 절차조차 밟지 않았다. 어떻게 되도 책임 추궁은 피할 수 없었다. 머리가 좋은 건지 나쁜 건지 이해하기 힘든 부분이었다.

여담이지만, 예전 건설 현장에서 몇 번이나 설계를 바꾸도록 주문한 귀족도 요크부케노 백작이었고, 정도가 너무 심해서 나구리가 무심결에 주먹을 날린 바 있었다. 그 이후 그는 햄버 토목 공사를 눈엣가시로 여기고 있었다.

몇 번이나 설계를 바꾸는 의뢰인은 미움받는다. 문제는 요크부케노 백작이 도를 넘어섰을 정도로 심각해 나구리도 참다못해 주먹이 나간 것인데, 적반하장으로 그의 일방적인 악감정을 사게 됐다. 무엇보다 인상이 찌푸려질 정도로 장식을 도배한 저택을 짓게 시키고, 한술 더 떠서 공사 비용을 후려치려는 폭거까지 저질렀다. 이런 데 어느 사람이 폭발하지 않고 배기랴.

"동생 쪽이 나아. 그게 당주라면 그 가문은 조만간 망할 거다."

"맞아. 뭐, 조금 더 있으면 동생이 당주 자리에 오르겠지. 그쪽은 정상이니까."

"지금 패 둘까?"

원래부터 무리한 일이었고 칙명이라도 책임자는 요크부케노 백작이었다.

제로스 없이 이 일이 성립하지 않는 것은 분명하지만, 설령 칙명이라면 토지 상황을 전해 계획을 중단시키는 것이 책임자로서의 역할이었다. 그러나 처음부터 독단으로 다리 건설을 밀어붙인 만큼 대가는 클 것으로 보였다. 특히 토목 관계자들의 눈이 무서웠다.

눈동자가 피에 굶주린 짐승처럼 번뜩이고 있었다. 어지간히 한이 서렸나 보다.

"좋았어, 오늘도 시작해 보자!"

""""""오――――――――!!""""""

그들은 바로 각자 위치로 가서 작업에 착수했다. 물론 춤추면서…….

"역시 댄스는 추는구나……. 왜 다른 업자들까지 춤추지?"

"우리와 같이 일하면 왠지 다들 저렇게 되더라고. 왜지?"

"그걸 저한테 물으시나요?"

주머니에서 담배를 꺼내 불을 붙였다. 다리 건설 현장은 스펙터클 뮤지컬 쇼로 변해 있었다.

약 스무 명의 사람이 숲 속을 달리고 있었다.

하나같이 겁에 질렸고 사소한 나뭇잎 소리에도 과민하게 반응했다.

주위를 경계하고, 안전하다고 판단하면 다시 달렸다. 그러나 그들 앞에 기다리는 것은 낭떠러지였다. 그들의 얼굴에 절망이 번졌다.

"이봐, 저걸 봐!"

누가 소리친 말에 고개를 돌리자 건설 중인 다리가 보였다. 살 수 있을지도 모른다는 희망이 힘을 줬다.

"저기까지 가자. 그 녀석이 쫓아오기 전에……."

전원 고개를 끄덕이고 누가 먼저랄 것도 없이 달렸다. 젊은 남자와 아이를 데린 여성이 많았고 그들이 입은 옷은 피와 흙으로 얼룩졌다.

어느 날 갑자기 마을을 덮친 검은 짐승은 마을에 있던 자들을 살육하고 먹어 치웠다. 그 모습은 악마 그 자체였다. 그들이 할 수 있는 일은 그저 도망치는 것뿐이었고 그동안에도 많은 사람이 희생되었다. 개중에는 가족이나 친척, 아내와 자식까지 살해당한 이도 있었다. 무기를 가지고 대항한 사람도 있었지만, 결과는 비참했다.

그들은 죽기 살기로 다리를 향해 뛰며 목이 터지라 소리쳤다.

"사, 살려주세요!"

이변을 깨달은 것은 토대를 구축하던 드워프들이었다.

그들은 필사적으로 소리치는 마을 사람들의 목소리를 듣고【가이아 컨트롤】로 계단을 만들어 그들을 구조했다. 사람들은 몹시 초췌해 있었다. 작업은 일시 중단하기로 했다.

의리와 인정이 두터운 드워프들은 마을 사람들을 바로 휴게소까지 데리고 가서 식사를 나눠주기로 했다. 부상도 치료하며 정성을 다해 보호하는 사이 자세한 사정도 들었다.

"다들 몰골이 말이 아니네요. 어디서 온 난민인가요?"

"난민 같은 게 아니야. 마을이 마물에게 습격당해서 도망쳐 올 수밖에 없었대."

"마물?"

"검은 마물이었다고 해. 인간을 잡아먹는 거구의 괴물. 사람을 잡아먹으며 모습이 변했다지 뭐야."

제로스에게는 아직 선명한 기억으로 남아 있는 그 비정상적 재생 능력을 가진 마물의 모습과 닮았다.

통각이 존재하지 않고 팔을 절단해도 덤벼드는 마물이었다.

"죄송합니다. 그 마물은 몇 마리나 있었나요?"

"네, 네 마리야……. 녀석들이 내 아내를…… 으으……."

"(흠, 그 마도사의 이야기가 사실이라면……) 그게 아직 세 마리나 더 있단 건가……."

"알고 있어?!"

"마법을 시험할 때 공격받아서 한 마리 해치웠는데…… 기괴했어요. 생물이라고 불러도 될지 의심스러워요. 그 후에 마도사에게도 습격받았고요."

범상치 않은 힘과 재생 능력. 그것과 맞바꿔 굶주림에 시달리는 모습은 제로스를 몸서리치게 했다.

일시적이긴 하지만, 제로스와 비등한 힘을 보였다. 이만큼 무서운 생물은 없을 것이다.

"그때 습격받았다는 게 그 일인가……. 게다가 마도사라고? 뭔가 수상한데. 그나저나 그 괴물은 벌써 해치운 거야? 그렇다면 별거 아니지 않아?"

"그렇게 말하기도 어려운 게, 수는 저쪽이 많고 무엇보다 엄청난 재생 능력을 가졌어요."

"오거나 오크 같은?"

"그거보다 더합니다. 대신 항상 공복에 시달려 끊임없이 포식하지 않으면 살아갈 수 없는 모양이에요. 생물로서는 불량품이나 마찬가지죠."

살아서 자손을 남기는 것은 생물의 본질이다. 하지만 검은 마물은 아무것도 남기지 않는다. 그저 움직이는 것을 계속해서 먹고 흡수할 뿐인 존재였다.

"일꾼들을 일시적으로 불러들이는 게 좋겠네요."

"이미 부르러 갔어. 안 좋은 예감이 들어서 무기도 들려줬지."

"그 생물에게는 통각이 없어요. 공격해도 그대로 돌진해 올걸요?"

"세상에…… 어떻게 해치웠어?"

"꼼짝 못 하게 묶어서 뼛조각도 안 남도록 태웠죠."

나구리는 마법 실험을 한 장소에 남은 절구 모양 크레이터를 떠올렸다.

땅이 유리화하고 고열을 뿜던 것이 기억났다.

"그게 그 흔적이었나……. 그렇게까지 할 상대란 말야?"

"통각을 느끼지 않으니까 힘을 극한까지 끌어낼 수 있나 보더라고요. 게다가 초고속으로 재생합니다. 솔직히 말해서 상대하고 싶지 않은 생물이었어요."

동시에 처음으로 생명의 위험을 느끼게 한 상대였다.

—땡! 땡! 땡!

갑자기 쇠붙이 두드리는 소리가 울려 퍼졌다. 현장에 세운 감시탑에서 드워프가 경종을 울리고 있었다.

"왔나……."

"가자. 일터를 헤집어 놓게 둘 순 없으니까."

제로스는 나구리와 함께 휴게소를 뒤로했다. 황급히 뛰어 다리 앞으로 가자 계곡 건너편에 검은 털을 가진 인간형 짐승이 모습을 드러내 놓고 있었다. 청각조차 없는지 경종 소리도 깨닫지 못하는 눈치였다.

하지만 시각은 있었나 보다. 제로스와 드워프들을 확인하자 무시무시한 속도로 달려왔다.

“빠, 빨라?!”

“저게 그 괴물인가……. 얘들아, 준비됐냐!”

“““““옙————!”””””

고속으로 달려오는 마물 앞에서 드워프들은 조금 빠르게 마법을 사용했다.

“““““【가이아 컨트롤】!”””””

마법으로 조종한 지면이 마치 수면처럼 파도쳤다. 그곳에 마물이 도착하자 곧바로 땅에 몸이 붙잡혀 빨려들 듯 가라앉았다.

“고정해라!”

“““““【락 포밍】!”””””

주변을 즉시 석화해 마물의 움직임을 완전히 묶었다. 마물은 석화한 땅에서 도망치지 못하고 손톱이 부러지도록 날뛰었다. 드워프들이 무기를 손에 들고 숨통을 끊으려고 했을 때, 그 일이 일어났다.

—뚜둑, 찍, 찌직…….

끔찍한 소리를 내며, 마물은 제 상반신을 찢어지는 데도 아랑곳하지 않고 전진했다.

“괴, 괴물 자식…….”

말을 잃을 정도로 괴기스러운 광경이었다. 마물의 몸은 하반신이 떨어져 나가는 와중에도 재생을 시작해 상처를 막았고, 등에서는 거미 같은 다리가 몇 개나 자라났다. 모골이 송연해지는 광경에 아무도 눈 하나 깜빡하지 못했다.

그 일촉즉발의 상황에 제로스가 움직였다. 그는 순간적으로 거리를 좁혀 저번과 마찬가지로【프로미넌스 플레임】을 마물에게 날리고 폭발에 휘말리지 않도록 즉각 뒤로 뛰었다.

작열하는 불길이 마물을 휩싸고 주변이 악취로 가득 찼다. 마물은 비명도 지르지 않은 채 불타며 잿더미가 되어 사라졌다.

“이 정도로 괴물 같은 녀석인 줄은 몰랐네요……. 설마 자기 몸을 찢을 줄이야…….”

“그러게 말이야. 대체 뭐야, 저 괴물……?”

“자연계에는 있을 리 없는 생물이네요. 혹시 인위적으로 만들어 낸 건……?”

“누가 이 괴물을 만들었다고?! 그렇다면 보통 정신 나간 놈이 아니군.”

아무리 생각해도 자연계에서 태어날 법한 생물이 아니었다. 가능성이 아예 없진 않겠지만, 그것이 동시에 네 마리나 출현할 리는 절대로 없을 것이다.

확률론적 관점에서 출현 가능성이 0은 아니더라도, 여러 마리가 한 번에 나타날 확률은 한없이 0에 수렴할 것이다. 하물며 같은 장소에 동시에 출현했다면 인위적인 간섭을 의심하는 게 현실적이었다.

“……앞으로 두 마리 남았군.”

“그런 소리 하지 마세요. 사실이긴 하지만…….”

아직 정체불명의 마물이 남아 있다면 안심할 순 없었다. 마물은 아직 강 건너 숲 속에 숨어 언제 습격해 올지 모르기 때문이었다. 동시에 그것은 불가피한 공사 중단으로 이어졌다.

드워프들은 원망스러운 눈으로 강 건너 숲을 노려보았다.

◇ ◇ ◇ ◇ ◇ ◇ ◇

어두운 숲 속에서 두 마리 마물이 서로 싸우고 있었다.

그것은 아무리 좋게 봐줘도 전투라고 부를 만한 것이 아니었다. 그것들은 서로를 물어뜯으며 포식하는 중이었다.

한때 인간이었던 자의 흔적은 이미 남아 있지 않았다. 끊임없이 몰려오는 공복감, 채워지지 않는 굶주림이 이 마물을 더욱 흉포하게 만들었다. 강력한 재생 능력 탓에 결판이 나지 않아 싸움은 끝이 보이지 않았다. 팔을 찢어서 먹고 내장을 끄집어내서 먹었다.

멈출 줄 모르는 폭식에 지배당한 짐승은 이미 한계에 달해 있었다.

고속 재생이 따라잡지 못하고 서로의 세포가 비명을 질렀다. 그러나 그와는 별개로 강대한 마력이 계속해서 올라와 이 마물의 죽음을 허락하지 않았다.

이윽고 한 마물의 동작이 둔해지더니 다른 한 마리가 거기에 매달려 날카로운 이빨로 고기를 게걸스럽게 뜯어 먹었다.

뼈와 고기를 뜯는 소리가 숲 속에 울렸다. 그리고 기어코 이 마물은 동족을 모조리 먹어 치웠다.

―아오오오오오오오오오오오오오오오오오오오오오!!

포효가 어둠 속에 메아리쳤다. 마물은 동족과 함께 작은 돌도 흡수했다.

그것이 더욱 큰 힘을 부여했고, 동시에 처음으로 배를 채워줬다.

몸은 배로 부풀어 올랐고 인간의 형태였던 마물은 다시 한 번 모습을 바꿔 갔다. 그와 함께 다시 격렬한 배고픔이 몰려왔다. 마물은 먹이를 구하고자 이동을 개시했다. 대소를 불문하고 다른 마물을 닥치는 대로 공격해 포식하며 힘을 키웠다.

그러는 사이 그 마물은 계곡까지 도착했다.

그 앞에 생물이 있다는 사실을 알자 놈은 포효했다. 끝나지 않는 굶주림을 채우기 위해서…….

제7화 아저씨, 아르바이트를 끝내다

—우오오오오오오오오오오오오오오오오오오오옹!!

심야에 울리는 짐승의 포효 소리에 잠을 깬 제로스와 사람들은 일제히 무장해 다리 앞에 모였다.

원래 작업하는 장소가 후미진 오지인 터라 그들은 모두 전투 장비를 지참했었다. 그래도 인간을 상대할 것이 아니므로 장비는 가죽제 등 기본적으로 움직이기 쉬운 것이 많았다.

드워프들은 먼저 장비를 갖춘 사람부터 앞다투어 뛰어 나갔고, 그 외 사람들은 허둥지둥 무장 준비를 하고 있었다. 그렇게 밖으로 나온 이들이 본 것은 다리 건너편에서 포효하는 거구의 짐승이었다.

상반신은 사람 같았지만, 하반신은 갯과 동물처럼 보였다.

등에서는 곤충의 것으로 보이는 다리가 몇 겹으로 자랐고 미리는 악어처럼 돌출되었으나 눈이 없었다.

아니, 눈이 있긴 있었지만, 그것은 배에 여러 개 달렸고 괴로운 표정을 지은 인면이 한 맺힌 신음을 흘렸다. 기분 탓인지 제로스는 그 얼굴 중 하나가 낯익다는 생각이 들었다.

"저게 낮에 본 것과 동족이야? 생긴 게 전혀 다른데?"

"추측이지만, 동료를 먹은 게 아닐까요? 그 힘이 더해져 저런 모습이 된 건 아닐지……. 애초에 그 식탐을 보건대 동족 말고는 이제 식량도 없었겠죠."

"동족상잔이야?! 다른 마물의 힘을 흡수한다고 했지……. 잠깐만? 만약에 마도사를 잡아먹었다면……."

"마법을 쓸지도 모르죠. 방심하면 안 됩니다."

판타지에서 곧잘 있는 전개였다. 보통은 있을 리 없는 일이지만, 이번에 한해서는 옳았다. 전에 해치운 마물도 낮에 불사른 마물도 크기는 대동소이했다.

다소 개체차는 있어도 인간이 조금 커진 정도였지만, 지금 이곳으로 오는 개체는 배로 컸다. 상식을 벗어난 속도로 달리며 10미터 높이를 쉽사리 뛰어넘는 도약력. 자기 무게에 못 이겨 뼈가 부러진 모양이지만, 그조차 고속으로 재생했다.

"이제 곧 올 겁니다. 저 속도…… 위협적이에요."

"하지만 그건 바닥이 단단할 때의 이야기잖아? 낮이랑 똑같은 방법으로 가자고."

【가이아 컨트롤】의 늪과 【락 포밍】으로 포획하는 방법이었다.

네발 마물은 전속력으로 미완성 다리를 넘어와 계곡을 단번에 뛰어넘었다.

“지금이다! 【가이아 컨트롤】!”

“““““【가이아 컨트롤】!”””””

드워프들이 일사불란하게 움직였다.

“““““【락 포밍】!”””””

포박은 언뜻 성공한 것처럼 보였다. 그러나…….

―찌지직, 찌익!

온몸의 탄력과 반동을 이용해 네 다리를 전부 찢음과 동시에 재생이 시작되더니 다리를 잃은 곳에서 갑각에 싸인 곤충 다리 같은 것과 날개가 돋았다. 마치 상황에 적응하는 것 같았다.

“뭐, 뭐야?! 또야?!”

빨라도 너무 빠른 재생 속도에 나구리가 경악했다. 이어서 복부에서 무수한 뱀이 자라 드워프들에게 달려들었다. 채찍처럼 휜 뱀들이 몇몇 드워프를 날려 버렸다.

다행히 방패로 막았지만, 일격에 철제 방패가 푹 우그러졌다.

“쳇! 여러분은 물러나 계세요!”

제로스는 주저 없이 허리춤의 검을 뽑아 촉수 같이 꿈틀대는 뱀을 절단했다.

그러나 베는 족족 새로운 뱀이 돋아나 의미가 없었다.

“우리가 우습냐! 【파이어 랜스】!”

“““““【파이어 랜스】!”””””

드워프들의 마법 공격이 일제히 날아 마물을 불길로 휩쌌다.

“프루미너…… 응?!”

마물은 불길에 휩싸여도 아무렇지 않았다. 잘 보니 주위에 투명한 장벽이 펼쳐져 마법 공격을 막고 있었다. 열만은 장벽 내부에 전도되는지 검은 체모가 타들며 악취를 풍겼다.

“젠장, 마을에 마도사가 있었나? 이걸 어떡해!”

별생각 없이 한 얘기가 현실이 됐다. 습격받은 마을에 있던 한 노마도사가 마을을 지키기 위해 싸운 끝에 잡아먹힌 결과였다.

그 노마도사의 뇌 속에 있던 마법식을 흡수해 이 마물은 마법을 사용한 것이었다.

“꿰뚫어라, 【레일 건】.”

주변의 돌과 먼지를 응축해 관통력 높은 탄환을 생성하고 마물을 향해 연속으로 투사했다.

물론 드워프들에게 맞지 않도록 고려해서 사격했다. 마법 장벽은 어디까지나 면으로 지키는 마법이었고 그 역할은 방패였다. 제로스가 사용한 마법은 【레일 건】, 초전자포였다. 이것을 막으려면 장벽을 정면으로 원추형으로 전개해 공격을 비켜 나가게 하는 수밖에 없었다. 그러나 마물이 가진 마법식은 면으로 공격을 막기 때문에 두께와 마력 밀도가 부족해 이를 막기란 불가능했다.

사실 【레일 건】이란 이름은 거창하지만, 고속 발동을 우선한 까닭에 위력이 약하다는 결점이 있었다. 레벨이 높은 사람이 이 마법을 사용하면 부족한 위력을 충분히 메꿀 수 있지만, 관통력이 높아서 사용하기에 따라서는 아군을 말려들게 할 우려가 있었다.

마법 장벽이 관통당해 효과가 소멸하고 마물의 몸에 바람구멍을 여럿 뚫었다.

그러나 그 상처도 고속으로 재생해 눈 깜짝할 사이에 아물었다.

"어떻게 된 재생력이야? 전에 싸운 두 마리보다 훨씬 강해졌어……."

그래도 전개된 장벽은 사라졌다. 드워프들은 이때다 하고 마법을 쏟아부었다.

"으랴아아아아아아아아아아아아아!"

나구리가 해머를 들고 돌격해 마물의 머리를 수직으로 쳐올렸다. 아래에서 날아든 공격에 턱뼈가 박살 나고 살이 사방으로 튀었다. 그러나 이 마물의 얼굴은 배에 있었다.

나구리는 그 기세를 고스란히 실어 몸을 회전시켰고, 그 안면에 쇠망치를 때려 박았다. 그곳으로 제로스가 돌진해 양손의 검으로 참격을 내질렀다. 곤충 다리가 잘려 떨어지고 절단된 다리가 바닥을 굴렀다.

마물은 불리하다고 판단했는지, 자신을 중심으로 마법진을 펼쳤다.

"이건…… 아차?! 나구리 씨, 피하세요!"

"어? 그래!"

급히 뛰기 시작한 순간, 마물 주위로 바위 가시가 땅에서 빼곡히 자라 제로스와 나구리를 덮쳤다.

"죽을 뻔했네……. 범위 마법까지 써?"

"잡아먹힌 마도사가 제법 우수했나 보군요. 적이 되니까 성가시네요!"

마물은 그대로 달려 다른 드워프들에게 달려들었다. 그들은 다리에 쓰는 자재에 숨어 때때로 마법이나 무기로 공격하면서 마물의 몸을 깎아 나갔지만, 강력한 재생 능력 앞에서는 무의미했다.

게다가 【파이어 볼】을 연속으로 사용하는 바람에 주위에 화재까지 발생했다.

"귀찮은 녀석이군. 저 재생력 때문에 누가 공격하고 있는 건지 모르겠어."

"못 움직이게 막으면 어떻게 될 텐데 말이죠. 속도도 빠르고 통증도 느끼지 않는 것 같으니까요."

"잘게 다져 버리면 되지 않을까?"

"제가 하면 이 인근이 쑥대밭이 될 겁니다. 그래도 기회가 되면 해 볼까요……"

사람이 많아서 단발 마법이나 저격용 마법을 상황에 맞춰 사용했지만, 이대로는 힘만 빠질 뿐이었다. 큰 기술로 한 번에 끝내고 싶어도 일꾼들이 숨을 장소가 마땅치 않았다.

마물은 현재 재생 능력이 풀가동 중인지 신체 능력은 그렇게 좋지 않았다.

상황으로 보아 재생 중에는 이 마물의 신체 능력이 떨어지는 것 같았다. 운동이든 치료든 어차피 체내 영양분을 소비하므로 어느 쪽을 우선하면 당연히 한쪽 능력은 떨어지게 마련이었다. 이것은 좋은 발견이었지만, 몸집이 큰 만큼 체력이 지나치게 좋았다.

드워프들이 반격할 틈을 주지 않고자 과감히 공세에 나서서 마물에게 상처를 주고 있었다.

개중에는 로프로 포박을 시도하는 자도 있었다.

"어쩌면 재생과 신체 강화가 동시 병행되고 있는 걸까요? 그렇다면 얼마 가지 않아서 영양실조로 못 움직이게 된다는 건…… 너무 안이한 생각인가?"

상식적으로 생각해 봤지만, 이세계의 상식이 자신의 생각과 일치한다고는 보기 어려웠다.

안이한 생각을 버리고 지금은 전투에 집중하기로 했다.

두 능력이 서로의 발목을 잡는 상태라면 이길 공산이 있겠지만, 체내 영양분이 없어져 재생할 수 없게 되면 이 마물이 사력을 다해 발악할 가능성도 있었다. 그러면 이 마물은 순간적으로 제로스와 동등한 힘을 발휘해 드워프들을 잡아먹을지도 몰랐다.

"해치우려면 지금이 기회인가……. 어떻게든 놈을 멈춰야 하는데……."

마물은 드워프들을 집요하게 노렸다. 그것을 막기 위해 제로스는 마법으로 가능한 한 마물의 움직임을 견제했다.

"우오오오오오오오오오오오!"

보링이 도끼로 마물의 다리를 절단했다.

—그오오오오오오오오오오오오오옹!!

"크악!"

마물은 울부짖더니 팔을 휘둘러 보링을 튕겨냈다.

그는 그대로 날아가 자재에 격돌했다.

"보링 씨?!"

"삼촌!"

움직이지 않는 보링을 잡아먹고자 마물이 발길을 돌렸다.

"저놈을 막아! 【파이어 볼】!"

“““““【파이어 볼】!”””””

드워프들의 일제 공격이 가해져 마물은 다가서지 못하고 후퇴하지만…….

—부우우우우우우우우웅!

등에 돋은 날개를 펼쳐 공중으로 떠올랐다.

드디어 장애물이 없는 곳으로 이동한 마물을 본 제로스는 이 기회를 놓칠세라 지체 없이 마법을 날렸다.

“【토네이도】!”

바람 계통 범위 공격 마법【토네이도】.

회오리를 일으켜 상대의 움직임을 묶을 뿐 아니라 내부의 진공칼날로 집중 공격을 퍼붓는 마법이었다. 급격한 기압차로 난도질당한 마물의 육체가 무수하게 해체되어 갔다.

그러나 그것만으로는 끝나지 않았다.

“【프로미넌스 플레임】!!”

개별 소각 마법【프로미넌스 플레임】의 불길이 더해진【토네이도】는 작열하는【파이어 스톰】으로 변화했다. 두 마법을 병용해 범위 마법으로 만든 공격이었다.

반쯤 플라즈마화한 불꽃 회오리의 초고열에 탄 마물은 순식간에 숯덩이가 되었다.

하늘로 날아간 것이 패착이었다. 체세포가 모두 불탄 마물은 재생도 하지 못하고 지상에 추락해 볼품없이 산산조각 났다.

“삼촌, 괜찮아?!”

“보링 씨, 살아 있어요?!”

"으으…… 몸이 아파……. 도끼로 안 막았으면 골로 갔겠어……."

반사적으로 도끼로 막아 치명상은 피했는지 부상은 타박상에 그쳤다.

인간이었다면 즉사할 수준이었지만, 드워프는 보통 튼튼한 종족이 아니었다.

"걱정 끼치지 말라고. 나이가 있는데 너무 무리하지 마."

"헛소리하지 마. 아직 젊은것들한테는 안 져!"

"『삼촌』이라면, 보링 씨는 나구리 씨랑 혈연인가요?"

"말 안 했었나? 우리 작은아버지야."

"드워프는 나이를 구별하지 못하겠네요. 다 똑같이 생겨서……."

인간이 알 턱이 없었다. 이야기를 듣기로는 나구리 일가는 대대로 건축업을 해 온 일족이며 그의 아버지가 햄버 토목 공사의 사장이라고 했다. 다만, 그의 아버지도 현장을 중시하는 사람이라서 항상 새로운 공사 현장을 찾아다니며 노동의 기쁨을 느끼고 있다는 모양이었다. 경영은 누가 담당하는지 그저 의문이었다.

"그나저나 잘도 현장을 망쳐 놨구만. 뭐, 다리가 무사하다면 어떻게든 되겠지."

"불도 진화하지 않으면 자재가 타 버릴 겁니다. 거의 석재라서 아직 불길은 약하지만요."

드워프들은 뒤처리를 위해서 물통 릴레이를 시작했다. 그들은 모든 상황에 대처 가능한 스페셜리스트였다. 정말로 놀라운 대응 속도였다.

제로스는 마물 시체에 다가가서 감정을 시작했지만, 뇌 속에 나오는 대답은 『숯』이라는 한 글자뿐이었다.

꼼꼼하게 조사해 보자 감정할 수 있는 것이 딱 하나 나왔다. 그것은 검고 탁한 돌이었다.

========================

【사신석】

원래는 사신 몸의 일부. 오랜 시간 본체에서 떨어져 석화했다.

마력을 불어넣으면 강대한 힘을 주지만, 동시에 마물로 변모한다.

한번 변하면 원상태로 돌아오지 못하고 이상하리만큼 공복감에 시달린다.

마물로 변하면 이성은 증발하고 그저 포식을 반복하는 존재로 전락한다.

========================

"이게 원인인가……. 그렇지만 겉보기에는 그냥 돌인데."

사신은 이 세계에 오게 된 원인인 게임 내 최종 보스였다. 4신이 이세계인 사이버 공간에 봉인해 게이머들에게 말살시키겠다는 계략을 세웠고 제로스나 이리스 등 유저가 희생됐다.

이 무책임한 계략은 얼추 성공했지만, 사신의 저주가 네트워크로 흘러들어 그 영향을 받은 사람들이 이 세계로 환생하는 결과를 낳았다.

제로스가 돌을 손에 쥐자 불현듯 돌이 수상한 빛을 뿜었다.

마치 무언가에 반응하듯【사신석】은 붉은빛을 뿜고 있었다.

'사신석이 사신 몸의 일부라면 이게 반응할 만한 물건을 내가 가졌다는 뜻이겠지. 그런 게 있었니?'

무심히 인벤토리 항목을 열어 현재 소유한 아이템을 체크하자 사신의 갑각이니 사신의 손톱이니 수상한 물건이 보였다. 그러나 모두 찾는 물건이 아닌 것 같아 당혹스러웠다.

'대체 뭐지……. 이건가?'

마지막 항목에서 그럴싸한 물건을 발견하고 인벤토리에서 꺼냈다.

========================

【사신 혼백】

불명…….

========================

붉게 빛나는 사신석은【사신 혼백】에 반응하고 있었다.

'혼백이라고 하니까 이게 사신의 혼인가 보지……. 이걸 어쩐다냐?'

왜 다른 사신의 일부는 반응하지 않고 대신 사신석이 사신 혼백에 반응하는지는 모르겠다.

그렇지만 귀찮은 물건을 가졌다는 사실만은 이해하고 말았다.

"뭐, 어딘가에 쓸 구석이 있겠지. 일단 보관해 둘까?"

보통이라면 봉인하겠지만, 그는 게으른 사람이었다.

사신석과 사신 혼백을 인벤토리 안에 돌려놓은 제로스는 현장 복구 작업에 참여했다.

미래의 일보다 눈앞의 문제를 우선한 것이었다.

그로부터 3일 후, 한 기사 무리가 가도를 나아갔다.

그들의 목적은 가도 정비 시찰이었다. 선두에 기사 두 명, 그 뒤로 다섯 명이 중앙에 있는 마차를 둘러싸고 있었다. 영주 델사시스의 마차였다.

정장을 빼입은 그는 마차 안에서 서류를 정리하고 다음 일의 안건을 정리하는 중이었다.

아마 그는 이 나라에서 그보다 바쁜 남자는 없을 것이다. 영주 일뿐만 아니라 자신이 경영하는 상회의 경리 상황을 정리하고, 그것도 모자라 아내 두 명과 셀 수 없이 많은 애인에게도 뻔질나게 걸음을 옮겼다.

다양한 의미로 능력 있는 남자였다.

가도 정비는 나라의 요청이었고 완성되면 이 부근 관리는 요크부케노 백작이 하기로 했다. 그러나 그는 그 사실이 불만이었다.

요크부케노 백작은 백성의 지지율이 바닥을 쳤다. 원인은 지나치게 무거운 세금과 귀족으로서 민중을 대하는 태도, 무엇보다 초야권이라는 이름으로 혼인이 결정된 여성에게 손을 대는 등 인간쓰레기의 표본 같은 인물이었다.

그리고 위슬러파에 거금을 기부하는 파벌의 귀중한 돈줄 중 하나였다.

델사시스는 어떻게든 이 자를 없애고 싶었지만, 아직 결정타가 부족했다.

"델사시스 님, 곧 도착합니다."

"흠, 시간대로 왔군."

회중시계를 보고 예정 시각에 정확히 도착했다는 것을 인 델사시스는 여전히 시간에 정확한 부하들에게 만족했다.

"햄버 토목 공사 사람이 보이지 않는데?"

"이 앞에서 다리를 건설한다고 들었습니다. 나라에서 요청이 내려왔다나……."

"뭐라고? 잠깐, 그럴 리가 있나. 가도를 만드는 건 국책 사업이지만, 다리는 포함된 적이 없어."

"이상하군요. 나구리 씨는 나라에서 시킨 일이라고 말했습니다만……."

나라의 공공사업은 그 지역을 다스리는 영주에게 요청하고, 다시 영주가 직공들에게 의뢰하는 형식이었다. 나라의 요청서에는 다리 건설까지는 포함되어 있지 않았다.

가도 정비 이야기에서 다리는 예산으로 견적을 낸 다음 건설하기로 결정됐었건만, 왜 이미 건설이 시작됐는지 영문을 알 수 없었다.

생각할 수 있는 패턴들을 생각해 봤다. 가장 확률이 높은 것은…….

"요크부케노 백작의 독단인가? 멍청한 짓을 했군."

이런 답이 나온 것도 다 이유가 있었다. 이런 사업에서 귀족이 독단으로 공사를 진행하려면 사전에 나라— 국왕에게 보고할 의무가 있었다. 가도 정비가 국책 사업의 일환이라면 추후 다리를 건설하기로 했을 때 불필요한 혼란을 야기할 수 있기 때문이었다.

직공을 고용해 막상 건설하려고 현장에 갔더니 이미 다리가 완성돼 있다면 예산과 자재 및 인력을 모은 것이 헛수고가 되어 버린다. 마찬가지로 맞은편 영지를 관리하고 다스리는 솔리스테어 공작에게 한마디라도 소식을 전해야 했다. 그러나 이번 일에 관해서는 전해들은 바가 없었다.

요크부케노 백작이 개인적으로 델사시스를 싫어하는 것은 알지만, 그렇다고 직무를 유기하면 영주로서 자질을 의심받고 가문의 맥이 끊어질지도 모를 일이었다.

그것은 델사시스에게는 기쁜 일이었다. 꼴 보기 싫은 귀족이 한 명 사라지니까 말이다.

지금 백작은 마음에 들지 않지만, 동생은 말이 통하므로 작위 파면만은 면해주길 바랐다.

"폐하께 귀띔을 드리는 게 좋겠군."

그의 머릿속에서 방해꾼을 제거할 계획이 완성되어 갔다.

짧은 시간이 흐르고 회색 뇌세포를 풀가동하는 사이 마차는 다리 건설 현장에 도착했다. 델사시스가 마차에서 내리고 그곳에서 특이한 일당을 목격했다.

그것은 완성된 다리 위에서 춤추는 드워프 직공들이었다. 왠지 센터에는 낯익은 마도사가 있었고 하드하고 쿨하게, 그리고 섹시하게 춤췄다. 일사불란한 댄스는 하나의 예술로 승화해 있었다. 드워프들도 술통 같은 몸뚱이인데도 묘하게 멋있어 보이니 참으로 신기할 노릇이었다.

영주 일행은 잠시 입을 다물지 못했다.

제로스는 요 며칠 사이 드워프들에게 물든 모양이었다. 지금 그들은 엔터테이너였다. 공사를 하던 자들은 그날 쓸데없이 빛나고 있었다.

◇ ◇ ◇ ◇ ◇ ◇ ◇

"다리 공사가 포함되지 않았다고?! 그게 무슨 소리야?"

다리 완공을 기뻐하며 서로의 노고를 치하하고자 기쁨의 춤을 추던 그들은 델사시스의 이야기를 듣고 혼란에 빠졌다. 나라의 요청으로 다리를 완공했건만, 그 다리 건설 계획이 아직 미정이라는 것이었다. 어떻게 놀라지 않을 수 있겠는가.

"무슨 소리긴, 나라에서 요청한 일은 가도뿐일세. 다리는 예정에 들어 있지 않아. 정말로 폐하의 인장이 찍힌 의뢰 요청서를 받았나?"

"그래. 국왕 폐하의 의뢰는 우리 직공에게 명예로운 일이니까. 의뢰 요청서는 보관해 놨어."

"이곳에 있다면 보여줄 수 없겠나? 다리 건설에 관해서는 나한테 이야기가 와도 이상하지 않으니까."

"알았어……. 여기 있는 모든 직공, 모든 업자가 받았을걸?"

드워프나 타사 토목업자들은 일에 긍지를 가졌다. 특히 귀족이나 왕족 등 권력자의 일은 곤란한 경우가 많아 이런 큰 공사를 받는 것은 그들에게 명예였고, 일을 주문한 계약서 등 서류는 훈장이었다.

동료끼리 술을 마실 때 이런 자랑을 하는 것은 오래된 관습이었고, 그러기 위해 서류를 남기는 경우가 많았다. 그 이전에 이런 서류는 경영을 위해서라도 남겨 둬야만 하는 중요한 물건이었다. 드워프들은 이런 서류에 대한 인식이 인간과는 다른 듯했다.

어쨌든 이리하여 국왕의 인장이 찍힌 요청서가 모였다. 이곳에 있는 공사 사무소 사람들이 소유한 것들이었다. 그들은 이 서류를 두고 술판을 벌일 생각이었으리라.

델사시스는 그것을 험악한 눈매로 세세한 부분까지 조사했다.

"……위조야. 종이의 질이 나쁘거니와 옥새가 이상해."

"그렇다면…… 우리는 공일을 한 거야?"

"아니, 이토록 훌륭한 다리를 완성했는데 그럴 수야 없지. 남은 부분은 내가 지불하겠네."

"부탁 좀 하겠어. 우리는 생계가 걸린 일이야."

'취미로 하는 일 아니었나? 생계도 생각하고 있었구나…….'

옆에서 제로스가 무례한 생각을 하고 있었다. 그들은 일과 취미를 겸했다 뿐이지 생계도 똑바로 염두에 두고 있었다. 일하고 돈 버는 게 좋을 뿐이었다.

"이 요청서를 가져온 자가 어디의 가신인지 아는가?"

"강 건너 사는 망할 백작네 인간이야. 뭣하면 지금 당장 쳐들어 갈까?"

"그건 그만두게. 내가 어떻게든 하겠네. 조금 시간이 필요하겠지만……."

"당신한테는 신세를 졌어. 보복은 당신 얼굴을 봐서 참지."

"고맙군. 나는 서둘러 돌아가야 할 안건이 생겼어……. 그만 가 보겠네."

델사시스는 막 도착해 놓고 바로 산토르로 돌아가겠다고 했다.

"여전히 바쁘시군. 애인도 좀 작작 만드셔."

“돌아가면 바로 가 봐야 해. 마차 안에서 일은 마치겠지만, 시간이 아슬아슬하군. 그녀의 기분이 상하지 않으면 좋으련만…….”

“진짜 애인한테 가는 거였어……? 질리지도 않는구만. 조만간 칼 맞을 거야.”

“이게 내 삶의 방식이네. 여자는 울리면 안 되지.”

낯빛 하나 바꾸지 않고 당당히 단언한 델사시스는 바로 마차에 올라 출발했다.

아마도 마차 안에서 요크부케노 백작을 실추시킬 계획을 짜고 있으리라.

능력 있는 남자는 시간을 허비하지 않았다.

“……저 사람은 언제 쉬는 걸까요?”

“낸들 아나. 워낙 바빠야 말이지, 이래저래…….”

제로스가 뱉은 담배 연기가 바람을 타고 흘러갔다.

금방 왔다가 금방 돌아간 델사시스의 마차를 배웅한 그들은 일제히 철수 준비에 들어갔다.

이번 공사를 무사히 마쳤으니 내일은 내일의 핫한 현장에서 땀을 흘리기 위해서였다.

햄버 토목 공사의 싸움은 끝나지 않는다.

여담이지만, 도망친 마을 사람들은 그들이 돌보기로 했다. 의리와 인정이 두터운 것이 그들, 직공의 특징이라고도 할 수 있지만, 단순히 새로운 일꾼과 취사 담당이 필요했을 뿐이었는지도 모르겠다.

또한, 습격해 온 정체불명의 마물에 관한 정보는 햄버 토목 공사가 보고서를 써서 델사시스 공작에게 전달했다. 아저씨는 어디까지나 아르바이트에 불과했다.

◇ ◇ ◇ ◇ ◇ ◇ ◇

며칠 후, 제로스 일행은 산토르로 돌아왔다.

햄버 토목 공사의 거점은 일반적으로 공업 지구라고 불리는 곳이었다.

많은 직공의 공방이 처마를 맞대고 서로 전문 분야로 나뉘어 작업에 종사하지만, 가끔 대장간끼리 이웃이 되어 서로에게 불똥을 튀기기도 했다.

그런 구역에 햄버 토목 공사의 사무소 겸 작업장이 있었고 몇 대의 마차가 그곳으로 돌아왔다.

많은 직공은 마차에서 내리자마자 식사를 하려고 다 함께 술집으로 갈 예정이었다.

“제로스 형씨, 기왕 온 김에 밥 먹고 가지 않겠수? 삼촌 집이지만.”

“괜찮나요? 보링 씨.”

“상관없어. 시끌벅적한 건 싫어하지 않으니까.”

제로스는 두 사람에게 안내받아 간소한 벽돌집에 도착했다.

문을 지나자 벽에 다양한 공구가 걸려 직공의 집이라기보다 오히려 공방이라고 해도 좋은 방이 있었다.

“보링 씨의 직업을 잘 모르겠군요…….”

“삼촌은 뭐든 다 해. 대장장이 일부터 세공까지 폭넓게 다루지.”

“기다려. 내 비장의 안주를 만들어 올 테니까.”

“또【메칼라 빈】이야? 삼촌도 그거 참 좋아하네.”

“그건 우리 드워프의 소울 푸드야. 아무리 먹어도 안 질려.”

보링은 안쪽으로 들어가서 요리 준비를 시작했다. 그러나…….

“젠장! 역시 곰팡이가 슬었어. 기껏 특제【메칼라 빈】을 만들어 주려고 했는데!”

냄비를 보고 불평을 터뜨렸다. 그의 손에 들린 냄비에는 콩이 물에 잠겨 있었는데, 수분을 흡수한 콩에 흰 곰팡이 같은 것이 잔뜩 끼어 있었다.

그보다 공사 전에 준비한 콩을 먹일 생각이었던 걸까?

“곰팡이요?”

“그래. 밀이나 콩에 자라는 곰팡이야. 무시무시하게 빨리 자라.”

“보존에 신경 쓰지 않으면 바로 곰팡이가 펴 버려. 고기면 되잖아, 삼촌.”

나구리는 이미 미지근한 에일 맥주를 마시고 있었다.

제로스가 별생각 없이 냄비를 들여다봤더니…….

======================

【누룩균】

곰팡이의 일종. 습도 40퍼센트에서 대량 번식한다.

밀이나 콩, 쌀 등 곡물에 잘 자라는 생명력 강한 세균.

유산균이나 초산균보다 강하다. 마력이 강한 토지에서만 자라는 변이종.

검은 곰팡이조차 몰아내는 경이적 생명력을 가졌다.

======================

감정 능력이 발동했다.

"찾았다아아아아아아아아아아아아아아아아아아!"

"뭐야?!"

"왜 그래, 형씨?!"

이 세계의 누룩균은 강인했다. 풍토 덕분에 세균보다 생명력이 강해 보존이 쉬울 것 같았다. 이것으로 종균을 만들 수 있다며 아저씨는 기쁨에 미쳐 날뛰었다. 급할수록 돌아가라는 옛말은 틀리지 않았다.

"이걸로 술을 만들 준비가 갖춰졌어."

"이 곰팡이로?"

"쉽게 믿기 힘들지만…… 만약 술이 완성되면 맛이나 보게 해줘. 형씨."

누룩을 찾으러 가기 전에 공사에 연행당해 조금 낙담했던 제로스가 지금은 의욕에 불타고 있었다. 그러나 그는 한 가지 사실을 잊고 있었다. 아직 벼가 자라지 않았다는 것을…….

산토르로 돌아온 제로스와 나구리, 보링은 이날 다리 건설이 무사히 완료되고 누룩균을 발견한 축하의 의미를 담아 성대한 술판을 벌였다.

다음 날 아침 집으로 돌아온 제로스는 밭이 온통 잡초로 뒤덮인 것을 보고 망연자실했다. 생명력이 강한 것은 누룩균만이 아니었다.

그는 그날부터 낫을 들고 며칠에 걸쳐 제초에 전념했다고 한다.

제8화 아저씨, 기부하다

세 남자는 아지트로 쓰는 폐가로 돌아와 자국으로 돌아갈 준비를 하고 있었다.

전력 증강을 위해 이용하려고 한【사신석】의 위험성을 알릴 필요가 있기 때문이었다. 사신석의 힘을 확인하고자 용병을 이용해 관찰한 결과, 네 용병은 모두 괴물로 변해 생물을 먹어 치우는 경악스러운 존재가 되었다.

이래서는 전력 증강은커녕 나라가 멸망할지도 모를 사태가 벌어질 것이다.

그런 그들의 아지트에 깊숙이 후드를 눌러쓴 한 명의 마도사가 모습을 나타냈다.

그들은 한순간 무기를 뽑으려다가 익숙한 모습을 확인하고는 검에서 손을 뗐다.

"음? 무슨 일 있었어요? 왜 이렇게 서두르죠? 설마…… 들켰나요?"

"아니, 우리 동향은 파악하지 못했을 거다. 하지만 반드시 나라에 보고해야 할 사태가 벌어졌어."

"그게 뭐죠? 연구자인 저에게도 말하지 못할 내용인가요?"

흑의의 마도사는 구태여 웃어 보였다.

"그 돌에 관한 건이다. 그건 인간을 괴물로 바꾸는…… 너무 위험한 물건이었어."

그 말을 듣자 마도사의 후드에서 보이는 입매가 살며시 일그러졌지만, 그들은 눈치채지 못했다.

"아…… 그건 예상하지 못했네요. 그나저나…… 괴물이라, 괴물이 됐단 말이지……."

"이봐, 그건 너무 위험해! 연구는 중단해야 해!"

"그렇다면 그 돌은 분말로 만들어서 소량 투여하면 효과를 기대할 수 있을지도 모르겠어……."

"그걸 아직 이용할 생각이냐?!"

"당연하잖아요? 반대로 묻겠는데, 그거 없이 당신네 소국이 타국에 이길 수 있다고 생각합니까?"

그들의 나라는 빈궁했다. 특출한 상업도 공업도, 하물며 자랑할 수 있는 특산품조차 없는 나라였다.

그들이 살아남기 위해서는 한때 침략 전쟁을 일으킨 것처럼 타국을 장악할 수밖에 없었다.

그러나 사신석을 사용하기에는 너무 큰 위험이 따랐다.

"꼭 군에서 사용할 필요는 없어요. 범죄 조직에 흘려 그 나라에 뿌리면 그만이지."

"뭐라고?"

"그런 게 세상에 뿌려지면 우리도 무사하진 못하다고!"

"제정신이냐?!"

"적국에 혼란을 주는 것만으로 충분합니다. 당신네 나라가 자멸하기 전까지……."

그 위험한 물건을 뿌리겠다니 제정신으로 할 소리는 아니지만, 이 시점에서 타개하지 않으면 그들 나라도 언젠가 사라질 운명이었다.

“범죄 조직을 써서 약체화를 노리는 것도 전략 아닙니까? 어디 가서 자랑할 수 있는 수법은 아니지만.”

“범죄자들의 배를 불려서 어쩌자는 거냐! 설령 성공해도 우리가 통제할 수 없을 거다.”

“그 점은 알아서 잘하는 수밖에 없죠. 요컨대 사회 부적응자를 솎아 내면 될 뿐입니다. 뭐, 이용하기 쉽게 개량은 하겠지만…….”

“그렇게 일이 좋게만 풀릴 것 같지 않은데…….”

“돈에 집착하는 인간들은 타인의 목숨 따위 거들떠보지도 않아요. 기대 이상으로 잘 움직일 겁니다.”

그들에게 선택의 여지는 남아 있지 않았다. 어디선가 결정타를 주지 않으면 나라가 멸망하고 판국이니까.

“어쩔 수 없지. 하지만 폐하께는 전해야만 한다……. 독단으로 움직일 수는 없어.”

“뭐, 그건 그렇겠죠. 나는 가능한 한 효력을 약화할 테니까 적당한 지하 조직 인간을 물색해주시죠.”

그 말을 남기고 마도사는 아지트를 나갔다.

“못 믿을 남자야.”

“하지만 저 녀석 덕분에 우리나라가 다소 회복한 건 사실이야. 썩 달갑지는 않지만…….”

“머리는 비범하지만 신뢰가 안 가. 놈은 위험한 느낌이 들어.”

음지에 속한 첩보원이지만, 그들은 흑의의 마도사를 믿지 않았다. 무슨 꿍꿍이가 있는지 모르고 야심을 드러낼 기색도 없었다. 아직은 가만히 지켜보는 수밖에 방법이 없었다.

그만큼 마도사의 지식이 유용했기 때문이었다.

남자들은 둘로 나뉘어 한 명이 나라에 보고하는 역할을 맡았다. 나라의 운명을 쥔 그들에게는 시간적 여유가 없었다.

◇ ◇ ◇ ◇ ◇ ◇ ◇

"풀을 뽑아도, 풀을 뽑아도, 나의 생활 편해지지 않누나. 가만히 손을 본다[#5]."

농민 복장으로 밭을 매던 세로스는 이 일에 신물이 나려고 하고 있었다.

2주 가까이 다리 건설 아르바이트에 갔다가 돌아오자 그곳은 풀이 무성한 초원이었다.

작물은 간신히 구분할 수 있어서 그곳을 중심으로 제초를 시작했고 지금은 주위 잡초를 깔끔하게 뽑아내는 도중이었다. 토목 마법 【가이아 컨트롤】도 사용했지만, 세세한 부분은 아무래도 사람의 손으로 직접 해야 했다. 심지어 하루가 지나면 다른 풀이 자라는 통에 끝이 나지 않았다.

끝이 삼각형으로 된 만능 낫을 사용해 정성스럽게 풀을 솎았지만, 다음 날에는 작은 싹이 나오고 사흘째에는 제법 높지막이 자라는 잡초…….

그 잡초를 잘게 잘라 부엽토를 만들려고 했지만, 비료가 되는 것보다 잡초가 자라는 속도가 빨랐다.

#5 풀을 뽑아도~ 가만히 손을 본다 일본의 시인 이시카와 다쿠보쿠의 단카(短歌)를 패러디한 것.

어디에 씨나 뿌리가 있는지는 모르겠지만, 잠깐 눈을 돌리면 풀밭이 되고 한 달만 있으면 원시림이라도 될 기세로 쑥쑥 자랐다.

"생명력이 얼마나 강한 거야, 이 식물들은……."

농사는 좋아하지만, 이리도 매일 잡초가 싹을 틔워서야 진저리도 날 만했다.

이걸 혼자 돌보기란 도저히 무리였다.

담배를 피우며 집을 돌아봤다. 기사 몇 명과 노인이 눈에 들어왔다.

크레스톤 옹과 호위 기사들이었다.

"아, 크레스톤 씨, 오랜만에 뵙습니다. 무슨 일이시죠?"

"오랜만이구먼, 제로스 공. 자네 앞으로 온 물건이 있어서 전해줄 겸 상황을 보러 왔다네."

"물건이요? 뭘까요?"

"손자인 크로이사스가 자네에게 리포트를 보냈어. 전에 건넨 마법 매체인 반지에 관한 거 말일세."

"아~, 그런 일도 있었죠."

까맣게 잊고 있었다. 원래 시험 삼아 만든 마법 매체인 반지와 팔찌였다. 어차피 쓰지 않을 테니까 팔찌는 세레스티나에게, 반지 두 개는 츠베이트와 그의 동생에게 줘서 가능하다면 사용 소감을 리포트로 보내 달라고 부탁한 적이 있었다.

기대도 안 했는데 설마 정말로 리포트를 보낼 줄은 몰랐다는 분위기였다.

"읽어 봐도 될까요?"

"그러게. 편지로 근황 보고도 하지 않는 것이 참 그 녀석다워. 리포트만 덜렁 보냈지 뭔가."

"천생 연구자인가 보군요? 어디 보자……."

리포트에는 자세한 기록이 적혀 있었다.

마법 운용 효율부터 자신의 마력 소비 상태. 그로 인한 운용 부담 경감으로 마법 위력이 얼마나 오르는가에 이르기까지 세세한 글자가 빼곡하게 서면을 메우고 있었다.

결론은 한마디, 『마음에 들었습니다. 앞으로 애용하겠습니다.』였다.

시작품의 평가는 대체로 양호했다.

"흠…… 마음에 들었나 보군요. 만든 보람이 있네요."

"내 거도 만들어줄 수 있는가? 가까운 시일 내에 필요해질 것 같은데……."

"어디서 전쟁이라도 하나요?"

"아니…… 벌레를 퇴치할 뿐일세. 그래, 꽃에 몰려드는 더러운 벌레 말이야…… 크크크……."

크레스톤은 자신이 키운 밀정을 도처에 배치해 놓았다. 이스톨 마법 학교도 예외일 수 없었다. 그는 멀리 떨어진 땅에서도 자세한 정보를 얻을 수 있는 특수한 능력 보유자들을 부하로 뒀다. 당연하지만 사랑해 마지않는 손녀의 정보도 얻고 있었다. 그리고 세레스티나에게 호의를 품은 학생의 정보까지도…….

그 무렵, 이스톨 마법 학교 강당에서 한 한생이 오한을 느꼈다는 사실을 이곳에 기록해 두겠다.

제로스는 뭔가 불길한 느낌이 들었지만, 굳이 입 밖으로 내지는 않았다. 들어도 좋을 게 없다고 생각한 까닭이었다. 실제로 기사들도 상관하고 싶지 않다는 표정이었다. 그들도 고생이 끊이지 않는 듯했다.

"그 정도야 간단하죠. 굳이 오시지 않아도 연락해주시면 제가 찾아갔을 텐데요."

"다른 용무도 있어서 그래."

"다른 용무요? 그건 대체……."

"자네가 세레스티나에게 가르친 마법 문자 해독 방법을 사용하게 해줬으면 하네."

해독 방법은 세레스티나와 츠베이트에게만 가르쳤다.

이야기의 맥락으로 봐서 크레스톤의 부하에게 해독법을 교육한다는 말 같았다.

"저한테 한 번 더 교사가 되어 달라는 말씀이신가요?"

"아니, 나도 조금은 마법 문자를 읽을 수 있게 됐네. 티나는 사람을 가르치는 재능이 있는 것 같아."

노인은 흐뭇하기 짝이 없는 얼굴을 보였다. 팔불출이 따로 없었다. 하지만 그렇다면 왜 자신에게 허가를 받는지 모르겠다.

"저기, 그럼 저에게 허가를 구할 필요가 있나요?"

"당연하지! 자네는 이 세계 유일한 대현자 아닌가. 자네 의견도 듣지 않고 함부로 퍼뜨릴 수는 없지 않은가?"

"그런가요? 제가 쓰는 마법식이라면 몰라도 보통 마법식 정도라면 상관없습니다. 해독법은 마음대로 전파하셔도 돼요."

“허어, 정말로 괜찮은가?”

“악용하지 않는다면요. 정보란 언젠가 남에게 누설되는 거고 애초에 숨길 수 있는 일도 아니에요. 예를 들자면 남편이 아내를 자살로 몰아넣었다는 사실을 숨긴들 아내의 친구나 가족, 그리고 직장 동료의 입에서 새어나가 언젠가는 주변 사람들에게 알려지죠. 사람 입에 자물쇠는 못 채웁니다. 가만히 있어도 마법 문자 해독법은 언젠가 세상에 퍼질 거예요.”

“어째 예시가 참 구체적이구먼.”

“어디까지나 예시입니다. 뭐, 자주 보이는 가십거리기도 하지만요.”

기밀 정보란 언젠가 시간이 지나면 밝혀진다. 아무래도 좋은 내용은 삽시간에 퍼지지만 한시적이며, 사람의 윤리관에 기초한 일은 무슨 원리인지 평생 세간을 떠돈다.

더군다나 마법 문자 해독법은 지금 이 세계에서 중요한 의미를 가지며 누구나 간절히 원하는 정보였다. 당연히 스파이 활동을 하는 사람도 나올 것이고, 그것을 단속해도 언젠가는 내부에서 정보가 새어나갈 것은 어렵지 않게 상상할 수 있었다.

“국가 기밀도 어느샌가 타국에 누출되곤 하지. 아무튼 자네는 마법 문자 해독법이 알려져도 괜찮다는 말이로군?”

“제 신마법식은 위험하지만, 마법식을 압축하지 않은 구시대의 마법이라면 문제없죠. 먼 옛날에는 존재했던 것들이니까.”

“자네가 자체 제작한 마법식은 잘 모르겠어. 티나가 기억하는 마법식을 모두 적어서 보여줬지만, 뭐가 어떻게 된 건지 이해하지 못하겠더군.”

"모르는 편이 나아요. 이 세상에는 아직 너무 이르니까요. 언젠가는 누가 밝혀내겠죠. 그보다 세레스티나 양은 일부라도 그걸 기억한 건가요?"

"그 아이는 머리가 좋거든. 그나저나 굳이 수수께끼만 남기려고 하는가……."

"가르치는 게 귀찮을 뿐입니다. 아마 아무도 이해하지 못할 테고, 만약 이해해도 수백 년 뒤에나 가능하겠죠."

56음으로 구성된 마법 문자는 어떻게 해도 마법식 압축에 어려운 부분이 나온다. 절대로 불가능하지는 않지만, 마법 자체의 위력이나 마력 운용에 동반한 방대한 마법 문자를 적어야만 한다.

현상이나 특수한 반응을 언어로 표현하는 것은 어렵고, 때로는 말로 할 수 없는 정보를 적어야만 하는 것이 구시대의 마법식이었다.

01식 마법식은 그 공정을 0과 1의 나열로 표현하면 되지만, 문제는 이 세계에 그것을 이해할 사람이 없다는 것이었다. 그러나 그것은 어떻게 보면 행운인지도 몰랐다.

만약 가능하다고 해도 이 세계에서 그런 마법식을 구성해 만들어 내려면 많은 인원, 그리고 상당한 시간과 노력이 필요하기 때문이다.

아저씨는 그 공정을 자신과 비슷한 사람을 모아 인해전술로 해결했지만, 【어둠의 심판】, 【연옥염 초멸진】, 【포학한 서풍신(제피로스)의 진격】 등 지금까지 총 세 번의 광범위 섬멸 마법을 사용해 그 위험성을 알았기 때문에 그 마법식을 퍼뜨릴 생각은 없었다.

"그거 말고도 하고 싶은 이야기가 있네만, 여기서는 좀……."

"제가 실수했군요. 그럼 안으로 들어가시죠. 시원한 마실 거라도 가져오겠습니다."

"호? 시원한 마실 거?"

"대접해 드릴 건 없지만, 이야기를 한다면 안에서 하는 편이 좋겠죠. 특히 어려운 이야기는 남들이 들어서 좋을 건 없고요."

"그렇군. 돈에 관한 이야기도 있고 하니……."

제로스는 호위 기사들까지 집으로 초대했다.

로그 하우스 같은 외견으로는 상상할 수 없는 넓이에 빈방이 일곱 개나 남아 있었다.

주로 사용하는 곳은 1층의 넓은 공방과 부엌, 그리고 거실이었다.

방이 있어도 쓸데가 없었다. 미래의 마누라와 아이를 위해 두 개 정도 남기더라도 최소 방 네 개가 비었다.

참고로 지하실은 창고로 사용하며 건조기나 농기구가 보관되어 있었다. 아직 쌀이 없어서 건조기가 나설 차례가 없는 것이 슬플 따름이었다.

"잠깐 기다리세요. 지금 마실 것을 내 오겠습니다."

제로스는 부엌으로 가서 컵을 몇 개 꺼내 수제 맥주 서버로 시원한 에일 맥주를 따랐다. 조금 검은 빛이 도는 에일이 흰 거품과 함께 과일 향을 냈다. 이 에일은 드워프들에게 이야기를 듣고 가능한 한 라거에 가까운 맛을 고른 것이었다.

밭일을 하다가 마시는 한 잔이 그렇게 좋을 수가 없었다. 그밖에도 벌꿀 술도 있지만, 비싼 술이라서 냉장고 안에서 식히는 중이었다.

이 세계에서는 이 두 종류 술 말고는 와인이 주류며 일본주나 소주처럼 곡물로 술을 빚는 일은 거의 없었다. 술고래로 유명한 드워프가 만들긴 하지만, 사실 인기가 거의 없었다.

여담으로 이 세계에도 고구마 같은 작물은 존재하는데 이것으로 술을 만드는 경우, 삶은 고구마를 한 번 입에 넣고 타액과 섞어 뱉은 뒤 잠시 발효시키는 방식으로 이루어졌다.

어딘가에 사는 원주민이 이런 주조법을 사용하며, 그 현장을 목격하면 입맛이 사라져 버리는 술이었다. 주로 산악 지대 드워프들이 이런 식으로 술을 만들었다.

엘프는 와인이나 벌꿀 술, 과일주가 주류였다. 농사와 일을 하는 사이사이에 조금씩 마시는 것을 즐기며 의외로 주당인 종족이었다.

어느 쪽이나 일과 술, 축제를 좋아하는 민족성을 가졌다.

"대낮부터 술인가? 너무 빠지지만 않으면 괜찮지만…… 음? 차게 식힌 건가?"

"미지근한 에일은 영 입에 안 맞아서 이렇게 시원하게 만들어 먹습니다. 더울 때 마시면 의외로 맛있어요."

"흠…… 이런 건 처음 마셔 보는군. 재미있어."

"기사분들 몫도 있으니까 한번 맛보세요."

크레스톤도 차게 식은 에일을 마시는 것은 첫 경험이었다. 애초에 이 세계는 마법이 존재하는데도 기술 수준이 비교적 낮았다. 마법은 어디까지나 공격과 방어 수단이었고 마법을 생활에 사용하려는 생각조차 떠올리지 못했다. 기사들은 서로 얼굴을 보며 당혹스러워했다.

“……괜찮은 건가?”

“일단 근무 중이야. 큰일 나는 거 아니야?”

“하지만 대접받았는데 마시지 않는 건 실례가 아닐까?”

그들은 직무에 충실했다. 휴식 중에 술로 목을 축이는 일은 있어도 근무 시간 중에 마시는 일은 없었다.

그래서 그들은 어떻게 해야 하나 망설이고 있었다.

“상관없네. 기껏 내 온 것을 거절하는 건 실례고 무엇보다 귀중한 체험이야.”

“……그럼 감사히 받겠습니다.”

“오오…… 차가워.”

“차가운 에일은 처음이군.”

크레스톤 일행은 차가운 에일 맥주를 입으로 가져갔다.

“““““……?!”””””

과일 같은 달콤한 풍미가 탄산과 어우러지고 차갑게 식어 지금껏 체험하지 못한 청량감이 몸에 스며들었다. 목 넘김 또한 대단히 좋았다.

“맛있어! 그냥 식혔을 뿐인데 이 맛은…….”

“이걸 한 번 맛보면 지금까지 마시던 에일은 못 마셔!”

“그래. 이걸 마시고 따뜻한 에일을 마시면 그냥 달짝지근한 술이란 생각밖에 안 들겠어.”

“멋지구먼. 에일은 값싼 술이라고 생각했는데 차갑게 했을 뿐인데 이리도 맛이 달라지나……. 이루 말할 수 없는 청량감이야! 이건 마도구로 식힌 건가? 나도 가지고 싶어졌어.”

"기술 자체는 단순합니다. 음식처럼 상하기 쉬운 것을 식혀서 오래 보관하는 거뿐이니까요. 누구든 만들 수 있어요."

마법이나 마도구는 싸우거나 몸을 지키기 위한 도구지, 이런 식으로 마법을 이용하려는 생각은 하지도 못했다. 그들의 상식은 무너지고 새로운 세계가 보였다.

"분명히 기술 자체는 단순할지도 몰라. 허나 왜 아무도 이 생각을 못 했지?"

"마법이 싸움의 도구라는 인식이 있어서 아닙니까? 사용하기에 따라서는 생활에 편리하지만, 전쟁에 이기는 것이 전제라서 이런 기술을 연구할 기회가 없었던 게 아닐까요?"

"생활을 윤택하게 하는 마법 연구…… 아니, 마도구인가! 이거 좋은 아이디어가 생겼군."

크레스톤이 중심이 되어 만든 파벌도 전쟁을 전제로 기사단과 화합하려는 전투 집단이었다. 하지만 여기에 백성의 생활을 지탱하는 연구가 더해지면 그 이익은 막대할 것이며 단숨에 다른 파벌을 추월하는 것도 가능하다. 설계 자체가 단순해도 그것이 넓게 보급되면 이익은 늘어난다. 동시에 파벌 사태에 불만을 가진 마도사도 끌어들일 수 있기에 마법 기술 연구가 더욱 가속할 것이다.

"하지만 어떻게 식히는 겐가? 얼음은 바로 녹을 텐데."

"금속 상자 안에 물을 넣은 탱크를 두고 그걸 얼려서 냉기로 물건을 식히는 거죠. 필요한 마력은 물을 얼리는 정도면 되니까 그렇게 많이 쓰이지도 않습니다. 작은 마석으로도 충분히 대응 가능해요."

“하지만 마석에 마력을 채우려면 마도사여야 할 거야. 일반 대중에게는 조금 힘들지 않겠나?”

“얼릴 뿐이라면 마석에도 새길 수 있는 간단한 마법식이면 되고, 마도사가 아니라도 마력 보충은 누구든 할 수 있습니다. 그렇게 어려운 일은 아니라고 보는데요?”

마도사가 아니라도 마력을 불어넣는 건 누구든 가능했다. 이것은 이 세계 모든 생물에게 공통된 사항이었다. 나면서부터 본능적으로 마력을 다루는 법을 알기 때문이었다. 야생 동물이라도 순간적으로 신체 능력을 높이는 마법을 사용하니까 이 정도 일을 인간이 할 수 없을 리가 없었다.

“분명히 그건 그렇구먼. 얼마나 마력이 필요한가가 문제인데…….”

“【아이스】 마법을 쓸 수 있을 정도의 마력이면 며칠은 갈 거예요. 냉장고 크기에 따라서도 다르겠지만요.”

“자네는 얼마나 큰 냉장고……란 것을 쓰는가? 참고삼아서 보고 싶은데…….”

“부엌에 있습니다. 안내할게요.”

크레스톤을 데리고 부엌으로 가자 제로스는 구석에 무성의하게 놓인 냉장고를 가리켰다.

벽돌로 감싸고 금속 문을 달았을 뿐인 간소한 구조였다.

내부도 구조는 단순했다. 가장 위에 물을 넣은 탱크를 설치하고 단마다 저장할 물건의 종류를 나눴다.

냉기가 가장 잘 닿는 상단에 고기가 있고 중앙에는 에일 맥주가 든 술통, 가장 아래에 채소류가 들었다.

"이겁니다. 의외로 작죠?"

"확실히 작군. 이 정도 크기라면 괜찮을까? 흠…… 나중에 부하들에게 알려줘야겠어."

"언젠가는 대규모로 만들 수 있겠지만, 지금은 이 사이즈가 딱 좋죠."

"대규모? 아, 창고인가! 먼 곳에서 강으로 옮기는 짐은 시간이 지나면 부패하는 것도 있어. 그걸 방지한다는 게로군?"

"배에도 설치할 수 있지만, 내한(耐寒) 처리를 안 하면 배가 얼어 버릴 것 같네요."

"재미있군! 허나 뭘 하든 간에 마도사를 모아야 해."

크레스톤의 파벌인 솔리스테어파는 현재 마법 스크롤 제작으로 바빠 다른 사업에 손을 델 수 없었다.

일반적인 마도사는 지식도 적고, 고용해도 마법식 개량처럼 어려운 작업은 하지 못했다.

용병 활동으로 실력을 쌓은 마도사는 전투에서 중요한 존재며 다른 용병들도 못 데려가 안달이었다. 그래서 군에서 포섭할 수 없어 직접 육성해 인원을 보충할 수밖에 없었다.

그런 연유로 이스톨 마법 학교 졸업생을 모아 새롭게 조직을 만드는 편이 빠르겠지만, 기사단과 연계할 수 있는 마도사를 찾기란 쉽지 않았다.

생산직과 전투원이 모두 부족해 크레스톤은 인원 확보로 어려움을 겪고 있었다.

"마도사란 실력이 안 좋으면 일 구하기가 어렵나요?"

"기껏 학교를 졸업했는데 전투도 생산도 어중간하게 하는 자가 많아. 대부분 연금술사로 전향하지만, 약초도 비싸서 구하기가 어려우니까 평범한 노동자가 되고 만다네."

"마도구 제작 쪽은 어떻죠? 제법 수요가 있을 것 같은데."

"값이 비싸니까 하위 랭크 용병은 마도구를 못 사. 만들어도 팔리는 건 아니고 말야. 보통 중급 용병부터 구입하게 되는데, 소모품인 데다가 비싸서 잘 사지 않게 되지. 사실 그다지 돈이 안 돼."

마도사에게는 각박한 세상이었다.

"그렇지만 앞으로는 백성의 생활을 윤택하게 하는 마도구 연구를 시작할 수 있겠군. 마도사의 활동도 활발해질 걸세. 물론 그것을 시작하는 건 우리 파벌부터겠지만."

"싸움의 도구가 아닌 마법 연구라~. 마법의 폭이 넓어지면 파벌도 변할지도 모르겠네요."

이 시국에 민중에게 지지받는 파벌을 만들면 다른 파벌을 일축할 권력을 쥘 수 있다.

원래부터 공작가이므로 권력은 거의 의미도 없지만, 마도사 사이에서의 절대적 권위를 얻으면 개혁도 진행하기 쉬워진다. 문제는 인원 부족이다. 낙오된 마도사라도 좋으니까 와줬으면 하는 실정이었다. 인력난은 해소될 기미가 보이지 않았다.

"그래서 냉장고를 판매하시겠다고요? 마석은 헐값인 싸구려로도 충분히 사용 가능합니다. 그리고 금속 가공을 할 드워프나 설치 공사를 할 업자가 더해지면 대규모 조직 운영이 필요할걸요?"

"그러니까 나는 마도사 조합을 만들어 의뢰사에게 파견하려고 하네. 그러기 위해서라도 예전부터 인재를 구하고 있지만, 생각처럼 잘 되지 않는구먼."

"역시 임금이 문제 아닐까요? 누구나 좋은 생활을 누리고 싶을 테니까요."

"그러려고 이 냉장고를 만들게 하려는 건데…… 가격은 얼마쯤 되겠나?"

"글쎄요? 저렴하게 만들 순 있지만…… 직접 만들어서 정확한 가격은 못 매기겠네요."

원래 마도구의 유통가에는 관심이 없었다. 필요하면 스스로 만들면 되고 타인에게 팔 생각은 전혀 없었다. 그래서인지 제로스는 돈에 큰 집착이 없었다.

"어쩔 수 없군. 델에게 상담할까……. 물건 가격은 그 녀석이 더 잘 아니까.

"그나저나 돈 이야기를 한다고 하셨는데…… 어떤 내용이지요?"

"마법 스크롤 매출액을 일부 자네에게 건네야겠는데, 법적으로 조금 문제가 있어서 이렇게 직접 찾아왔다네."

"매출액? 아…… 로열티 말인가요? 법적으로 문제가 된다니, 얼마나 되죠?"

"이 종이에 적혀 있네. 놀라지 않게 마음 단단히 먹고 보게나."

크레스톤에게 받은 종이를 펼치고 금액을 본 제로스의 눈이 동그래졌다.

지금까지 이렇게 많은 0이 붙은 금액을 본 적이 없었다. 솔리스테어 상회는 마도사를 총동원해 스크롤을 제작하고 그것을 각지에서 신나게 팔고 있었다. 제작을 담당한 마도사는 지옥 같은 나날을 보내고 있으리라.

“저기, 0이 엄청 많은데…… 저는 학교에서 쓰는 마법을 최적화했을 뿐이지 않았나요?”

“그게 그 금액일세. 자네는 그만한 일을 한 게야.”

“평생 놀고먹을 수 있는 금액이잖아요……. 솔직히 말해서 이 금액은 무섭다고요.”

“허나 받아주지 않으면 곤란하네. 그건 정당한 보수야.”

제로스는 눈앞의 금액에 현기증이 났다.

착실히 일해서 생활하려고 했는데 왠지 놀고먹을 수 있는 돈이 굴러들어 왔다. 이래서는 안 좋은 방향으로 빠질 것 같은 예감이 들었다.

“참고로 아직 더 늘어날 전망이네. 자네가 만드는 것들은 혁명적이야.”

“이런 거금을 가졌다간 제가 타락할 거 같아요. 쓸 곳도 없고요.”

“하지만 자네는 받아야만 해. 이건 정당한 보수니까. 만약 거절하면 델사시스 그 녀석 죄가 돼.”

“Oh…… Jesus. 맙소사.”

솔직히 돈쯤이야 마음만 먹으면 얼마든지 벌 수 있었다.

하지만 평온한 생활에 괜한 돈은 필요 없고 거금이 있어도 쓸 곳이 없었다.

어떻게든 사용처를 찾아보려고 했을 때, 불현듯 창문으로 교회 지붕이 보였다. 그리고 묘안이 떠올랐다.

"이 돈을 기부할 수는 있나요?"

"기부라고? 대체 어디에 말인가?"

"양육원입니다. 이 돈으로 고아들을 고용해 자선 사업을 시키고 돈을 주는 겁니다. 아이들은 노동의 의미를 알 수 있고, 무엇보다 임금이 들어옵니다. 저는 10퍼센트 정도만 있으면 충분해요."

"뭣이?!"

크레스톤도 놀랄 수밖에 없었다. 이건 말하자면 구제 사업이었다. 범죄자 예비군이 될 수 있는 고아들에게 일을 시켜 성실하게 살아가는 법을 배우게 하자는 것이었다.

원래는 영주가 할 일이었지만, 세금은 유한하며 델사시스 상회도 수입은 임금 지불 등에 사용하기 때문에 함부로 복지 자금으로 할당할 수 없었다. 기부를 하려고 해도 시간이 들지만, 제로스가 받을 예정인 보수는 달랐다. 본디 개인 자금이기 때문에 아무런 제약도 없이 구제에 쓸 수 있었다.

"아니면 일자리를 잃은 노인들의 용돈 벌이도 함께하면 좋겠군요. 그 부분은 맡기겠습니다."

"흠…… 그런데 아이들에게 무슨 일을 시킬 생각인가?"

"글쎄요…… 구획 별로 나눠어 청소를 시켜서 도시 미화를 하는 건 어떻습니까? 빈 병은 재활용해서 유리로 쓸 수 있고 타는 쓰레기는 태워서 재로 만들면 비료가 되지 않을까요?"

"그렇군……. 양육원에 넣어 무상으로 교육하는 게 능사는 아니란 뜻인가."

"양육원을 싫어하는 아이도 있고, 연장자는 마차에 태워서 근처

농촌에서 풀이라도 뽑게 하면 나름대로 돈을 벌 수 있지 않을까요?"

양육원은 고아를 위한 시설이었지만, 몸을 의탁할 곳 없는 아이는 도시에 수두룩하게 있었다. 부모에게 버림받거나 배로 밀항하며 그 수가 불어나 구시가지에 정착했다. 가끔 뒷골목에서 아사한 아이가 발견되어 무연고 묘지에 묻히는 일도 있었다. 제로스의 제안은 그런 비극을 크게 줄일 것이다.

"모든 사람을 구해야 한다는 말은 아닙니다. 어차피 위선이니까요. ……그렇지만 쓰지 않는 돈은 유용하게 활용해야죠."

"충분하네. 사람은 신이 아니니까 자기가 할 수 있는 일을 하면 그만이야."

"앗, 저희 밭 잡초 제거를 우선해주세요. 일손이 없어서 곤란하던 참이거든요."

"그게 목적인가……. 뭐, 좋네. 나로서도 고마운 이야기니까."

이리하여 보수금 이용처가 즉흥적으로 결정됐다. 훗날 멀린 기금이라고 불리게 되는 복리 후생 기금 탄생의 순간이었다.

순간적인 아이디어로 시작된 이 구제 활동은 많은 귀족과 상인의 손에 의해 전국으로 퍼지게 된다. 그 배경에 사고방식이 이상한 방향으로 편향된 아저씨가 관련되어 있다는 것을 지금은 아무도 몰랐다.

"……그런 이야기가 있었어."

“호오, 아이들에게 기부한다고요? 게다가 일을 시키고 임금을 준다…… 재미있는 사업이군요.”

낮에 제로스와 만나 나눈 이야기를 아들이자 영주인 델사시스에게 들려주자 그는 감탄사를 뱉었다. 제로스에게 갈 보수는 한 개인이 한평생 다 쓸 수 없을 정도의 금액이었다.

그만큼 마법 스크롤이 잘 팔린다는 말이지만, 그 매출 일부를 기부한다는 행위는 대단히 호기로웠다. 대현자라는 인물이 얼마나 무욕한지 새삼스럽게 깨달았다.

실제로는 욕망으로 점철됐지만, 그 욕망이 워낙 자질구레한 것들이라 아무도 욕심이 많다고는 생각하지 않았다.

“그나저나 돈을 쓰는 방식이 정말로 마음에 드는군. 게다가 필요한 돈 말고는 없어도 된다는 그 사고방식이 훌륭해.”

“정말 평화롭게 살고 싶은가 봐. 자급자족을 우선하더구나.”

“그런데 냉장고……라고 하셨나요? 재미있군요. 쉽게 만들 수 있는 점이 좋습니다. 필요한 건 빙결계 마법이 부여된 마석뿐이고 술집이나 음식점에서도 요긴하게 쓰일 겁니다.”

“상품 가격은 어떻게 할 테냐?”

“물건 크기에 따라서 마석 크기도 변하니까 가격 변동도 매우 클 겁니다. 우선 소형으로 만들어서 상황을 볼까 합니다.”

마도사 파벌을 척결하기 위한 계획은 이미 시작되었다. 모두 권력에 눈길을 빼앗긴 사이 교활하고 재빠르게 행동에 나선 것이었다. 그 첫 단계가 마법 스크롤, 그리고 2단계가 냉장고였다.

게다가 특허 신청도 그날 중으로 내서 누가 만들든 솔리스테어 상회에 허가를 얻어야만 한다. 함부로 베껴서 팔다간 재판을 피할 수 없을 것이다.

심지어 공작가를 상대로 적대할 수도 없으므로 철벽 방어라고 할 수 있었다.

"이 냉장고 매출의 일부도 기부한답니까?"

"제로스 공은 그리 말하더군."

"점점 더 가지고 싶은 인재지만, 손을 대지 말라고 하셨죠? 적으로 돌아설지도 모른다고……."

"그래. 그런데…… 그쪽 일은 잘돼 가느냐?"

"양호합니다. 요크부케노 백작은 머잖아 경질될 겁니다. 그러면 위슬러파의 자금원 중 하나를 끊는 셈이죠."

왕명을 사칭해 무단으로 다리 건설을 진행한 백작은 백성에게 쥐어짠 세금 대부분을 위슬러파에 흘리고 있었다. 즉, 나라로 갈 세금조차 횡령한 것이니 극형은 면할 수 없었다.

이 나라의 귀족은 세습제지만, 실제로는 공무원만큼이나 위태로운 지위였다.

나라의 법률을 위반하는 행위는 작위 박탈에 극형까지 더해진다. 그러나 이 백작의 동생은 민중에게 지지율이 높아 델사시스는 현재 그를 차기 백작으로 세우려고 암약하고 있었다.

"그 녀석의 동생이…… 마시나였지? 쓸 만한 인재더냐?"

"그는 마법을 못 씁니다. 기사단에 속한 인물이니까 저희 계획에 힘을 빌려줄 테죠."

"티나와 같은 처지인가……. 하지만 아군이 된다면 든든하겠군."

"예. 그는 기사단에서 발이 넓고 위슬러파의 동향을 위험시하는 인물이니까요."

위슬러파는 최근 어째선지 활동이 활발해져 백성들에게 평가가 몹시 나빴다. 범죄 행위는 물론이거니와 절도나 무전취식 등 한심한 사건까지 폭넓게 소란을 일으키고 다녔다.

"생제르맹파는 뭐라고 하는가?"

"관심 없나 봅니다. 어디에 붙는 게 이득일지 당분간 지켜볼 요량이겠죠. 중립은 신뢰를 잃는다는 것도 모르고……."

"적대하지 않는 게 그나마 다행인가……. 2단계는 언제 시작할 거냐?"

"이르면 다음 주부터라도 할 수 있습니다. 그녀에게도 도움을 받도록 하죠."

나라를 근심하는 공작 두 명은 조용히 암약하고 있었다.

눈치챘을 때는 이미 손쓸 도리가 없도록, 깊고 조용하고 확실하게 손을 뻗고 있었다.

"캔디가 협력해줄까……."

"그 이름은 말하지 않는 게 좋습니다, 아버지. 삐쳐서 한동안 방에서 안 나오게 되니까요."

"왜 가명이 독초 이름인 게냐? 듣기 안 좋지 않나……."

"글쎄요, 그건 저도 의문입니다. 그럼…… 오늘 일은 이걸로 끝이군. 서둘러야지……."

"이번에는 어디 사는 여자냐? 넌 대체 몇 번 찔려야 정신을 차릴 게냐……."

"이게 제 삶의 방식입니다. 여자에게 죽는다면 바라는 바입니다."

크레스톤은 한숨을 쉬고 『내가 뭘 잘못 가르친 건지…….』라며 한탄했다.

기억을 더듬어 봐도 교육을 잘못한 기억은 없었다. 능력 있는 남자는 부모도 울린다.

계획이 이루어지기 전에 아들이 칼에 맞지 않기를 바랄 뿐이었다.

제9화 실전 훈련 소식

이스톨 마법 학교 학생 기숙사. 마도사를 목표로 지방에서 모인 젊은이들이 생활하는 고딕 양식의 기품 있는 건물 안에 학생들의 소란스러운 목소리가 들렸다.

그 이유는 연례행사인 실전 훈련 때문이었다. 어느 정도 재능을 보인 학생은 강제로 참가해야 했다.

연금술이나 마도구 제작을 목표로 하는 사람들에게는 귀찮기 짝이 없는 행사였다. 이곳 기숙사생은 귀족보다 상인이나 나름대로 유복한 일반 가정의 학생이 많았고 그 대부분은 전투 관련 직업을 원하지 않았다.

또한 레벨이 낮은 학생에게는 힘을 키울 기회라서 많은 성적 부진자가 참가하려고 몰려들었다. 여기에 참가하면 어느 정도 학점을 받을 수 있으므로 참가할 수밖에 없는 이들이었다.

학생 대부분이 바라는 점은 돈이 되는 기술을 얻는 것이지만, 일정 이상의 성적을 거둔 학생 대부분에게는 달갑지 않은 연중행사였다.

이 학생 중 대성하는 것은 극히 일부뿐이었다. 대다수 학생은 마법을 배워도 평범한 직업을 찾는 신세가 된다. 취직하려고 해도 마도사는 싸우기 위한 직업이라는 인식이 강해 그들이 활약할 장소는 적었다. 왕도나 큰 도시에서는 하수 위생 처리를 하는 마도사도 있지만, 그 문은 좁았다.

공무원 취직 경쟁률은 어디든 높았고, 고용할 수 있는 수도 제한적이기에 선택받으려면 아무래도 성적이 기준이 되었다. 또한 마도사단 채용에도 학교 성적이 중요시되어 일반인이 마도사단에 들어가려면 연줄이 필요했다. 즉, 파벌이 그것인데, 마도사단도 국가 조직이므로 예산 범위 내에서 인원을 보충할 수밖에 없었다. 그 좁은 문을 노리는 이들은 이 행사에서 성적은 따고 싶지만, 전투는 하고 싶지 않다고 생각하는 경우가 일반적이었다.

그들이 향하는 장소는【라마흐 숲】이란 곳이었다. 파프란 대산림지대 정도는 아니더라도 제법 마물이 출몰하는 숲이며 기사단이 자주 실전 훈련을 하러 가는 곳이기도 했다.

마법에 자신을 가지고 들뜬 학생이 실전의 무서움을 배우기에는 적합한 사냥터였다.

그래서 실전 교과가 있는 것이지만, 아직 큰 효과는 얻지 못하고 있었다.

그런 가운데 한 명, 의욕에 찬 소녀가 있었다. 학교 지정 교복에 로브를 걸치고 작게 주먹을 쥔 금발 소녀였다. 푸른 눈동자는 마치 지금부터 즐거운 시간이 펼쳐지리라는 기대에 부푼 듯한 인상을 줬다.

그녀의 이름은 세레스티나 반 솔리스테어.

한때 학교의 열등생이었고 지금은 신동이라고 불리는 소녀다.

마법을 쓸 수 없던 상황에서 단기간에 자유자재로 다룰 수 있게 됐을 뿐 아니라 그 위력도 타의 추종을 불허할 만큼 뛰어났다. 강사들보다 강해져 버려 현재 그녀는 특별대우를 받는 입장이었다. 간단히 말해『더 가르칠 게 없으니까 강의는 안 들어도 된다』는 식이지만, 사실 우수한 그녀를 지도할 수 없어서 하는 변명에 불과했다.

처음부터 왜곡된 강의를 듣고 배우며 강사가 된 그들은 그녀를 어떻게 지도해야 좋을지 알지 못했다. 가르칠 수가 없었다. 딱히 누가 나쁘다는 이야기는 아니지만, 세레스티나가 우등생 이상으로 능력을 키우자 강사들은 그녀를 어떻게 대해야 할지 몰랐다.

우수하든 무능하든 그녀의 취급은 예전과 그다지 다르지 않았다.

그러나 세레스티나에게는 기쁜 일이었다. 이것을 기회로 그녀는 비보 마법 최적화를 시작하기로 했다. 그와 병행해 마법약이나 마도구에 관한 강의에 참가해 자신의 장래를 바라보며 한 발자국씩 앞으로 나아가고 있었다. 그리고 오늘, 그녀가 기다리고 기다리던 연례행사 소식이 기숙사에 게시됐다.

“이 날을 기다렸어요. 몸이 둔해지지 않았으면 좋겠는데♪”

“아가씨, 이리도 호전적으로 변하시다니……. 큰 어르신께서 슬퍼하실 겁니다.”

“미스카, 저를 위험인물처럼 말하지 마세요. 운동을 조금 하고 싶을 뿐이에요."

비보 마법 최적화를 위해서 그녀는 다른 마법 최적화에도 착수한 상태였다.

아저씨가 최적화한 마법은 그녀의 머릿속에 들어 있으므로 마법식 해독은 처음부터 하는 것보다야 편했지만, 그중에는 정체를 알 수 없는 마법식이 수없이 존재해서 생각보다 진전이 없었다.

그래도 오랜 시간 앉아서 하는 작업은 건강에 나쁘니까 가끔 밖에서 몸을 풀고 싶을 때도 있었다.

"아뇨, 하기휴가 중에 하루가 멀다 하고 둔기를 휘두르며 골렘을 박살 냈다고 하셔서 저는 또……."

"저는 또? 또, 뭐죠?"

"누굴 때려죽이는 취미에 눈뜨신 줄 알고……. 하긴 그렇죠? 마물을 때려죽이고 싶을 뿐이시죠?"

"그런 취미 없어요! 미스카는 절 뭐로 보는 거예요!"

"둔기 소녀, 멸살 걸, 구타 레이디, 필살 아가씨, 피투성이 공작 영애일까요?"

미스카는 왠지 의문형으로 인상을 나열했다. 어느 것이고 불명예스러운 별명이었다.

그러나 어느 것이고 이해되는 내용인지라 부인할 수 없었다.

"으…… 매일 메이스를 휘두른 건 맞지만, 전부 불명예스러워요……."

"언젠가 남편이 될 분을 부부싸움으로 때려죽이시겠네요. 아가씨, 부탁드리는데 힘 조절 하는 법을 배우세요."

"아직 그런 기술은 익히지 못했어요. 그리고 전 그 정도로 과격하지 않아요!"

"또 그런 농담을……. 저한테는 보입니다. 부부싸움에서 메이스를 흉기로 든 아가씨가 남편을 마운트 포지션으로 패서 제가 피범벅이 된 거실을 청소하는 모습이……. 뒤처리가 힘들겠네요."

"자기 미래였어요?! 그 전에 부부싸움은 안 말려요?!"

세레스티나의 말에 미스카는 얼굴색 하나 바꾸지 않고 나지막이 한숨 쉬었다. 마치『나 참, 이 아가씨가 무슨 소리를 하는 건지…….』라고 말하는 듯한 태도였다.

"아가씨, 가정부는 현장의 상황을 지켜볼 뿐입니다. 절대로 범행 현장에는 발을 들이지 않아요. 이것이 세계가 인정한 보편타당한 섭리라고요."

"버, 범죄라고 하셨죠! 완전히 절 범죄자 취급하고 싶으신 거예요?!"

세레스티나의 목소리는 그녀에게 들리지 않았다. 수상하게 안경을 빛내며 담담히 말을 이었다.

"그리고 저는 범인인 아가씨를 추리로 몰아세우는 겁니다.『범인은 당신이군요?』라고."

"추리로 몰아붙이고 자시고 미스카가 목격자죠? 범인을 이미 알잖아요? 게다가 현장의 증거를 인멸한 공범자 아닌가요?!"

"아닙니다. 저는 어디까지나 사용인이니까요. 그리고 빈 두 시간을 쓸데없는 추리로 이어나가는 거죠. 그러지 않으면 아무도 드라마를 즐길 수 없어요."

"무슨 이야기예요! 그보다 범행을 말리세요."

"싫습니다. 왜 제가 그런 재미없는 짓을 해야 하죠? 저는 범인을 몰아세우고 싶습니다. 이건 메이드의 본능 아닐까요?"

"무슨 그런 본능이 있어요! 몰아세우지도 못했고 범인은 저잖아요! 그리고 미스카는 공범자라구요!"

왠지 미스카는 흡족하게 웃고 흘리지도 않은 땀을 닦는 시늉을 했다.

"아가씨. 메이드는 사건이 있으면 그 사건의 개요를 조사하는 습성이 있답니다."

"금시초문이에요! 대체 어디 사는 메이드예요!"

"메이드 업계의 상식이죠. 아가씨는 모르시겠지만."

그런 상식은 없다. 미스카는 대체 성격이 어떻게 된 인간인지, 세레스티나를 놀려 먹고 있었다. 발끈하는 그녀의 모습을 보고 싶어서 종종 이렇게 놀리곤 했다.

전에는 불발로 끝나는 일이 잦았지만…….

"그런데 아가씨, 장비는 어떻게 하시겠습니까?"

"네? 그 숲에 갔을 때 쓰던 걸로 괜찮지 않나요?"

"그 장비는 백사룡 장비입니다만? 눈에 띄고 주변 분들에게 위화감을 조성할 겁니다."

"그것도 그러네요……. 다른 분들은 학교에서 지정한 장비를 쓸 테니까 그 장비는 너무 튀겠어요."

"최악의 경우, 『공작가의 힘을 썼다』는 말을 들을지도 모릅니다. 그 장비는 쓰지 않는 게 나을 듯하네요."

백사룡 소재를 쓴 그녀의 장비는 기사단에게 지급되는 장비보다 훨씬 성능이 좋았다.

그러나 그 배경에는 경애하는 할아버지의 폭주와 그에 말려든 사람들의 노고가 있었다. 달리 말하면 고생의 결정체였다.

그런 만큼 이 실전 훈련에서 사용하기에는 남들의 시선이 대단히 곱지 않을 장비였다.

"어떻게 해야 좋을까요? 다른 건 훈련용 장비뿐인데, 그건 방어력이 불안해서……."

"헐은 장비니까요. 하지만 그 덕분에 아가씨는 드워프 저리 가라 할 만큼 튼튼해지셨어요. 그렇게 쉽게 죽지는 않으리라 봅니다만?"

"미스카…… 은근히 저를 비상식적인 사람으로 생각하지 않나요? 아무리 저라도 드워프분들처럼 튼튼하지는 않다고요."

"기분 탓입니다. 아가씨는 피해망상이 심하시네요. 격이 높아지면 그만큼 힘이 강하다는 말일 뿐입니다만?"

"……."

새침하게 말하는 미스카에게는 전혀 악의가 없었고, 말을 들은 세레스티나는 볼을 부풀리고 있었다. 이런 아이 같은 반응이 재미있어서 미스카가 놀리는 것이지만, 세레스티나는 그것을 깨닫지 못했다.

"……그건 그렇고 학교에서 장비 한 세트를 빌리는 게 좋을까요?"

"디자인이 너무 촌스러워서 솔직히 추천해 드리고 싶지 않네요. 아가씨에겐 어울리지 않습니다."

"그렇다면 학교 지정 최신 장비 세트를 무구점에서 살 수밖에 없는데…….”

“그건 안 됩니다. 주문 제작이 아니라서 사이즈가 잘 맞지도 않고 무엇보다 마도사용 경장이라서 방어력에 믿음이 안 갑니다.”

학교 지정 장비는 모두 가죽 제품이고 각 부위 중요 부분을 금속으로 보강했다. 빌릴 수 있는 장비도 소재는 좋지만, 대단히 안타깝게도 디자인이 시대에 뒤처져 솔직히 촌스러웠다.

용병들이 쓰는 싸구려 장비가 차라리 보기 좋을 정도였다.

학교는 돈 드는 일이 많아 실전 훈련 표적으로 쓰는 고블린 포획과 운송, 연금술에서 사용하는 약초나 마석 등 납품 대금으로 많은 돈이 날아갔다.

망가지기 쉬운 기재 등의 경비로 항상 소비되는 탓에 이런 대여 장비에 경비를 쓰지 않아 낡은 장비가 남아 있었다. 오래된 장비라도 어느 정도 튼튼하므로 문제는 없지만, 젊은 세대는 겉모양을 중요하게 여기는 경향이 있어서인지 아무도 빌리려고 하지 않았다.

그래도 죽을 위험이 줄어든다면 그걸로 충분하겠지만, 전투 경험이 없는 학생들은 그런 사실조차 몰랐다. 마찬가지로 학교 강사 중에도 그 점을 지적하는 사람이 없었다.

“앗, 훈련에 쓸 장비를 강화하는 건 어때요? 다행히 소재는 있고 학교 안에도 방어구를 다루는 가게가 있었을 거예요.”

“아가씨…… 용병처럼 늠름해지셨군요……. 『강한 마물이 있어. 나 두근두근해[#6].』 같은 소리를 하시게 되면 저나 큰 어르신이 정말로 대성통곡할 겁니다?”

#6 강한 마물이~ 두근두근해 만화 『드래곤볼』의 주인공 손오공의 대사를 패러디한 것.

"그런 소리 안 해요!"

"그건 그것대로 보고 싶은데요?"

"보고 싶단 거예요, 싫단 거예요!"

미스카는 진지한 얼굴로 농담을 하기 때문에 세레스티나에게는 진담으로밖에 들리지 않았다.

그러나 미스카가 이런 태도를 보이는 데도 그만한 이유가 있었다.

예전 세레스티나는 어딘지 모르게 괴로운 표정으로 매일 무언가에 씐 양 책을 뒤져 지식을 축적했었다. 그러나 마법을 쓸 수 있게 되고부터는 어두운 그림자가 사라지고 어릴 때처럼 마음에서 우러난 웃음을 짓게 되었다. 그것이 기뻐서 그만 놀리고 마는 것이었다.

세레스티나가 감정적으로 변하는 모습을 미스카는 미소 지으며 지켜보았다.

조금 지나치게 놀리는 감은 없잖아 있지만…….

"그럼 장비 준비는 제가 해 두겠습니다."

"하아…… 부탁할게요."

지친 표정으로 한숨지은 세레스티나는 오늘도 일과처럼 도서관으로 향했다.

크로이사스는 무거운 발걸음으로 카트를 밀어 대량의 책을 흔히 대도서관이라고 불리는 서고까지 옮기고 있었다.

거의 일수일 가까이 같은 행동을 반복해서인지 허리부터 팔다리까지 안 아픈 곳이 없었다. 일반적으로 근육통이라고 불리는 증상이 계속되어 현재는 펜을 쥘 수도 없을 정도인 통증을 견디며 몸을 떨고 있었다.

애초에 그가 자료로 모은 서적을 반환하지 않은 것이 원인이었다. 따지고 보면 자업자득이지만, 연구를 진행하고 싶어 고통을 참으며 반환에 힘쓰고 있었다. 눈물겨운 노력이었다.

"크로이사스, 힘들어 보이네~?"

"그렇게 보이면 도와주시죠. 이 린……."

"안 돼! 몸으로 기억해서 다음부터 조심하도록 해야지, 안 그럼 버릇된다?"

"이미…… 늦은 것 같은데요……. 이익!"

삭신의 통증을 견디면서도 그는 한 발이라도 앞으로 나갔다.

연구에 쏟는 열정은 대단하지만, 원래부터 지금 상황은 본인이 초래한 결과였다. 동정 받는 것만 해도 다행이라고 할 수 있었다.

"늦었다고 생각하면서 왜 안 고쳐?"

"맞는 말이라서…… 귀가 따갑네요. 전 한 가지 일에 몰두하는 타입입니다……."

"그치만 빌린 물건은 똑바로 돌려줘야지~."

안간힘을 쓰며 앞으로 나아가는 그의 모습은 흡사 십자가를 짊어지고 처형장으로 가는 죄인 같았다.

하지만 이 경우에는 자신의 게으름이 원인이었다. 태만은 죄악 중 하나며 그는 7대 죄악의 하나를 범해 그 죗값을 치르는 중이었다.

크로이사스는 고통을 감내하며 겨우겨우 책을 대도서관으로 옮

기는 데 성공했다

그러나 여기서부터가 문제였다. 이 학교에서는 빌린 책은 접수처에서 체크하고 그 책을 자기 손으로 책장에 돌려놓아야만 했다. 즉, 몇 번이고 계단을 오르락내리락하고, 체크가 끝난 책을 받아서 또 다른 책장에 돌려놓기 위해 오락가락해야 했다. 책장이 1층에 있다면 그나마 편하지만, 2층이나 3층, 그리고 귀중한 책을 보관하는 지하 자료실까지 왕복하게 될 것이다.

"이게 마지막이니까 힘내."

"알고는 있지만, 역시 체력이……."

"지금부터는 나도 도와줄 테니까 마지막까지 힘내자. 알았지?"

"그건 고맙지만…… 다리가 무거워요. 납덩이로 감싼 것 같은 느낌이네요."

크로이사스는 기본적으로 대단히 불건전한 생활을 보내고 있었다. 그런 그를 부지런하게 보살피는 이 린은 그야말로 어머니 같은 존재였다.

그녀는 이런 구제불능인 인간을 뒷바라지하는 데 알맞은 성격이었다. 그 소문의 영향도 있어서 다른 사람에게는 두 사람이 참으로 정다운 커플로 보일 것이다.

그런 닭살 커플 같은 두 사람의 행각을 숨어서 지켜보며 피눈물을 흘리는 불쌍한 남자들이 있었다. 모두 이 린에게 마음이 있는 그들은 크로이사스에게 질투의 불꽃을 태우며 끊임없이 저주했다.

"……죽일까?"

"아니, 그녀를 울릴 순 없어……."

"하지만 놈은 우리의 여신을 독점하고 있다고. 이걸 어떻게 용서하란 말이냐!"

"아무리 그래도 여기서는 위험하지."

"이 살의로 나는 수만 명은 죽일 수 있을 거다!"

"나도야……."

그녀는 이 학교에서도 의외로 인기가 많은 서민파 아이돌의 위치에 있으며, 다섯 손가락에 꼽히는 미소녀 중 한 명이란 사실을 크로이사스는 몰랐다. 주변 일에 무관심한 그는 그들을 알아차리지 못하고 카트를 밀며 천천히 대도서관으로 들어갔다.

◇ ◇ ◇ ◇ ◇ ◇ ◇

"아아악~! 모르겠어! 어떻게 해야 최적화가 되는 거야? 이건 손 쓸 도리가 없잖아!"

"아마도 뭔가 부족한 거겠죠. 자연계 마력을 모으는 마법식은 이걸로 충분해요. 문제는 조정이죠. 보유 마력과 자연 마력 배분, 다른 마법식과의 연동도 고려해야 하니까 필요 마력 비율과 지정 범위 한계치……."

"일격으로 낼 수 있는 위력의 조정 범위와 발동 시 유효 범위…… 게다가 배분할 마력량. 말하기 시작하면 끝이 없어."

"그 마법을 축소를 위해 적층 마법진으로 바꾸고, 적층 일체화에 동조 여기(勵起) 설정 조정…… 난이도가 너무 높아요."

세레스티나와 츠베이트는 대도서관에서 비보 마법 효율화를 공동으로 진행했지만, 그 작업은 벌써부터 난관에 부딪쳐 있었다.

이 세계에서 사용되는 마법식은 흔히 말하는 마법진 형식이며, 하나의 마법을 구축하는 마법식의 크기와 밀도에 따라서 위력과 범위가 달랐다. 예를 들어 【횃불(토치)】처럼 불을 붙이는 마법식이라면 작은 수첩 크기의 마법지 한 장으로 족하지만, 비보 마법이라면 롱 테이블을 가득 메우는 세계 지도만큼 커져 버린다.

거기에 복잡한 무늬의 마법진을 그리고 그 사이사이를 현상 전환 마법식으로 메우면 스크롤은 완성되지만, 적층 마법진은 형식이 조금 달랐다.

적층 마법진은 복수의 다른 명령 계통을 구축한 동일 규모의 마법진을 각각 상하로 끼우며 겹치는 형식이었다. 그 사이에 각 마법진의 프로그램을 읽는 마법진을 끼워 마법식을 효율적으로 활용하도록 조정한다. 다른 명령을 하나로 겹치고 각 스펠 라인을 이음으로써 읽어 들이고, 그것들을 통합 처리해 마도사가 정한 마법을 발동시키는 형식이었다.

종래의 방식은 잠재의식(이데아) 영역에 새겨 정해진 허용량을 대폭 사용하는 터라 기억할 수 있는 마법 수가 한정되는 문제를 품었지만, 적층 마법진은 그 문제를 해소하는 획기적인 마법진이었다. 허용량을 예로 들자면 종래의 마법진이 카세트테이프고 적층 마법진이 CD라고 할 수 있겠다. 그렇다면 아저씨 마도사가 사용하는 신마법, 01식 압축 마법은 블루레이에 비유해 마땅할 것이다.

하지만 실제로는 그렇게 간단하지 않았다.

적층 마법진은 여러 명령 계통을 분할하고 겹쳐진 마법식을 동시에 처리해야 하므로 각 부분의 정보 처리를 면밀하게 조정해야 했다. 발동은 한순간이지만, 그것을 가능하게 할 때까지는 마법식이라는 톱니바퀴를 맞추는 작업이 필요했다.

그러나 다른 지령 마법식이 불완전하면 이번에는 겹친 마법진끼리 마법식을 읽어 들이지 않아서 마법 자체가 발동하지 않는다. 각 부분의 조정이 잘 되지 않으면 마법식끼리 충돌해 서로를 상쇄하여 결함이 발생한다. 그 결과로 일어나는 것이 마법식 붕괴 현상이다.

이 마법식 붕괴 현상은 발현해야 했던 마법진이 마법식 내부에서 서로를 부정하며 마력을 소비할 뿐 아무 일도 일어나지 않는 현상이며, 마도사에게는 치명적이다.

비보 마법이라면 괘종시계를 참고해 디지털시계를 설계도도 없이 부품부터 자작하는 것이나 마찬가지였다. 이 현상이 일어날 확률은 통상 마법보다 훨씬 높았다.

"현상 발현, 위력 조정, 제어 기구, 소비 마력의 균형, 마법식 읽기 타이밍…… 어떤 것이든 상당히 어려운 문제야."

"선생님은 용케 조정하셨네요. 이 마법식…… 엄청 심술궂어요."

"동감이야. 심보가 뒤틀렸다는 생각밖에 안 들어……."

거기에 한술 더 떠서 이 비보 마법은 복잡, 기괴한 마법식이었다.

사람을 괴롭히려고 만들었다는 생각이 들 정도로, 불완전한 마법식이 절묘하기 짝이 없는 균형으로 맞물려 있었다. 최적화하려면 전부 분해해서 처음부터 다시 쓰는 수밖에 없을 듯했다. 두 사람이 골머리를 앓는 것도 이 때문이었다.

"비보 마법 최적화는 우리에게 너무 일렀던 건지도 몰라요."

"스승님은 왜 이런 숙제를 냈지? 아무리 생각해도 우리에겐 무리잖아."

"무슨 의도가 있을 거예요. 분명히 깊은 뜻이 있을 거예요."

"그 속을 모르겠어. 무슨 생각인지 원……."

"뭘 그렇게 심각하게 이야기하나요? 뭐가 잘 안 풀리는 모양인데, 무슨 일이라도 있나요?"

문득 말을 거는 소리에 두 사람이 돌아보자 그곳에는 크로이사스가 있었다.

겉으로는 점잔을 빼며 의연한 척하고 있지만, 다리는 안쓰러울 만큼 떨리고 있었다.

"너, 다리가 엄청 떨리는데?"

"갓 태어난 망아지 같아요. 왜 그러세요, 크로이사스 오라버니!"

"최근 며칠 동안 연구소에서 여기까지 왕복하느라 체력이 한계에 달했거든요……. 그냥 놔 두세요."

"하다못해 자기 주변은 정돈하고 살아. 평소부터 신경을 안 쓰니까 그렇게 되는 거라고."

"할 말이 없네요. ……더불어 운동 부족이에요."

츠베이트는 꼼꼼하지 못한 성격이었지만, 주변은 깨끗하게 정돈하고 살았다.

세레스티나는 원래 필요 없는 물건은 두지 않는 성격이라서 방에 그 흔한 인형 하나 놓여 있지 않았다.

반대로 크로이사스는 자기 주변 일에 극단적으로 무신경했다.

세 남매의 성격은 극과 극이었다.

"그건 그렇다 치고 무슨 고민이 있는 것 같군요?"

"엉? 어, 그래. 지금 우리 능력으로 비보 마법 최적화는 어렵다는 걸 깨달았을 뿐이야."

"무리한 숙제 같네요. 애초에 단순히 마법식을 해독할 수 있는 정도로 그건 불가능하겠죠. 한 마법에는 오랜 시간에 걸쳐 쌓인 연구 성과가 담겨 있다고요. 그걸 쉽게 바꿀 수 있을 리가 없죠."

"그렇죠? 그렇다면 선생님의 의도를 모르겠어요. 무슨 목적으로 이런 과제를 냈을까요? 어떤 의도가 있다고는 생각하는데……."

두 사람은 아저씨 마도사의 생각을 이해할 수 없었다.

원래 깊이 생각하지도 않고 실패를 전제로 낸 과제니까 당연한 일이지만, 【대현자】라는 직업 때문에 이면에 어떤 의도가 있다는 식으로 생각해 버렸다.

"애당초 이 비보 마법을 재구축하려고 한다면, 기본 마법을 재검토해서 관련 기술을 배우지 않으면 의미가 없지 않나요? 마법식을 조금 공부한 정도의 마도사가 할 수 있는 작업이 아니잖아요?"

""아아앗?!""

두 사람의 머릿속에 제로스의『다른 마법도 개량할 수 있다면 더욱 좋다』라는 말이 떠올랐다. 즉, 비보 마법 최적화는 명목이자 다른 마법을 연구하게 하기 위한 포석인 것이다.

애초에 비상식적으로 복잡한 마법을 초보자도 모자라 햇병아리 수준인 마도사가 개량할 수 있을 리 만무했다. 다른 마법 연구를 병행해 마법식을 구축하기 위한 더 심도 있는 경험을 하도록 하는

구실이라고 이해했다.

두 사람은 대현자가 만든 최고의 마법 매체라는 말에 농락당해 본질을 놓쳤던 것이었다.

"스승님, 심술보 하고는……."

"처음부터 못 할 걸 알고 계셨던 거예요. 그래서 다른 마법을 배우게 하려고……."

"잘은 모르겠지만, 저는 공감할 수 있네요. 마법 연구가 쉽다면 지금쯤 이 나라는 대국이 됐을 겁니다. 연구란 하루아침에 이루어지는 게 아니에요."

"너도 어떻게 보면 속세와 담쌓은 사람이니까…… 공감할 수 있겠지. 스승님에게 속았어."

아저씨와 크로이사스는 똑같은 은거자였다.

틀어박혀 연구를 계속하느냐, 자급자족과 약간의 아르바이트로 용돈을 벌어 생활하느냐의 차이뿐이었고 부나 명성 따위 필요 없다고 생각하는 같은 성질의 인간이었다.

보통은 공감하지 못하겠지만, 이런 편향된 사고의 소유자는 적잖게 존재했다.

연구에 삶의 보람을 느끼고 모든 것을 내던져 몰두하는 자. 삶의 보람을 잃고 삐뚤어져 절망 끝에 조용한 생활을 바라는 자. 극단적인 양자였지만, 행동은 닮았다.

"대체 두 사람의 스승은 어떤 분인가요?"

"우수하지만 삐뚤어졌어. 사람이 좀, 망가졌지."

"엄한 분이에요. 특히 자기 자신에게……. 생각이 치우쳐 있지만요.”

쉽게 말해서 성격 파탄자였다. 자신만의 고집이 있다고 하면 듣기에는 좋지만, 요컨대 속세를 등졌다는 얘기였다. 크로이사스는 생각했다. 다소 공감은 할 수 있으나, 같은 취급받기는 싫다고…….

“아앗~?! 크로이사스 농땡이 부린다~!”

세 사람이 돌아보자 책 몇 권을 끌어안은 소녀가 볼을 부풀리고 크로이사스를 손가락질하고 있었다. 크로이사스를 돕던 이 린이었다.

“앗…… 깜빡했어요.”

“너무해~! 나만 책 옮기게 하고 크로이사스는 떠들고 놀았……응? 소문으로 듣던 크로이사스 오빠랑 동생이다~!”

““……소문?””

“말이야 많죠~. 남매가 수상한 관계라거나~?”

“아니, 왜!”

“……왜 그런 소문이? 전 짐작이 안 가는데요?”

이 린의 충격 발언에 두 사람은 격심하게 동요했다.

서로 그런 소문이 날 만한 행동을 한 적이 없고 이곳에서 처음 들은 이야기였다.

“참고로 그 소문의 발생 원인은 저 사람입니다. 여기 있는 두 사람을 우연히 보고 주변에 떠벌리고 다닌 게 발단이죠.”

“크로이사스, 그걸 왜 말해~?!”

“너였냐? 대체 무슨 짓을 하는 거야!”

“크로이사스 오라버니, 애인은 골라 사귀시는 게 좋아요. 입이 참 가벼운 사람 같으니까요……후후후.”

"오해입니다. 그녀와는 그런 관계가 아니에요. 잠깐만요…… 세레스티나. 그 메이스, 어디서 꺼낸 겁니까?!"

애먼 누명을 썼으니 두 사람도 화가 날 만했다. 세레스티나도 그 노인의 그 손녀답게 감정적으로 변하면 솔리스테어 공작가의 피가 눈을 뜨는 모양이었다. 아니, 지금 개안한 것일까? 피는 못 속인다지만 이다지도 비슷하면 무서울 지경이었다.

"어라~? 뭔가 이상한 마법식이 있네요~?"

"이 린! 그건……."

"아~, 봐도 모르겠지. 특히 마법식 해독법을 모르는 사람은."

"하지만 이 마법은 우리 공작가의……."

"괜찮아. 어차피 방대한 마법식의 일부일 뿐이야. 게다가 어떤 의미가 있는지 이해할 턱이 없을 테고 말야."

비보 마법을 분해해 재구축하면 그 마법식 수는 방대해진다.

제로스가 크레스톤에게 넘긴 마법식 스크롤도 한 다발 정도며, 장수로 따지면 몇 장이나 되는지 알 수 없었다. 일부만 보고 이해할 수 있다면 천재를 넘어서 신일 것이다.

"듣고 보니 마법식 수가 너무 적네요. 이러면 초급 마법 마법식과 거의 차이가 없어 보이는데요?"

"여러 마법식 사이에 프로그램을 읽어 들이는 마법식을 끼워서 마법식 가동 처리 효율화를 시도하려는데, 골치 아프게도 어떻게 해야 맞물리는지 모르겠어. 조금이라도 어긋나면 발동하질 않아."

"이거 대단하군요. 겹쳐서 집적되어 마법진을 형성한다……. 이게 기동한다면 마도사가 마법을 배울 수 있는 폭이 넓어지겠어요."

"대규모 마법이 작게 압축되겠네~. 이런 마법식은 처음 봐."

분할된 마법식이 각 공정의 마법진과 집적되어 하나의 입체 마법진이 된다.

게다가 겹쳐져서 이데아 영역의 용량이 집약되어 동일 계통 적층 마법진을 가능한 한 기억할 수 있다. 획기적이지만 조정이 어려운 마법식이다.

종래의 마법진이 물건이 난잡하게 놓인 방이고 적층 마법진이 깔끔하게 정돈된 방이라면 이해하기 쉬울까? 세세하게 분할해서 하나로 묶으면 그만큼 마법식 허용량은 늘어난다.

"아버지가 파는 마법은 효율화한 마법식 자체가 보통 마법진이지만, 그래도 상당히 작게 정리했어. 내가 어느 정도 공격 마법을 배웠을 정도니까 말이야."

"……나중에 아버지에게 편지를 보내겠습니다. 그 마법을 써 보고 싶네요."

"그건 아마 어렵지 않을까요? 아버지 아래 있는 마도사 수가 한정돼 있어서 스크롤 생산이 쫓아가지 못하고 있어요."

"집으로 돌아가지 않은 대가가 여기서 나오나요……. 후회막급이군요."

크로이사스는 이때 진심으로 후회했다.

"그보다 크로이사스, 정리는 똑바로 해야지?"

"잠깐, 이 린? 잡아당기지 마세요, 저 안 도망가요!"

"응, 안 돼~. 크로이사스는 눈만 떼면 금세 연구에 몰두하니까 끝까지 정리하고 해야지?"

""……엄마와 아들?""

아이를 가르치는 어머니 같은 이 린에게 크로이사스가 연행당했다.

얼마 지나지 않아 대량의 책을 가지고 떨리는 다리로 계단을 오르는 그의 모습이 눈에 들어왔다.

그 뒤에서 이 린이 정신없이 꼬리를 흔들고 있었다.

"크로이사스 오라버니…… 변했죠?"

"그래…… 역시 여자인가? 여자가 못난 남자를 바꾸는 건가?!"

입 말고는 나름대로 괜찮은 데도 왠지 여자에게 인기가 없는 츠베이트였다.

외모에서 오는 첫인상이 『무섭다』라는 점이 원인이란 것을 그는 아직 몰랐다.

그에게 봄날이 올지 어떨지는 신만이 알 일이었다.

제10화 각자의 준비

이스톨 마법 학교 고등학부 교사 옆에는 성적 상위자만이 쓸 수 있는 연구동이 붙어 있었다.

재능 있는 젊은 마도사가 더 큰 역량을 키우고 수양하라는 의미에서 지어졌지만, 지금은 파벌이 서로를 향해 으르렁거리는 마굴로 변했다.

연구 우선인 생제르맹파는 『너희는 떠들어라, 나는 모른다』라는 식으로 연구를 계속하는 반면, 유독 과격한 사상에 사로잡힌 일파도 있었다. 바로 위슬러파였다.

본디 전술 연구와 국가 방위를 담당할 젊은 마도사 육성을 목적으로 한 파벌이지만, 언젠가부터 그들은 마도사 우월주의자 집단으로 변질됐다. 그 동기는 구시대 유적에서 발굴된 광범위 섬멸 마법 설계도의 발견이었는데, 사실 이 마법진은 미완성으로 끝난 실패작이었다.

애초에 구시대 유적이라고 해도 구시대라는 시기의 개념은 광범위했다. 문명의 시발점인 여명기부터 영토를 두고 싸운 전란기, 많은 백성이 평화를 누린 번영기와 멸망 직전의 퇴폐기. 이 마법진은 초기 문명의 물건으로, 마법 기술이 미숙한 시기에 만들어진 것이었다.

당시에는 개인이 보유한 마력으로 마법을 사용했기 때문에 전란기에 탄생한 자연계 마력을 이용하는 기술이 사용되지 않았다. 당연히 이 광범위 섬멸 마법은 여러 명의 마도사가 마력을 쏟아부어 가동하는 것이 전제 조건이지만, 큰 결점 또한 안고 있었다.

마력은 여러 속성으로 변질하는 특성과 함께 정신에 영향을 받는 성질도 가졌다.

다수의 마도사로 마법을 사용하려면 정신을 동조하고 그것을 평행 여기 상태로 만들어야 하지만, 개인의 정신에 차이가 있는 이상 다수의 마도사가 동조한다는 것은 말이 안 됐다. 사람의 정신은 개개인마다 독특한 파장을 가지는데 그것이 하나가 된다는 것은 불가능했다.

한마음으로 힘을 합치는 것과는 달리 정신을 동조하려면 같은 인간이 여러 명 존재해야 하는데, 현실적으로 그게 가능할 리 없기 때문이었다.

간단히 말해서 마도사의 개성이 방해돼서 마법이 발동하지 않는다는 뜻이다.

그래서 전란기에 제작된 광범위 섬멸 마법은 자연계 마력을 이용한 방식이 주류가 됐지만, 마법진이 너무 거대해져서 요새에 고정된 포대 같은 역할을 맡게 됐다.

현대 병기로 말하자면 근거리 탄도 미사일에 가까울지 모르겠다.

여명기, 사신 전쟁에서는 마법진을 구축하는 마도구가 제작됐지만, 그 위력도 사신 앞에서는 통하지 않아 패배를 면치 못했다. 그 후 대규모 파괴 앞에 광범위 섬멸 마법은 역사의 뒤안길로 자취를 감췄고, 극히 드물게 유적에서 흔적이 발견되는 불완전한 유물만이 남았다.

그것도 초기 문명의 마법이 많았고, 끽해야 역사적 가치밖에 없는 물건이란 사실을 위슬러파는 몰랐다.

물론 마법진도 개량되어 기동은 하지만, 실전에서 쓸 만큼 편리하지는 않았다.

단지 마법진이 빛날 뿐인데 어떻게 공격을 한단 말인가.

그런데 샘트롤을 비롯한 위슬러파는 마법진을 쓸 수 있다고 믿어 의심치 않았다. 요약하자면 써먹을 방법 없는 불완전한 장난감을 얻고 기고만장해진 것이었다.

그러나 우쭐해진 사람이 한 명이라면 그나마 괜찮지만, 한두 명이 아니라면 귀찮은 일이 벌어질 것은 뻔했다.

그들은 점차 불량배 집단으로 변했다. 세력을 넓히게 된 배경에는 세뇌 마법의 암약이 있었으나, 최근 들어 상황이 이상해졌다.

"헛소리하지 마, 샘트롤! 이러면 그냥 병사를 소모품으로 쓸 뿐이잖아. 너 똑바로 생각하고 말하는 거냐!"

"뭐가 잘못됐다고! 기사는 그냥 소모용 병력이잖은가. 징병한 우민들도 마찬가지다!"

"네가 하는 말은 그냥 무모하고 생각 없는 자살 특공이다! 왜 쓸 수 있을지 없을지도 모르는 광범위 섬멸 마법을 전략에 포함하냐고!"

각 파벌이 수군거리는 【탁상공론회】, 위슬러파에서 행해지는 가상 전략, 전술 토론회의 민낯이었다.

"우리도 그 의견에 동의해. 잘 생각해 봐. 네 전략의 가상적은 모두 네 형편에 맞춰 유리하게 설정됐어. 현실에서 그런 일이 있을 수 있을까? 그밖에도 복병은 가정하지 않았나? 적이 무능하다고 단정하는 근거라도 있어? 이렇게 엉성한 걸 작전이라고는 못 부르지."

"네 전술은 도적에게밖에 통하지 않을 거야. 국가 간의 전쟁이 그렇게 단순할 리가 있나!"

세뇌에 걸렸던 학생들은 저번 전술 토론회에서 츠베이트의 탁상공론 전면 부정과 군사론을 이용한 통렬한 지적을 듣고 세뇌 효과가 약해졌다. 그것을 계기로 성실한 마도사들은 역사를 처음부터 다시 공부하기 시작했다.

그리고 다양한 관점에서 전략을 조사해 자신들이 세운 전술이 얼마나 무지몽매했는지 깨달았다.

그 결과, 세뇌 마법의 약화는 큰 파문을 일으켰고 머지않아 그 세뇌에서 해방된 자들이 속출하는 결과를 낳았다. 현재 이 파벌은 현실론파와 몽상론파로 나뉘어 피 튀기는 논쟁을 펼치고 있었다.

전자가 츠베이트와 마찬가지로 현실을 바라본 자들이고 후자가 샘트롤 진영이었다.

하지만 세뇌 마법 자체가 이미 풀리기 시작한 지금, 샘트롤 측은 차츰 세력을 잃어 가는 추세였다.

반대로 츠베이트가 현실론의 대표자처럼 추대되니 샘트롤로서는 이 갈리는 상황이었다.

"전력이 한정된 이상, 가상 적국의 전력도 충분히 염두에 넣어야 해. 너희 전술론은 무능한 지휘관이 세우는 것과 다를 바 없어. 인정 못 해!"

"네까짓 게 내가 누군 줄 알고……."

"그냥 학생이잖아! 여기서는 귀족의 권위는 아무 의미도 없어. 애초에 현실적 전략 구상을 짜서 국방에 공헌하자는 건 너희 집안이 내건 사상이었을 텐데? 그 혈족인 네가 그걸 부정하겠다고?"

"크으……."

세뇌 마법으로 고분고분했던 만큼 세뇌가 풀렸을 때의 반동이 크게 돌아와 샘트롤을 위협했다. 게다가 브레마이트의 세뇌 마법에 관한 소문이 퍼지기 시작했다.

마도사는 마력의 흐름을 감지하는 능력이 비교적 뛰어나 지금도 누군가가 브레마이트의 행동을 감시하는 상태였다. 다시 세뇌하려면 마력을 담아 대화해야만 하지만, 감시받는 상황에서는 미세한 마력이라도 감지당할 가능성이 높았다. 따라서 다시 세뇌를 걸기도 여의치 않았다.

"광범위 섬멸 마법을 쓸 수 있을지 없을지 모르는 이상 그 힘을 전략에 포함시키는 건 무의미해."

"동의한다! 이건 분명히 의미가 없어. 쓸데없이 전력을 소비하는 걸 작전이라고는 할 수 없지."

"동의. 적 전력 가정이 너무 안일해. 상대가 인간이란 점을 고려해야 해."

"나도 동의. 애초에 모병으로 어떻게 10만 대군을 쓰러뜨리지? 보통은 이상하다고 생각해야 하잖아."

"동의……. 요새의 병력으로는 일방적으로 밀릴 뿐이야. 후퇴하는 게 현명하지……. 섬멸은 불가능하다."

한번 생긴 균열은 점점 더 커진다.

마침내 샘트롤 측 인간도 동의하기 시작했다. 그의 계획이 차츰 붕괴하며 궁지로 내몰렸다.

샘트롤이 세워 온 기반이 와르르 소리를 내며 무너져 내렸다.

"논할 가치가 없는 작전 내용이군. 이럴 거면 츠베이트 쪽이 훨씬 나아."

"그때 그건 가차 없었지. 거의 전멸을 상정한 작전 내용이었으니까."

"하지만 일리는 있었어. 그 절망적 병력 차에서 얼마나 아군의 피해를 줄이고 살아남을지에 중점을 뒀지."

"살아 있으면 후일을 도모할 수 있어. 나라를 다시 일으키는 것도 염두에 둔 점이 정말로 현실적이야."

"그에 비해…… 넌 너무 조잡해, 샘트롤."

편하게 지위를 얻으려고 한 결과가 이거였다.

괜한 말을 못 하도록 츠베이트의 출입을 막았는데 학생인 이상 기숙사에서도 대화할 수 있었다. 거기서 츠베이트를 중심으로 한 전술 연구반이 탄생했고, 지금 샘트롤을 추궁하는 것도 그들이었다. 이 파문은 앞으로도 계속해서 퍼질 것이다.

얼마 가지 않아 마지막 종이 울리고 이 전술 토론회는 종료됐지만, 샘트롤과 브레마이트는 갑갑한 마음으로 그들의 뒷모습을 바라봐야만 했다.

"젠장, 츠베이트 그 자식이 괜한 소리를 해서!"

"내 마법도 다 들통났어. 시종일관 감시당했어."

"지긋지긋한 자식…… 그렇지만 손을 댈 수도 없어! 놈은 공작가야. 내가 손을 못 댄다는 걸 뻔히 알고 이런 수작질을…… 제기랄!"

적반하장도 유분수였다. 하지만 자기중심적이고 오만한 인간일수록 이런 경향은 강했다. 그리고 이런 자일수록 자기에게 불리한 사실은 머릿속에서 지워 버린다. 먼저 츠베이트에게 손을 댄 것은 그들이었다. 말하자면 자업자득일 텐데 그것을 모를 정도로 어리석었다.

"그렇다면 어떻게 할래? 우리가 움직이면 수상하게 생각할 거야."

"조만간 연례행사인 실전 훈련이 있잖아. 그때 손을 쓸 거야."

"아하…… 그럼 사고사로 처리할 수 있겠군."

"미리 녀석들에게 연락을 취해. 이대로 츠베이트를 방치하는 건 위험해!"

그들은 마지막 수단을 쓰려고 했다. 그것은 인간에게 허락되지 않은 행위였지만, 욕망에 미친 자에게 상식은 통하지 않았다. 학교 시설 한곳에서 은밀한 흉계가 진행되고 있었다.

◇ ◇ ◇ ◇ ◇ ◇ ◇

"크로이사스, 너…… 실전 훈련은 어쩔 거야?"

"참가하고 싶진 않네요……. 시간 낭비예요. 저는 그냥 연구를 계속하고 싶습니다."

크로이사스는 연구동에 틀어박혀 각 종족의 고대 언어 사전을 들여다보면서 무거운 어조로 대답했다.

그는 운동과 관련해서는 젬병이었고 이렇게 연구나 하는 것이 성미에 맞다고 자부했다.

그러나 성적 우수자는 강제 참가였다. 실전 훈련이라는 이름의 야외 강습은 그에게는 반갑지 않은 행사였다. 크로이사스가 우울한 표정으로 한숨을 쉬었다.

"딱히 참가하지 않아도 상관은 없지만, 네 경우는 강제 참가니까……."

"그게 문제입니다. 연구자에게 실전 경험을 쌓게 해서 어쩌자는 겁니까? 다른 학생은 자유 참가라고요. 불공평해요."

이야기를 듣던 세리니가 끼어들었다.

"그치만 크로이사스, 넌 체력을 조금 키우는 게 나아. 아직도 근육통이 안 가셨지?"

"연구를 위해서라면 이 정도는 견딜 수 있습니다. 대체 전투 훈련이 웬 말입니까……. 그러는 세리나는 어떻게 할 거죠?"

"나는 패스! 귀찮으니까."

남은 실전 훈련에 보내려고 하면서 그녀는 참가를 거부했다.

일정 성적을 유지하는 사람은 자유 참가이므로 크로이사스에게는 부러울 따름이었다.

차라리 성적을 조정했어야 했다고 후회했다.

"나는 반드시 참가해야 해. 강의를 너무 빠져서 성적이 위험해."

"마카로프…… 그건 자업자득이죠. 항상 노니까 그렇게 되는 겁니다."

"연금술 강의는 나간다고."

"반대로 말하면 그 강의밖에 안 듣지? 마카로프."

"남이사!"

이 린의 말에 마카로프가 울컥 반론했다. 한 학과의 강의밖에 듣지 않는 마카로프지만, 실은 성적은 상위에 속했다. 우수하나 직업을 위한 기술을 얻으려는 그는 다른 강의에 관심이 없었다.

그 때문인지 시험 전날 크로이사스에게 도움을 받는 일이 많았다.

"앗, 이 마법 문자…… 이쪽 고대어와 비슷하지 않아?"

"어느 종족의 언어인지 알려주세요."

"엘프야. 문자의 의미는……【바람】인가?"

"여기도 있어. 드워프 말로【수속(收束)】."

“나도 찾았어. 수인족이고…… 【위력】인가?”

네 사람은 분담해서 마법식 해독 작업을 진행했고 마법 문자에서 고대어에 가까운 식을 찾아 그것을 참고로 각 인종의 고대어에 해당하는 단어를 찾았다.

“역시 【언어】였나요. 마법 문자는 고대어의 원형이었던 겁니다.”

“잠깐만 있어 봐. 그렇다면 우리가 배운 마법식 관련 상식은 뭐야? 의미 없었던 거야?”

“의미가 없진 않겠지만, 잘못된 지식을 배웠다는 뜻이죠.”

“그럼 이 영문 모를 문자는 뭐야? 이런 걸 어떻게 읽어?”

“그곳은 후에 수정된 부분이겠죠. 그래서 의미 없는 말이 쓰인 겁니다.”

이 학교에서 마법을 배우던 세리나와 마카로프는 충격을 받았다. 성적으로는 상위에 속하는 두 사람에게 지금까지 죽어라 배운 지식이 잘못됐다고 선언한 것과 다름없었다. 물론 마카로프는 세리나 만큼 충격을 받진 않았지만, 놀란 것은 틀림없었다.

“어라? 그래도 크로이사스네 오빠랑 동생은 해독하고 있었지? 크로이사스는 몰랐어?”

“하기휴가 때 집으로 돌아갔다면 저도 배웠겠지만, 그 기회를 제 발로 걷어찼어요. 아쉽네요.”

“다시 말해 두 사람에게 마법식 해독 방법을 알려준 마도사가 있다는 말이야? 뭐 하는 사람이야?”

“그러게. 그런 우수한 마도사가 있다면 소문이 날 만도 한데…….”

“떠돌이 마도사라고 하던데요? 이론을 실전에서 시험하는 위험한 마도사라고 합니다.”

모두 그 소리에 말문이 막혔다. 가령 그것이 사실이라면 무명의 마도사가 마법에 관한 영지(英知)를 가졌다는 말이었다. 이 사실이 세상에 알려지면 학교의 존속이 위험해질 수 있었다.

무명의 마도사가 마법식을 해독할 수 있다면 이 학교에서 가르치는 지식이 모두 무명 마도사에게 뒤떨어지며 학교에 대한 세상의 신용은 바닥으로 떨어진다.

전부 틀린 것은 아니겠지만, 강의에서 가르치는 내용 중 60퍼센트 정도가 무의미하게 변하기 때문이었다. 그렇게 되면 학교는커녕 파벌조차 비난의 대상이 될지 몰랐다.

“물론 할아버지도 마도사라서 이미 해독 방법을 구하셨을 겁니다. 이제 와서 새삼스럽지 않습니까? 지금도 효율 좋은 마법 스크롤을 팔고 있다고 하니까요.”

“【연옥의 마도사】가 세운 솔리스테어파…… 큰 파벌이 되겠어.”

“들은 이야기로는 각 파벌의 자금 공급원을 모두 끊고 있다나 봐.”

“그건 아버지가 한 일일 겁니다. 그래도 우리는 괜찮겠죠. 기본적으로 마법 연구밖에 관심이 없으니까요. 운영 자금은 상인과 계약해서 벌고 있고요.”

“그렇다면 표적은…… 위슬러파인가~?”

위슬러파는 최근 이래저래 말이 많았다. 마을에서는 불량배 같은 횡포를 부리고 헌병이 출동하는 소동도 일으켰다. 심지어 지금은 내부 분열이 일어났다고 하며, 그 중심에 있는 것이 형 츠베이트였다.

“형과 몇 번인가 이야기했지만, 아무래도 정신계 혈통 마법으로 파벌 내 인간이 세뇌된 것 같답니다. 그 속박에서 벗어난 형이 보복을 시작한 거겠죠.”

“야, 그거 범죄 아냐!”

“맞아! 타인에게 마법을 쓰는 건 원칙적으로 금지돼 있는걸!”

“정신 계통 마법은 증거가 남지 않으니까 적발이 어려워요. 하지만 감정이 흔들리면 효과가 풀리기도 하니까 의도적으로 혼란을 일으켰는지도 모르죠.”

정신 계통 마법은 영구적이 아니었다. 일시적인 혼란은 줄 수 있지만 장기간 세뇌는 어려웠다. 사람은 감정을 가졌기에 마력도 불규칙하게 흔들리는 경향이 있어 그것이 때로는 마법에도 영향을 미친다. 분노 같은 격한 감정에는 공격력이 일시적으로 상승하고, 역으로 침울할 때는 마법 효과가 떨어진다.

게다가 정신계 마법은 정기적으로 마법을 걸어주지 않으면 체내 마력으로 차츰 해제되고 만다.

츠베이트 한 명 때문에 파문이 퍼지고, 그것이 이윽고 파도가 되어 속박된 자들의 정신을 해방했다. 그리고 츠베이트는 세뇌당한 분노로 주범에게 철저한 적의를 보내고 있었다.

곤란하게도 그 주범은 피해자인 양 행동하는 것이 괘씸했다. 그 태도가 피해자들을 더욱 화나게 해서 내부 분열에 박차를 가하는 상황까지 이르렀다.

“그나저나 샘트롤이라고 했나~? 좋은 소문이 안 들리던데~?”

“아, 범죄 조직과 연루되어 있다는 말을 들었어.”

"그쪽 방면 사람이랑 회식을 가지는 모습을 본 사람이 있다는 모양이야. 무슨 거래를 하고 있었다는 이야기를 들었어."

"여기로 불똥이 튀지 않길 빌어야죠. 그보다 손이 놀고 있습니다. 이것도 연구니까 똑바로 하세요."

크로이사스의 채근에 그들은 다시 해독 작업을 계속했다.

"그런데 이제 곧 점심이잖아~? 여기서 먹어?"

"벌써 시간이 그렇게 됐나요? 음…… 학식을 먹을까요? 두 사람이 쏘는 걸로 하고."

"윽?! 나 이번 달은 주머니 사정이 안 좋은데……."

"나도……. 여러 가지 살 게 많아서……."

"이상한 소문을 퍼뜨린 벌입니다. 고소당하지 않은 것만으로도 고맙게 생각하세요."

세리나와 마카로프는 반반으로 나눠 점심을 사기로 했다.

크로이사스의 이상한 소문을 흘린 두 사람의 가벼운 입이 원인이니까 자업자득이었다.

만악의 근원인 두 사람은 얼마 동안 크로이사스와 이 린에게 점심을 쏘는 신세가 됐다. 입은 재앙의 근원이었다. 생제르맹파는 언제나 이런 식으로 주변 일에 신경 쓰지 않고 연구를 계속했다.

그들은 연구에 지장이 없으면 주변이 아무리 시끄러워도 상관하지 않았다.

어떻게 보면 가장 평화로운 파벌일지도 모르겠다.

◇ ◇ ◇ ◇ ◇ ◇ ◇

"들었어? 위슬러파 녀석들, 내부 분열이 일어났다고 해."

"듣기로는 솔리스테어 공작가의 자제와 위슬러 후작가의 파락호가 대립한대."

"어라? 솔리스테어 공작가 자제도 정신 상태가 썩어 빠지지 않았던가?"

"소문으로는 샘트롤의 동료가 파벌 소속원에게 세뇌 마법을 걸었다고 하던데?"

"정말? 교칙 위반이잖아!"

학교는 넓은 듯하면서도 좁아 이런 소문은 삽시간에 퍼졌다.

특히 약소 파벌이라고 불리는 소규모 집단은 양대 파벌의 동향을 예의주시하고 있었다.

"파벌 내에서 의견이 충돌한 거랬지?"

"나는 범죄 조직과의 유착이 들켜서 내부 개혁에 나섰다고 들었는데?"

"난 샘트롤 그 개자식이 츠베이트 님에게 억지로 육체관계를 강요해서 그랬다고 들었어. 강제로 벗기다가 반대로 당했대."

"어? 나는 츠베이트 님이 파벌을 육체파로 개혁한다고 들었어. 우람한 근육…… 추릅♡"

개중에는 아무런 근거도 없는 헛소문도 있었지만, 며칠 사이에 이런 소문이 퍼져 있었다.

왜 이런 사태가 됐느냐면…….

"야, 디오…… 너 세뇌 마법에 관해서도 알려줬어? 아무 증거도 없다고."

"아…… 나도 모르게 그만. 네가 화장실에 갔을 때 무심코……."

"상관은 없지만, 마지막 소문은 뭐야? 나는 육체미에 눈뜬 적 없어!"

"아마 매일 검술 훈련을 하는 모습을 누가 본 게 아닐까? 이른 아침이라도 일찍 일어나는 학생은 있을 테니까."

"그게 왜 근육 이야기로 이어져! 더군다나 남색 의혹까지 돌아다니잖아."

"게이 의혹은 샘트롤뿐이니까 괜찮지 않아? 그런데…… 나도 곧 말려드는 걸까?"

디오로서는 친구와 그렇고 그런 관계로 오해받는 사태는 사양하고 싶었다. 행여 그런 소식이 세레스티나의 귀에 들어간다면 그날로 목을 맬 수밖에 없다.

그건 츠베이트도 마찬가지였다. 그쪽 소문은 당장에라도 사라져줬으면 하는 심정이었다.

"그보다 이번 실전 훈련은 어떻게 할 거야? 너, 무기 쓸 수 있던가?"

"난 잘 못 써. 하지만 죽기 싫으니까 근접전 훈련에는 참가하고 있어."

"……나는 본 적이 없는데, 언제 참가하는 거야?"

"주 3회, 네가 강의를 받는 동안. 우리 파벌에 무기를 다룰 수 있는 사람이 있어서 다행이야."

"실전을 가볍게 여기면 죽는다? 훈련으로는 익힐 수 없는 것도 있고.”

골렘으로 격투 훈련을 하던 나날이 떠올랐다. 핵을 파괴하지 않는 한 재생을 반복하는 골렘을 상대로 공허하기까지 한 격투를 펼치던 지옥의 나날. 덕분에【검술】스킬과【격투】스킬도 배우고 그것을 숙달하는 과정은 즐거웠다. 자신이 확실하게 강해지는 것이 즐거웠고, 검을 휘둘렀을 때 묵직한 손맛이 전해지는 순간 그는 짜릿한 표정을 짓곤 했다.

마법을 병용하는 싸움법을 스스로 고안해 시험하고는 문제점을 밝힌다. 그는 그렇게 착실히 힘을 키워 갔다. 그밖에도 연금술이나 약술 등 필요하다고 생각되는 강의는 자발적으로 받았다.

“츠베이트는 집에서 어떤 훈련을 받았어? 골렘을 사용한다고는 들었지만, 보통은 몇 개밖에 못 만들지 않아?”

“차원이 다른 실력의 마도사가 있어서 한 번에 서른 체 가까운 골렘을 상대로 끊임없이 격투했을 뿐이야.”

“보통 사람은 그렇게 못 하지? 그 마도사, 정체가 뭐야?”

“모르는 게 좋을걸? 굳이 스승님에 관해 말하자면 괴물이야. 강사들 따위 발끝에도 못 미칠 정도의 실력자지.”

“그런 일을 할 수 있는 사람이라면 유명해졌을 거라고 생각하는데……. 왜 무명일까?”

“권력자와 연관되면 자유롭게 연구할 수 없으니까 그런 거겠지. 마물 소재를 팔아도 생활비는 충당할 수 있고, 용병이라면 큰 소문도 안 나. 세계를 전전하니까 말이야.”

디오에게는 츠베이트를 훈련한 마도사의 실체가 그려지지 않았다.

상식 밖의 이야기로만 들리고 너무 황당무계해서 믿어지지 않았다.

그러나 마법을 쓰지 못하던 세레스티나를 불과 두 달 만에【신동】으로 만들었으니까 실력은 학교 강사보다 우수하다고 인정할 수밖에 없었다.

“환경이 갖춰져 있어도 마법 기술 연구가 진척되지 않는 거 보면 역시 강사의 자질이 문제일까?”

“그렇겠지. 연구자는 어떤 환경에서도 필요해지면 자금을 벌 수단이 떠오를 테고, 그게 용병이라면 상대하기에 제격인 사냥감이 잔뜩 있어.”

“마물이라면 소재나 마석도 주고 사냥감에 따라서는 수입도 좋으니까. 다만, 츠베이트의 스승님은 너무 비상식적이야.”

“자기만족을 위한 취미라고 하더라. 우리처럼 미숙한 사람에게는 이해하지 못할 영역이야.”

“나는 솔직히 말해서 그 스승님이랑 만나고 싶지 않아.”

“그 전에 우리 할아버지에게 만날 확률이 높을걸…….”

“…….”

그 후 당분간 무언이 이어지다가 두 사람은 학교가 지정한 훈련장으로 향했다.

훈련장에는 위슬러파 소속원이 약 쉰 명은 모여 있었다.

“왔군. 왜 이렇게 늦어, 츠베이트.”

“미안. 자율 훈련을 하는 디오를 찾느라 시간이 걸렸어.”

“그래……. 그런데 왜 디오는 저렇게 죽을상이야?”

"묻지 마……. 이 녀석은 잠자는 호랑이를 건드리고 현실도피 중일 뿐이니까……."

"무슨 소리인지 모르겠군."

디오의 운명은 한 정신 나간 팔불출 노인의 손에 달려 있었다.

"……그보다 어서 근접전 훈련을 하자. 학교에서 격투 기술이 인기가 없던 탓에 바반 강사가 신이 났어."

"지금까지는 파리만 날렸지. 난데없이 강의를 받고 싶다고 하니까 기뻤을 거야."

집합한 위슬러파 학생들 곁으로 유난히 근육질인…… 아니, 완전히 근육 괴물인 스킨헤드 마도사가 기쁜 표정으로 다가오고 있었다. 로브가 근육으로 찢어질 기세였다.

겉모습은 마도사지만, 아무리 봐도 위험한 전장을 전전하는 전사의 풍격이 감돌았다.

"다 모였나! 너희의 뜨거운 기대에 부응해 지금부터 격투의 기초를 철저히 교육해주겠다!"

"잘 부탁합니다. 퇴각전이 벌어지면 추격해 오는 적군에게서 몸을 지켜야 합니다. 적이 마도구 등을 사용하면 모습을 감출 수도 있겠죠. 만약의 경우를 위해서라도 야전 준비는 해 둬야 한다고 생각합니다."

"그래! 용케 깨달았구나. 나는 기쁘다. 요즘 학생들은 후방에서 마법만 쏘면 된다고 생각하지만, 전장은 그렇게 호락호락한 곳이 아니다. 상황에 따라서는 퇴각도 고려하고, 때로는 후미에서 아군의 철수를 엄호해야 한다. 백병전이 벌어지면 방어가 약한 마도사는 위험하다. 따라서 몸을 지키기 위해서는 근접 전투 기술이 필요한 것이다."

"아군의 피해를 줄이기 위해서 전선에 나서야만 하는 사태도 생각할 수 있습니다. 기동성을 중시한 전투 방법이 바람직하겠죠."

"그것도 맞는 말이지만, 너희는 마도사다. 기사처럼 싸울 필요는 없지. 어떤 수단을 써서라도 아군의 지원이 중요하다는 것을 잊지 마라."

""""""옛!""""""

"대답이 커서 좋다. 야외 훈련 강습까지 너희에게 근접 전투를 제대로 교육해주마. 각오는 됐나!"

""""""Sir, Yes Sir!""""""

왠지 이상한 방향으로 분위기를 탔다. 이 광경을 보고 츠베이트는 불길한 예감을 느꼈다.

그렇게 근접전 훈련이 시작된 이날, 이스톨 마법 학교 한쪽에서는 귀를 틀어막고 싶어지는 욕설과 매도가 메아리쳤다고 한다.

그 윤리적으로 표기할 수 없는 매도들은 실전 훈련이 시작되기 이틀 전까지 이어졌다.

덤으로 학생들의 비명도…….

제11화 아저씨, 옛날 꿈을 꾸다

편광 강화 유리에 도시 경관을 비추는 20층 빌딩의 어떤 방, 【오사코 사토시】는 그곳으로 호출받았다.

방에는 테이블에 앉은 회사 중진들이 하나같이 심각한 표정으로 그를 보고 있었다.

그는 이곳으로 불려온 이유를 알고 있었다. 며칠 전까지 이루어진 재판, 두 기업이 판권을 놓고 다투었고 그가 근무하는 회사가 승소했다. 단지 그뿐이었다.

판권 분쟁의 대상은 방위성#7에서 제작을 의뢰받아 개발한 프로그램이었다. 그것을 유출한 범인이 그의 누나 【오사코 레미】라는 사실이 판명되고, 그 범행의 주체가 누나의 남편인 경쟁 회사 중진 중 한 명이었다.

문제는 그 범행이 이루어진 장소가 사토시가 사는 독신자 기숙사며, 누나라는 관계를 이용한 레미를 관리인이 별다른 제지 없이 방으로 들여보냈다는 점이었다. 사토시는 해외 출장 중이라서 일본에 없었던지라 귀국하고 나서야 사실을 알았다. 방으로 돌아와 컴퓨터를 기동해 개발하던 프로그램을 체크할 때, 기억에 없는 액세스 날짜가 기록되어 있어 수상하게 여긴 그가 회사에 보고함으로써 탄로 났다. 물론 보안 시스템도 있었지만, 왠지 해제되어 개발 중인 프로그램을 복사당했다.

수일이 지나고 이 프로그램을 다른 회사가 발표해 시스템 내용

#7 방위성 자위대를 운영 및 관리하는 일본의 국가 행정 조직. 한국의 국방부에 해당한다.

을 통해 개발 중이던 프로그램이란 사실이 밝혀졌다. 거기서부터 법정 다툼으로 번지는 것은 빨랐고 특정한 조작으로 발생하는 버그를 증거로 승소했다. 그것은 누구도 눈치채지 못할 정도로 사소한 오류로, 특정 조작을 통해 발생하는 시스템 프리징 현상을 지적하고 완성한 프로그램을 공표했기에 재판은 종료됐다.

그러나 그것으로 끝이 아니었다. 범행을 벌인 공범자가 하필이면 개발부 주임인 사토시의 가족이었다. 이대로 그를 회사에 둘 수는 없었다.

그리고 이날, 사토시에 대한 처분이 내려졌다.

『이유는 알고 있겠지? 솔직히 지금까지 회사에 공헌해준 자네를 포기하긴 아쉽지만, 우리 회사도 이번만은 자네를 옹호할 수 없어. ……미안하네.』

『아닙니다. 모두 제 가족이 저지른 일입니다. 이미 각오는 하고 있었습니다.』

『그런가……. 하지만 자네의 명예를 위해서라도 희망퇴직으로 처리하는 게 나을 거 같은데…….』

『신경 써주셔서 감사합니다. 사표는 이미 써 놓았습니다. ……누를 끼쳐 정말 죄송합니다.』

『자네도 고생이군……. 그런 가족을 두는 바람에…….』

『예……. 이제는 인연을 끊으려고 합니다…….』

이렇게 사토시는 7년 동안 근무한 회사를 그만두게 됐다. 그 후 자신이 어떻게 방으로 돌아왔는지 기억나지 않았다. 며칠 후, 사토시는 독신자 기숙사의 방에서 짐을 정리했다.

그는 일에서 보람을 느끼고 평생 프로그래머로 살아갈 거라고 생각했다. 그러나 그 예상은 외적 요인으로 허무하게 무너졌다.

퇴직 원인인 누나 레미는 이혼해서 사토시의 사택으로 기어들어 와서 뻔뻔스럽게 3년이나 기생했다. 그 후 독신자 기숙사로 이동한다고 해서 겨우겨우 쫓아내는 데 성공……했지만, 결국 이런 결과가 되고 말았다.

그녀는 붙임성이 좋아 주변 사람을 자기편으로 만드는 데 능했다.

몇 번이나 쫓아내려고 했지만, 이상한 소문이 흘러 실패. 전근을 이유로 쫓아내는 데 성공하면 이번에는 혈연을 이용해 산업 스파이 흉내. 솔직히 이제는 아무래도 상관없어졌다.

회사의 배려로 며칠은 기숙사에서 지내며 그사이 이사할 곳을 찾았고, 지금까지 모은 저금을 써서 시골의 민가를 구입했다. 다행히 부모님이 남긴 연립주택과 전셋집이 있어서 생활에는 문제가 없었다. 인생에 허탈함을 느낀 그는 그냥 조용히 시골에서 살기를 바랐다.

사토시는 시종일관 말이 없었다. 묵묵히 짐을 들어 주차장에 댄 소형 트럭에 싣고, 녹색 시트를 덮은 뒤 밧줄로 짐이 떨어지지 않게 고정했다.

트럭에 타서 엔진에 시동을 걸었을 때, 그 앞에 가장 만나기 싫은 인물이 있다는 것을 깨달았다. 조수석 문이 잠겨 있는 것을 확인하고 사토시는 트럭 창문을 조금만 열었다.

『이제 와서 무슨 볼일이에요, 누나.』

『말투가 뭐 그래? 왔어. 당분간 네 집에 좀 있어야지. 남편이 외사에서 잘리고 나 또 이혼했으니까.』

『자업자득이잖아요. 제가 왜 누나를 데리고 살아요?』

『동생이면 당연히 누나를 도와야지. 뭐 어때, 고액 연봉자면서.』

이 사달을 내고도 철면피를 까는 누나에게 살의가 솟았다.

『미안하지만, 저도 누나를 먹여 살릴 여유는 없어요. 회사에서 잘렸거든요. 누구 덕분에…….』

『그럼 50만 엔이면 돼. 돈 빌려줘.』

『갚을 생각도 없는 사람한테 빌려줄 돈은 없습니다. 자기가 벌면 되잖아요?』

『싫어, 귀찮아. 그럼 연립주택이나 아파트 권리증 하나 넘겨. 그걸로 양보해줄게.』

『이미 딴 사람 손에 넘어갔네요. 얼마나 회사에 피해를 줬는지 알고서 그럽니까? 저한테도 배상 청구가 왔다고요. 뭘 좀 알고 얘기하세요.』

누나의 거만한 태도에 사토시는 점점 말투에 묻어나는 짜증을 감추지 못했다.

부동산 권리 양도와 배상 청구 이야기는 거짓말이었지만, 이렇게라도 하지 않으면 레미는 끈질기게 돈을 요구할 것이다. 밑도 끝도 없이 자기중심적인 누나란 것을 알기 때문이었다.

『그럼 돈. 그거면 돼.』

『없어! 그 전에 당신한테 돈 빌려줄 생각은 추호도 없어.』

『그게 누나한테 할 소리야? 진짜 몰인정하다, 너!』

『피만 이어진 남 아닙니까? 이제 와서 누나라고 유세 부리지 마세요.』

더는 못 참겠다. 지금까지 마음에 쌓아 둔 감정이 단숨에 터져 나왔다.

『그딴 식으로 살지 마. 세상에 동생한테 빌붙는 누나가 어디 있어! 나이 먹을 만큼 먹었으면 자기 앞가림 정도는 알아서 해, 빌어먹을!』

인내심의 한계는 이미 넘었다. 말투가 험해졌다. 주먹이 나가지 않은 것만 해도 다행인 줄 알아야 할 것이다.

『누가 없는 돈 빌려 달래? 그거 좀 빌려준다고 어디 덧나! 쪼잔하긴 진짜.』

『쓰레기 같은 인간이랑 손잡고 산업 스파이 흉내나 내고, 남의 인생에 기생밖에 못 하는 범죄자한테 빌려줄 돈 없어! 얼마나 내 인생을 망쳐 놔야 만족할 거냐고!』

『누가 범죄자야! 난 잘못 없어. 세상이 인정했어.』

『전부 남편한테 떠넘겼을 뿐이잖아? 결국 당신은 자기만 중요하지!』

『그게 뭐? 누구든 자기가 중요한 게 당연하지.』

『그럼 당신한테 돈을 빌려줄 이유도 없네. 나도 내가 중요해. 이건 당신이 한 소리야.』

『…….』

사토시는 더 이상 할 이야기가 없다는 양 창문을 닫고 얼른 트럭의 액셀을 밟았다. 눈앞의 거만한 누나와 더 이야기했다가는 정말로 살인을 저지를 것 같았다.

이렇게 인생의 의욕을 잃은 사토시는 산 사이로 세토 내해가 보이는 시골에서 자급자족 생활을 시작했다. 당시 성격이 예민해져 집에만 틀어박혀 살던 사토시도 온라인 게임만은 계속하고 있었다. 디지털 세계만이 유일하게 평안을 주었다.

그렇게 시골에서 살길 3년. 인정 많은 마을 사람들과 지내는 사이 차츰 정신이 안정되고 다른 농가 일을 도우며 자급자족 생활에 익숙해졌을 무렵, 질리지도 않고 그녀가 또 나타났다.

『너 왜 이런 식으로 살아……? 아직 한창 젊잖아. 일을 해!』

『일하고 있어요. 농원에서.(당신한테 그딴 소리 듣기 싫어!)』

『어휴…… 됐어. 나 당분간 여기서 살기로 했어. 그런데 왜 이렇게 덥니? 에어컨 좀 틀어.』

『없어요. 전기세가 얼마나 드는 줄 아세요? 게다가 오늘은 시원한 편이에요.』

『이게……? 그럼 배고프니까 음식 좀 배달시켜줘.』

『배달해주는 가게 없어요. 마을 못 봤어요? 산골 농촌이라고요. 가게까지 한 시간은 걸립니다. 마트라면 있지만요.』

레미는 할 말을 잃었다.

『그럼 밥은 어디서 먹어……?』

『보통 자급자족, 고기는 이웃에 사는 타나카 씨와 사냥하러 가서 얻는데요? 요즘은 멧돼지가 늘어서 밭을 엉망으로 만드는 바람에 수를 줄이지 않으면 팔 게 남아나지 않는다고 합니다. 잡은 멧돼지는 훈제하거나 수제 소시지처럼 보존 식품으로 만들어 먹거나 하죠.』

『내, 내가 먹을 건…….』

『일하지 않는 사람에게 줄 밥이 있을 리 없잖아요? 무슨 소리를 하는 거예요?』

『……그럼 돈 빌려줘. 어디에 방이라도 빌릴 테니까.』

『있다고 생각합니까? 전기세랑 가스비 내기도 급급한데.』

그녀에게는 최악의 대답이 돌아왔다. 사실 레미는 거액의 빚을 져서 그걸 갚을 돈을 빌리러 왔을 뿐이었다. 그리고 기회가 된다면 사토시의 집에 얹혀살며 나태한 생활을 보낼 계획이었다.

『너…… 왜 일을 안 해? 지금이라면 어디 기업에라도 들어갈 수 있잖아!』

『농원 일은 일도 아닌 줄 아시나, 이 사람이……. 그리고 그럴 맘이 들겠습니까? 어디 사는 누구 덕분에 회사 생활을 하기 싫어졌습니다. 됐습니까?』

『설마 내 탓이라고 말하려는 거야?!』

『그럼 달리 누가 있습니까? 자기가 무슨 짓을 했는지 생각해 보세요. 다 큰 어른이 무슨 소리입니까?』

『나, 빚이 있는데…… 그건 어떡해?』

『그게 뭐요? 설마 지금 저한테 돈이 있다고 생각해요? 이렇게 된 원인이 누나인데? 재밌는 소리를 하시네. 애초에 왜 누나 빚을 제가 대신 갚습니까?』

사토시의 눈은 마치 타인을 보는 것 같았다. 아니, 이미 타인이겠지.

누나라는 입장을 계속 이용해 온 결과, 사토시에게 안전히 버림

받았다는 사실을 알았다.

『너, 내 동생이잖아! 누나를 돕는 게…….』

『그 동생에게 실컷 피해를 준 끝에 회사에서 잘리게 만든 것도 모자라서 또 돈을 꾸러 오나요? 낯짝도 두꺼우셔라. 진짜로 죽여 버릴까 보다.』

『그럼 당분간 여기서 살게 해줘.』

『상관은 없지만, 새벽 네 시에 일어나서 밭일을 도와야 합니다? 앗, 달걀은 닭장에서 모아 오고요. 그리고 제초도 부탁합니다. 여름은 풀이 빨리 자라서 바로 풀밭이 되니까요.』

『뭐? 내가 왜 그런 짓을 해야 해!』

『여덟 시부터 농원에서 풀을 베고 귤 수확, 식비는 스스로 벌어요. 저한테는 그럴 여유 없으니까. 아 맞아, 가끔 곰이 나오니까 조심하세요. 그리고 품앗이로 이웃집 밭일을 돕기도 하는데, 빼먹으면 땅에 묻어 버릴 겁니다? 채소는 자급자족이지만, 겨울에 대비해서 절여야 하니까 너무 많이 뽑지는 마시고요.』

레미는 의도가 빗나가 계획이 틀어졌다는 것을 깨달았다. 시골 농가는 아침이 일찍 시작되고 이웃과의 교류가 상당히 개방적이다. 도시살이 이상으로 이웃과 친밀하게 지내며 게으른 생활을 보내면 금세 소문이 퍼진다.

하물며 동생이 다른 농가를 돕는데 자신은 TV를 보고 음식을 배달시키는 생활을 보내면 사람 눈에 띄기 쉽다. 그 이전에 음식을 배달할 가게가 전혀 없지만.

식사도 스스로 만들어야 하고 재료는 자급자족. 더 나아가 사토시가 산 집은 옛날식 민가라서 밖에서 집안이 훤히 내다보인다. 더불어 에어컨 등 편리한 문명의 이기는 있지도 않다.

이웃과 밀접한 관계를 맺고 주위 사람들과 매일 얼굴 볼 일이 많은 것이 시골살이였다. 사택에 눌러앉아 자기 마음대로 생활하던 때와는 상황이 달랐다. 물건을 사려고 해도 도시까지 편도 한 시간이 걸리고, 버스 정류장까지 가려면 급경사인 언덕길을 오르내려야 하는 교통이 불편한 장소였다.

편의점도 없고 놀 곳도 없었다. 그런 시골에서 살 수 있을 레미가 아니었다.

결국 그녀는 시골살이에 학을 떼고 이튿날 자취를 감춘 이래 한 번도 모습을 보이지 않았다.

눈을 뜨자 창으로 아침 안개에 싸인 교회가 보였다.

그곳은 시골의 일본식 가옥이 아닌, 새 나무 냄새가 그윽한 집이었다.

"……꿈? 하필이면 꿈을 꿔도……. 왜 이제 와서……."

점차 의식이 또렷해지는 속에서 이곳이 지구가 아니라 이세계라는 사실을 떠올렸다.

기억하기도 싫은 꿈을 꾼 사토시— 제로스는 침대에서 일어나 탁상 위에 놓인 담배를 물고 불을 붙였다. 일어나자마자 피는 담배가 유난히 썼다.

◇ ◇ ◇ ◇ ◇ ◇ ◇

“【윈드 커터】.”

제로스가 바람 계통 마법을 쓰자 누렇게 변한 풀들이 순식간에 밑동까지 바싹 잘려 쓰러졌다.

그 풀을 한데 묶고 몇 다발을 하나로 뭉쳐 든 제로스는 그것을 지정된 장소로 옮겼다. 그가 하는 일은 쌀이 나는 식물 수확이었다.

이 세계에서 쌀은 잡초와 같은 취급이었고 논을 만들지 않아도 알아서 자랐다.

하지만 현시점에서는 곡물이라는 인식이 자리 잡지 않아 먹으려고 생각하는 사람은 아저씨 마도사뿐이었다. 현재 그는 농부 같은 복장이었다. 밀짚모자와 목에 건 수건이 유난히 어울렸다.

족답식 탈곡기에 이삭을 두고, 옆으로 매달린 원통을 힘차게 회전시키자 둥글게 박힌 철사에 벼 알갱이가 걸려 요란하게 튀었다.

쌀을 모으기 쉽게 깔아둔 시트 위로 튕겨 나온 알갱이가 떨어졌다.

“신기해~. 아저씨, 나도 시켜줘♪”

“그래도 되지만, 너무 세게 돌리면 위험합니다? 손을 다치니까요.”

“괜찮아, 아찌.”

“우리는 이런 걸로 다칠 만큼 약골이 아니라고!”

“그보다 고기 줘어, 아찌~.”

왠지 양육원 아이들이 도우려고 와 있었다.

“루세리스 씨, 괜찮습니까? 양육원에도 돌봐야할 밭이 있을 텐데요."

"매일 풀을 뽑으니까 괜찮아요. 그런데……."

"뭐죠?"

"이 씨앗을 정말로 먹을 수 있나요? 전 그냥 잡초라고 생각했는데."

"먹을 수 있고말고요. 제가 아는 것과는 조금 다르지만요."

【라이스 위드】는 쌀을 얻을 수 있지만, 사실 지구의 볍과 식물과 동일하지는 않았다. 생김새가 비슷할 뿐 전혀 다른 식물이었다.

제로스가 시선을 돌리자 아이들이 족답식 탈곡기의 원통에 매달려 고속으로 돌리고 있었다. 손을 놓으면 원심력으로 날아갈 게 틀림없었다. 어린아이는 즉흥적으로 희한한 놀이를 하곤 하지만, 이건 상당히 위험한 놀이였다.

"위험하잖아요! 그만하세요!"

루세리스가 허둥지둥 끼어들어 말렸다. 그러나 고속으로 회전하는 원통이 갑자기 멈추지는 않았다.

겨우 회전이 약해져 내린 아이들은 눈이 핑핑 돌고 다리가 휘청거렸다.

"안제, 죠니, 라디, 카이…… 무릎 꿇고 앉아요."

그리고 시작된 진지한 잔소리.

꿇어앉아 잔소리를 듣는데도 아이들은 뭐가 그리 기쁜지 히죽거렸다.

그런 루세리스와 아이들 옆에서 제로스는 묵묵히 라이스 위드를 묶었다.

"……응?"

라이스 위드를 묶으며 순간 이삭에서 이상한 느낌을 받고 손에 쥐어 봤다. 쌀알의 크기가 고르지 않았다.

몇 개를 들어 감정하자 상식을 벗어난 대답이 머릿속에 떠올랐다.

========================

【라이스(소)】

밥을 지으면 몹시 퍼석거려 별맛이 없다. 전병으로 만들기를 추천한다.

【라이스(중)】

밥을 지으면 맛있다. 찰진 식감과 적당한 단맛이 일품인 쌀. 은은한 단내가 난다.

【라이스(대)】

끈기가 다소 강해 떡이나 찰밥에 적합하다. 찧으면 찰떡이 됩죠.

========================

'이거…… 구분해야 하는 거 아냐?'

제로스는 풍구를 만들어야 한다는 사실을 깨달았다.

풍구란 농기구의 일종으로, 드럼형 통에 들어간 풍차를 회전시키면 풍력으로 현미와 왕겨를 분리하는 도구다. 또한 쌀의 크기를 어느 정도 구분할 수 있어 무거운 쌀은 앞에, 가벼운 쌀은 가장 뒤에 나뉘어 나오는 구조였다.

"구조는 알지만, 만들기 귀찮은데. 개량도 조금 해야 하고."

오늘은 기분이 썩 내키지 않았다. 하지만 해야만 하는 일이라서 그 작업은 내일 하기로 했다. 지금은 이삭을 탈곡하지 않으면 언제 끝날지 몰랐다.

"으으…… 발 저려……."

"헤헤헤…… 짜릿하지? 나도 느낌이 왔다구."

"이게 폼 잴 일이야? 으…… 못 걷겠어."

"고기…… 보수는 고기가 좋아. 짜릿할 정도로 맛있는 걸로……."

"죄송해요. 도와 드린다고 해 놓고 이 아이들이 놀기만 해서……."

"한창 놀 나이예요. 일하는 아이는 농가 정도밖에 없지 않을까요?"

놀고 자시고를 떠나서 고아들이 점점 불량해지는 느낌도 들었다. 그들은 제법 씩씩하게 살아가는 모양이었다.

"그보다 쌓인 벼를 옮겨주실래요?"

"탈곡은 제가 할 테니까 제로스 씨는 아이들과 라이스 위드를 옮겨주세요."

"수녀님, 자기가 놀고 싶어서 그러는 거 아니지?"

"수녀님, 놀고 싶어? 밝히네~."

"수녀님, 놀고 다녀?"

"불장난이야? 수녀님…… 육욕도 좋지만 적당히 해."

구시가지에 행실이 안 좋은 어른들도 살기 때문인지, 아이들의 언동에 적잖은 영향을 주고 있었다.

아마도 뜻은 모르겠지만, 괜히 재미있어 보이니까 천박한 말을 쓰고 다니는 것이리라. 교육한 루세리스 입장에서 보자면 사회적 체면이 말이 아니었다.

"이 근처 사람들은 절대로 나쁜 사람은 아니지만, 그…… 입이 좀 걸다고 해야 하나……."

"도박이니 기친 사람이 많으니까요. 그 영향을 받는 건 이해합니다."

"어떻게든 말투를 고쳐 보려고 하는데, 날마다 이상한 말을 배워 오니……. 어떻게 해야 좋을까요?"

루세리스는 아이들의 교육으로 골머리를 앓고 있었다.

"주의할 때는 주의하고, 억지로 제한하지는 않는 편이 좋을 겁니다. 아이들도 스스로 생각하는 법을 배워야 하니까요."

"불량해지지 않을까요? 그게 걱정인데……."

"불량의 기준이 뭐냐에 따라서 다르죠. 나쁜 짓을 하지 않으면 되고, 아이들의 자주성을 존중하는 것도 어른의 역할이라고 생각하는데요?"

아이들은 독자적인 세계관을 가지고 행동하는 경우가 많다. 특히 위험한 짓을 저지르는 이유는 본인에게 위험이 미친다는 인식이 약해서 호기심만으로 행동하기 때문이다. 그것을 가르치는 어른의 교육에도 끈기도 필요하다. 호기심으로 행동하는 그들을 섣불리 규제하면 반대로 호기심을 자극해 억제는커녕 재미 삼아 위험에 뛰어들게 된다. 그러나 아무 말도 하지 않으면 위험하다는 인식도 전달되지 않는다. 젊은 나이에 아이들을 돌보는 루세리스에게는 아직 경험이 부족했다.

"그건 그렇고 탈곡하기 전에 라이스 위드를 얼추 모아 두는 편이 빠를까요? 탈곡 자체는 시간이 거의 안 드니까."

"그러네요. 그럼 저도 볏단 만들기를 도울게요. 아이들에게도 옮기게 하고요."

"너희도 그만 놀고 옮기는 걸 도와주렴. 다 같이 하면 빨리 끝납니다. 다하면 밥 먹으러 갑시다."

자연스럽게 아이들에게 말을 걸었다.

"와~♪"

"시작하자! 기합 팍팍 넣고 후딱 끝내야지~♪"

"물건으로 낚는구나, 아찌."

"그래도 할래. 난 고기가 먹고 싶어."

아이들은 식욕에 충실했다. 고아인 만큼 먹는다는 것이 얼마나 중요한지 알기 때문이었다.

그 후에도 간간히 휴식을 취해 가며 작업은 순조롭게 진행됐고, 이 세계 첫 벼 베기가 끝났다.

탈곡한 쌀은 건조기에 넣었다. 이제 남은 것은 풍구를 만들어 구분하는 일 뿐이다.

이리하여 아저씨는 드디어 쌀을 손에 넣는 데 성공했다. 염원하던 주조는 이제부터 시작이었다.

◇ ◇ ◇ ◇ ◇ ◇ ◇

해 질 녘, 제로스 일행은 도시 식당에서 저녁을 먹기로 했다.

제로스는 보호자로서 네 아이와 함께 도시 광장에서 루세리스가 오기를 기다렸다.

아이들은 분수 난간에 올라가 즐겁게 놀고 있었다.

"기다리셨죠? 제로스 씨."

"아뇨, 그렇게 오래 기다리진 그런데 그 아이는 누굽니까?

처음 보는데.”

“이 아이는 양육원에서 맡은 카에데라고 해요.”

제로스는 순간 놀랄 뻔했다. 카에데라고 불린 소녀가 가진 『긴 귀』 때문이었다. 이 세계에서 처음으로 본 엘프였다. 심지어 카에데가 입은 복장은 기모노에 붉은 하카마#8였고 등에는 일본도가 있었다.

중세 유럽풍 거리에 어울리지 않는 순수 일본풍 복장, 머리카락은 길고 투명한 녹색. 공작가 별장에서 읽은 책의 정보에 따르면 엘프 상위종에게서 보이는 외형적 특징이었다.

“혹시…… 지금까지 만난 적 없는 이유는, 하이 엘프라서?”

“네. 엘프를 노리는 사람이 많아서 이 아이를 보호하는 차원에서 밖으로 내보낼 수 없었어요. 오늘은 제로스 씨가 계셔서 데리고 나왔고요.”

“그렇군요. 하긴, 평생 건물 안에서만 지낼 수는 없고 밖으로 나와야 할 수 있는 경험도 있을 테죠. 문제는 없습니다.”

“이 아이는 격세 유전이라고 해요. 부모님은 용병이라서 한 달에 한 번밖에 돌아오지 않으세요.”

“일시적으로 맡은 건가요? 힘드시겠네요. 무슨 일이 있으면 저한테 말씀하세요. 어지간한 불량배는 쫓아 버릴 테니까요.”

엘프는 노예 상인이 혈안이 되어 구하려는 상품이었다. 하물며 하이 엘프라면 그 금전적 가치는 헤아릴 수 없었다. 잘 팔면 평생 놀고먹을 수 있었다. 아무리 갑갑해도 집요하게 노려질 가능성을

#8 하카마 통이 넓은 일본 전통 하의.

고려한다면 타당한 조치였다.

문제는 이 하이 엘프 소녀가 범상치 않은 기운을 뿜고 있다는 점이었다.

"처음 뵙겠습니다, 제로스 공. 본인은 카에데 하펜이라 합니다. 아직 어리고 배움이 짧으나, 잘 부탁드리겠습니다."

"그, 그러시군요, 저는 제로스라는 별 볼 일 없는 마도사입니다. 이웃사촌이니까 편하게 말을 거세요."

"겸손이 과하시군요. 귀공과 같은 고위 마도사와 알게 된 것은 참으로 큰 행운입니다. 많은 지도 편달을 부탁드립니다."

"지도 편달? 검 말인가요? 아니면 마법인가요?"

"물론 검입니다! 실력이 보통은 아니시라 보았습니다. 마법뿐 아니라 검을 다루는 실력 또한 달인의 영역이라 감히 짐작합니다."

가정교육을 잘 받은 아이였다. 그리고 엘프면서 수라도를 걸으려는 아이였다.

그녀의 무(武)에 대한 의욕은 남달랐다.

"죄송합니다, 제로스 씨. 이 아이는 검사를 꿈꾸고 있고 웬만한 어른은 이기지 못할 정도로 강하다고 해요. 그래서인지 강자를 찾아서 시합을 거는 등 위험한 짓을 하더라구요."

"엘프죠?"

"엘프예요……."

"호위, 필요한가요?"

"잘못하면 사람이 죽으니까요. 상대방이……."

종족의 특성상 엘프는 싸움을 좋아하지 않는 예술가 기질의 인텔리 종족이었다.

지적인 사람이 많고 검을 휘두르는 것은 야만적인 행위라고 생각하는 사람이 태반이라서 기본적으로는 마도사가 되는 경우가 많았다. 그러나 카에데는 그와는 정반대의 길을 가려는 이단아라고 불러도 될 존재였다.

심지어 어른을 이기는 실력자라면 카에데를 노리러 온 자들은 틀림없이 참살당할 것이다. 즉, 제로스는 카에데가 사람을 베어 죽이지 않도록 막을 방파제였다.

"본인의 가족은 동방에서 흘러든 난민이고 조국은 검을 쥐지 않으면 살아갈 수 없는 난세의 나라였소. 그런 연유로 우리는 검을 휘두르는 데 주저함이 없소."

"기모노에 하카마만 봐도 이 부근 엘프와 민족성이 다르다는 건 알겠습니다. 그나저나 재미있는 아이군요."

"주변에는 이상하게 여기지 않도록 몸이 약하다고 설명했지만, 실은 엄청 건강해서 매일 수련을 할 정도예요. 다만……."

"하이 엘프니까 조심하는 건 당연한 판단입니다. 안전을 위한 거짓말은 허용되어야죠."

제로스가 보기에 카에데는 그 또래 아이에게서는 느낄 수 없는 기백을 가졌다.

서 있기만 해도 파고들 틈이 없었다. 어지간한 어른은 상대도 되지 않을 것이란 느낌이 충분히 전해졌다.

아니, 제로스를 향해 검기를 뿜는 것을 보면 아무래도 도발하는 듯했다.

“호전적이군요…….”

“『항상 전장에 선 마음가짐으로』. 그것이 아버지의 가르침이었소.”

“아버지께서 왜 그렇게 살벌하십니까? 무슨 사무라이인가요?”

“맞소. 본인의 아버지는 사무라이요.”

예상을 초월하는 엘프였다.

엘프는 대개 마도사나 정령술사며, 칼로 적을 베는 종족은 아니었다.

설사 엘프 검사가 있다고 해도 레이피어 같은 도신이 가는 검을 쓰는 기교파다운 면모가 강했다. 심기체(心氣體)를 추구하는 엘프는 난생처음 봤다.

말투도 처음에는 정중했지만, 이미 사무라이 같은 어투로 변해 있었다. 제로스는 그것을 알면서도 따지면 안 된다고 생각해서 은근슬쩍 가슴속에 묻어 두기로 했다.

“아찌, 빨리 가게로 가자. 자리 없으면 어떡해?”

“배고파, 아찌.”

“밥 줘, 아찌. I'm hungry.”

“먹는다~. 고기 먹는다~.”

“너희도 참…… 한결같구나.”

아이들은 굶주려 있었다. 제로스는 어쩔 수 없이 우선 식당으로 향했다.

도시의 큰길에 접한 여관이자 심야까지 식당을 겸업하는 가게였다.

가게에 들어가자 이른 저녁을 먹으려는 상인과 용병이 테이블이나 카운터 석에 앉아 있었다. 소란스러운 목소리가 들끓는 가게였으나, 다행히 붐비지는 않았다. 일행은 벽 쪽 자리로 가서 메뉴를 펼쳤다.

"나 런치 세트A!"

"난 호밀빵이랑 모가로 스프…… 가로바 튀김."

"생선 먹게? 그럼 난 B세트."

"와일드 버팔로 스테이크…… 3인분?"

"본인은 C세트로 부탁하겠소."

아이들은 저마다 주문을 부탁했다. 제로스도 메뉴를 펼쳤지만, 솔직히 어떤 요리인지 몰라서 알기 쉬운 세트 메뉴를 주문하기로 했다.

루세리스는 카에데와 같은 값싼 C세트를 부탁했다. 그녀 나름대로 사양하는 것이겠지만, 아이들은 그럴 생각이 전혀 없어 보였다.

얼마 지나지 않아 주문한 요리가 나오자 꼬맹이 갱단은 짐승처럼 게걸스럽게 음식을 먹어치웠다.

옆에서 루세리스가 창피하게 고개를 숙였다는 것은 두말할 필요도 없으리라…….

카에데를 뺀 아이에게 예의란 존재하지 않았다.

의지할 곳 없이 오늘을 살아가는 고아들은 참으로 굳세었다.

제12화 아저씨, 끼어들다

그들의 식탐은 무시무시했다. 식사 예절 따위 존재하지 않고 그저 앞에 놓인 요리에 닥치는 대로 손을 뻗었다. 시체에 몰려드는 하이에나처럼 네 아이의 식탐은 실로 야성적이었다.

그에 비해 카에데의 식사는 몹시 조용했고 보는 것만으로도 기품 같은 것이 느껴졌다.

공통점은 한마디 말도 없이 그저 열심히 요리를 위장에 넣고 있다는 점이었다.

"이거 참…… 야생아 같네요."

"제 교육이 부족했나 봐요……. 죄송합니다."

어지간히 부끄러운지, 루세리스는 몸을 움츠리고 고개를 숙여버렸다.

먹을 때는 철저하게 먹는다. 양육원에 들어가기 전에 뒷골목 생활을 한 네 사람은 굶주렸던 경험 탓에 폭식하는 습관이 몸에 배어버렸다. 이 아이들의 식욕은 야생의 본능에 가까운 모양이었다.

"여러분은 평소 뭘 하며 놀죠? 밭일할 때는 안 보이던데."

"음냐? 으거, 하구이허."

"우히, 오구오구구."

햄스터나 원숭이처럼 볼에 음식을 채우고 말하는 통에 뭐라고 하는지 모르겠다.

도움을 청하고자 루세리스를 보자 그녀는 쓴웃음을 짓고 있었다.

"최근 영주님이 시작한 자신 사업으로 거리를 청소하고 있어요.

조금이지만 돈을 받을 수 있고, 쓰레기가 많으면 돈을 조금 더 받을 수 있어서 열심히 하고 있어요."

"아, 자립을 가르치는 좋은 방법이죠. 남에게 기생하게 되면 끝장이니까요."

"거액을 기부해주신 분이 계셔서 그 기부금으로 자선 사업을 벌였다고 해요. 아이들을 이용해 돈을 버는 어른을 적발하는 데는 상금을 걸고 잡은 뒤에는 노예로 만든다고 들었어요."

"철저하네요. 자선 사업을 악용하는 걸 넘어서 어린아이를 이용하는 사람 같지 않은 사람이 많으니까 당연한 조치겠죠."

그 자선 사업의 자금은 제로스가 기부한 것이며 직접 의견도 몇 가지 제안했지만, 본인은 그 사실을 까맣게 잊고 있었다. 괜한 돈을 가지고 있으면 가까이 있는 인간말종이 꼬인다는 것을 몸소 체험했기 때문이리라.

특히 그는 누나 같은 인간이 찾아오는 일을 무의식적으로 피하고 있었다. 거금을 가지기를 본능이 병적으로 거부하며 필요한 돈밖에 가지지 않도록 억제했다. 어떻게 보면 건전하다고 할 수 있겠다. 저금도 남들 이하로 조절해 거의 모아두지 않았다.

그래도 일반인이 몇 년은 살 수 있는 돈이 있었지만, 그는 검소한 생활을 관철했다. 이렇게 절약 생활하면 7년은 살 수 있을 것이다. 본인은 자각이 없는 참으로 불쌍한 체질이었다.

"이미 몇 사람이 체포돼서 조사받고 노예가 됐다나 봐요. 그중에는 아이가 술에 중독된 부모를 신고해서 경비병이 붙잡게 한 사례도 있다네요. 부모의 책임을 스스로 포기하다니, 믿을 수 없어요."

"아마 일로 실패했거나 마누라가 집을 나가서 자포자기한 거 아닐까요?"

"하지만 아이가 친부모를 판다는 것도 잘못된 것 같아요."

"육아를 포기하고 아이를 학대했는지도 모르죠. 원망 받더라도 자업자득이란 생각하는데요?"

다른 가정의 부모자식 관계에 가슴 아파하는 루세리스와 매사를 극단적으로 부정적인 방향으로 보는 제로스.

그녀의 순수한 마음씨는 성직자로서 훌륭하지만, 그 가정에 아무런 도움도 주지 않은 이상 위선이다. 제로스는 비극은 어디든 있는 법이라며 현실을 달관하고 있었다.

냉철하다는 생각도 들지만, 그저 마음이 병든 염세주의자일 뿐이었다.

"여러분은 커서 뭐가 되고 싶다는 꿈은 있나요?"

"우리는 카에데에게 검을 배우고 있어. 강해져서 돈을 모으고~, 매일 빈둥거리면서 살 거야~."

"크면 용병이 돼서 던전에 갈 거야. 그리고 돈을 모으고~, 아내 열 명쯤은 있어야겠지?"

"일확천금, 남자의 인생길. 겁쟁이한테 내일은 오지 않지."

"그리고 돈을 벌면 고기를 먹는다. 고기를 위해서 우리는 일한다."

전혀 아이답지 않았다.

한탕주의 사고, 게다가 욕망에 충직했다. 어떤 의미로는 대단히 강하고, 억척스러웠다.

"개구쟁이라도 좋으니 씩씩하게만 자라고 있네요."

“우…… 왠지 불안해졌어요. 언젠가 큰일을 벌일 것 같은 기분이…….”

“본인은 실력을 쌓아 전 세계의 강자와 진검 승부를 벌이고 싶습니다. 힘 없이 정의를 논할 수는 없으니까요.”

“이쪽은 이상하게 살벌하네……. 지금『진검』승부라고 했어요?!”

사무라이 하이 엘프는 마도(魔道)를 걷길 꿈꾸며 아이에게는 가당치도 않은 흉악한 웃음을 짓고 있었다.

이게 정말 하이 엘프가 맞나 싶은, 피비린내 진동하는 위험한 장래희망이었다.

오히려 다크 엘프에 가까울지도 모르겠다.

“『불꽃 튀는 명부마도에 살지라도 사무라이 혼 칼날에 품을지어다#9』가 우리 집의 가훈입니다. 강해지기 위해서는 실전이 제일이지요.”

“어디 사는 사무라이도 아니고……. 수라나 나찰이라도 될 생각인가요?”

“그리하여 검을 체달할 수 있다면 바라는 바입니다. 칼은 사람을 베어야 제맛이지요.”

“그건 이미 사무라이가 아니에요. 그냥 살인마지.”

“그 또한 좋지 아니합니까. 앞으로 나아가는 것만이 길은 아닙니다. 때로는 뒷골목을 전력으로 달릴 용기도 필요한 법.”

“록 스피릿이네요. 그러다가 범죄자가 되면 웃어넘기지도 못하겠지만…….”

#9 불꽃 튀는~ 품을지어다 게임『진 사무라이 스피리츠 하오마루 지옥변』TV 광고의 대사 패러디.

이미 수라도로 떨어진 아이에게는 무슨 말도 소용없었다.

부모 얼굴을 보고 싶다고 생각했지만, 만나자마자 진검 승부를 걸어 올 것 같아 생각으로만 그쳤다.

아마 정신이 똑바로 박힌 엘프는 아닐 것이 예상되니까.

"『죽어도 시체 거두어줄 이 없다[#10]』라니, 아이가 할 만한 발상이 아닌데……."

"아앗~! 아저씨다!"

젊은 나이에 들판의 백골이 되어 나뒹구는 모습을 상상하고 자중하라는 쓴소리를 하려는 순간, 어디선가 들어 본 목소리에 말이 가로막혔다.

돌아보자 그곳에는 이리스를 포함한 세 용병 파티가 있었다.

다만, 행색이 상당히 엉망이었지만…….

"쟈네?! 무슨 일인데 그렇게 엉망이 됐어요?"

"일하다가 실패했어……. 무섭게 강한 상대였거든. 새로 조달한 검이 부러졌어."

"뭐랑 싸우면 검이 부러지나요……? 다친 곳은 없죠?"

"그래. ……걱정 끼쳐서 미안해."

루세리스와 쟈네는 아는 사이였나 보다.

다만, 지금은 쓸데없는 말은 하지 않고 방관하기로 한 아저씨는 빵을 입으로 가져갔다.

세 사람의 뺨 부근에 희미하게 남은 단풍 모양 멍이 신경 쓰였지만…….

#10 죽어도 시체 거두어줄 이 없다 드라마 『오에도 수사망』에 등장하는 유명한 내레이션 중 일부.

"아저씨가 왜 루세리스 씨랑 식사하고 있어? 아는 사이야?"

"수확을 도와주셔서 답례로 식사를 샀을 뿐이에요. 그보다 뭐랑 싸우면 검이 그렇게 심하게 파손되죠? 드래곤이라도 만났어요?"

"드래곤이라면 드래곤이지……. 『아뵤――!!』 하는 쪽이지만……."

"격투가? 현상금 사냥꾼이라도 됐어요?"

"아니……【와일드 꼬꼬】……."

【와일드 꼬꼬】― 생김새는 닭이지만, 어엿한 마물이었다.

방어력은 낮으나 민첩하고 주로 발 기술을 사용하는 격투형 새였다.

진화하면【코카트리스】로 변모하지만, 그렇게 되려면 몇 차례나 레벨 업을 해야만 하므로 비교적 약한 마물로 분류됐다. 알이 맛있어서 귀하게 취급받으나, 성질이 거칠기로 유명한 마물이기도 했다. 그렇지만 적어도 이리스 파티가 질 만한 마물은 아니었다.

"닭이죠?"

"닭이야. 흉포하지만……."

대검을 부러뜨리는 닭을 과연 새라고 불러도 될지 의문이지만, 적어도 제로스는 닭을 기를 생각이었다. 그래도 이토록 가차 없이 용병을 때려눕히는 닭을 키우려면 양계 계획을 다시 짤 필요가 있었다.

"그렇게 사납나요? 닭 맞죠?"

"닭이야. 다만, 집단으로 공격해 와. 연계해서……."

"그거 무섭네요. 까마귀처럼 집단으로 달려드나 보죠?"

"겨우 그런 게 아니야! 그건 새가 아냐……. 새면서 용의 길을 가는, 뭔가 다른 생물이야~."

"쿵푸 버드인가요? 뭐, 이세계니까 그런 마물도 있을지 모르겠네요……."

"쿵푸 버드가 아니야. 그건 쌍절곤에 삼절곤까지 돌리더라니까?"

"쿵푸 버드란 게 따로 있나요……?"

왠지 팬더가 쿵푸 허슬 하는 장면이 머리를 스쳤다.

그건 그렇다 치고, 단풍 모양 멍은 와일드 꼬꼬의 발 모양이었나 보다. 이세계에는 별 희한한 생물이 다 사는 듯했다. 신비함으로 가득한 판타지 월드는 때때로 세상의 섭리를 무시한 비상식적 생물을 낳기도 했다.

그러나 이 세계에서는 그것이 또 하나의 섭리였다. 머리 아픈 현실이다.

특히 그중에서도 미친 원숭이가 인상적이었다.

"고생해서 새로 구했는데 이렇게 허무하게……. 미스릴도 썼는데……."

"칼이 잘 재련되지 않은 거 아닌가요? 등에 짊어질 정도로 무거운 무기가 그렇게 쉽게 부러질 리가 있나요."

"그거 말인데요, 제로스 씨…… 와일드 꼬꼬는 무기 파괴 기술 【브레이커 킥】을 쓰고 있었어요. 아무리 봐도 그거 아종이에요."

레나의 진술로 상당히 격투 능력이 뛰어난 개체임이 판명됐다.

무기 파괴 기술은 【격투 사범】의 스킬에 도달하지 않으면 배울 수 없는 기술이었다.

그리고 같은 기술이라도 직업이 【격투귀】로 변화하면 무기를 파괴한 순간 충격파를 발생시켜 상대에게 직접 타격을 주는 기술로 변화한다.

【소드 앤 소서리스】에서는 신체 레벨이 낮으면 능력 스킬도 낮다. 설령 능력 스킬 레벨을 올려도 아바타의 신체 레벨이 오르지 않으면 일정 레벨에서 스킬은 성장을 멈춘다. 하지만 현실에서는 저레벨이라도 계속 수련하면 상위 스킬로 승급하는 경우가 있다. 레벨이 낮은 마물이라도 상위의 능력 스킬을 가졌다면 얕볼 수 없는 것이 이 세계의 현실이었다.

즉, 그 와일드 꼬꼬들은 그만큼 수련을 쌓았다는 뜻이지만, 마물이 격투 스킬 수련을 한다는 것이 도저히 믿어지지 않았다.

"그거 야생 마물 맞아요? 아무리 생각해도 이상한데……."

"전직 용병의 의뢰인이 키웠는데 감당할 수 없어서 처리해 달라고 의뢰가 왔어요. 사람이 키워서 사람의 말을 이해하는지, 죽을 거라 생각하고 반란을 일으켰나 봐요."

"달걀을 팔기 위해서요? 그런 것 치고는 격투 스킬이 높은 느낌이……."

"달걀을 모으려고 하면 덤벼드는 터라 응전하다 보니 강해져 버렸다나 뭐라나……."

환경에 적응한 결과, 자연히 격투 스킬이 단련돼서 주인보다 강해졌다는 이야기였다.

한 마리는 그다지 강하지 않아도 단체로 덤벼들면 위협적이었다.

"다시 돈 벌러 가야지……. 그래도 예비용 검으로는 불안한데……."

"쟈네, 기운 내세요. 목숨 부지한 것만으로 다행이라고 생각해야죠."

"그렇지만 나는 용병이라고. 멀쩡한 무기가 없으면 일을 못 해……."

검이 부러져 의기소침한 자네를 루세리스가 달랬다.

용병은 결코 편한 일이 아니었다. 랭크가 낮은 세 사람에게는 불필요한 지출은 생계에 큰 영향을 미친다. 하물며 무기나 방어구는 관리나 수리비가 은근히 비싸 생활비보다 훨씬 큰돈이 나갔다.

새로 조달하자마자 부러졌다면 깊은 애도를 표할 수밖에 없었다.

"아저씨, 어떻게 안 돼? 검이 부러지고 나서 쭉 저래……."

"생각보다 정신이 약하네요. 그럼 제가 고칠까요? 만들 게 있으니까 겸사겸사 새로 만들 수 있는데요?"

"정말이야?! 하지만 지금 돈이 없어."

"부러진 검과 마석이 있으면 속성 부여는 할 수 있고 큰 수고도 안 듭니다. 어떻게 할래요?"

"으…… 공짜로 고쳐주는 건 고맙지만, 뭔가 미안한데……."

언뜻 호방해 보이는 쟈네지만, 사실 그녀는 마음이 약했다. 주위에 아는 사람이 있을 때는 대담하게 행동하지만, 내면은 소심했다.

이런 상황에서 남의 호의를 받는 데도 죄책감이 들 정도로 겁쟁이였다.

"뭘요, 가볍게 고칠 뿐인걸요. 부러진 검을 보여주실 수 있을까요?"

"딱히 상관은 없지만, 이런 걸 봐서 어쩌게?"

제로스는 조금 신경 쓰이는 점이 있어서 부러진 검을 감정해 봤다.

"무기 파괴 기술을 받아도 새 칼이라면 날이 좀 빠지는 정도지 대뜸 부러질 거라고 생각하긴 어렵거든요~. 몇 번이나 같은 공격을 같은 곳에 받았다면 모를까……."

"대충 만든 칼이란 말이야? 일단 미스릴도 들어갔다고. 나는 소재를 분명히 건넸으니까."

"그럼 더 이상하죠. 미량이라도 미스릴이 포함됐다면 무기 파괴 기술을 2, 30번 맞아도 안 부러져요. 그리고 고치려고 해도 실제로 어떤 검인지 알아봐야 하고요."

"이건데……."

쟈네가 등에 멘 칼집에서 뽑은 대검은 중앙이 깔끔하게 뚝 부러져 있었다.

부러진 검을 들고 단면과 무게중심 등을 살피며 꼼꼼하게【감정】을 시작했다.

========================

【고철 대검】. 철로 단련한 대검(열화)

미스릴이 전혀 들어가지 않은 겉만 그럴싸한 무기. 재련 상태도 좋지 않아 솔직히 삼류 이하의 작품.

내구도도 낮아 없다시피 하고 최악의 경우 무기 파괴 기술 한 번에 부러진다. 부가 능력은 아무것도 없다.

날림으로 만들어 상품은커녕 장식품으로도 쓰지 못한다. 무기로 사용하기는 불가능하다.

========================

"이 검, 미스릴이 전혀 포함되지 않았네요. 어느 공방에서 만든 무기인가요? 무기로 써먹지 못할 정도로 조잡한 검이에요. ……이거 심각한데."

"뭐라고?! 나는 분명히 미스릴도 건넸는데…… 맞지? 이리스."

"응. 돈도 줬고 대장장이가 『미스릴을 넣어 튼튼하게 만들었다』고 분명히 말했어."

"속은 거 아닙니까? 이건 사기예요. 실용성이 전혀 없는 무기라서 실전에서 썼다간 죽기 십상입니다."

감정 결과, 장식품도 되지 못할 검이었다. 이 꼴을 봐서는 달리 더 피해자가 있을 가능성이 컸다.

"그래서 어디 공방에서 만든 건가요?"

"어…… 공방 거리 가장 끄트머리에 있는 공방이었나? 젠장! 그 자식, 날 속여?!"

"""""뭐야――――――?!"""""

뒤쪽에서 식사하던 용병들이 벌떡 일어났다. 그들은 여성으로만 이루어진 파티가 신경 쓰여 몰래 이야기를 엿듣던 모양이었다.

"아저씨, 당신【감정】할 수 있어? 우리 무기도 봐줘!"

"우리도 그 무기점에서 만들었다고!"

"부탁이야, 조사해줘! 우리도 미스릴을 쓴 검인데 지금 이야기를 듣고 불안해졌어."

"나는 방패와 방어구야! 의심하기 시작하니까 불안해서 안 되겠어, 부탁할게."

"뭐, 원하신다면야……."

조사해 보자 그들의 검과 방어구도 공방을 가진 대장장이가 만들 법한 물건이 아니었다. 대장간 일을 흉내 정도나 내 본 자가 단련한 조악품이라고 판명됐다. 게다가 미스릴은 어디에도 사용되지 않아 몸을 지키는 도구로서는 그다지 가치가 없었다.

이것을 보아 용병이 필사적으로 모은 희귀 금속을 뒤로 빼돌려 팔아넘기고 있을 가능성이 대두됐다.

"그 인간이…… 이딴 장난질을 쳐!"

"죽여 버리겠어!"

"죽이는 건 나중에 해. 그 전에 태어난 걸 후회하게 해줘야지……."

"크크크…… 따끔하게 손봐야겠구만……."

용병들은 분노에 몸을 맡겨 식당을 나갔다.

물론 식사비는 낸 것 같지만, 그들은 살의를 감추지 않고 자리를 박차고 나갔다.

"경비대를 부르는 게 좋겠네요. 까딱 잘못하면 죽을 거예요, 이걸 만든 대장장이……."

"그렇겠네요. 그럼 제가 경비병을 불러올게요."

"레나, 부탁할게. 나는 먼저 무기점에 가겠어. 한 대 패지 않으면 화가 안 풀려."

"쟈네 씨 혼자 두면 불안하니까 나도 같이 갈게. 그 대장장이가 도망치지 못하게 뒤로 돌아가서 퇴로를 막아야겠어."

피곤한 몸을 이끌고 세 사람도 급히 밖으로 나갔다.

"난리도 아니네요~."

"제로스 씨는 안 가시나요?"

"제가요? 왜요?"

"아무리 죄를 저지른 사람이라도 잘못하면 죽을지도 몰라요. 누가 냉정해져서 말리지 않으면 죄를 뉘우치게 할 수 없어요. 만에 하나 쟈네가 사람을 죽이기라도 하면……."

진지한 표정으로 쟈네 일행을 걱정하는 루세리스에게 『싫어요, 귀찮게시리.』라고 말할 수는 없었다. 그리고 사실 쟈네는 용병이 되어 이미 사람을 죽인 적이 있었다. 아마 루세리스에게는 말하지 않았으리라. 아니, 말하지 못한 것일지도 모른다.

제로스는 할 수 없이 한숨 쉬며 자리에서 일어났다.

"계산은 제가 해 둘 테니까 천천히 드시고 가세요."

그렇게 말을 남기고 카운터로 갔다.

계산을 마친 후 사역마를 풀어 먼저 나간 사람들의 위치를 추적했다.

"그나저나 와일드 꼬꼬라……. 으음, 키워 볼까?"

모르는 대장장이보다 맛있는 달걀을 낳는 와일드 꼬꼬에게 관심이 갔다.

어떤 맛일지 상상하며 아저씨는 문제의 무기점으로 향했다.

무기점으로 달려간 사람들을 쫓아 아저씨는 공방 거리에 왔다.

돌로 포장된 길 좌우에는 다양한 공예품이나 식기, 무기와 방어구 등을 내건 공방 겸 점포가 늘어섰다. 가끔 이상한 냄새도 나는 것을 보면 아마 가죽 제품을 다루는 공방이 근처에 있지 싶었다.

사역마의 시점으로 주위 지형을 파악하고 그들을 쫓아 공방 뒤로 돌아갔다.

"여기 있었나요. 아직 그 대장장이 안 죽였죠?"

"아니, 누가 죽인대?! 나는 그렇게 다혈질이 아니야."

"아저씨…… 우리는 도적도 안 죽인다구……."

"언젠가는 죽여야 할 때가 옵니다. 목숨의 가치가 낮은 세계니까요."

이리스는 아직 사람을 죽이기를 주저하는 듯했다.

인간으로서 올바른 가치관이지만, 목숨의 값어치가 낮은 이 세계에서 살아갈 각오가 되지 않다고도 할 수 있었다. 하물며 호위 의뢰를 받기도 하는 용병이 도적을 살려줘서 원망이라도 받으면 집요하게 노려질지도 몰랐다. 사실 중학생에게 목숨 건 싸움에 익숙해지라는 것도 웃지 못 할 이야기지만…….

설령 마물 전문 용병이라도 도적들은 상대를 가리지 않고 덤벼든다. 그럴 때 망설이면 자신이 죽는다. 실제로 도적에게 붙잡힌 경력이 있는 이리스에게 아저씨는 어느 정도는 각오하는 편이 좋다고 충고하는 것이었다.

"이 앞이 공방 뒷문인데…… 엄청 좁은 골목이군요."

"이 부근은 사람이 잘 다니지 않고 직공들이 물품 반입구로 쓰니까 쓸데없이 넓게 만들 필요가 없다나 봐. 평판 좋은 대장장이라고 들었는데……."

"혹시 소문을 듣고 주문한 건가요? 원래 자주 가던 곳이 아니라."

"우리는 거점을 두지 않으니까 그런 가게는 없어. 내일은 또 무은 도시에 있을지 모르니까."

"그렇다면 소문을 퍼뜨린 것도 한패일지 모르겠네요. 이곳에 익숙하지 않은 용병에게서 희귀 금속을 빼돌리기 위한 거짓 소문일 가능성이 있어요."

미스릴 등 희귀 금속은 고가에 거래된다. 손바닥만 한 것이 있으면 농민이 아껴 쓰며 몇 년은 먹고살 수 있을 정도다. 그것이 작은 파편이라도 수가 늘면 나름대로 무게가 나가 가격이 뛴다. 또 이런 희귀 금속은 마물이 서식하는 오지에서만 채굴 할 수 있어서 나라에 따라서는 가격이 극단적으로 다르기도 하다.

"다른 나라에서 팔면 차익이 상당하겠죠. 범죄 조직이라도 있는 걸까요?"

"그보다 내가 맡긴 미스릴이 어떻게 됐을지가 궁금해. 다행히 용병 길드에서 무게를 기록해 뒀으니까 그 사기꾼을 잡으면 되찾을 수는 있을 거야."

"쟈네 씨…… 속은 것보다 미스릴이 걱정이구나."

이리스가 살짝 어이없게 말했다.

"당연하지. 무기는 용병에게 생명줄이라고. 좋은 무기가 있으면 생존율이 올라가!"

"대신 이상한 것들이 달라붙지만요. 좋은 무기는 직접 만들기보다 남에게서 뺏는 게 싸게 먹히니까요. 뭐, 주인을 해치울 수 있을 때의 이야기지만."

아저씨는 일반론을 말했을 뿐이지만, 두 사람은 눈을 흘겼다.

그래도 제로스는 뻔뻔한 얼굴로 무시하고 골목에서 돌멩이를 몇 개 주웠다.

“아저씨…… 왜 그런 소리를 해?”

“무기에 미스릴이 포함됐는지는 아무도 모르잖아? 그걸 누가 떠벌리고 다녀.”

“보기만 해도 판별할 수 있습니다. 검 자체의 광택이 다르니까요. 우연이라도 그런 무기를 가졌다는 사실이 알려지면 그걸 노리고 되먹지 못한 것들이 오겠죠. 그 주인이 여성이라면 다른 의미로도 노려질 테고요.”

도덕이 성립하는 것은 마을 안뿐이고 한 발이라도 밖으로 나가면 약육강식이 지배하는 야만의 세계였다.

그런 위험한 세계에 있는 데 비해 이리스는 위기의식이 부족했다. 또한 쟈네도 성격이 너무 착했다.

“이리스 양도 조금 생각을 고치시는 게 어때요? 이건 게임이 아닙니다. 여긴 죽으면 끝인 야만적인 세계라고요.”

“으…… 그렇지만 사람을 죽이는 건 좀…….”

“살인을 즐기라는 말이 아닙니다. 살아남기 위해서는 살인도 염두에 두라는 소리지. 각오를 하라, 이겁니다. 실제로 저는 도적을 죽였어요.”

“그래도 마물과 인간은 다르잖아. 살의를 느끼긴 해도 죽이고 싶은 건 아니고…….”

“노예가 될 뻔한 피해자라고는 생각하지 못하겠네요. 마물도 생물이에요. 인간과 똑같이 살아 있고, 살기 위해 죽입니다. 애초에 도덕이 결여된 사람에게 주저할 필요가 어딨습니까? 짐승이랑 다를 바 없는데 봐줘서 뭐 해요?"

사느냐 죽느냐의 세계에서 망설이면 본인이 죽는다.

파프란 대산림 지대에 떨어져 뼈저리게 그 사실을 깨우치고 적이라고 판단되면 인간이라도 죽일 각오를 굳힌 제로스에게 이리스는 조금 공포를 느꼈다. 문명사회가 미발달한 이 세계에서 도덕심을 가진다는 것은 결코 나쁜 일이 아니었다. 그러나 그 도덕심이 비교적 낮은 인간이 많은 것도 엄연한 사실이었다. 제로스는 이래 보여도 이리스를 걱정하고 있었다.

"응? 아무래도 저쪽은 이미 시작한 모양이네요."

그 무기점은 외벽에 접한 곳이었고 주변에서는 먼저 따지러 온 용병들이 성토하고 있었다.

이미 대장간 안에서는 말싸움이 한창이었다.

『이게 뭐야! 그냥 만들다 만 물건이잖아! 우리 돈 내놔, 엉터리 대장장이!』

『겉은 번지르르하고 실용성은 없잖아!』

『설마 미스릴을 얻으려고 이딴 짓을 벌인 건 아니겠지?』

『어디 말 좀 해 봐, 이 자식아!』

『그럴 리가 있나! 너희 이상한 트집 잡지 마! 증거라도 있어?!』

공방 주인은 잘못을 인정할 생각이 없는 듯했다. 오히려 뻗대면서 자기가 피해자인 양 소리쳤다.

『감정 소유자가 말했다고. 이보다 더 정확한 증거가 어딨어!』

『우리를 갖고 놀아? 각오는 됐겠지?』

『그러니까 증거를 내놓으라고 하잖아!』

전혀 상대해주지 않았다. 분명히 용병들이 가진 무기에 미스릴이 포함됐는지는 녹여 보지 않으면 판단할 수 없었다. 【감정】했다고 해도 그것은 용병들이 하는 소리에 불과하며 확증은 되지 못했다.

금속 함유량을 조사하려면 한 번 녹여서 분석해야만 하며, 그사이 도망치지 말란 법은 없었다.

『좋아, 정 그렇게 말한다면 경비병을 불러주지. 이 검을 녹여서 미스릴이 안 나오면 너는 유죄인 줄 알아.』

『그럼 내가 불러오겠어. 이 망할 자식, 놓치지 마.』

『공방 안에 미스릴이 남아 있을지도 몰라. 경비병이 오면 돌려받을 수 있겠지.』

『큭, 마음대로 해. 하지만…… 이 공방에서 미스릴이 안 나오면 너희가 책임져야 할 거다!』

마치 미스릴은 이곳에 없다는 듯한 말투였다. 그 대화가 이루어지던 그때 제로스 일행이 대기하던 뒷문이 열리고 불량해 보이는 네 명의 남자가 나무 상자를 두 명씩 들고 나왔다.

"역시 뒤로 빼돌릴 셈이었구나? 그 상자 안에 미스릴이 든 거지! 우리 용병을 너무 우습게 본 거 아냐?"

이리스는 자신만만하게 탐정 시늉을 내며 추궁했다.

"도망치게 놔둘 줄 알았어? 이 사기꾼들! 내 미스릴을 내놔!"

"젠장, 뒤에도 있었어. 어쩔 수 없지. 야, 준비해!"

""""그래!""""

남자들은 대뜸 나이프를 뽑고 일행을 향해 달려왔다. 그러나…….

—채애애앵!

금속이 튕기는 소리와 함께 한 남자가 나이프를 떨어뜨렸다.

다시 같은 소리가 나며 이번에는 두 남자가 가진 나이프가 튕겨 나갔다.

"윽?! 뭐, 뭐야?!"

"뭐냐뇨. 그냥 돌입니다. 【지탄(指彈)】이라는 기술인데, 모르세요?"

"이 자식…… 무투가냐?!"

"아뇨. 그냥 별 볼 일 없는 마도사입니다만?"

"거짓말도 정도껏 쳐야지. 세상천지에 격투가 기술을 쓰는 마도사가 어딨어!"

"여기 있잖아요?"

……긴 침묵이 흘렀다.

"정말이냐……?"

"지탄이란 건 분명히…… 초보 기술이었지? 엄청난 위력으로 나이프가 튕겨 날아갔는데?"

"그래. 무시무시한 실력자야……."

"머리에 맞으면 죽어. 어차피 푼돈에 고용됐는데 항복할까?"

"저는 어느 쪽이건 상관없으니까 빨리 정하세요."

양아치 같은 남자들은 서로 얼굴을 봤다.

눈앞에는 정체 모를 마도사와 꼬맹이, 드세 보이는 미녀가 있었다.

여자 두 명이라면 이길 수 있을지도 모르겠지만, 수상쩍은 마도사에게는 이길 엄두가 나지 않았다.

"너, 너희 아직 이런 곳에 있었냐!"

"""""겍, 고용주인 밍힐 노친네!"""""

"누가 노친네야! 얼른 그걸 옮기고 와!"

뒷문으로 나온 장년 남성이 양아치들을 보고 소리쳤다.

머리가 벗겨지고 척 보기에도 돈 욕심이 강할 것 같은 아저씨였다.

"하지만 여기도 퇴로가 막혔어. 짐을 가진 채로는 못 나가."

"엉?"

대머리 아저씨가 제로스 일행을 노려보고 혀를 찼다.

"당신들, 좀 비켜줘. 그 상자는 영주님한테 보내는 거야. 그걸 방해하면 당신들도 그냥은 못 넘어갈걸?"

"영주님이요? 그렇다면 제가 가져다 드릴까요? 다행히 그분과 아는 사이고 돈도 안 들어요."

"헛소리하지 마. 영주님이 너 같이 수상쩍은 마도사와 아는 사이일 리가 있냐!"

"하지만 이게 웬걸, 아는 사이 맞습니다. 정 못 믿겠으면 지금부터 전 영주인 크레스톤 씨에게 물어보실래요? 안내해드리죠. 근처에 사니까."

【연옥의 마도사】의 이름이 나온 순간, 대머리 아저씨의 낯빛이 파랗게 질렸다.

전 영주에게 【씨】를 붙여 부르는 인물이 이곳에 있으리라고는 예상하지 못했다.

지금 한마디로 거짓말이란 사실이 들통 나서 제 무덤을 팠다고 깨달았다.

"영주님 의뢰라고 하면 이 상황을 모면할 수 있다고 생각했나 보지만…… 생각이 짧으시네요. 거짓으로 영주님 이름을 들먹인 시점에서 범죄입니다. 게다가 당신, 실수했군요. 상대방의 교우 관계를 확인하지 않고 순간적인 거짓말로 자기 목을 죄었어요."

"거, 거짓말이 아냐! 그건 분명히 솔리스테어 상회의……."

"그럼 제가 가져다줘도 괜찮겠죠? 다행히 아는 사이니까 델사시스 님한테도 안부 전하겠습니다."

영주의 지인이 있는 이상 여기서 거절하면 의심받는다.

그러나 짐을 넘길 수는 없었다. 사기 대장장이는 체념할 줄 몰랐다.

"그, 그건 마도구야! 대단히 위험해서 취급에 익숙한 사람이 아니면 안 돼."

"안심하시죠. 위험한 마도구라면 저도 수백 개는 가볍게 만들었으니까 다루는 데 익숙합니다. 사양하지 말고 맡겨주시죠."

"아…… 아저씨라면 만들 만도 해. 그것도 엄~청나게 위험한 도구를……."

"실제로 만들었어요. 레이드에서 동료가 수백 명 날아갔는데…… 정말로 통쾌했죠. 열 받는 길마가 순식간에 하늘의 별이 됐거든요. 덕분에 악명이 퍼졌지만……."

"아저씨 별명이 퍼진 이유가 그거였구나……. 드디어 이해했어. 그나저나 대장장이가 마도구를 가진 건 이상하지 않아?"

【섬멸자】의 유래를 알고 이리스가 묘하게 이해했다는 눈치였다. 분명히 위험한 마도구를 수도 없이 만들어 냈고 그 위험물은 현재 제로스의 인벤토리에 봉인되어 있었다. 이 세계에 환생했을 때 동시에 위험물도 재구축된 것이었다. 물론 쓸 곳이 없는【위험물】이지만…….

거짓말을 할 때마다 늪에 빠지며 대머리 아저씨가 점점 초조해하기 시작했다.

그 순간을 노린 것처럼 제로스는 지탄을 나무 상자에 날렸다.

—우지끈!

커다란 소리를 내며 나무상자 파편이 사방으로 튀었고 안에 꽉 차 있던 광석들이 주변으로 흩어졌다.

은백색 금속을 포함한 광석이었다.

“미스릴 광석…… 사람을 등쳐 먹어 모은 이 광석을 어디로 옮길 생각이었죠?”

“이 자식…… 이따위 행패를 부려? 이대론 내가 놈들에게 죽는 단 말이야!”

“어쩌라고요. 실수한 당신이 멍청한 거지. 뭐, 어차피 감옥행은 확실하네요.”

이미 대머리 아저씨에게는 물러날 곳이 없었다. 가령 도망친다고 해도 고용주가 이 남자를 용서할 리 없었다. 괜한 말을 하기 전에 처리할 것이 뻔했다.

현실에서도 인생에서도 퇴로가 막힌 대장장이는 땅에 떨어진 나이프를 보더니 재빨리 주워 제로스에게로 달려왔다.

“비켜어어어어어어어어어어어어어어어어!”

제로스는 나이프를 쥔 상대의 팔을 가볍게 잡고 그 속도 그대로 어깨에 둘러메며 허리 탄력을 이용해 던졌다.

훌륭하기까지 한 엎어치기였다. 대머리 아저씨는 돌바닥에 세차게 등을 찧었다.

몸이 마비돼 움직이지 못하는 그의 명치를 곧바로 손바닥으로 내리찍자 그대로 기절했다.

"경비병은 언제 오려나……?"

기절한 대머리 아저씨를 무시하고 제로스는 담배를 물어 불을 붙였다.

흰 연기가 뒷골목을 떠돌며 조용히 바람에 실려 갔다.

"나…… 여기 뭐하러 왔더라?"

"쟈네 씨…… 미스릴을 되찾으러 왔잖아? 나설 기회가 없었던 것도 안타깝지만, 아저씨가 너무 강한 게 잘못이니까 신경 쓰지 마."

"그나저나 이리스 양, 당신들이 잡으려다가 실패한 와일드 꼬꼬가 어디 있는지 알려주세요."

"아저씨, 와일드 꼬꼬를 해치우게? 엄청 강한데?"

"아뇨. 길러 볼까 싶어서요. 달걀이 맛있다고 들었거든요."

쌀을 얻은 아저씨의 다음 목적은 맛있는 달걀이었다.

일본주를 만들려면 시간이 들기 때문에 그는 간계밥…… 간장 계란밥을 추구해 움직였다.

그러나 그는 잊고 있었다. —간장 계란밥을 완성하려면 간장이 필요하다는 것을…….

◇ ◇ ◇ ◇ ◇ ◇ ◇

그 후 레나가 데리고 온 경비병에게 대머리 대장장이 아저씨가 붙잡혀 연행되었다.

양아치들은 돈을 받고 고용된 운반책이고 옮기는 상자의 내용물은 몰랐다고 해서 며칠 만에 석방됐다. 조사에 따르면 남자들은 제법 위험한 물건이라고 생각했고 생활비를 위해서였다고 범행 목적을 밝혔다. 이 대머리 아저씨는 범죄 조직의 말단이며 사람을 속여 미스릴을 모아 조직의 자금을 대고 있었다는 사실이 판명됐다. 며칠 후, 줄줄이 브로커 조직 관계자가 붙잡혀 산토르에서 소탕됐다. 의외로 대규모 조직이었는지, 상인이 오가는 도시에서 범죄 집단이 격감하여 도시 치안이 제법 개선됐다고 한다.

또한, 다른 도시의 거점도 어느 정도 조사가 끝나 각 영지에서 일제 검거가 시작돼 자금 조달장이 한 번에 사라졌다. 범죄 조직으로서는 큰 타격이 아닐 수 없었다. 이번 사건의 계기가 된 용병들과 아저씨는 상금을 받아 당분간 생활에 어려움이 없을 정도로 주머니가 두둑해졌다.

그 아저씨는 오늘도 태평하게 담배를 피웠다.

제13화 아저씨, 검을 제작하다

다음 날, 제로스는 이른 아침부터 마도 연성진을 사용해 풍구의 부품을 만들고 있었다.

지금 아저씨는 밀짚모자와 목에 건 수건, 연갈색 베스트에 진녹색 바지, 즉 농부 복장으로 작업 중이었다.

풍구는 겨와 쌀을 분리하는 도구지만, 조금 개량해서 쌀 종류도

나눌 수 있도록 제작했다.

크기에 따라서 성질이 다른 이 세계의 쌀은 분별 작업이 필요해서 이런 기능이 있어야 했다. 위쪽 투입구에 쌀을 넣으면 경사에 따라 낙하하는 쌀과 겨, 그리고 쌀 크기를 풍력으로 나누지만, 아저씨는 이런 농기구를 만드는 것이 처음이었다.

건조기와 달리 조금 귀찮은 섬세한 부품이 있어서 고생했다. 볼트 같은 고정 재료가 없어서 몇 가지 부품을 끼워서 형태를 이루고, 연결부를 고정하는 부품도 여러 개 만들어서 나름대로 튼튼하게 제작했다.

처음에는 수동으로 바람을 보내는 구조였지만, 귀찮아졌을 때를 대비해 마석으로 날개를 회전시켜 바람을 만드는 다른 타입도 만들었다. 성능을 조사할 시작품을 세 대 만들었다. 그중 한 대는 기존의 수동식이었다. 다른 두 대와 함께 풍압 조절을 조사하기 위한 것이며 실패하면 해체해서 주괴로 만들면 된다고 생각했다.

단순한 구조라서 조립은 쉬웠기에 완성하기는 그다지 어렵지 않았다.

모양새가 조금씩 다른 풍구가 세 대 늘어섰다.

풍구 설계는 거의 완벽에 가까웠다. 다소 개량은 했지만, 바람을 보낼 뿐인 장치라서 실패할 가능성은 낮을 것 같았다. 그러나 마석을 넣은 후로 왠지 모를 불안이 이어지고 있었다.

"……이번에는 실패할 것 같은 느낌이 들어. 마법식도 충분히 확인했을 텐데, 이유가 뭐지?"

아저씨는 홀로 고민했다. 시작품을 얼추 완성했지만, 성공인지 실패인지는 움직여 보지 않으면 모를 일이었다. 폭발하지는 않겠지만, 왠지 불안이 스쳤다.

"안녕하세요, 제로스 씨."

"루세리스 씨, 안녕하세요?"

루세리스 뒤에는 쟈네를 포함한 세 여성 파티가 함께였다.

어제 약속한 검 수리를 위해서 온 것 같았다.

"아저씨, 저희 왔어요~♪"

"설마 교회 뒤편에 이런 집을 지었다니……. 정원이…… 아니, 밭이 뭐가 이렇게 넓어."

"안녕하세요? 언제 이런 집을 세웠지……. 햄버 토목 공사도 참 대단해."

이 산토르에서 햄버 토목 공사는 다양한 의미로 유명했다.

【미쳐 날뛰는 토목 단체】, 【신념 있는 옹고집들】, 【싸우는 토목업자】, 【춤추는 토목 인부】 등의 별명이 널리 퍼져 있었다. 이상하리만큼 빠른 공사 진행 속도와 그 이름에 걸맞은 뛰어난 기술, 게다가 노래하고 춤추는 엔터테이너. 즐겁게 일할 수 있다면 어떤 수단이라도 쓰고, 새로운 기술은 돈을 쏟아부어서라도 도입하고, 밤낮으로 댄스와 토목 기술 단련을 게을리하지 않는 비상식적 집단이었다.

심지어 그들의 일솜씨는 다른 업자에게 전염되어 함께 일하는 기술자는 공사가 끝날 때쯤 동지가 됐다. 현재 춤추는 토목업자는 온 나라로 퍼지고 있었다.

"이러다 조만간 농민들까지 춤추는 거 아닌가 몰라……."

"무슨 소리야?"

저 멀리 하늘을 올려다보는 아저씨 옆에서 이리스는 고개를 갸웃거렸다.

온 나라의 기술자와 사인이 노래하고 춤추며 일하는 광경을 떠올리자 오한 같은 것이 등으로 퍼졌다. 하루하루 축제처럼 떠들썩하고 뮤지컬을 방불케 하는 광경이 펼쳐지는 도시는 언뜻 평화롭게 보일 것이다. 하지만 무슨 애니메이션처럼 노래하고 춤추는 판타지 월드가 머릿속을 스치자, 아저씨는 그것이 기이하고 기형적인 세계처럼 느껴졌다.

"검 수리였죠? 잠깐만 기다리세요. 지금부터 시운전을 해야 하니까."

"이게 뭐야?"

"이거 아저씨가 만든 농기구야?"

"처음 보는 물건인데, 어디에 쓰는 물건이에요?"

세 사람은 난생처음 보는 도구 앞에서 고개를 갸우뚱 기울였지만, 아저씨는 대답하지 않고 기동 스위치를 눌렀다.

바람 마법식을 넣은 풍차가 『부르르르르……』 하는 소리를 내며 회전했고 풍구 뒤쪽에서 바람이 나왔다.

한순간 성공했다고 생각했지만, 나오는 바람이 점차 강해지더니 풍구가 앞으로 밀려 나갔고 심지어 서서히 가속했다. 불길한 예감이 현실이 되었다며 허둥지둥 달려가 정지 스위치로 손을 뻗었다.

"어? 정지 스위치를 눌렀는데 안 멈춰……."

움직이지 않도록 앞으로 돌아가 막아 보았지만, 가속하는 풍구는 멈추지 않고 속도를 높였다. 그리고 제로스가 균형을 잃어 넘어진 순간 양력(揚力)이 발생해 풍구는 그대로 상승하더니 높이 하늘로 떠올랐다.

이날, 농기구가 세계에서 처음으로 하늘을 제패했다.

""""""……""""""

"……아저씨, 날아갔는데?"

"시작품 제1호…… 풍력 조정에 문제 있음. 풍압 제어 마법식에 결함, 재검토가 필요하겠어……."

풍구는 중력의 족쇄에서 벗어나 드넓은 하늘에서 자유를 얻었다.

시험 삼아 만든 풍구는 총 세 대. 1호기는 보통 풍구를 자동화한 것으로, 날개 회전이 너무 빨라지고 기동 마법식에도 결함이 있었다. 그렇다면 다른 한 대도 불안했다.

"시작품 제2호, 기동."

"잠깐만요! 지금 막 시작품 농기구가 날아갔다구요. 우선은 작업을 중단해야 하지 않을까요?"

루세리스의 제지와 동시에 기동 스위치를 눌렀다.

시작품 제2호는 날개를 스크루며 특징은 드럼형이 아니라 원통형이란 점이었다. 그 2호기에서는 『휘우우우우우우웅!』이라는 높은 소리가 울려 퍼졌다.

원통형은 공기압이 한곳으로 집중되기 때문에 풍압이 1호기보다 강했다.

풍구는 『텅!』이라는 소리와 함께 초고속으로 가속해 땅 주변을 에워싼 벽을 파괴하고 하늘로 상승, 공기압을 받아 빙글빙글 회전하며 하늘 높이 사라졌다.

이날, 세계에서 처음으로 농기구가 음속의 벽을 돌파했다.

"……원통형은 안 되겠어. 설계부터 재검토할 필요가 있겠군……."

당초 예정에 따르면 선풍기 정도의 바람을 보내면 됐지만, 마석에 담은 마력이 효과를 높여 내부 송풍 장치를 고속으로 회전시키는 바람에 예상을 뛰어넘는 풍압이 되어 방출됐다.

모터에 연결된 전지를 늘리면 회전수가 늘어나는 것과 같은 이치라고 생각하면 좋을 것이다. 당연히 풍구는 고정되지 않았기 때문에 가속해 이동을 개시했다.

그리고 사실 아저씨가 마석에 담은 마력의 농도가 너무 짙었던 탓이기도 했다.

요컨대 두 농기구는 망가진 선풍기가 풍력으로 움직이는 것과 같은 폭주 현상을 일으킨 셈이었다.

'이거 어쩌지……. 가능한 한 작은 마석을 썼는데, 더 작아도 괜찮았나? 하지만 너무 작으면 마법식 새기기가 정밀 작업이 돼. 마법식은 마봉(魔封) 결정으로 어떻게 된다 치더라도 마법 회로를 확장하는 부품을 만들지 않으면 제어할 수 없을 것 같은데~.'

"아니, 생각하는 와중에 미안한데 저거 위험하지 않아? 아저씨는 뭘 만든 거야!"

"일단 농기구는 아니지? 하늘을 날아가는 걸 보면……."

"아저씨, 로켓을 만들고 싶었어?"

날아간 풍구를 회수하고 싶어도 어디로 가 버렸는지 알 수 없고,

심지어 한 대는 음속을 넘어섰다.

회수는 포기할 수밖에 없겠지만, 마력이 끊기면 중력에 이끌려 낙하할 것이다.

중력 아래에서 태어난 것은 언젠가 중력에 이끌려 땅으로 돌아가는 법이니까.

"제로스 씨…… 만약 저게 사람 위로 떨어지기라도 하면……."

"대참사죠. 하다못해 사람이 없는 곳에 떨어지면 좋으련만……."

정체 모를 농기구는 중력의 굴레에서 해방되어 목적지도 없이 자유로이 하늘 너머로 사라졌다.

아저씨는 마음속으로 제발 이 나라에는 떨어지지 말아 달라고 하염없이 기도했다.

얼굴이 새하얘진 루세리스도 피해자가 나오지 않도록 신에게 빌었다. 제로스가 농기구를 만들었는데 어째 그녀의 죄책감이 하늘을 찔렀다. 참고로 풍구 3호기는 초기의 수동식이라서 폭주할 염려는 없었다.

다만, 쌀 선별만은 자동화하여 3호기는 앞의 시작품보다 대폭 커졌다.

그래서 한번 분해해서 창고에서 다시 조립하는 귀찮은 작업이 늘었다.

시험작 기계는 편리성을 추구하면 커질 수밖에 없다. 거기서부터 소형화하기 위한 설계 재검토와 최적화를 위해서는 대단히 많은 수고와 시간을 요했다.

아저씨는 개량 방안은 천천히 다시 생각하기로 결정했다.

◇ ◇ ◇ ◇ ◇ ◇ ◇

"그럼 쟈네 씨의 검 말인데요……."

"아저씨, 날아간 농기구는 어물쩍 넘길 생각이지?"

"회수할 수 없는데 어쩔 수 있나요? 고속으로 하늘을 날아갔으니 어디에 떨어지는지도 몰라요. 게다가 하나는 음속을 넘었고요. 왜요? 이리스 양이 회수해주게요?"

"으, 난 못 해. 음속으로 나는 농기구를 무슨 수로 쫓아? 하늘을 날아도 못 따라가."

제로스의 비행 마법으로도 전투기급 속도로 날 수는 없었다.

게다가 음속의 벽을 맨몸으로 돌파하기란 불가능했다.

"그건 그렇고 아저씨, 정말로 검을 만들 수 있어? 아무리 마도사라도 대장장이 흉내는 못 내지 않아?"

"쟈네 씨 의견은 지당하지만, 저는 생산직입니다. 검을 비롯한 장비는 스스로 만들어 썼고 마도구도 만들 수 있어요. 뭐, 의뢰할 경우 재료는 의뢰인이 가져와야 하지만요."

"포션 같은 비약도 만들 것 같아. 제로스 씨라면 뭐든 다 만들 듯한 기분이 들어."

"그야 만들 수 있죠. 귀찮아서 안 할 뿐이지. 소재에 따라서는 흉악한 마물을 잡아야 하니까 제가 쓸 만큼만 만들 뿐이에요. 남으면 바로 길거리에서 팔아 버리곤 했죠."

아저씨는 자신의 힘이 비상식적이란 사실을 인지하고 있었다.

마음만 먹으면 얼마든지 강력한 무기를 만들 수 있지만, 그것이 전쟁 등에 이용되기는 바라지 않았다.

"적당한 무기를 만들게요. 마도 연성을 쓰면 금방입니다."

"사기당한 직후에 그런 말을 들으니까 불안한데……. 제대로 된 무기를 만들 수 있는 거야?"

"미스릴이 포함됐을 뿐인 철검이죠? 그럼 큰 수고는 안 듭니다. 그보다 속성 부여는 어떻게 하실래요? 마검으로 해도 좋고 언데드 내성을 부여해도 좋고, 그밖에 다른 것도 추가할 수 있으니까 좋아하는 속성을 골라 보세요."

"미스릴이 들어가면 언데드에게는 유리하니까 마검으로 부탁해. 속성은 불로."

말이 끝나기도 전에 제로스는 미리 연성 마법진을 펼치고 언제든 검을 만들 준비를 하고 있었다.

마석은 다이아몬드보다 단단하지만, 속성이 없는 마력을 불어넣으면 물러졌다.

그것을 약사발에 넣고 빻아 부러진 검과 미스릴 광석을 연성진 안에 나란히 놓고 마법진을 기동했다.

"검 형태는 어떻게 하실래요? 평범한 검으로 할까요? 아니면 조금 개성을 부여해 볼까요?"

"아니, 검에 무슨 개성 타령이야?! 평범한 거면 돼. 알았지? 이상한 곳에 공들이려고 하지 마!"

"그럼 겉으로는 아무런 특이할 것도 없는 평범한 검이면 되겠죠? 특징도 하나 없는 투박한 느낌으로."

"그래……. 나는 화려한 건 안 좋아해. 평범한 게 좋아."

이 세계 검은 대개 주조(鑄造)하기 때문에 일본도처럼 몇 번이나 두드려 늘리는 공정은 거치지 않는다. 거기에 마도 연성은 복잡한 공정을 건너뛰고 알맞은 금속 결합을 통해 검을 생성할 수 있었다. 문제가 있다면 【대장장이】와 【연금술사】, 【마도사】 스킬이 높지 않으면 할 수 없고 마력도 상당히 많이 소비하므로 아무나 쉽게 쓸 수 있는 기술은 아니란 점이다.

여기까지 도달하려면 그만큼 많은 수련이 필요했다. 마도 연성이 가능한 영역에 달하려면 이 세계 인간은 평생을 바쳐야 할 것이다. 물론 전투로 레벨을 높일 수도 있지만, 대부분의 마도사는 실전을 경험하지 않고 연구에만 빠져 있어서 그 경지에 도달하는 사람이 없었다.

"이거…… 저번에 검을 수리한 마법진이죠? 검을 만들 수도 있나요?"

"수리보다 처음부터 만드는 게 편해요. 전에는 검 파손 부위를 수리했지만, 자잘한 작업이 귀찮거든요. 파손 부위를 조사하면서 세세한 균열을 수리해야 하고 마력을 거의 배로 사용하니까 실용적이지 못합니다. 같은 검을 만드는 게 훨씬 빨리 끝나요."

레나의 의문에 아저씨는 권태롭게 대답했다. 그사이에도 작업은 계속되어 연성진 안에서 부러진 검과 준비해 온 재료가 허공으로 떠올라 마치 수은이나 슬라임처럼 불규칙하게 형태를 바꾸어 갔다.

탄소 결합을 위해 소량의 숯을 섞고, 금속 분자 결합을 【감정】 스킬로 파악하며 마석을 더하자 열도 내지 않고 붉게 달아오른 금속이 다시 검의 형태를 이루었다.

그 과정에 걸린 시간은 30분 정도였다. 마도 연성을 처음 본 루세리스에게는 신기한 광경이었다.

"대단하네요. 마법으로 이런 일도 할 수 있나요……."

"나도 한 번밖에 못 봤지만, 무기가 이렇게 쉽게 만들어져? 대장장이들 전부 장사 접게 생겼네."

루세리스가 솔직하게 놀라는 한편, 쟈네는 어처구니없다는 뉘앙스로 감상을 말했다.

"그러고 보니 두 사람은 아는 사이였나요? 그냥 아는 사이라기에는 친밀해 보이는데."

연성을 계속하면서도 제로스는 소박한 질문을 던졌다.

어제 식당 겸 여관에서 오간 짤막한 대화가 조금 신경 쓰였었다.

"저랑 쟈네는 같은 양육원에서 자랐어요. 성인이 되고 전 신전으로 수행하러 갔고 쟈네는 용병 길드에 등록해 서로 다른 길을 걸었죠."

"루세리스에게는 도움 많이 받았어. 다쳐도 회복 마법이 있고 양심적인 가격으로 치료해줘."

"저는 길러주신 사제님처럼 되고 싶었을 뿐이에요. 많은 사람을 돕길 바랄 뿐이고, 아직 수습이니까 정식 신관 자격을 얻고 싶어요."

"사제님에게는 나도 신세 많이 졌어. 많은 걸 배웠지."

"그 사제님은 인격이 참 훌륭한 분이었나 보네요~. ……응?"

제로스가 무심히 던진 말에 두 사람의 눈이 바쁘게 돌아갔다.

무지막지하게 어색한 분위기가 감돌았다.

"사제님은, 그…… 뭐라고 해야 할지, 조금 별난 분이셔서……."

"술과 도박에 환장했고 둘 다 잘해. 게다가 검 실력도 대단해. 화나면 바로 주먹을 날릴 정도로 성질이 급한 여성이야."

"……사제죠?"

"사제님이에요. 문제를 일으키고 양육원 관리로 좌천됐다고 하시지만, 무슨 일을 저지르셨는지는 여전히 수수께끼예요. 이유가 대충 짐작된다는 게 슬프지만요……."

"나에게 검을 가르쳐준 스승이기도 해. 말버릇이 『신은 죽었다.』, 『신은 적이다』, 『신이 죽이지 않겠다면 내가 죽인다.』였지……."

사제일 텐데 신도 두려워하지 않는 무법자였다.

게다가 술과 도박에 빠진 시점에서 이미 성직자로서 실격이었다.

"4신교 신전은 사람이 없나요? 아무리 생각해도 성직자로 둘 사람이 아니잖아요."

"아뇨, 그런 건 아니지만……."

"그 사람은 의리와 인정은 두텁지만, 신에게 기대지 않는 능력주의거든. 강론을 할 때도 『신이 뭘 해주리라고 생각하지 마라! 인간의 죄는 인간이 심판해야 해! 정말로 신에게 기대서 세상일이 해결될 거라고 생각해? 바보냐?』라고 했었어. 자기 길을 가는 별종이었지만, 왠지 인기였지."

"조금 정도가 아닌데요?! 명백한 이단자잖아요!"

행실에 문제가 있어도 인덕은 있는 모양이었다. 세계에는 별의별 사람이 다 있다고 새삼스럽게 깨달았다.

"우와! 예전 검보다 깔끔한데?"

“그러게. 나도 만들어 달라고 할까? 다행히 재료도 있고.”

이리스와 레나는 마도 연성에서 눈을 떼지 못하며 자신들의 무기도 부탁해 볼까 고민하기 시작했다.

마개조 무기 정도는 아니지만, 나름대로 힘을 가진 무기로 완성됐다.

“다 됐습니다. 조금…… 따뜻할지도 모르지만, 시험 삼아 휘둘러 보세요.”

“그래. ……와, 정말로 따뜻해.”

마도 연성을 하면 제작한 무기와 약 등 아이템은 왠지 사람의 체온과 같은 온도가 됐다. 제작하는 물건에 따라서 다르지만, 어떤 경우에는 엄청난 불쾌감을 주기도 했다.

쟈네는 몇 번 검을 휘둘러 감각을 확인했다. 덩달아 가슴도 격하게 흔들렸다.

여자와 인연이 없는 아저씨에게는 해로운 장면이었다.

“좋은데? 손에 착 감겨.”

만족스레 웃는 쟈네 옆에서 격하게 흔들리는 가슴을 보고 만족한 아저씨. 눈 호강했다.

“마력을 넣으면【염탄】을 쓸 수 있지만, 여기서는 하지 마세요.”

“나도 알아. 이거라면 그 닭들을 죽일 수 있어…….”

“닭? 아, 와일드 꼬꼬 말인가요? 리벤지라도 하시게요?”

“당연하지. 우리도 생계가 걸린 문제야.”

“흠…….”

아저씨는 닭을 기를 생각이었다. 그렇다면 쟈네가 노리는 닭을

받을 수 있지 않을까? 그렇게 생각한 아저씨 안에서 빠르게 수지타산이 이루어졌다.

"그렇다면 저도 따라가죠. 닭을 키우려던 참이거든요."

""""……?!""""

네 사람의 얼굴이 믿을 수 없는 것을 봤다는 양 경악스럽게 변했다.

"제, 제로스 씨…… 와일드 꼬꼬를 사육하실 생각이세요?"

"진심이었어……? 그건 야생이라는 말로는 차마 표현할 수 없을 만큼 난폭해!"

"아저씨, 관둬. 매일 닭이랑 씨름하게 될걸?"

"제로스 씨. 그건 닭처럼 보여도 마물이에요. 위험해요……."

아저씨는 와일드 꼬꼬와 평범한 닭이 구분되지 않았다.

마물과 동물을 구별하지 못하는 이상, 그 경계선을 긋는 것 자체가 무의미하다는 생각이었다.

또한, 이 시점에서는 와일드 꼬꼬를 얕보고 있었다.

"맛있는 달걀이라면 더 먹어 보고 싶잖아요?"

"그럼 그 마물 토벌에 본인도 데리고 가줬으면 하오."

어느샌가 그곳에 있던 투명한 녹색 머리칼의 하이 엘프가 말을 끊고 끼어들었다. 무녀복 수라도 엘프 카에데였다.

"카에데?! 언제부터 거기 있었어요?!"

"아까부터 저 뒤에 숨어 있었습니다. 기회만 있으면 검을 뽑으려고 노리고 있었죠…… 저를."

"역시 눈치채고 있었습니까? 허점이 있으면 실력이 어느 정도인지 확인해 보고 싶었으나, 아쉽게도 파고들 틈조차 주지 않더군요."

실은 처음부터 기척을 없애고 기회를 봐서 아저씨를 덮칠 생각이었다.

하지만 아저씨가 사전에 기척을 알아채 실패로 끝났다.

"그래서 실전을 하겠다고요? 뭐, 상대가 닭이라면 괜찮지 않을까요? 다행히 저도 있으니까요."

아저씨는 정말 진지하게 와일드 꼬꼬를 원하고 있었다.

설령 그것이 마물이라도 달걀이 맛있다면 그것으로 좋지 않은가?

그리운 간장 계란밥이 떠오르고, 어떤 사실을 깨달았다.

"……앗, 간장이 없어. ……아, 이거 어쩌지. 아직 만들지 않아서 맛이……."

여기서 문제점을 떠올린 아저씨의 의욕이 밑바닥으로 떨어졌다. 간장 없는 간장 계란밥은 간장 계란밥이라고 부를 수 없었다.

하지만 인생사 새옹지마라고 했던가. 거기서 구원의 손길을 뻗는 이가 있었다.

"간장 말입니까? 본인이 조금 가졌는데, 나눠드릴까요?"

"있어요?! 꼭 나눠주세요! 간계밥에 간장이 없으면 그냥 계란밥이니까요."

"그럼 나눠주는 조건으로 마물 토벌에 함께해도 되겠습니까? 실력을 한번 시험해 보고 싶습니다."

"YES! 간장을 위해서라면 저는 악마에게 영혼도 팔 겁니다."

"본인이 악마입니까……."

1초의 망설임도 없었다. 섬나라인 엘프의 고향에는 간장을 만드는 기술이 확립되어 있는 모양이었다.

이로써 간계밥을 먹기 위한 장애물은 사라졌다.

"자, 안내해주세요. 간계밥을 되찾는 겁니다!"

"오늘 밤【코가라시마루】는 피에 굶주렸구나…… 흐흐흐."

"카에데, 지금 대낮인데요……?"

이미 두 사람을 막을 수는 없었다. 그 의욕이 하늘을 찔러 이미 다른 사람의 말도 들리지 않는 듯했다. 나머지 일행은 한숨을 쉬었다.

루세리스는 두 사람이 다치지 않을까 걱정되는지 조금 동요하며 우왕좌왕했다.

이곳에 최강의 마도사와 수라도 미소녀 엘프 검사 콤비가 일시적으로 결성됐다.

피와 식욕에 굶주린 두 명은 길을 간다, 저마다의 목적을 위해서…….

제14화 아저씨, 닭을 구하려고 씨름하다

이리스 파티가 의뢰받은 양계 농가는 산토르에서 도보로 한 시간도 걸리지 않는 농촌에 있었다. 원래 고랭크 용병이었는데 아버지가 병사한 것을 계기로 용병 생활을 정리하고 몸이 허약한 어머니를 모시기 위해 농가를 이어받았다고 했다.

용병으로서 상당히 실력이 좋았지만, 가족을 부양할 만큼 수익을 내려면 용병 일만으로는 힘들었다. 게다가 병치레 잦은 어머니의 치료비까지 고려하면 보통 많은 돈이 아니었다.

대부분의 사람들은 병에 걸린 가족을 구하기 위해서 자기희생 정신으로 스스로 노예로 팔려나가서 그 돈으로 치료비를 대는 것 말고는 달리 뾰족한 수가 없는 상태였다. 모종의 행정 태만이나 다름없는 이런 사태가 용인되는 곳이 지금 이 사회였다.

그래서 생각한 것이 와일드 꼬꼬 알 팔기였다.

달걀은 영양가도 높고 고급품으로 취급받아 수요도 물가도 높았다. 일확천금을 노리기에 이만큼 적절한 소재는 없지만, 문제는 마물의 알이란 점이었다. 달걀을 회수하려고 하면 덤벼들기 때문에 상처가 끊이지 않는 싸움을 벌여야 했다.

그리고 문제의 와일드 꼬꼬는 기어코 주인보다 강해지고 말았다. 이쯤 되자 치료비를 벌 필요는 없어졌지만, 와일드 꼬꼬들이 흉악한 맹수로 변해 평범한 생활이 불가능했다.

그 결과, 토벌 의뢰를 내게 됐으나, 와일드 꼬꼬가 강해도 너무 강했다. 도전한 용병들을 차례차례 격퇴하고 이 흉악한 닭들은 더욱 흉악해졌다.

성장한 닭들은 용병 길드가 애를 먹을 정도로 강해지고 말았다.

"그래서 세 명이 도전했다가 된통 깨지고 돌아왔다고요? 어떤 닭인지 궁금하네요~♪"

제로스, 이리스, 쟈네, 카에데는 농가의 사연을 이야기하면서 길을 가고 있었다. 참고로 레나는 도중에 지나친 소년 용병들을 쫓은 뒤로 행방불명이었다.

담배를 피우는 아저씨는 마냥 태평했고 발걸음도 어쩐지 가벼웠다. 이미 카에데와 거래해 긴장을 잃게 되기 때문이리라.

“피가 끓는군. 빨리 싸우고 싶어.”

“카에데, 정말로 호전적이구나……. 도무지 엘프 같다는 생각이 안 들어.”

한편, 카에데는 들끓는 감정을 주체하지 못하고 있었다.

“이제 얼마 안 남았어. 저기 오렌지색 지붕 보이지? 저기에 그 흉악한 닭이 있어.”

“저곳인가……. 과연 본인을 만족시켜줄 강자가 있을지 참으로 기대되는군.”

“카에데. 정말로 엘프니? 엘프 앞에 『다크』가 붙진 않았지?”

아저씨에게는 이미 무슨 엘프인지 구분할 수 자신이 없었다.

최고위 종족 하이 엘프가 이토록 피에 굶주린 들짐승 같은 존재라면 이제는 뭐가 나와도 그러려니 싶을 것 같아 생각하길 포기했다. 어떤 고등 종족이라도 어차피 자아와 의지를 가진 짐승이라는 것을 깨달았다.

차츰 목적지인 양계 농가에 다가가던 도중 그들은 그것을 목격했다. 느닷없이 마당 끝에서 하늘로 튀어 오른 용병 같은 사내를. 빙글빙글 회전하며 일행 쪽으로 추락하는 그를 확인하자마자 일행은 그 자리에서 퍼뜩 떨어졌다.

“으아아아아아아아아아아아아아아아아아, 그허어헉!”

용병은 머리부터 땅에 처박히더니 회전하며 땅을 파고 들어가 무슨 마을에서 일어난 참극[#11]처럼 다리만 나온 채 파묻혔다.

#11 무슨 마을에서 일어난 참극 추리 소설 『이누가미 일족』의 살인 사건. 호수에 거꾸로 처박혀 수면 위로 다리만 튀어나온 시체가 등장한다.

"서, 설마…… 허○케인 믹○어어[#12]?! 닭 아니었어?!"

"후후후…… 찾았다. 강자의 기운이 느껴진다. 나는 나보다 강한 자를 만나러 왔다[#13]!"

"어디 사는 격투가야?! 카에데, 섣불리 행동하면 안 돼!"

땅에 묻힌 사내를 무시하고 네 사람은 전율했다. 아저씨는 몰라도 이리스와 쟈네는 한 번 패배한 처지였다. 전보다도 강해졌다면 성장 속도가 상당히 빠르다는 뜻이리라.

와일드 꼬꼬는 다른 의미로 괴물이었다.

"이거…… 정신 바짝 차려야겠는걸요. 대체 어떤 마물일지……."

"베고 싶다. 어서 칼 맛을 보고 싶어……. 내 칼이 피를 빨게 해다오……."

"카에데, 무서워~."

"정말로 엘프야? 왠지 슬슬 다른 종족이라는 생각이 드는데, 나는……."

피에 굶주린 다른 의미로 짐승인 그녀를 데리고 일행은 양계 농가에 발을 들였다.

하지만 그곳은 비참하다 싶을 만큼 쑥대밭이 되어 폐허나 다름없는 가옥이었다.

마당에는 패배한 용병들이 무더기로 쌓였고 그 위에서 닭들이 눈을 부라리며 일행을 내려다보고 있었다. 엄청난 박력이었다.

#12 허○케인 믹○ 만화 『근육맨』의 버팔로맨이 사용하는 필살기 허리케인 믹서. 들이받은 적은 회전하며 날아가 머리부터 떨어진다..

#13 나보다 강한 자를 만나러 왔나 게임 『스트리터 파이터2』의 캐치프레이즈 패러디.

=======================

【그래플러 꼬꼬】,【슬래시 꼬꼬】,【스나이퍼 꼬꼬】

【흰 띠 꼬꼬】,【검도 꼬꼬】,【아처 꼬꼬】

와일드 꼬꼬의 돌연변이 진화형.

최종 진화형인 코카트리스를 능가하는 힘을 가진 대단히 호전적인 닭.

타격, 참격, 저격에 특화한 경이로운 닭이다.

흰 띠를 포함한 세 종류 닭은 상위 세 마리의 제자 같은 존재며 강자에게 따른다.

지능이 높고 인간의 언어를 어느 정도 이해한다. 고기는 맛이 없지만, 달걀은 맛이 뛰어나다.

=======================

"……와일드 꼬꼬가 아닌데요? 이건 이미 진화한 개체네요."

""네?!""

닭들은 흠씬 얻어터진 용병의 산 위에서 위압적인 안광을 쏘아댔다.

눈빛으로 기선 제압을 하려는 그 행동은 어떻게 보나 깡패 집단 같다는 인상을 줬다.

"흠, 본인은 저 날개가 강철처럼 빛나는 닭과 싸우고 싶은데, 괜찮겠나?"

"아니, 진화한 개체라면 만만찮다고?!"

"그보다 의뢰인 아저씨는 어디 있어?"

아저씨는 몰라도 이리스 파티는 의뢰인이 없으면 이 일을 받을 수 없었다.

그러나 정작 중요한 의뢰인이 어디 갔는지 보이지 않았다.

“어쩔 수 없지. 말을 어느 정도 이해한다고 하니까 직접 닭들에게 물어봅시다.”

“진심이야……?”

“아저씨, 아무리 그래도 그렇게 쉽게 풀릴 리가…….”

“아무래도 상관없어. 어서 본인을 싸우게 해주오……. 피가, 피가 보고 싶어…….”

한 명 위험한 생각을 가진 아이가 있었지만, 구태여 상대하지 않기로 했다. 아저씨는 와일드 꼬꼬의 진화형인 그래플러 꼬꼬 앞으로 나갔다.

“여러분 주인은 어딨죠? 아니, 예전 주인인가요?”

“꼬꼬…….”

그래플러 꼬꼬는 날개 끝으로 땅에 퍼질러진 용병을 가리켰다. 마치 명절날 선물 세트에 들어간 햄처럼 부풀어 오른 아저씨가 피떡이 되어 쓰러져 있었다.

잘 보니 타격으로 온몸이 비대하게 부어오를 때까지 얻어터진 것 같았다. 살아 있는 것이 용한 수준이었다.

운이 좋은지 나쁜지 모르겠지만, 경우에 따라서는 고통에서 빨리 해방해주는 것이 그를 위한 일일지도 몰랐다.

무슨 의도인지 몰라도 이마에 새긴 하트 모양 타투가 인상적이었다.

“이게 의뢰인인가 본데요? 용케 쪽말하지 않았네요…….”

"그럴 리가, 전에 봤을 때는 근육질 아저씨였다고?!"

"현실적으로 이렇게 부어오르는 건 말이 안 되지?"

아연실색하는 일동 옆으로 그래플러 꼬꼬가 지나치며 쓰러진 아저씨의 머리를 세차게 걷어찼다.

"으걱! 레…… 레 이…… 아와우……(네 이…… 악마들……)."

"무슨 말인지 못 알아듣겠네요……. 하는 수 없지, 【하이 힐】."

"아저씨, 회복 마법도 쓸 수 있었어?!"

"뭐, 이 아저씨면 쓸 수 있겠지. 나는 안 배워서 못 쓰지만……. 스크롤 사야 하나?"

제로스의 회복 마법을 받아 의뢰인인 중년의 몸에서 서서히 부기가 가라앉았다.

회복한 모습은 근육질 마초에 스킨헤드인 아저씨였다.

"보한 씨, 머리카락은 어쨌어? 전에는 풍성했었잖아?"

"놈들이 전부 뽑았어……. 어서, 어서 저것들을 퇴치해줘———!!"

"개인적으로 저는 저 닭을 양도받고 싶은데요. 집을 비울 때 방범 효과도 있을 것 같네요. 그나저나…… 진짜 울려고 하시네. 그렇게 애를 먹고 있나요?"

"나의 닭……? 원한다면 주도록 하지. 쓰러뜨려라, 여기 있는 모든 닭을 이 자리에서 쓰러뜨리고 힘을 증명해라!"

"아저씨, 저 앞에 산처럼 쌓인 용병들을 보고도 애를 먹는지 안 먹는지 모르겠어?"

어디 나오는 해적왕이 죽기 전 남긴 말처럼 보한은 닭을 처분해 달라고 말했다.

그러나 이 닭들을 쓰러뜨릴 생각은 없었다. 제로스는 맛있는 달걀을 낳는 닭이 필요할 뿐이었다. 처음부터 죽일 생각은 전혀 없었고, 오히려 원래 세계에서 닭을 키웠던 그인지라 옹호할 마음으로 있었다.

하지만 수라도에 빠져 기어코 피를 봐야 직성이 풀리는 하이 엘프는 전혀 생각이 달랐다.

"그리하지!"

원래부터 싸울 생각이었기 때문에 거리낌 없이 등에 있는 태도를 잡고 전속력으로 달려 나갔다.

상대는 슬래시 꼬꼬. 양 날개가 백은색 광채를 발하는, 참격이 특기인 닭이었다.

부리에 이쑤시개를 문 모습은 묘한 관록이 있었다. 그리고 날개털에 마력을 보내서 날개를 강인한 칼날로 바꾸는 능력이 있었다.

카에데는 칼집의 태도를 뽑으며 인사 대신 사선 베기를 속공으로 날렸지만, 『챙!』 하고 귀를 찢는 소리와 함께 첫 공격이 튕겨 나가며 순간 무방비해졌다.

그 틈을 놓치지 않고 슬래시 꼬꼬는 카에데 옆으로 날아 거의 직각으로 꺾다시피 그녀에게 고속으로 접근했다. 양 날개의 참격이 카에데를 덮친다.

"쳇!"

카에데는 곧장 태도를 당겨 참격의 궤도에 맞춰 칼날이 아슬아슬하게 닿도록 공격을 흘리고, 후방으로 뛰어 거리를 벌렸다. 거기서 다시 슬래시 꼬꼬에게도 날려가 태도로 연속 공격을 가했다.

—채애애앵! 카아앙!

계속해서 울려 퍼지는 쇳소리.

한 사람과 한 마리 의 참격이 어지럽게 충돌하며 은색 궤적과 불꽃이 허공을 수놓았다.

격렬한 기술의 공방이었다.

"카에데도 대단하지만…… 저 닭은 뭐야?"

"아무리 생각해도 닭이 아냐. 저건 검사야……. 틀림없어."

"돌연변이 VS 격세 유전…… 재밌는 승부네요."

눈앞에서 일진일퇴의 공방이 계속됐다.

하지만 아저씨는 그때 희미한 기척을 느끼고 쟈네 머리 위로 손을 뻗었다.

"뭐야?!"

한순간 무슨 일이 일어났는지 몰랐다. 그러나 그 정체를 알았을 때, 쟈네의 얼굴에서 핏기가 가셨다.

아저씨 손에 화살 한 대가 쥐어져 있었기 때문이었다.

"……이건 스나이퍼 꼬꼬군요. 어디서 저격한 건지, 원……."

"화살이 날아온 방향에 있는 거 아니야?"

"같은 장소에서 저격하는 건 삼류가 하는 짓입니다. 아마 다음 저격 지점으로 이동했겠죠."

저격 시 희미한 기척밖에 느끼지 못했다. 무섭도록 은밀성이 높은 닭인 듯했다.

활을 사용하는 것으로 보아 날개 골격은 가동 범위가 넓을 듯했다. 이미 뼈부터 새가 아닌 인간에 가까울지도 몰랐다. 아저씨는

떨어진 돌멩이를 두 개 주워 다음 저격에 대비했다.

"쟈네 씨, 리벤지 할 수 있겠어요? 엄청 강해 보이는데."

"못 해. 오히려 내가 당할 거야. 이길 엄두가 안 나. 전보다 강해졌어……."

"전에는 봐준 거야? 그런 거면 나 엄청 자신감 잃을 거 같아~."

카에데는 아직 검격을 나누고 있었지만, 결정적인 일격을 가하지 못했다. 마찬가지로 슬래시 꼬꼬도 덩치가 작아 거리를 좁히지 못하고 있었다.

덩치가 작은 만큼 재빠르게 움직이는 슬래시 꼬꼬가 우세처럼 보이지만, 카에데 또한 작은 동작으로 공격을 받아 내고 카운터를 섞었다.

일진일퇴하는 공방이 엄청난 속도로 어지럽게 펼쳐졌다. 도저히 아이와 닭이라고는 생각할 수 없는 검 솜씨와 속도로 서로를 압도하려고 했다. 그러나 아무리 부딪혀도 결정타가 나오지 않았다. 슬래시 꼬꼬가 후방으로 뛰어 거리를 뒀다.

"닭 주제에 실력이 좋구나……. 인간이었다면 이름깨나 날리는 무사가 되었을 테지. 아까워……."

"꼬꼬, 꼬끼꼬꼬!(검의 길에선 새도 인간도 평등한 법. 그건 소인에 대한 모욕이오.)"

"윽, 내가 실례를 범했군. 그대는 이미 어엿한 무사였나……. 진심으로 사과하지."

"꼬끼오꼬꼬꼬!(그대도 무사라면 입이 아니라 검으로 말하시오. 그것이 싸움 속에서 살아가는 자의 예의.)"

왠지 대화가 성립하고 있었다. 언어를 이해하는 꼬꼬들은 몰라도 카에데가 그들의 말을 이해한 것은 하이 엘프의 특성이었을까? 두 사람(?) 사이에 긴장감이 팽배해졌지만, 지켜보는 구경꾼 입장에서는 어리둥절한 상황이었다.

카에데는 태도를 칼집에 넣고 발도술 자세를 취했고 슬래시 꼬꼬도 거기에 응하는 것처럼 날개를 펼쳐 독자적인 자세를 잡았다.

"아마 승패는 일격으로 결정될 거야……."

"그래…… 무서운 아이야. 저 나이에 이 기량, 이대로 성장하면 어떻게 될지……."

"저 엘프 꼬마, 날 찾아온 용병들보다 강하잖아. 정체가 뭐야?"

양자는 움직임을 멈추고 서서히 간격을 좁히면서도 다음 일격을 위해 정신을 집중했다. 구경꾼들도 마른침을 삼키며 지켜봤다. 긴장된 분위기가 주변을 집어삼켰다.

한 발, 또 한 발 다가갈 때마다 공기가 무겁게 느껴졌다. 대치한 두 사람(?)은 이마에 땀을 흘리며 찰나의 시간이 영원처럼 느껴지는 극한 상황이 되도록 정신을 집중하고 있었다. 이리스가 말한 대로 승패는 일격으로 정해지리라. 두 사람(?) 사이의 긴장이 강해지는 것이 전해졌다.

"……이기든 지든 여한은 없다……."

"꼬꼭, 꼭꼭꼭꼬.(좋다! 그럼 정정당당히…….)"

그 순간이 다가왔다. 그러나 이 긴장 상태 속에서 암약하는 존재를 아저씨는 알아차렸다.

지붕 너머에서 팔처럼 진화한 날개로 활을 당기는 저격수. 스나이퍼 꼬꼬가 이쪽을 겨냥하고 있었다.

"승부!" "꼬끼오!(승부!)"

두 사람(?)이 움직임과 동시에 스나이퍼 꼬꼬가 화살을 발사했다.

눈앞의 전투에 정신이 팔린 허점을 노렸지만, 아저씨가 날아드는 화살을 지탄으로 격추했다. 그리고 저격에 실패해 이동하려는 지붕 위 눈치 없는 닭을 향해 남은 한 발을 쐈다.

스나이퍼가 카운터 스나이프에 당해 지붕에서 바닥으로 추락함과 동시에 두 검귀의 태도(날개)가 초고속으로 엇갈렸다.

—키이이이이이이이이이이잉!

태도와 날개가 부딪치자 칼싸움일 텐데도 불구하고 충격파가 발생했다. 떠밀려 날아간 카에데를 때마침 좋은 위치에 있던 제로스가 안아서 받았다.

슬래시 꼬꼬도 똑같이 날아가 동료들 사이로 떨어졌다.

"카에데, 괜찮아?"

"네. 무사하지만…… 충격이 컸는지 기절했군요."

"그 닭은 어떻게 됐지……. 해치웠어?"

"살아 있습니다. 카에데 양의 칼을 잘 보세요. 좋은 칼이지만, 날이 없어요."

슬래시 꼬꼬도 기절했지만, 어쩐지 만족스러운 웃음을 머금고 있는 듯했다.

닭 주제에 묘하게 남자다운 녀석이었다. 여담이지만, 스나이퍼 꼬꼬가 노린 것은 양계장 주인이었다. 스나이퍼의 습성인지, 아니면 죽이고 싶을 만큼 원한이 쌓였던 것인지, 치밀하게도 화살촉에 치사성이 강한 신경독이 듬뿍 발려 있었다.

분명한 것은 스나이퍼 꼬꼬가 보한을 확실하게 죽이려고 했다는 것이었다.

"그럼 남은 건 앞으로 한 마리…… 그래플러 꼬꼬군요."

"나는 못 해. 리벤지 할 생각이긴 했지만, 저런 싸움은 못 한다고."

"나도 안 돼! 난 마도사인걸."

카에데가 기절한 이상, 상대할 만한 사람은 필연적으로 아저씨뿐이었다.

아저씨는 깊은 한숨을 쉬면서도 그래플러 꼬꼬와 대치했다.

"가능하다면 집으로 와줬으면 좋겠는데 말이죠. 그러면 싸우지 않아도 되는데……."

"꼬꼬꼬, 꼬끼오꼬꼬!(그런 싸움을 보니 나도 피가 끓어 못 참겠군. 한 수 부탁하지.)"

"하아…… 어쩔 수 없…… 으, 으응? 왠지 말을 알아들을 수 있는데, 어떻게 된 거지?"

어째선지 아저씨도 말을 이해할 수 있을 것 같았다. 이세계의 신비를 일부 체험한 순간이었다.

하는 수 없이 아저씨는 자세를 잡았다. 의욕이 나지 않았지만, 앞에 있는 닭은 싸울 생각에 몸이 근질근질한 모양이었다. 이것을 거부하면 그의 명예에 상처가 될 거라고 생각하니 마지못해 상대해줄 수밖에 없었다.

하지만 대치한 순간 그래플러 꼬꼬의 힘을 실감했다.

닭이라고는 생각할 수 없는 비범한 패기. 명백한 강자였고 나든

두 마리보다도 강했다.

한순간 그래플러 꼬꼬의 몸이 흔들렸다는 생각이 들었다.

"윽?!"

제로스가 팔을 교차시키자 그곳으로 조그만 닭에게서는 상상할 수 없는 강렬한 타격이 날아들었다.

정신을 차리자 그래플러 꼬꼬가 팔 같은 날개로 공격하고 있었다. 아저씨는 그대로 수 미터는 후방으로 밀려 날아갈 뻔했지만, 간신히 다리에 힘을 줘 견뎠다.

"겉모습에서는 생각하기 힘든 무거운 일격…… 이거 오랜만에 긴장해야겠네요."

아저씨의 눈에 위험한 빛이 서렸다. 【그 무렵 제로스】의 재림이었다.

호흡을 가다듬고 몸에 마력— 아니, 기를 순환시켜 신체 강화를 시작했다. 【권신】 직업 스킬이 발동해 마도사에서 무투가로 능력 개변이 일어났다.

마도사는 체내 마력과 자연계 마력을 이용해 마법을 사용하지만, 격투가는 체내의 기를 끌어모아 순환시켜 전투 능력을 강화한다. 직업 고유 기술을 사용할 때 마법을 사용할 수 없기 때문에 격투에 특화한 상태라고 할 수 있었다. 다시 말하자면 원거리 공격이 약해지지만, 마법사 계열 스킬 외에는 병용 가능하므로 지금 아저씨에게는 큰 문제가 되지 못했다.

"시작하죠……."

순보(瞬步)로 그래플러 꼬꼬에게 접근해 속도를 줄이지 않고 그대로 발차기를 시전했다.

순간적으로 뛰어오른 그래플러 꼬꼬는 이어서 아저씨가 내지르는 연타 공격 앞에 노출됐다.

그것도 알고 있었는지, 그래플러 꼬꼬는 똑같이 타격으로 맞대응했다.

—퍽! 퍼걱, 콰과과과과과과과과광!

현실에서는 본디 있을 수 없는 타격음이 울려 퍼졌다.

때리고, 막고, 흘리고, 틈을 노리고, 때로는 무모하게 공격하고, 때로는 밀리미터 단위로 피했다.

"꼬끽?! 꼬꼬꼬꼬!(가, 강해. 설마 이 정도로 고수였다니…… 이런 행운이 있단 말인가.)"

"참 즐거워 보이네요! 그렇게나 싸우고 싶었나요!"

"꼬꼬댁, 꼭꼭꼬끼오꼬꼬!(강자에게 도전하며 스스로를 갈고닦는다. 무인으로 살아가는 자의 숙명이지.)"

"제법 깨우친 닭이군요! 그렇다면 당신의 힘을 보여주시죠!"

"꼬끼오오오!(좋다!)"

그래플러 꼬꼬는 타격전에서 조금 거리를 두더니 자신의 속도를 살려 잔상을 만들어 제로스를 교란했다. 그리고 고속으로 접근해 강렬한 발차기로 응수해 왔다.

아저씨는 그 공격을 흐르는 듯 자연스럽게 양팔로 쳐 내고 틈을 발견한 순간 지체 없이 강렬한 펀치를 질렀다. 그러나 그것을 기다렸다는 듯이 그래플러 꼬꼬는 팔에 매달려 그 힘을 이용해 던지려고 했다. 그것을 깨달은 제로스는 팔을 살짝 틀어서 고속에서 빠져나옴과 동시에 그래플러 꼬꼬를 붙잡아 단숨에 메쳤다. 하지만 그래플러 꼬꼬는 순간적으로 몸을 비틀어 자세를 고치고 날개를 펼쳐 사정권 밖으로 이탈했다.

"아, 아저씨…… 너무 강한 거 아냐?"

"당연히 저 정도는 하지. 괜히【섬멸자】겠어?"

"뭐야, 그 위험한 별명은……. 저 아저씨는 무슨 짓을 저지른 거야?"

"이것저것……."

"상관은 없지만 아가씨…… 저건 이미 마도사가 아니잖아? 뭐 하는 사람이야?"

전황은 그래플러 꼬꼬가 불리했다.

하지만 투지는 쇠하지 않았고 오히려 높아지는 상황. 게다가 어딘지 모르게 기뻐 보였다.

"우오오오오오오오오오오오오오오오오오오오오오오!"

"꼬꼬꼬꼬꼬꼬꼬꼬꼬꼬꼬꼬!"

다시 정면으로 부딪치며 격렬한 주먹다짐이 시작됐다.

양팔(날개)에 기를 담아 강화하고 서로의 주먹을 막으며 요란한 타격음이 이어졌다.

서로 한 발도 물러서지 않는 가운데, 흡사 『오라오라[#14]』나 『아타타타[#15]』가 나오는 유명한 이야기처럼 잔상이 남는 고속 난타가 벌어졌다. 휘말려서 한 대라도 맞았다가는 결코 무사하지 못할 위력

#14 오라오라 만화 『죠죠의 기묘한 모험』에서 사용되는 기합 소리.
#15 아타타타 만화 『북두의 권』에서 사용되는 기합 소리.

의 권압이 교차하고 있었다.

그 비참한 피해자가 발생하지 않는 이유는 서로의 권압이 부딪치며 상쇄되어 충격파가 주위로 원형으로 확산되면서 퍼지기 때문이었다.

가끔 서로의 사정권에서 거리를 두고 공중으로 높이 뛰어올라 발차기를 교환하더니 공중에서 주먹을 부딪치며 떨어지곤 했다.

"저거…… 한 대라도 맞으면 죽지? 저 아저씨 마도사 아니었어?"

"들은 이야기로는 한없이 암살자에 가까운 올라운더야. 어느샌가 적진 한가운데 침투해서 범위 마법으로 일망타진하는 게 특기인 마도사라고 들었어."

"꼬마 아가씨…… 그건 절대로 마도사가 아냐. 아무리 생각해도 특수 부대 대원이잖아!"

일격필살의 주먹을 난발하는 아저씨는 자신의 직업을 부정당하는 줄은 꿈에도 몰랐다.

하지만 짚이는 바가 하도 많아서 아마 부인하지는 못하리라. 기껏해야 버추얼 세상이었다고는 하나, 지금과 비슷한 일을 방방곡곡에서 저지르고 다녔으니까…….

한 번 포착당하면 철저하게 응징하는 탓에 PK 유저에게는 공포의 대상이었다.

제로스와 닭의 이 처절한 싸움은 해가 질 때까지 계속됐다고 한다.

◇◇◇◇◇◇◇

해가 넘어가고 세계가 밤의 장막에 덮이기 시작하는 이 시간, 그래플러 꼬꼬는 전력을 다해 싸워 모든 힘을 소진했다. 하지만 표정은 더없이 뿌듯했고 자신의 모든 것을 쥐어짜 진심으로 상쾌한 미소(?)를 띠고 있었다.

그에 비해 아저씨는 땀 한 방울 흘리지 않았고, 오히려 자신의 체력이 얼마나 비상식적인지를 알고 전율했다. 이래 봬도 아저씨 나름대로 그래플러 꼬꼬를 진지하게 상대했었다.

그러나 후반부터 자신의 기이함을 깨닫고 이 결투의 무의미함을 깨달았다.

전력을 다했다고 생각하는 반면 냉정하게 관찰하고 생각할 여유마저 있었으니까 말이다.

진심으로 공세에 나서면 어떻게 됐을지, 생각하는 것만으로도 머리가 어질했다.

그런 아저씨 앞에는 진화한 닭들이 무릎 꿇고 머리 조아리며 복종의 의지를 표시하고 있었다.

"이건…… 저한테 따르겠다는 의사 표시로 봐도 될까요?"

"꼬꼭!(아무렴!)"

"꼭꼭꼬, 꼬꼬!(그대의 힘에 감탄했습니다. 부디 우리 사부가 되어주십시오.)"

"꼬끼오, 꼬꼬꼬꼬끼오.(내 일격필살의 기술이 깨졌다……. 수행이 부족했어.)"

와일드 꼬꼬에서 진화한 닭들은 강자를 숭상하는 습성이 있었다.

한 번 사부로 인정하면 자립할 수 있는 힘을 키울 때까지 따르고 독립한다.

이윽고 스스로 무리를 지어 자신의 기술을 전승하고 끝없이 강해진다.

어떤 의미로는 코카트리스보다 악질인 최악의 마물이다.

"저야 무정란을 받을 수 있다면 상관없습니다. 저도 달걀은 필요하고 감정 스킬이 있으니까 유정란과 무정란 구별은 할 수 있어요."

이 닭들이 반란을 일으킨 이유는 이거였다.

원래 달걀은 자신의 자손을 남기기 위한 것이며 막 낳은 달걀에는 유정란과 무정란, 두 가지 알이 존재했다.

무정란이라면 자손은 태어나지 않아 식량으로 써도 상관없지만, 병아리가 태어날 유정란을 빼앗아 가는 행위는 종족의 존속을 위협하는 문제였다.

보한은 그런 기본적인 사실을 모르고 무차별적으로 달걀을 거두어 갔기 때문에 이곳에 있는 닭들의 신뢰를 잃었고 결국에는 반란을 일으키는 결과를 낳았다. 쉽게 말하자면 자식을 빼앗긴 부모의 보복이라 할 수 있겠다. 약육강식의 세계라고 어떤 짐승이든 자기 자식은 아끼는 법이었다.

그리고 감정 스킬을 가진 아저씨라면 이 닭들에게 원망 받을 걱정은 없었다.

"보한 씨, 사료는 뭘 쓰고 있죠?"

"집 위치만 알려주면 내가 마련해주지. 나, 이 녀석들이 없어지면 다음에는 소를 키울까 해."

"보한 아저씨, 그런 말 하면 오래 못 살아……."

"어찌 됐건, 본인의 검 상대가 가까운 곳에 살게 되겠군. 운이 좋아."

"카에데…… 너 또 싸울 생각이야?"

호전적인 하이 엘프는 슬래시 꼬꼬라는 라이벌을 얻고 더더욱 수라도에 빠질 듯한 예감이 들었다. 아저씨를 포함한 세 사람은 한숨밖에 나오지 않았다.

이날 제로스는 열세 마리 닭을 손에 넣었다. 그들은 달걀을 제공하는 대신 아저씨에게 수련을 받고, 동시에 집을 지키는 강력한 경비원이 되어 갔다.

과연 이 흉악한 닭들이 무엇을 바라고 어디로 나아가게 될지 의문이었다.

알 수 있는 것은 그들은 최강의 짐승을 목표로 수행을 계속한다는 것뿐이었다.

◇ ◇ ◇ ◇ ◇ ◇ ◇

집에 도착했을 때는 이미 어둠이 깔려 구시가 부근은 정적에 싸여 있었다.

제로스는 마석 램프를 사용해 빛을 밝히고 아무렇게나 놓인 의자에 엉덩이를 붙였다.

닭 서른 마리는 제로스의 집 마당에 살며 그에게 달걀을 제공해

주기로 약속했지만, 그로 인해 정말로 피해자가 나오지 않을지 이제서야 불안해졌다.

말하면 이해할 지성은 있으니까 차차 가르쳐 가기로 하고, 일단 저녁을 먹기 위해 준비하던 아저씨는 로브에 묻은 긴 머리카락을 발견했다.

투명하고 얇은 머리카락은 카에데를 받았을 때 묻은 것이었다. 하지만 문제는 그게 아니었다.

"흠, 【변마 씨앗】, 【하이 엘프의 머리카락】이 모였어. 나머지 소재가 갖춰지면 내 혈액으로 주술을 사용하면 호문쿨루스를 만들 수 있겠어……."

호문쿨루스를 만들기에는 아직 재료가 부족했다. 또 다른 중요 소재 【정령 결정】이 필요하기 때문이었다.

"【사신 혼백】…… 4신을 골탕 먹일까 말까, 그게 문제야. 어떻게 하지~. 뭐, 이건 【정령 결정】을 얻은 뒤 생각할까? 시간은 아직 있으니까."

아저씨는 이 세계 신이 저지른 만행을 아직 용서하지 않았다.

이 세계에 환생했지만, 그건 어디까지나 원래 세계에 존재하는 신에 대한 사죄였고 그마저도 클레임이 와서 마지못해 대처한 듯 무성의하기 짝이 없는 일면이 엿보였다.

심지어 환생시킨 후의 배려도 건성이라 제로스는 흉악한 마물이 서식하는 마의 영역에 떨어져야 했다. 환생시켰으면 피해자를 모두 같은 장소에 출현시키면 되겠건만, 기가 막히게도 『치트로 만들어줬으면 됐잖아?』 같은 내노났고 어쩐지 놀고 슬기는 느낌마저

들었다.

물론 이리스처럼 이 세계를 즐기는 사람도 있었지만, 아저씨는 이 세계에 함부로 분란을 일으킬 만한 행동을 삼가고 있었다. 그렇다고 손가락만 빨고 지낼 생각도 없었다.

"이거 참 고민이네…… 크크크."

제로스는 지금까지 보인 적 없는 날카로운 미소를 지으며 웃었다. 평소 보이지 않는 악의가 담긴 웃음이었다.

그런 그의 숨은 악의에 호응하는 양 지하에 있는 금속 기재가 불길하게 떨리고 있었다. 소재만 있으면 이미 언제든 행동으로 옮길 수 있는 상황이었다.

모든 것은 앞으로 상황이 어떻게 굴러가느냐에 달렸다.

제15화 아저씨, 초장부터 일이 꼬이다

어둠이 주변을 감싸고 많은 사람이 잠들거나 일의 피로를 풀기 위해 한때의 쾌락에 빠질 무렵. 사내는 홀로 힘들게 얻은 성과를 확인하고자 방에서 상품을 손에 들고 들여다봤다. 상품은 틀림없이 그가 원하던 물건이었다. 사내는 입꼬리를 미세하게 올려 미소 지었다.

그는 표면상 수완 좋은 사업가였지만, 뒤로는 비합법적 수단으로 물건을 팔아넘기는 암거래상의 일면을 가졌다. 바라는 물건을 손에 넣기 위해서는 어떤 수단이든 사용하고, 상품의 값어치를 높이기 위해서 타인을 속이며, 때로는 부하에게 명령해 처분한 일도 종종 있었다.

그가 손에 든 물건은 투명도가 높은 보석이 두 개 박힌 목걸이였다. 그 가치는 경우에 따라 값을 매길 수 없는 수준이었다. 나라의 보물고에 안치되어도 이상하지 않을 그런 물건을, 그는 모든 수단을 동원해 손에 넣는 데 성공했다.

물론 이 목걸이의 주인은 이미 땅 아래 있었고, 목걸이 자체가 나름대로 유명해서 공적으로 팔 수 없었다. 내일이 되면 수색이 시작되리란 사실 또한 알고 있었다.

그러나 아무리 비합법적인 물건이라도 원하는 자는 많았다. 그는 구매자 후보를 몇 명 추려 빨리 팔아넘길 생각이었다.

암거래를 하는 이상은 비합법적인 물건은 국외로 반출해 일찌감치 팔아 버리는 것이 제일이었다.

"하여간, 번거롭게 하기는……. 빨리 나한테 팔았으면 죽지 않고 넘어갔을 것을."

사내는 이미 이 세상에 없는 주인을 비웃으며, 두툼한 손가락에 올린 목걸이의 예술적인 장식을 보며 천박하게 웃었다.

팔면 값이 얼마나 나갈지 알 수 없지만, 큰돈을 만질 수 있을 것은 분명했다.

누가 뭐래도 이 목걸이는 마도구였다. 게다가 미술적 가치도 높고 구시대의 유적에서 발견한 물건이었다. 그 가치를 상상하면 웃음을 참을 수 없었다.

"구시대의 엘프가 만든 비보, 실로 멋진 물건이야. 크크크……

으? 뭐, 뭐야……."

갑자기 목에 작은 통증을 느껴 손을 가져가니 작은 바늘 하나가 꽂혀 있었다. 살찐 남자의 몸은 두꺼운 지방으로 뒤덮여 큰 상처는 나지 않았지만, 급속히 몸이 저리고 격한 구역질이 올라왔다.

"오, 읍…… 으웨에…… 엑……."

차츰 숨이 막히고 현기증과 심한 두통, 구역질이 몰려왔다. 사람을 부르려고 해도 몸이 마비돼서 움직이지 않았지만, 독침을 맞았다는 사실만은 간신히 이해했다.

그래도 이것과 똑같은 일을 그도 부하에게 시키곤 했으니까 인과응보라고 할 수 있었다.

심지어 즉효성이 뛰어난 독극물이라서 이미 살아남기에는 늦었다. 사내는 지금까지 죽인 자들과 똑같은 고통 속에서 숨을 거뒀다.

주인이 죽고 아무도 없어진 방에 살며시 움직이는 물건이 있었다.

스며 나오듯 바닥에서 떠오른 것은 검은 그림자였다.

그림자는 그 자리에서 꺼림칙하게 꿈틀대더니 이윽고 사람의 형상으로 바뀌어 갔다.

나타난 것은 20대 여성이었다. 가슴을 유난히 강조한 검은 드레스를 입고 수많은 장식품으로 몸을 치장한 모습은 귀족가의 영부인과 비교해도 손색이 없었다. 그러나 그녀는 끔찍한 현장과 어울리지 않는 온화한 웃음을 띠며 남자가 있던 테이블로 다가가 목걸이를 들고 만족스럽게 고개를 끄덕였다.

"좋아, 제법 좋은 물건이야. 후후후…… 원망하진 마. 이것도 일이니까."

범죄의 세계에서는 언제나 생명의 위협이 뒤따른다. 죽은 남자는 다른 조직에게 노려져 죽었을 뿐이었다. 장사의 경쟁 상대가 이 남자를 죽음이라는 형태로 밀어낸 것에 불과했다.

“귀찮은 일이라고 생각했는데 이렇게 좋은 물건이 들어온다면 받아도 괜찮겠어~. 우후후.”

사람을 죽여 놓고도 그녀는 눈앞에 있는 장식품에 마음을 빼앗겨 있었다.

그리고 손에 든 목걸이는 홀연히 손안으로 사라졌다.

“온 김에 다른 물건도 받아갈까? 어딘가에 숨겨 놨을지도 몰라.”

여자는 다시 그림자에 숨고는 방에서 모습을 감췄다.

그 후에 남은 것은 비합법적 수단으로 제 배를 불리던 탐욕스러운 상인의 시체뿐이었다.

이 암거래상은 다음 날 아침이 되어서 발견됐다. 그러나 이 상인을 죽인 것이 누구인지는 밝혀지지 않은 채 결국 수사는 중단되고 말았다.

아무리 조사해도 범인의 단서가 될 증거가 아무것도 나오지 않은 탓이었다.

그자로 인해 인생이 망가진 피해자들은 크게 기뻐했다.

이른 아침, 아저씨는 일과인 밭매기를 끝내고 닭들과 수련하는 중이었다.

서른 마리 닭들이 주먹이며 발을 일사불란하게 내지르며 중국 어딘가의 절 같은 품새 훈련이 이루어지고 있었다.【흰 띠】,【검도】,【아처】세 마리의 닭은 무슨 까닭인지 같은 품새 훈련을 받으며 더 강한 종으로 거듭나기 위해 밤낮으로 훈련을 게을리하지 않았다.

또한【그래플러】,【슬래시】,【스나이퍼】세 마리는 모두 이름을 받아【우케이】,【잔케이】,【센케이】라고 부르기로 했으며 다른 닭들의 관리, 감독을 맡았다.

이름을 받았기 때문일까? 왠지 이 닭들이 더욱 강해진 느낌이 들지만, 아저씨는 그다지 신경 쓰지 않았다. 원래부터 마법이라는 특수한 법칙이 작용하는 세계였다. 네임드 몬스터가 발생해도 딱히 이상한 일은 아니겠거니 하며,『강해져도 좋다, 맛있는 알만 낳아 다오』라는 해괴한 이유로 받아들였다.

이름이 주어진 세 마리는 충성도가 올라가 강해지기 위한 단련뿐 아니라 나날이 밭일을 도와주게 됐다. 그 결과, 다른 닭들도 밭일을 돕게 되어 사람을 고용할 필요가 사라졌다. 게다가 해충조차 잡아먹어 상당히 귀중한 노동력으로 변했다.

다만, 스나이퍼 꼬꼬를 포함해 원거리 공격이 특기인 닭들이 왜 격투 기술을 배우려고 하는지는 미스터리였다.

"당신들은 왜 격투기를 배우죠? 원거리 지원형이죠……?"

"꼬끼, 꼭꼭꼬, 꼬끼!(우리는 저격만으로는 부족하다고 깨달았습니다. 상황에 따라서는 근접전 기술도 필요할 테죠.)"

"두 마리 토끼를 잡을 수 있으면 다행일 텐데……. 뭐, 자신의 방향성을 생각하는 것도 수행의 일부겠죠. 다음에 진화하면 뭐가 될지…….”

솔직히 이 닭들이 무엇을 바라고 어디로 가려고 하는지 모르겠다.

원래부터 특수한 환경에서 단련해 발생한 아종이므로 앞으로 어떻게 변화할지는 미지수였다.

최근 이 닭들은 카에데에게 서예를 배우고 장기를 두거나 무기를 만드는 등 대단히 활동적이었다. 마물은 환경에 적응해 모습을 바꾸는 성질이 있는데, 앞으로 어떻게 진화할지 정말로 무서웠다. 진화 과정에는 마왕종이라고 불리는 강력한 존재도 태어나므로 언젠가 이 중에서 엄청난 녀석이 탄생할지도 모르겠다.

“읏, 며칠 사이에 또 실력이 좋아졌군. ……만만치 않아.”

“꼬끼! 꼭꼬끼오!(소인은 더 강해질 수 있소! 그건 그대도 피차일반 아니오. 어제보다 검이 더 예리해졌소이다.)”

“검은 하루아침에 완성되지 않는 법. 하루하루의 단련은 빠뜨릴 수 없지. 강자가 있다면 더더욱!”

품새 훈련을 하는 옆에서는 수라도에 빠진 하이 엘프 카에데가 잔케이와 격하게 검극을 펼치고 있었다. 어쩐지 아저씨 주위에는 싸움꾼만 모이는 것 같은 기분이 들었다.

별 상관없는 이야기지만, 이미 아저씨는 닭과 대화가 성립하는 현실에 관해 생각하길 관뒀다. 영문을 알 수 없는 그 현상을『이세계니까.』라는 한마디로 넘어가 버렸다.

어떻게 보면 현명한 판단일지도 몰랐다.

◇◇◇◇◇◇◇

이른 아침의 단련과 밭일을 마친 제로스는 염원하던 물건을 앞에 두고 감개무량함을 맛보고 있었다.

밥그릇에 담겨 모락모락 김이 나는 흰 쌀밥과 그 위에 올라간 날달걀. 그렇다, 간계밥이었다.

카에데에게 보수로 얻은 간장을 뿌려 쌀밥과 날달걀을 섞었다. 급한 마음을 억누르고 전체가 노랗게 비벼질 때까지 손을 움직였다.

무정란은 기생충 걱정도 있지만, 【감정】 스킬로 안전을 확보한 아저씨는 비로소 염원하던 음식과 대면했다. 고루 비벼진 간계밥 앞에서 아저씨가 군침을 삼켰다.

"그, 그럼……."

마치 진검 승부에 나서는 것처럼 밥그릇을 들고 천천히 간계밥을 입안에 넣었다.

농후한 맛과 간장의 감칠맛이 혼연일체가 되어 입안으로 행복이 퍼져 나가……야 했다.

분명히 맛있는 달걀이었다. 하지만…….

"분명히 맛은 있어. 맛은 있지만, 너무 진해……. 뭔가 아냐……. 그 담백한 맛이 아니야."

맛있지만, 기억 속 간계밥과는 전혀 달랐다.

달걀 맛이 너무 진해 간장의 감칠맛이 사라져 버렸다. 간장이 묻혀 버려서 뭔가가 부족했다. 이래서는 간장의 감칠맛이 농후한 계란에게 완전히 밀려나 있는지 없는지도 모를 수준이었다.

“일본 팔백만 신이시여…… 저에게 궁극의 간장을 만들라고 말씀하시는 겁니까? 못 해! 야○오카 씨나 우미○라 선생님[#16] 같은 미식가가 아니야. 기껏해야 평범한 간장밖에 못 만든다고…….”

마트에서 싸게 파는 달걀과 다른, 흡사 오골계나 요○드 달걀[#17]. 아니, 그것을 뛰어넘었다. 서민파 입맛인 아저씨에게는 도저히 와일드 꼬꼬 아종의 알에 맞는 간장을 만들 엄두가 나지 않았다. 이것은 절대로 닭의 알이 아니다. 다른 무언가의 알이지.

아저씨는 전에 시골에 살 때 변덕으로 간장을 만든 적이 있지만 맛은 평범했다.

“절망했어……. 설마 맛이 이 정도였다니…….”

천 리 길도 한 걸음부터라고 하지만, 그 한 걸음을 까마득한 절벽이 가로막고 있었다. 앞으로 나아가기가 너무 어려웠다.

“신은 죽었다. 이제는 아무것도 못 믿어…….”

애초에 믿지도 않는 아저씨가 말해 봤자 의미가 없었다.

고작 간계밥에 무슨 호들갑인가 싶겠지만, 몇 년이나 해외 오지에 살다 보면 이해할 수 있을 감각이리라. 그곳에는 아무리 고향의 소박한 식사를 원해도 결코 그 맛에 다가갈 수 없게 만드는 벽이 존재했다. 심지어 일식이라는 이름의 전혀 다른 요리가 있는 것을 생각하면 제로스의 절망이 어떤 것인지 상상할 수 있을 것이다.

지금 먹은 간계밥이 바로 그런 완전히 다른 음식이었다. 맛은 있지만, 바라던 것과는 전혀 다른 맛. 아저씨는 공학 기술이 전문 분

#16 야○오카 씨나 우미○라 선생님 만화 『맛의 달인』의 등장인물 야마오카 지로와 우미하라 유우잔.

#17 요○드 달걀 요오드 달걀. 요오드 함유량이 높은 일본의 브랜드 달걀.

야지 이런 요리에 관해서는 초보자나 다름없었다. 간장이나 된장을 만든 것만 해도 대단하지만, 이 달걀에 어울리는 간장을 노리고 만드는 것은 불가능에 가까웠다. 치트에게도 불가능은 있었다.

상당한 난해한 문제에 부닥친 아저씨는 마리아나 해구만큼이나 깊이 침울해졌다.

"간장과 된장에 필요한 건 밀가루와 누룩, 소금, 그리고 콩…… 콩이라……."

밭에는【잭 빈즈】라는 콩이 심겨 있었다. 이 콩은 마치 나무처럼 성장해 석류 같은 열매를 맺었다. 문제는 이 열매 안에 녹두나 누에콩 등 여러 종류의 콩이 들었다는 것이었다. 대두가 가장 많다고는 하나, 된장이나 간장을 만들 분량이 모일지 애매했다.

나중에 도감을 조사해 알았지만, 이 세계의 생태계는 식물도 여러모로 해괴했다.

"이건…… 그냥 다른 사람에게 맡기는 게 나을지도 모르겠어. 개인이 할 수 있는 범위를 넘어선 것 같아."

지극히 평범한 간장과 된장은 만들 수 있지만, 흉악 진화를 거친 닭들의 알은 너무 고급스러워 어중간한 조미료로는 아예 묻혀 버릴 것이 확실했다. 하지만 그래도 포기할 수 없는 아저씨는 어떻게 해서든 필요한 조미료를 구하고자 머리를 가속시켰다.

"적어도 술만이라도 맛있게 만들어지면 좋겠지만…… 이건 처음이라서 뭐라고 말을 못 하겠네~."

현대 일본에서는 허가 없이 술을 만들 수 없었다. 거의 처음부터 열까지 직접 조사해 가며 술을 만들어야 하므로 간장이나 된장보다도 더욱 만들기 어려웠다. 시골에서 오래 살았어도 조미료는 거의 사서 먹었기에 직접 만들기란 불가능에 가까웠다. 하지만 그것을 알면서도 고향의 맛을 찾고 싶었다.

고향의 맛을 내는 조미료가 있어야 비로소 앞으로 한 걸음을 내디딜 수 있을 것 같았다.

물론 착각이고 마음가짐의 문제라고 생각하지만, 지구의 오지를 넘어 아예 다른 세계다 보니 음식에 관한 그리움은 괜히 더 비대해져 갔다.

"어장(魚醬)이라도 상관없겠지만, 그건 발효 단계에서 냄새가 심해서 이웃에 피해가 갈 거란 말이지……."

어장은 발효 단계에서 상당한 악취를 낸다. 실패하면 그냥 썩은 내 나는 액체에 불과하므로 만드는 데는 용기가 필요했다. 아저씨는 고민하면서도 밥을 먹었다.

끝없는 고민의 연쇄에 돌입하려고 했을 때, 우케이가 문을 열고 집 안으로 들어왔다.

"꼬끼오! 꼭꼬꼭끼.(사부님, 손님이 오셨습니다만, 어떻게 할까요?)"

"손님? 누구지? 손님이 온다는 이야기는 없었는데……?"

"꼬꼬댁!(저는 모르겠습니다.)"

"흠, 바로 만나 보겠습니다. 어쩌면 크레스톤 씨일지도 모르니까요."

아저씨가 곧장 현관으로 가서 문을 열자 미중년이 조용히 서 있었다.

마치 어디 술집에서 셰이커를 흔들고 있을 법한 이 남자는 솔리스테어 공작가에서 집사를 하고 있는 댄디스였다. 영주인 델사시스 다음으로 댄디한 인물이었다.

"아니, 댄디스 씨 아닌가요? 오랜만입니다. 무슨 일이시죠?"

"오랜만에 뵙겠습니다, 제로스 님. 실은 주인님인 델사시스 님께서 제로스 님을 꼭 만나 뵙고 싶다고 하셔서 이렇게 모시러 왔습니다. 다른 볼일이 없다면 바로 영주 저택으로 와 달라고 하십니다만……."

"긴급한 용건인가요? 딱히 일은 없지만, 뭐지? 무슨 제작 의뢰라도…… 설마."

손님을 밖에 세워 두는 것도 예의가 아니라서 댄디스를 집 안으로 불러들였다.

아저씨가 만드는 물건은 위험한 것이 많았다. 당연히 안전한 마도구는 거의 없으며 사용하면 막대한 영향을 미칠 병기밖에 만들지 않았다.

물론 만들려고 하면 몸을 지키는 아이템도 만들 수 있지만, 왠지 제작할 의욕이 생기지 않았다. 게임 시절에는 『예술은 폭발이다[#18]!』라면서 정말로 폭발물을 제작하던 트롤 플레이어였다.

어떤 닌자 만화에 나오는 적 캐릭터 같은 짓을 태연자약하게 실행해 옮긴 것이었다.

아바타 모습이 아닌 지금에야 그런 비상식적인 짓을 할 생각은

#18 예술은 폭발이다 일본의 화가 오카모토 타로의 명언. 만화 『나루토』 등 다양한 곳에서 인용, 패러디된다.

없지만, 이 나이 먹고 게임 안에서 테러리스트 흉내나 냈다는 사실은 사라지지 않았다. 제로스의 비교적 얼마 되지 않은 흑역사였다.

"아, 식사 중이셨습니까?"

"네. 좋은 달걀을 구해서 시식해 봤는데, 조미료와 잘 어울리지 않아서 고민하던 참입니다."

"조미료 말입니까? 오, 이건 간장인가요? 동방의 어느 섬나라에서 만들어졌다는……."

"평범한 간장은 만들 수 있지만, 꼬꼬의 알은 풍미가 너무 강해서 간장 맛이 묻히더라고요. 조금 더 맛이 진했으면 좋겠는데 말이죠~."

"음? 솔리스테어 상회에서 사신 게 아닙니까? 간장과 된장이라는 조미료를 만들어 파는 것으로 압니다만……."

"……What's?"

아저씨의 사고가 정지했다.

"솔리스테어 상회에서 판매한다고 말씀드렸습니다. 전에 동방에서 온 상인과 제휴를 맺어 이 나라에서도 제조해 판매하고 있을 터인데…… 모르셨습니까?"

"맙소사…… 설마 이런 생각지도 못한 곳에서 팔고 있을 줄은……. 그런데 영주님은 대체 안 하는 장사가 뭐랍니까?"

"팔리는 거라면 뭐든 팔고 살 수 있는 거라면 무슨 수를 써서라도 손에 넣으시는 분이지요. 동방에서는 전란이 계속되어 일도 하지 못하고 난민이 된 상인이나 기술자가 흘러넘치는 터라 우리에게 유리한 조건으로 스카우트한다고 들었습니다."

"……델사시스 님이 저보다 더 치트잖아요. 역시 보통 사람은 아니야."

치트 현자는 현지에서 육성된 완전무결 슈퍼 영주에게 완패했다.

여담이지만, 솔리스테어 상회에서 판매하는 간장과 된장은 맛이 뛰어나 고급 요리점에서 사용될 만큼 수요가 많으며 고급 조미료로 이름을 떨쳐 고가에 거래된다는 모양이었다.

동방과는 재료가 달라 이쪽 나라에 맞게 개량, 양산되어 지금은 넓은 지역에서 판매되고 있었다.

기술자는 모두 동방 출신이지만, 노예가 아니라 기술을 가진 한 명의 사람으로 고용된 점이 참으로 양심적이었다.

"솔리스테어 상회는 너무 고급스러워서 들어가기 어려워요. 가게 자체도 그 비싸다는 땅에 점포를 두고 있어서 제가 아니더라도 들어가기 꺼려질걸요?"

"하하하, 그다지 서민 지향적인 가게는 아니지요. 가게를 방문하시는 분들도 모두 그리 말씀하십니다."

"확실히 서민 지향적이라고 하긴 어렵네요. 그나저나 설마 이렇게 가까운 곳에서 간장과 된장을 팔고 있을 줄은 생각하지 못했습니다. 무섭군요, 델사시스 공작님."

일과 불장난이 삶의 보람인 델사시스 공작. 그의 경영 철학이 무엇인지는 모르겠지만, 영지 관리뿐만 아니라 장사도 순조로운 것을 보면 우수하다는 한마디로는 표현할 수 없는 재능이 있는 것은 분명했다. 그런 세기의 천재 경영자에게 아저씨는 전율과 경외감을 느꼈다.

그냥 간장과 된장인데…….

"그런데 저한테 무슨 볼일일까요? 뭐 들은 거 없으세요?"

"아뇨. 저는 아무 말도 듣지 못했습니다. 아, 하나 있군요."

"뭐죠?"

"가능한 한 정장을 갖추고 오시길 바란다고 하셨습니다. 그, 마님들에게 인상이 몹시 좋지 않다고 하셔서……."

듣고 보니 평소에는 지저분한 회색 로브에 검 두 자루, 수상한 냄새가 풀풀 풍기는 모습이었다. 당최 믿음이 가지 않아 영주와 대담을 할 복장은 아니었다. 전에 그 모습으로 영주와 만난 탓에 공작부인 두 명에게 단단히 밉보인 듯했다. 깊게 생각할 것도 없이 대단히 예의에 어긋난 복장이었을 것이다.

딱히 권력자에게 미움받든 말든 상관없지만, 간장과 된장을 다루는 상회 회장과 사이가 틀어지는 것은 바람직하지 않았다. 그러나 정장이라고 부를 만한 적당한 옷이 없었다.

고민한 끝에 완전 무장으로 델사시스를 만나기로 했다.

"조금 기다려주세요. 몸단장을 하고 나오겠습니다."

"죄송합니다. 대현자라는 사실을 비밀로 하다 보니……."

"괜찮습니다. 그나저나 몸단장을 하는 게 대체 얼마 만인지……."

근 7년은 한 적 없었다.

아저씨는 세면대로 가서 바로 수염을 깎고 대충 기른 머리를 정리했다.

왁스나 젤은 없지만, 대신 조합용 식물성 기름은 있었다. 감정해 보니 머릿기름으로 쓸 수 있다는 사실을 알 수 있었다. 【미일 위드

열매】를 빻아 짜낸 이 기름은 식용으로 쓸 수 없고 주로 약을 만들 때 소량 혼합해 효과를 상승시킨다. 참고로 약이란 복통을 고치는 약을 말하지만, 이 기름은 일정량을 사용하면 피마자기름과 같은 효과를 낸다는 모양이었다.

비약을 만들 때 자주 사용하는 터라 대량으로 가지고 있던 것이 다행이었다.

"앞머리는 이 기름으로 정리하고……. 뒷머리가 너무 긴데, 【용의 머리털】로 묶을까……?"

수염은 나이프로 깎았다. 일반적으로 생각하면 위험하다.

다만, 아저씨는 전기면도기를 살 돈이 아까워 식칼로 수염을 깎던 사람이라 이 작업에는 익숙했다. 면도기를 살 생각은 없는 것일까?

어쨌든 그 후 인벤토리에서 장비를 꺼내 완전 무장을 시작했다. 흑룡의 피막으로 만든 코트풍 코트, 흑룡의 비늘로 만든 브레스플레이트, 흑개룡(黑鎧龍)의 갑각으로 만든 장갑 부츠에 건틀릿을 장착하자 무장 신부처럼 보이는 것 같기도 했다.

머리부터 발끝까지 온통 새까맣지만, 그게 왠지 신성하게 보이니 신기할 따름이었다. 곳곳에 있는 세공이나 장식이 어찌나 아름다운지 없던 기품까지 끌어냈다.

그러나 이 장비는 보통 마도사는 감히 구할 수도 없는 귀중한 소재를 쓰고 마개조한 물건이었다. 감정하면 전설급 장비와 방어력이 동등함을 알 수 있을 것이다.

무엇보다 기이한 것은 그가 가진 지팡이였다. 희귀 금속을 써서 제작한 대검을 토대로 흑룡의 비늘이나 갑각을 써서 겉모습이 가히 기괴한 수준이었다. 그것은 마치 검게 빛나는 십자가였다.

호조인류[#19]의 십자창을 모티브로 제작한 그 모습은 보란 듯이 불길한 기운을 뿜고 있었다. 【마개조 마법 지팡이 54식 개(改)】. 겉보기에는 창이지만, 이래 봬도 마법 매체인 지팡이였고 스스로도 마법 공격을 할 수 있는 웃기지도 않은 무기였다.

게다가 허리춤에는 컴뱃 나이프 두 자루를 차고 옷 속에 투척 나이프들을 숨겨 놓았다.

【검은 섬멸자】라고 불리는 까닭은 이 장비로 전장을 휘젓고 다녔기 때문이었다.

“이쪽 세계에서 이 복장은 처음이구나……. 중2병 같아서 뭔가 창피한데.”

머리를 정리해 눈을 드러내자 아저씨의 실눈과 온화한 인상이 두드러졌다.

다만, 조금이라도 눈을 크게 뜨면 길게 째진 눈이 솔직히 무서웠다. 스스로도 냉혈한 같은 이미지를 준다고 생각하니까 남이 받는 인상도 틀림없이 마찬가지일 것이다.

미남은 아니지만, 따로따로 놓고 보면 결코 나쁜 외모는 아니었다.

아저씨는 마지막으로 흑룡의 피막과 흑광(黑鑛) 거미, 미스릴 섬유로 짠 특징적인 디자인의 모자를 썼다. 굳이 비유하자면 당장에라도 『에에에에이이이이이메——엔!!』 같은 소리를 하며 흡혈귀를 헌트[#20]할 것 같은 느낌이었다.

#19 호조인류 일본 전국시대의 승려 호조인 인에이가 창시한 창술. 십자창을 사용하는 것이 특징이다.
#20 흡혈귀를 헌트 만화 『헬싱』의 등장인물 안데르센 신부.

거대한 마법 지팡이를 한 손에 들고 아저씨는 댄디스에게 돌아갔다.

"제, 제로스 님…… 지금부터 전쟁이라도 하러 가실 생각입니까?!"

"처음으로 한다는 소리가 그거?! 뭐, 어떻게 보면 전쟁이죠. 공작부인들에게 한소리 듣기는 싫어서 위압도 겸한 거니까요. 그리고 무엇보다 다른 정장이 없어요."

애초에 정장이 있으면 이런 살벌한 장비를 입을 일은 없었다.

이 세계 사람들이 보면 제로스의 장비는 과해도 너무 과한 전투력를 가졌다. 오히려 평소 복장이 비교적 약한 장비기도 했다. 그도 그럴 것이 마개조를 거치지 않았으니까.

아저씨가 가진 물건은 대부분이 위험한 물건으로 점철되어 있었다.

"제로스 님은 평소에 뭘 하시는 거죠? 제 눈에는 상당히 위험한 무기 같아 보입니다만……."

"농기구인데요? 앗, 달걀 필요하세요? 저 혼자서는 다 먹을 수 없어서요."

"와일드 꼬꼬의 알은 믿을 수 있는 농가에서 구입해 이미 충분합니다. 양육원에 나눠주는 건 어떻겠습니까?"

"아하. 그럼 영주님 저택으로 가기 전에 들를까요? 달걀은 신선도가 생명이니까요."

아저씨의 집과 양육원은 어째선지 이어져 있었다.

벽을 끼고 뒷문으로 들어갈 수 있는 구조로, 생각해 보면 도둑이 어디서든 침입할 수 있는 꼴이었다. 그러나 이 집에는 최강, 최악의 경비원이 있었다. 도둑은 쌈닭들에게 몰매 맞는 운명을 맞이하리라.

제로스는 그런 닭의 달걀을 담은 그릇을 들고 댄디스와 함께 양육원으로 갔다.

아저씨는 교회 뒷문을 가볍게 노크하고 안으로 말을 걸었다.

"루세리스 씨, 계세요?"

"네. 잠시만요. 문 열게요."

근처에 있었는지 루세리스는 서둘러 달려와 잠긴 문을 열어 아저씨를 반겼다.

"저기, 제로스 씨인가요?"

"그런데요……. 이 복장이 이상한가요? 디자인은 좋아하는데 말이죠."

"아뇨, 잘 어울려요. 그…… 신부님이나 신관님 같아 보여요. 조금 화려하지만……."

"마도사인데 이상하네요~. 그보다 이거 저희 닭들이 낳은 달걀입니다. 다 먹을 수 없어서 나눠 드릴까 해서요."

"괜찮나요? 달걀은 고급 음식이라서 팔면 꽤 돈이 될 텐데요……."

"딱히 상관없습니다. 돈에는 큰 욕심이 없고 필요해지면 대산림지대에서 사냥하면 되니까요."

실로 살벌한 돈벌이였다. 물론 평범하게 살 뿐이라면, 품질에 따라서 다르겠지만, 손바닥 크기 마석 일곱 개면 1년은 살 수 있었다.

그 정도라면 쉽게 구할 수 있지만, 아저씨는 소소한 삶을 위해 눈에 띄는 행동은 하지 않았다. 용병도 아니므로 의뢰가 들어오는 일도 없고 기껏해야 햄버 토목 공사에서 부려 먹히는 게 전부였다. 그래도 반년 이상은 편하게 살 수 있는 수입이었다.

"고맙게 받을게요. 아이들도 기뻐할 거예요."

"아~, 그 아이들은『고기나 줘, 아찌』라고 말할 거 같네요. 미안한 척도 안 하고……."

"죄송합니다……. 제 교육이 부족해서……."

"너무 마음 쓰지 마세요. 그 아이들은 스스로 생각하고 행동하는 것 같으니까요. 동기가 조금 거시기하지만……."

장래에 편하게 살기 위해 지금 노력하는 것은 잘못이 아니다.

다만, 아이들은 상당히 속물적인 꿈을 향해서 오로지 우직하게 달려가고 있었다.

꿈이 좌절되고 안 좋은 길로 빠지지 않을까 걱정이었다.

"루…… 물 좀 줄래? 어젯밤에 너무 많이 마셨어……."

"아니, 쟈네 씨잖아요? 아침부터 복장이 참 야릇하시네요. 아저씨한테는 조금 자극이 강한데요~."

"흐아아아아아아아아아아아아아아아아아아악?!"

양육원에서 왠지 용병인 쟈네가 속옷 바람으로 나타났다.

독신에 여자와 인연이 없는 아저씨에게는 눈 호강— 아니, 눈에 너무 자극적인 광경이었다.

그도 그럴 것이 속옷차림이었기에 아저씨를 알아본 시점에서 이미 늦었다. 양손으로 몸을 감추지만 의미는 없었다. 오히려 나이스 바디를 더욱 강조하는 바람에 흥분으로 코피가 터지기 직전이었다.

E컵은 될 듯한 가슴이 눈부셨다. 아저씨, 대낮부터 좋은 구경했다.

"쟈네 씨, 무슨 일…… 앗,【검은 섬멸자】?!"

"그 별명 부르지 마세요. 그런 이름으로 불리고 기뻐할 나이가 아니에요."

왠지 이리스도 양육원에 있었다. 그녀에게【섬멸자】는 존경의 대상이며 아이돌 그룹만큼이나 동경하는 존재였다.

그중 한 명인【검은 섬멸자】가 눈앞에 있었다.

"아저씨, 어디 전쟁이라도 하러 가? 그거 풀 장비지?"

"잠깐 볼일이 있어서요. 이게 다 정장이 없어서입니다. 이리스 양은 왜 교회에 계신지?"

"아하하하…… 숙소에 묵을 돈이 없어서 루세리스 씨한테 당분간 머무르게 해 달라고 했어. 세상살이 참 힘들다~."

"돈 되는 기술을 배우는 편이 나을걸요? 조합만 할 수 있어도 긴요하게 쓰일 겁니다."

"윽…… 생산직은 무시해서 마법약 같은 거 못 만들어……."

이리스는 전투 특화 마도사라서 생산직 스킬은 보유하지 않았다. 모험을 즐기던 탓이라고는 하나, 현실 세계가 되면 용병 가업만으로 먹고살기는 팍팍했다.

현실을 직시하면 이리스의 상황은 먹고살기에 지장이 있었다.

"괜찮다면 간단한 조합을 알려 드릴까요? 팔면 숙박비 정도는 벌 수 있을 건데."

"정말? 가르쳐 줘! 지금 엄청 곤란해!"

이리스가 재정적으로 곤란하다는 것은 당연히 동료인 쟈네도 돈이 없다는 뜻이었다.

쟈네는 벽 뒤에 숨어 얼굴이 홍당무가 된 채로 웅크려 앉아 있었다. 어지간히 부끄러웠나 보다.

"쟈네 씨, 그 모습을 아저씨가 본 거야?"

"젊다는 건 좋네요~. 아저씨에게는 눈 호강이었지만, 본인에게는 엄청 창피한 일이었나 보군요. 이거 참, 정말로 귀여운 사람이네."

"히윽?!"

"아저씨…… 그거 성희롱이야."

"이 나라 법률로 성희롱은 고소 못 합니다. 게다가 사고나 다름없으니까 저한테 잘못은 없죠."

벽 뒤에 숨은 쟈네가 얼굴을 더더욱 새빨갛게 물들이며 침울해졌다.

그런 그녀의 망측한 모습을 본 아저씨가 의외로 무덤덤한 것이 얄미웠다.

쟈네는 수치심 때문에 말로 하지 못할 분노를 억누르며 엄한 사람을 원망했다.

"제로스 씨…… 쟈네를 너무 괴롭히지 마세요. 평소에는 여장부처럼 보여도 내면은 무척 순진한 아이니까요."

"정말로 귀엽네요. 그보다 달걀은 지금부터 요리할까요? 그대로 두면 20일 정도밖에 안 가요."

"후후후…… 괜찮아요! 이런 일도 있을까 해서 냉장고를 샀답니다. 날것도 얼마간은 보존할 수 있어요."

"구입한 가게는 솔리스테어 상회인가요? 그걸 먼저 만든 사람은 전데 벌써 팔고 있나요……. 역시 델사시스 공작님은 우습게 볼 수 없어요."

냉장고 이야기를 꺼낸 것이 약 3주 전이었는데 이미 판매를 시작한 행동력에 놀라움을 감출 수 없었다. 구조 자체는 단순하니까 돈은 많이 들지 않겠지만, 얼음을 만드는 마법 매개체인 마석을 모으는 것만 해도 결코 쉬운 일이 아니었다. 과연 어떤 수단을 쓴 것일까?

"지금부터 볼일이 있어서 오늘은 이만 가 보겠습니다. ……그러고 보니 아이들이 안 보이는군요?"

"아이들은 도시 청소를 하러 갔어요. 돈을 조금이라도 더 모아서 용병 장비를 산다고 하네요."

"야무지기도 하지. 행동 이념이 좀 문제지만……."

자신이 바라는 장래를 향해 전진하는 아이들은 야무지지만, 왠지 착잡했다.

교육이란 무엇일까, 아저씨와 루세리스는 진지하게 고민했다.

"일단 달걀은 두고 가겠습니다. 사람이 기다리고 있어서 이만 실례하죠. 앗, 교회 안을 지나가도 될까요?"

"네. 언제나 감사해요. 덕분에 식사가 더 호화로워지겠어요."

"하하하. 기뻐해주시니 다행이군요. 그럼 실례지만 안으로 지나가겠습니다."

아저씨는 교회 내부를 지나 정면에서 기다리는 마차로 갔다.

자네는 그런 아저씨에게서 도망치다시피 곧장 아이들의 방으로 가서 숨었다.

루세리스가 아저씨를 마지막까지 배웅한 후, 청소를 시작하고자 빗자루를 가지러 창고로 가려고 했다.

"……루…… 너 그 아저씨를, 혹시…… 좋아해?"

"네, 네에에?!"

"아~, 나도 그 생각 했어. 루세리스 씨가 아저씨를 보는 눈이 꼭 새색시 같았어. 혹시 첫사랑?"

"새색시?! 아뇨…… 저는 그런 생각은……. 쟈네도 제로스 씨를 신경 쓰고 있잖아요!"

"뭐?! 난…… 남자 같은 거 생각 없어. 게다가 아저씨잖아?"

"응, 쟈네 씨도 아저씨가 신경 쓰이지? 묘하게 의식하기도 하고, 사랑에 나이는 상관없잖아?"

"뭐?! 아니…… 나는 딱히……."

의식하는 것은 루세리스나 쟈네나 마찬가지였다.

다만, 아직은 그저 희미한 감정, 사랑으로 발전하지 않은 풋풋한 마음이었다.

첫사랑을 겪어 보지 못한 두 사람은 자신의 마음을 아직 눈치채지 못했다.

세 사람은 신을 모시는 제단 앞에서 핑크빛 이야기꽃을 피웠다.

그러나 그녀들은 잊고 있었다. 이 세계에는 일반적으로 연애 증후군이라고 불리는 기쁘고도 쑥스럽고 흉악한 현상, 속된 표현으로 발정기가 존재한다는 것을…….

그리고 그 연애 증후군은 어느 날 갑자기 발병한다는 것을…….

제16화 아저씨, 지명 의뢰를 받다

신시가지 중앙에 위치하는 영주 저택. 이 저택 일부는 솔리스테어 상회의 사무실로 이용됐다. 구시가지에서 이곳으로 오려면 길을 멀리 돌아가야 하며 전 영주인 크레스톤이 사는 별장과 비교적 가까운 곳에 있었다. 그 별장은 제로스의 집에서 걸어서 10분 거리며, 사실 따지고 보면 별장에서 마차를 타고 영주 저택으로 가는 편이 거리상 가까웠다.

문제는 아무리 구시가를 멀리 돌아가야 해도 마차로 이동하면 시간에는 거의 차이가 없었다. 아저씨 집과 별장 사이의 숲 속 오솔길을 지나는 수고를 생각하면 구시가 쪽에서 출발해도 별반 다를 게 없었다. 사람의 왕래가 잦은 신시가로 들어가는 것이 이르냐 늦으냐의 차이일 뿐, 통행인이나 길에 세워 둔 마차를 피하다 보면 그만큼 시간 손실이 발생한다.

별장에서 영주 저택으로 가는 경로는 마차가 오가는 거리를 저속으로 달리고 많은 교차로를 꺾어야 하기 때문에 시간이 소비될 수밖에 없었다. 구시가에서 가면 거의 직선거리로 사람이 적은 길로 가게 되지만, 어떤 경로라도 걸리는 시간은 같았다. 이번에는 댄디스가 영주 저택 쪽에 있었고 마중 나온 마차도 생각해 포장된 구시가를 지나는 길을 선택했을 뿐이었다.

아저씨는 마차 창문으로 도시 풍경을 바라보았다. 솔직히 마음이 편치 않았다.

귀족이 타는 기품 흐르는 디자인의 마차였다. 고급스러운 분위기가 흘러넘쳐 소시민인 아저씨에게는 불편한 환경이었다. 그런 귀족 애용 마차의 차창으로 밖을 보던 아저씨는 익숙한 인물을 발견했다. 여성 용병 파티의 한 명인 레나가 여관에서 나오는 장면이었다. 왠지 그녀의 얼굴은 윤기로 번들거렸고 뒤에서 따라 나오는 소년으로 보이는 젊은 용병 다섯 명은 가엾을 만큼 핼쑥했다.

황홀하고 요염한 표정을 지은 레나와 단물이고 딴 물이고 다 뽑히고도 행복한 표정을 지은 소년 용병들이 이상하게 눈에 띄었다.

'레나 씨…… 저 사람 뭐 하고 나오는 거야? 아니, 대충 예상은 되지만, 왜 저렇게 반들반들해?! 그리고 소년들은 왜 저래? 등골까지 빼 먹힌 얼굴인데?! 당신 인간 맞죠? 종족이 흡혈귀나 서큐버스는 아니죠?!'

아저씨가 전에 레나를 본 것은 와일드 꼬꼬 토벌 의뢰 때였고, 눈을 잠시 뗀 사이에 사라져 그날부터 그녀를 보지 못했었다. 양육원에도 없었다.

그런 레나가 핼쑥해진 소년들에게 손을 흔들고 여관 앞에서 헤어지고 있었다. 발걸음은 무척 가벼웠다.

그녀는 소년들을 『먹은』 것 같았다. 소년 용병들이 몇 발 걷지도 못하고 풀썩 쓰러지는 것을 보면 허리에 힘이 하나도 없는 것 같았다. 아무래도 뭔가 대단한 일이 있었나 보다.

"……못 본 걸로 하자."

"뭘 말씀이시죠?"

무심히 뱉은 말에 댄디스가 반응했다. 일부다처나 일처다부가 허용되는 이 세계에서 자신의 상식이 얼마나 무의미한지 깨닫는 아침이었다.

소년들이 용병을 한다는 것은 이미 성인으로 인정받았다는 뜻이리라.

겉으로 봐서는 열셋에서 열다섯 살. 맹수의 표적이 되기에는 충분한 연령이며 용병으로 세상에 나온 이상 모든 일은 자신이 책임져야 한다. 사회에서는 자기 행동에 책임을 가져야 하며, 설령 악질 매춘부나 변태적 성적 취향의 소유자와 관계를 맺어도 모두 본인 책임으로 취급받는 팍팍한 세상이었다. 이 세계의 청소년 보호법은 모호하고 성숙하지 못했다.

아저씨는 소년들을 애도를 표했다.

안타깝고 찝찝한 기분 속에서 마차는 영주 저택에 도착했다.

"어르신, 제로스 님을 모셔왔습니다."

『수고했다. 들어와라.』

집무실로 들어가자 델사시스 공작은 한창 서류다발과 씨름하는 중이었다.

산처럼 쌓인 서류를 읽고 인장을 찍을 뿐인 단순한 작업이지만, 그 속도가 이상하리만큼 빨랐다. 게다가 서류 내용도 제대로 파악하는 것처럼 문제가 있는 서류는 따로 나눠 쌓아 뒀다.

다행히도 두 부인은 보이지 않았다.

“오랜만에 뵙겠습니다. 델사시스 공작님, 오늘은 무슨 일로 절 부르셨는지요?”

“흠, 사실 제로스 공에게 부탁하고 싶은 의뢰가 있네. 조금 귀찮은 문제라서 가능한 한 실력이 좋은 사람이 좋다고 판단했지. 그리고 내가 아는 범위에서 그럴 실력을 갖춘 사람은 자네밖에 없었어.”

“의뢰인가요……. 어쩐지 수상한 냄새가 나는군요.”

“자네 생각이 맞아. 조만간 이스톨 마법 학교에서 실전 훈련을 위해【라마흐 숲】으로 가게 되는데, 요점만 간략히 말하자면 츠베이트를 경호해줬으면 하네.”

“자세히 들어 보겠습니다. 경호를 맡기신다는 건 뒤에서 정체 모를 자들이 움직이고 있다는 말처럼 들리는군요.”

“그래, 조금 길어지겠지만…… 자세하게 말하겠네.”

사건의 발단은 츠베이트가 학교로 돌아갔을 때부터 시작됐다.

그가 소속한 파벌, 마법으로 국가 방위 전술을 연구하는 위슬러파 내부에서 분열, 항쟁이 발발했다. 중심이 되는 것은 츠베이트와 함께 파벌의 이념을 추구하는 군사 연구파와 권력에 찌들어 비밀리에 돈을 모아 주위를 위압하던 샘트롤 휘하 마법 귀족파였다.

츠베이트는 샘트롤이 내건 권력 지향주의와 엉성한 전술론을 논파했고 그것을 계기로 파벌 내부에서 분열이 일어났다. 그리고 샘트롤 측이 세뇌 마법을 썼다고 의심되는 정황이 포착되면서 대립은 심화됐다.

문제는 대립 상대인 샘트롤이었다. 그는 행실이 불량하고 위슬러 후작 가문의 차남이면서도 일족이 제창하는 마법 전술을 통한

국가 방위 구상을 정면에서 부정하는 언동을 보였다.

정면으로 그를 규탄하는 사람들도 있었지만, 가문의 권위를 내세워 묵살하고 그밖에도 악랄한 괴롭힘을 시작하는 등 학교 측에서 봐도 그는 성가신 존재가 되어 있었다. 같은 파벌 내에서도 상황은 마찬가지였다. 혈연을 이유로 학교 내 파벌의 대표자처럼 행동했지만, 그 지위는 지금 풍전등화였다.

"위슬러 가문은 아무 말도 하지 않습니까? 그…… 트롤 학생의 가족이지 않습니까?"

"샘트롤이야……. 위슬러가에서는 마음대로 처벌해도 좋다고 허가했네. 꼬리를 무는 탄원 처리에 참다못했는지 가까운 시일 내에 의절하겠다고 하더군."

"아…… 가문에까지 피해가 오기 시작하니까 감당할 수 없게 된 건가요."

"이제 와서 뭘……. 원래 근거 없는 우월의식에 빠진 멍청이일세. 조금이라도 부정당하면 역정을 내고 뒤에서 음험한 수단으로 보복하는 쓰레기야. 없애도 아쉬워할 사람은 아무도 없지."

"집에서도 버림받았나요……. 호감 안 가는 바보란 거군요."

위슬러가는 기사단과 깊은 관계를 가진 가문이자 군사 방어에 관해서는 국내에서 손꼽히는 일족이었다. 그런 일족의 일원이 혈통주의에 빠져 패거리를 모아 작당했고, 폭주한 그들에게 같은 혈통주의 귀족이 합세해 더욱 타락하더니 결국에는 범죄 조직과 연루되어 범죄에 손을 대는 지경에 이르렀다.

위슬러가 자체는 비교적 정상적이라 혈통주의 귀족들이 그다지 우호적으로 보지 않았다. 원래부터 능력주의를 외치는 가문인지라 무능하다면 같은 일족이라도 가차 없이 내치는 일면이 있었다.

그래도 샘트롤이 지금까지 버림받지 않은 이유는 그의 어머니가 무시하지 못할 만큼 힘이 강한 일족 출신이라서 함부로 내칠 수 없었던 것이었다.

하지만 정세는 단숨에 급변하기 시작했다. 그 이유가 솔리스테어파의 급속한 권위 확대였고, 그 진두지휘를 맡은 자가 지금 눈앞에 있는 델사시스였다. 그는 공식적으로든 비공식적으로든 방해되는 존재는 자금줄부터 막아 없애고 유능한 인재는 그에 걸맞은 대우로 포섭했다. 또한, 그가 취미로 시작한 상회가 상당히 수익이 좋아 자금 면에서는 타 파벌보다 부유하다는 것도 이유였다.

결과적으로 문제가 있는 파벌은 자금 운용이 어려워졌고 지금은 파벌을 빠져나와 솔리스테어파로 갈아타는 서민 마도사도 끊이지 않았다. 마도사는 연구를 위해서라도 돈이 필요하지만, 델사시스는 마법 연구를 하는 부서와 마도사를 파견하는 부서를 나눠 효율적으로 운영하고 있었다.

파벌에 소속하지 않으면 연구조차 할 수 없던 마도사들이 비교적 자유롭게 연구하고 마법을 사용할 수 있는 기회를 얻는다고 하니 각 파벌에서 배신자가 나왔다.

위슬러파의 이름을 빌린 속물들은 파벌 운영을 위한 자금 운용이 어려워지자 그 많던 마도사들을 막아 세울 방법이 없어졌다. 델사시스의 손바닥 위에서 놀아나는 상태였다.

마도사들도 인간인 이상 먹고살기 위해 돈을 벌어야만 한다. 그러나 현재 위슬러파에 있어도 어려운 생활은 개선되지 않는다. 같은 파벌인 생제르맹파는 연구나 마법약 제작 등 독자적으로 자금을 벌며 그곳에 소속한 마도사는 모두 연구원이었다.

힘으로 자금을 억지로 빼앗던 위슬러파는 이제 활동 자금을 얻지 못하고 소속 마도사를 돌볼 여유는 없다시피 했다. 게다가 츠베이트가 파벌 개혁에 나서면서부터 대립하는 혈통주의자만 남게 됐다. 혈통주의자들은 모두 귀족이기 때문에 가문의 권위를 등에 업었을 뿐 스스로 자금을 벌어들일 능력이 전무했다. 몰락도 시간 문제라 하겠다.

"그렇군요. 대강 이해했습니다. 혈통주의자 마도사들이 보면 츠베이트 군을 처리하면 다시 세력을 회복할 수 있다고 생각한다는 거군요. 그래서 없는 돈을 쥐어짜서 손잡은 범죄 조직에게 자객을 부탁한다……."

"멍청한 것들이 더 상대하기 힘들어. 얌전히 있으면 될 것을 한 번 권력의 맛을 봐서 거기에 집착해. 심지어 손잡고 있는 범죄 조직이 【히드라】라고 하네."

"히드라? ……혹시 그 조직은 우두머리가 여럿인가요? 없애도 새로운 머리가 생긴다거나……."

"음, 귀찮은 녀석들이지. 나도 젊을 때부터 싸워서 두목을 대충 열 명은 처리했어. 그래도 조직이 없어지지 않아. 적대 조직이나 녀석들의 태반은 우리 쪽으로 끌어들였…… 커흠! 지금 한 말은 잊어주게."

"젊을 때…… 공작님은 평소에 뭘 하고 다니시는 거죠? 영주가 할 일이 아니잖습니까?"

이 영주도 보이지 않는 곳에서 뭘 하는지 알 수 없는 사람이었다. 아저씨의 질문도 『인생에는 자극이 필요하다』라는 말로 얼버무려 버렸다. 어쩌면 범죄 조직과 대립하는 것을 즐기는 것인지도 몰랐다.

"그나저나 갑작스럽게 의뢰를 내셨군요. 무슨 일이 있었습니까?"

"얼마 전 【히드라】와 대립하던 암거래상이 사라졌다네. 방문이 잠겨 있고 희미하게 남아 있던 마력을 통해 【섀도 다이브】를 사용한 것으로 추정돼."

【섀도 다이브】는 암살자가 사용하는 스킬로, 그림자에 숨어 이동할 수 있었다. 어둠 마법을 쓸 수 있는 마도사도 같은 일을 할 수 있지만, 명칭은 같아도 전혀 다른 스킬이었다. 공통점은 마법 장벽이나 결계가 있는 곳에 침입할 수 없어 만능은 아니란 것이었다.

기본적으로 일반인이 사는 건물에는 결계 따위 없으므로 보통 마도구를 사용해 침입을 막는 수밖에 없었다. 같은 이유에서 이스톨 마법 학교도 어디서든 침입 자체는 가능했다.

"아무리 그래도 학교로 직접 침입하지는 않을 걸세. 귀족들은 항상 마법 결계를 펼치는 마도구를 가졌어. 침입 후 암살은 위험부담이 지나치게 커."

"그래서 학교 행사를 틈타서 움직인다, 그건가요? 츠베이트 군도 귀찮은 사람에게 찍혔네요."

"실전 훈련에는 호위로 기사단과 용병이 참가하네. 기사는 몰라도 용병은 누가 자객일지 몰라. 그러니까 실력이 좋은 경호원이 필요한 거지."

"용병으로 참가하는 건 그렇다 치더라도 반드시 츠베이트 군의 경호를 맡게 되리란 보장은 없잖습니까?"

"그건 능력껏 어떻게든 해주게. 나라고 학교에까지 참견할 수는 없어. 필요하다면 믿을 수 있는 사람에게 도움을 받아도 괜찮네. 정식적인 의뢰로서 경비는 내가 대지."

아저씨는 머리를 감싸 쥐었다. 용병으로 참가한다면 호위 대상에게서 떨어질 가능성이 높았다. 그렇게 되면 다른 수단을 강구해야만 했다.

'긴급 사태를 알리는 마도구라도 만들까……. 그리고 그 세 마리도 데리고 가자. 스톤 골렘이라면 한 방에 처치하거니와 무엇보다 다른 용병보다 훨씬 강해.'

아저씨는 수단을 몇 가지 생각해 내고 암살을 저지하기 위한 계획을 세우기 시작했다.

"받아줄 모양이로군."

"노려지는 게 제 제자니까요. 거절할 수는 없죠……."

"츠베이트를 잘 부탁하겠네."

"편리한 장비를 몇 개 만들어 두겠습니다. 가급적 모든 수단을 동원하겠지만, 100퍼센트 저지할 수 있을지는 저도 장담 못 합니다?"

"그거면 충분하네. 그나저나…… 자네는 전쟁이라도 하러 왔나? 그 장비는 조금 과하다고 생각하네만."

"다들 그러더군요. 아쉽게도 정장이 없어서요. 이게 비교적 격식 있는 차림이었습니다."

아저씨의 장비는 역시 튀었다. 겉보기에는 마도사라도 그 장비는 일국을 상대할 수 있을 만큼 흉악한 물건이었다. 그런 것을 껴입고 영주와 만난다면 이미 선전포고를 하러왔다고밖에 생각할 길이 없었다.

제로스는 양복을 구할까, 하고 진지하게 고민했다.

“그랬군……. 좋아, 경호할 때는 그 장비로 참가해주길 바라네. 실력자가 있다는 것을 알면 상대도 섣불리 움직이지 못하겠지. 견제 정도는 될 걸세.”

“……어, 얼굴은 가려도 될까요? 눈에 띄기 싫어서요.”

“……이제 와서 의미가 있는가? 뭐, 그건 자네 판단에 맡기겠네.”

“그 실전 훈련은 언제 시작하나요?”

“2주 후야. 가능하다면 며칠 전에 학교로 가줬으면 하네. 배로 가면 빠를 거야.”

“알겠습니다. 그럼 지금부터 돌아가서 준비하죠. 다행히 한가한 용병도 있고요.”

이리하여 아저씨는 호위 의뢰 준비를 시작하게 됐다.

귀찮다고 생각하면서도 츠베이트의 위기를 모른 척하자니 마음이 편치 않았다.

“그런데 학교 내부 정보를 어떻게 얻으시는 겁니까? 일반인으로 위장해 공작원이라도 보내셨나요?”

“……모르는 게 약이야. 이쪽 세계에 발을 들여놓겠다면 그만한 각오가 필요해.”

대답할 생각은 없는 모양이지만, 그 말을 통해 독사석 첩보원이 존재하며 남몰래 암약한다는 것만은 판명됐다. 델사시스 공작은 절대로 적으로 돌려서는 안 될 위험인물이라고 인식한 순간이었다. 동시에 같은 편이라면 이만큼 든든한 인물도 없다는 것도 확실했다.

능력 있는 남자는 비밀도 많았다. 아무튼 간에 아저씨는 다시 제자와 만나게 됐다.

이날부터 제로스는 츠베이트를 지키기 위한 아이템 제작에 착수했지만, 또 장난기가 발동해 쓸데없는 것까지 만든 것은 두말할 필요도 없었다. 【검은 섬멸자】는 생산직이었다.

여담이지만, 아저씨는 간장과 된장, 더불어 식초를 솔리스테어 상회에서 구매했다.

타마리 쇼유[#21]와 비슷해 꼬꼬 달걀과 잘 어울리는 맛이었다고 한다.

이제 남은 것은 술과 미림뿐이었지만, 아저씨는 미림 만드는 법을 몰랐다.

시간은 조금 과거로 돌아간다.

후드 달린 망토로 얼굴을 가린 여자는 뒷골목으로 들어서서 허름한 술집으로 들어갔다.

술집에는 척 보기에도 직업이 없는, 불량한 사내들이 술잔을 기

#21 타마리 쇼유 일본 전통 간장. 보통 간장보다 맛과 향이 진하다.

울이고 있었다.

그 사내들은 여자를 보자 천박한 웃음을 지었지만, 카운터에서 술을 따르던 마스터가 그것을 막았다. 그가 무슨 말을 한 순간 사내들은 그저 새파란 얼굴로 그녀의 등을 바라보았다.

여자는 술집 안쪽으로 들어가 술이 늘어선 선반 옆 숨겨진 레버를 당겼다.

뭔가가 풀리는 소리가 나고 앞에 있는 선반이 천천히 앞쪽으로 움직였다. 선반은 비밀 문이었다.

선반 뒤에서 나타난 계단을 내려가 지하도 안으로 이어진 통로를 나아갔다.

한때는 지상에 있던 도시는 시대와 함께 매몰되고 그 위에 새로운 도시가 세워지며 유적으로서 남았다. 그 유적을 범죄 조직이 아지트로 사용하는 일이 많았다.

마석 램프로 밝힌 길을 걸어가자 옛 시대에 상인의 저택으로 사용된 폐허가 나왔다. 지금은 그녀를 고용한 자가 사는 방으로 사용되는 곳이었다.

여자는 거리낌 없이 문을 열었다. 그곳에는 몇 명의 사내가 있었다.

아니, 사내라고 하기에는 지나치게 젊어 보였다. 풋내 나는 외모를 보고 돈 많은 도련님이라고 판단했다. 여자는 청소년들을 흘끗 본 뒤, 테이블 맞은편에 앉은 정장 차림 남자에게로 다가가서 그 등에 요염하게 몸을 기댔다.

남자는 징징을 입있지만, 빈밀로도 취향이 좋다고는 할 수 없는 보라색 계통이었고 손에는 커다란 보석이 눈에 띄는 반지를 몇 개나 꼈으며 목에는 금목걸이가 걸렸다.

어떻게 봐도 바른 일을 하는 사람 같지는 않았다. 범죄 조직의 우두머리 같았다.

"달링, 손님 상대해? 엄청 젊어 보이는데……?"

"돌아왔나……. 성과는?"

"식은 죽 먹기지. 그 정도 상대한테 애를 먹다니, 달링 부하들은 대체 뭘 한 거래?"

"믿음직하군. 이걸로 거슬리는 자식이 하나 없어졌어. 당분간 우리가 상권을 독점할 수 있어."

"우후후…… 멋져. 앞으로 돈이 굴러 들어오겠어."

남자는 여자에게 손을 뻗어 사랑스럽게 그녀의 맨살을 쓰다듬었다.

눈앞에서 애정 행각을 벌이는 두 사람에게 짜증을 감추지 못하고, 청소년은 테이블을 강하게 탕 두드렸다. 성미가 급하다기보다는 자신이 무시당하는 것을 참지 못하는 눈치였다.

"지금 거래하는 중이야. 일을 받겠다는 거야, 말겠다는 거야? 똑바로 말해!"

"꼬마야, 일을 부탁하려면 어른답게 행동하는 법을 배워라. 돈만 내면 우리는 누구든 처리해. 그래서 누굴 죽일 거지?"

"이 녀석이야. 향후 우리 관계에 균열을 가져올지도 몰라……. 지금 처리해 두고 싶어."

테이블에 놓인 것은 한 장의 사진이었다.

사진이라고 불리지만, 마도구로 종이에 모습을 정밀하게 새긴 그림에 가까웠다.

그러나 이쪽 세계 인간에게는 그 한 장만으로 충분했다.

"흐응…… 꽤 잘 생겼네? 첫사랑이라도 빼앗겼니? 꼬마야."

"누구더러 꼬마래! 너희는 시킨 대로 이 자식을 죽이기만 하면 돼!"

"꼬마야, 입조심해라. 우리는 이 일을 받지 않아도 딱히 곤란할 거 없어. 최근 너희 파벌은 하락세라지? 자금줄이 전부 막혀서……."

"윽……."

"곤란한 건 너희뿐이고 우리와는 관계없는 이야기야. 신세 진 중개인의 체면을 봐서 너 같은 꼬맹이를 상대해 주고 있다는 거 잊지 마."

남자는 그들의 머리 위에 앉아 있었다. 이미 이곳에 있는 이들의 신상과 속사정을 아는 그는 아주 적은 정보를 제시하는 것만으로 주도권을 쥔 사람이 누구인지 이해시켰다.

청소년들도 의뢰를 받아주지 않으면 곤란해 입을 다물 수밖에 없었다.

이 시점에서 누가 위에 있는지는 이미 판명된 셈이었다.

"하지만 상대가 그【침묵의 사자】네 아들이냐? 귀찮은 상대를 표적으로 삼았군."

"어머, 이 꼬마가 그렇게 유명해?"

"유명한 건 아버지지. 그 녀석 때문에 우리 조직 대부분을 잃었어. 이번에는 작정하고 위슬러파를 뭉개려고 하는군……. 알아둬, 녀석은 강적이야."

“뭐?! 공작가 당주가 그런 짓을 할 리가…….”

“닥쳐, 꼬맹이. 아무것도 모르면서 입 놀리지 마.”

청소년의 입을 모욕을 눌러 담은 말로 다물게 했다.

범죄 조직【히드라】는 한때 솔리스테어 마법 왕국 전토에 퍼져 뒷거리를 주름잡기 일보 직전까지 갔지만, 단 한 명의 남자에게 조직이 괴멸 직전까지 내몰렸다.

수도 없이 그 남자를 죽이려고 했지만, 반대로 패배할 뿐 아니라 조직의 인재 대부분을 빼앗겼다. 그는 표적의 부모가 대단히 위험한 남자란 사실을 알고 있었다.

상대에게 자신의 동향을 알리지 않는 점에서 범죄 사회에서 붙은 별명이【침묵의 사자】였다.

머지않아 그 별명은 항간으로 퍼져【침묵의 사자】,【침묵의 영주】,【최강의 난봉꾼】이라고 불리게 됐다. 마지막 별명은 아무 말 없이 술만 마셔도 여자 쪽에서 먼저 다가오는 특징에서 질투하는 남자들이 붙인 것이었다.

“녀석이 공작가 당주가 됐을 때 솔직히 놀랐어……. 뻔뻔스럽게 그 자리에 앉아 있지만, 놈은 우리보다 악당이야. 어처구니가 없었지. 그런 위험한 인간이 귀족의 책무를 짊어질 수 있을 리 없다고 생각했거든.”

“어쩜, 멋있어. 가슴 떨리는 이야기야~♡”

“무서운 인간이지. 놈이 움직이고 있다면 위슬러파는 이미 끝난 거나 마찬가지야. 난 포기하라는 말밖에 할 수 없어.”

청소년들은 말이 나오지 않았다. 아들을 죽이면 이번에는 그 부모가 자신들을 진심으로 제거하려 든다.

심지어 뒷거리의 일대 세력을 뭉갠 괴물이 상대라면 자신들에게는 버겁게 느껴졌다. 최악의 경우 파벌을 넘어 가문까지 파멸시킬지 모를 위험한 존재였다.

“그래도 좋아, 의뢰는 받아주지. 어차피 표적이 되는 건 너희니까.”

“아, 아니…… 우리는…….”

“이제 와서 도망치려고? 여기로 온 시점에서 너희에 관한 건 정보는 이미 저쪽에게 죄다 새어나갔을 거다. 놈은 사람을 이용하는 게 능할 뿐 아니라 필요하면 스스로도 움직이는 남자야. 그것도 더없이 위험한 방식으로 말이지. 적으로 돌리기에는 위험한 인간이라고, 놈은…….”

청소년들은 절망했다. 그들은 이미 되돌아갈 수 없는 곳까지 발을 들이고 말았다.

자신들이 살아남기 위해서는 적대한 자를 모두 제거하지 않으면 두 발 뻗고 잠도 자지 못할 것이다.

자기도 모르는 사이 위험에 뛰어들어 가장 건드려서는 안 될 자를 적으로 돌리고 말았다고 이제야 깨달았다. 꼬마라고 불려도 할 말이 없는, 미숙하다는 말로도 부족한 유치함이었다.

“이 표적을 처리하면 그 남자에 대한 보복도 되겠지. 책임은 모두 이 꼬마들이 지게 돼. 우리야 아쉬울 게 없지.”

“어머? 그럼 이 일을 받으려고?”

“그래. 샤란라, 일을 하나 더 부탁하마. 무대는 이 녀석들이 준비해준단다.”

“그래, 뭐. 달링이 그렇게 말한다면 해줄게. 그 대신, 끝나면 내가 가지고 싶은 거 사줘야 해?”

“좋지, 뭐든 사주고말고. 너는 행운을 불러오니까.”

주사위는 던져졌다. 그저 거슬리는 인간을 처리하려고 하다가 배후에 예상을 뛰어넘는 거물이 있다는 것을 안 청소년— 샘트롤은 떨리는 몸이 멈추지 않았다. 그들은 자신들이 얼마나 어리석었는지 이제야 겨우 깨달았다. 하지만 이미 도망칠 곳은 없었다.

생각 없는 행동이 초래한 결과였다. 암살이 성공하든 실패하든 그들이 맞이할 결과는 변하지 않았다.

그래도 샘트롤은 발버둥 치려고 했다. 어떻게 보면 만용일지도 모르지만…….

제17화 아저씨, 바람이 되다

【마도 연성】. 주로 대장장이나 연금술사, 약술 조합사 직업(job)을 일정 단계까지 키우면 사용할 수 있는, 생산직의 비기라고 할 수 있는 기술이었다.

소재를 마법진 중앙에 두고 마력을 주입하면서 연성 과정을 입력하면 다양한 제작이 가능한 편리한 마법이지만, 뭐든 만들 수 있는가 하면 또 그렇지는 않았다. 조합이나 제작 과정을 생략하는 편리함은 좋지만, 성공률은 비교적 낮으며 만들어 낸 아이템도 아무래도 수제보다 품질이 떨어졌다.

무기가 됐든 마법약이 됐든 효과가 있는 것은 틀림없지만, 수제 아이템과 동등한 효과를 주려면 그만큼 아이템 제작 경험을 쌓아야 했다. 대장장이가 몇 번이나 무기를 제작해서 실력을 쌓는 것처럼, 혹은 연금술사가 시간과 수고를 들여 조합하는 것처럼 【마도 연성】도 많은 경험을 쌓지 않으면 질 좋은 아이템을 만들 수 없었다.

이것은 이세계든 사이버 세계든 똑같았다. 아마 마도 연성을 써서 질 좋은 아이템을 제작할 수 있는 것은 파프란 대산림 지대에 틀어박힌 엘프밖에 없으리라.

그래도 이 비기라고 불리는 마법 기술을 사용할 수 있는 사람은 손에 꼽을 정도밖에 없었다. 만약 쓸 수 있는 사람이 있다면 전설적인 실력을 보유한 마도사로 인식됐다.

그것이 설령 볼품없는 아이템밖에 만들지 못하는 자라도.

그런 궁극 마법을 자유자재로 다루는 인물이 현재 이곳에 한 명 있었다. 그렇다. 바로 아저씨였다.

"흠…… 마봉석은 준비됐어. 이제 이 마봉석을 압축해서……."

【마봉석】이란 마법식이 내부에 새겨진 마석을 말했다.

마석에 마법을 담는 방법은 마도사가 마법을 기억하는 과정과 같았다. 요컨대 마법을 새기는 것이 뇌 속 심층 의식 영역인가 마석인가의 차이였다. 과정은 같으므로 큰 수고는 들지 않지만, 준비 단계에서 마법식을 만들어야 하기에 수작업을 해야만 했다.

다행히 【소드 앤 소서리스】 때에 작성한 마법식이나 아이템 레시피는 뇌 속 기억 영역에 보관됐기에 언제든 정보를 끌어내서 제작에 이용할 수 있었다.

환생한 아바타 데이터가 모두 구현된 지금 육체는 사이버 세계에서 익힌 기술을 모두 사용할 수 있었다. 치트라고 생각할지도 모르겠지만, 이 기술은 게임 내에서 플레이어가 시간을 들여 배우고 숙련한 것이므로 어떤 의미로는 피나는 노력의 산물이라고 할 수도 있을 것이다. 직업이나 신체 레벨에 응해 보정이 존재하는 이 세계에서 치트는 달리 말하면 다른 세계에서 연마해 온 결과물이었다.

원래부터 이세계에 태어난 사람이라면 대단히 자랑스러운 위업이지만, 이세계, 그것도 게임에서 놀다가 손에 넣은 능력이라고 생각하는 제로스는 도무지 자랑스럽게 생각할 수 없는 모양이었다.

그렇지만 사이버 공간에서 반복한 시행착오도 틀림없는 제로스 본인의 경험이며, 본래 살던 세계와 게임 속 세계의【삶】이 이세계 환생으로 역전됐을 뿐이었다.

수많은 마물을 쓰러뜨리고 소재를 이용해 다양한 아이템을 제작해 온 것 또한 현실이었다.

물론 죽지 않는 세계란 것은 커다란 이드밴티지였지만, 사망 페널티가 이상하리만치 높았고 스테이터스가 낮아져 몇 시간은 제대로 움직일 수 없었다.

어디까지나 게임 속 체감 시간이었지만, 그 페널티가 너무 세서 많은 유저는 가능한 한 안전을 중시했다.

비록 가상이지만, 많은 유저가【죽음】을 두려워했기 때문이었다.

이 세계의 기사와 마도사가 전략을 세워 행동하듯이, 광대한 게임 세계는 이세계와 크게 다르지 않았다. 바로 옆에 돌이킬 수 없는【죽음】이 존재할 뿐이지 여타 상황은 똑같은 셈이었다.

사실 다소의 차이는 존재하나(예컨대 랜덤 박스), 게임 속에서 보낸 생활도 틀림없는 현실이었다. 자신의 능력을 비하할 이유는 어디에도 없었다. 그것을 본인이 얼마나 받아들일 수 있을지는 어디까지나 개인의 자유의사로 결정할 일일 것이다.

실제로도 물건을 만드는 생산직인 제로스는 그 점을 어느 정도는 받아들이고 있었고, 환생한 후 몇 번이나 생각한 세 세계(원래 세계와 게임 세계, 그리고 이 세계)의 관계성과 게임 속에서 하던 일이 모두 가상이 아닌 다른 하나의 현실로 생각되었다. 오히려 이 세계가 세 번째 세계가 아닐까 의심하고 있었다.

그런 생각을 하면서도 아저씨는 혼자 묵묵히 아이템을 만들었다.

귀찮은 것은 마도 연성 사전 준비와 마봉석 제작이었다.

마법을 새기는 공정은 미리 제작해 둔 스크롤을 쓰면 되지만, 문제는 마봉석 압축이었다.

마석 자체는 마력이 응축해 광물로 변한 것이지만, 마력을 소비하면 그저 투명한 유리 상태로 변하고 머지않아 부서진다. 마석이 유지되지 못해 붕괴하는 현상이었다.

그것을 막기 위해 같은 종류의 마석을 결합 압축하면 보유 마력량을 높일 수 있고, 아울러 강도도 강화된다. 핵이 되는 마석에 마법식을 새겨 그 마석을 다수 결합해 하나의 거대한 마봉석을 만든다. 거기서 한 번 더 작게 압축하면 마봉석의 효과는 비약적으로 상승한다.

문제가 있다면 압축할 때 마법식이 일그러져 그 효과를 유지할 수 없게 되는 것인데, 그 점을 어떻게 하느냐가 생산직의 실력을 나누는 기준이었다.

그리고 아저씨는 그 작업에 무척이나 익숙했다. 수많은 마법과 아이템을 만들고 정밀한 작업을 할 수 있기에【대현자】직업을 획득할 수 있었다. 게임에서 키운 기술은 이 세계에서도 반영되는 듯했다.

"……가만히 생각해 보면 이상해. 레벨을 올리면 신체 능력과 지식 보유율이 향상되는 건 이 세계에서 만난 사람들을 보면 알아. 하지만 내가 게임일 때 익힌 기술이 이 세계 기술과 흡사한 건…… 에이, 설마~."

생각해 보면 이상한 점이 몇 가지나 있었다.

예를 들어 아이템 제작. 오감을 느낄 수 있는 정교한 VR 세계였지만, 게임 안에서 물건을 제작하다 보면 성공했다는 확실한 느낌이나 실패했을 때의 감촉이 직접적으로 전해졌다. 마치 정말로 자신이 물건을 만드는 것 같은 그 현장감은 사람을 중독시키는 재미를 선사했다.

그렇지만 실제로 있어야 할 세계에서 벗어난 지금, 아저씨는 아이템을 제작하면서도 게임 세계와 이 세계에 대한 위화감을 항상 느끼고 있었다.

그 위화감이란『지구의 기술로 그런 정밀하고 정교한 세계를 과연 프로그램만으로 만들 수 있는가?』라는 점에서 기인했다.

게임 속 세계【프란리데】의 설정과 이 세계의 섭리가 일부를 제외하면 거의 동일했다. 이것을 이상하다고 생각하지 않는다면 그게 더 이상할 것이다. 세계의 섭리와 설정이 동일하다면 게임 속 세계가 평범한 가공의 세계일 리 없었다.

만약 가공이라고 생각한 세계가 또 하나의 현실이었다면, 자신들이 죽었을 때 아바타를 기초로 인간을 재구축하는 방법이 존재했다고 해도 이상하지 않았다. 왜냐면 실제로 게임에는『부활』시스템이 있었으니까.

페널티로 스테이터스에 과도할 정도의 마이너스 보정을 부여하는 대가로 유저는 부활하지만, 동시에 아이템이나 죽은 지역에서 얻은 경험치를 잃고, 최악의 경우 레어 장비를 잃기도 했다. 현실에서 죽은 사람은 되살릴 수 없지만, 죽어가는 사람을 이 세계의 섭리에 맞춘 아바타와 융합시키면 결과적으로 환생되는 것은 아닐까?

그러지 않고서야 이리도 간단하게 환생이 가능할 리 없었다. 남은 것은 원래 세계에서 죽은 사람들의 시체를 정황에 맞춰 이쪽 세계 물질로 만들어 내는 것뿐이다.

"애니메이션이나 라이트 노벨 등에서 흔히 있는 설정처럼, 이 세계의 정보를 토대로 그 게임이 만들어진 건가? 무슨 목적으로……. 만약 그게 가능하다고 치더라도 과연 인간이 그것을 실현할 수 있는 걸까? 불가능하겠지, 보통은……."

이세계의 정보를 얻을 수 있는 자가 있다면 그것은【신】이라고 불리는 존재밖에 없다. 다만, 그것이 인간이 신앙하는 신과 동일한 존재인지는 알 수 없었다. 알 수 있는 것은 상당히 별나고 한가하기 짝이 없다는 것뿐이었다. 아무튼 신들의 세계에 관해서는 현

단계에서 어느 정도 가설을 세울 수 있었다. 자연법칙의 관점에서 생각해도 죽은 사람의 환생은 상당히 급박한 조치였다고 예측할 수 있었다.

가령 이 억측이 맞다면 【소드 앤 소서리스】 세계도 게임이 아닐 가능성이 높았다. 게임이라고 생각한 세계가 실은 신들이 만든 다른 세계고 【드림 웍스】라는 게임기로 정신만 아바타에 옮겨 이세계로 오갔다고 생각한다면, 정말로 인식을 조작당하고 있었다면 지금까지 의문을 느끼지 못한 것도 모두 납득할 수 있었다.

아저씨의 추측으로는 게임 프로그램 관점에서 봐도 【소드 앤 소서리스】는 너무나도 정교해서 지구의 기술로 만들 수 있는 물건이 아니었다. 방대한 정보 처리 능력이 있는 슈퍼컴퓨터가 아무리 있어도 처리할 수 있는 정보량이 아니었다. NPC조차 인간과 동등한 자유의사를 가지지 않았던가. 가령 그 세계가 프로그램이었다면 실시간으로 축적되는 방대한 정보를 처리하지 못해 펑크가 날 것이다. 전력 소비도 막대해 공급이 쫓아갈 수 있을 리 만무했다.

뭐, 이건 어디까지나 아저씨의 추측이므로 실제로는 어떨지 알 수 없었다.

"어쨌건 게임 세계를 관리하는 신에게 사신은 예상하지 못한 불순물이었을 거야. 생각해 보면 이세계의 신을 모르는 사이 넘겨받은 꼴이고 그것 때문에 자신들이 관리하는 세계에 악영향이 있었으니까. 찾아가서 따지고 싶기도 할 거야~."

라이트 노벨로 얻은 지식을 토대로 고찰해 보지만, 결정적인 증거가 없는 이상 단순한 억측과 망상에 지나지 않았다. 그래도 4신중 하나에게 받은 메시지를 읽은 바로는 이 세계를 관리하는 여신이란 것들의 성격은 상당히 무책임하고 향락적으로 보였다. 그리고 그 인식은 틀리지 않다는 생각이 자꾸 들었다.

생각하면서 혼잣말을 중얼거리는 아저씨는 기분 나빴지만, 그래도 손을 멈추지 않고 아이템 제작 준비를 진행했다.

"자…… 준비는 끝났으니까 바로 만들어 볼까~."

이런저런 억측을 늘어놓으면서도 제로스는 제작에 몰두하고 있었다.

제작하는 것은 반지였지만, 너무 많이 손가락에 껴도 거추장스러울 뿐이었다. 그래서 몸을 지키기 위한 마도구는 목에 거는 애뮬릿 타입으로 했다.

소재는 전에 폐광에서 채굴해 대량으로 가지고 있었다. 하는 김에 세레스티나나 아직 만나지도 못한 차남 크로이사스에게도 건넬까 하고 똑같은 물건을 제작했다.

보내온 리포트를 통해 꽤나 열정적인 연구자며 왠지 마음이 맞을 것 같은 인물이란 느낌을 받았다.

마도 연성은 준비 단계가 상당히 귀찮지만, 준비가 끝나면 그 뒤로는 편했다. 마법진 위에 소재를 놓고 조작하면 끝이었다. 게다가 전에 만든 장비 아이템보다 능력이 떨어지는 것을 만들 뿐이므로 작업은 금방 끝났다. 물이 오르기 시작한 차에 아저씨는 할 일이 없어졌다.

"한가해졌네……. 의외로 빨리 끝났어. 어쩌지?"

아저씨의 기술은 이미 달인의 영역에 있어 물건을 제작하는 과정이 무서울 만큼 빨랐다.

수복 작업은 이래저래 귀찮은 공정이 있어서 어지간해선 하지 않지만, 이런 창작 작업은 특기였다. 그리고 게임에서 아이템을 제작했을 때의 감각이 고스란히 남아 있어서 여기서 작업을 끝내자니 너무 싱거웠다. 무엇보다 아저씨는 이런 작업을 하다 보면 안 좋은 장난기가 발동하는 곤란한 인면도 있었다. 그런 연유로 아저씨는 심심함을 달래기 위해 전혀 관계없는 물건을 만들기 시작했다.

자신의 취향을 전면에 내세운 작업은 꼬박 3일간 이어졌다.

아저씨가 호위 의뢰 준비를 개시하고 약 3일 후.

이리스는 용병 길드 게시판을 바라보며 적당한 의뢰가 없을까 찾고 있었다.

어느 것이고 원정을 해야 하고 적자가 날 것 같은 의뢰뿐이었다. 생활비를 벌려면 수배서에 있는 가까운 곳에서 하는 의뢰를 여러 개 수행하지 않으면 본전을 찾을 수 없는 상태였다. 하지만 의뢰 기일까지 맞출 수 있을 자신이 없었다.

가난에 허덕이는 이리스 파티 입장에서는 원정을 가려면 마차를 빌려야 하고 숙박비나 식비도 필요했다. 랭크가 낮은 그녀들은 현지에 도착하기 전에 생활비로 활동 자금이 바닥날 것이다. 계산해 보면 생활비가 조금만 올라가도 위험한 상황, 숙소에 머물면 파산

확정이었다. 그렇다고 노숙 생활까지 하며 의뢰를 수행하고 싶지는 않았다.

"으으…… 제대로 된 의뢰가 없어. 생산직 스킬 배워 둘걸."

이리스 파티의 주머니 사정은 절박했다.

저번【와일드 꼬꼬 토벌】은 어저씨와 카에데가 달성해 버려서 그녀들에게는 땡전 한 푼 들어오지 않았다. 그것뿐이라면 그나마 다행이지만, 의뢰인은 용병도 아닌 두 사람에게 돈을 건네 이리스 파티는 결과적으로 의뢰를 실패한 것으로 취급받았다. 닭들에게 당한 용병들과 입장은 다를 바 없었다.

여관에 머물던 이리스 파티는 최근 사흘을 양육원에서 생활했고, 아저씨와 루세리스의 온정으로 식사를 얻어먹고, 매일 길드에 얼굴을 내밀어 의뢰 수배서가 붙은 게시판을 바라볼 뿐이었다.

루세리스는 양육원인 교회에서 아이들을 돌보는 한편, 환자를 싼값으로 치료해 수입을 얻고 있었다. 백수일 제로스는 왠지 돈이 있어서『돈이 없으면 사냥하러 가면 됩니다』라고 큰소리칠 정도로 여유가 있었다. 그 전에 자급자족을 하느라 굶을 걱정이 없었다.

가슴 뛰는 판타지 세계라고 생각했거늘 실제로 기다리던 것은 팍팍한 현실이었다.

"이래서 어느 세월에 던전 공략을 갈까…… 에효~."

이리스의 실력은 이 세계 기준으로 상위에 속할 것이다. 하지만 동료인 레나와 쟈네는 이리스보다 약했다. 레벨로 실력이 정해지지는 않지만, 신체 능력은 높아서 나쁠 것이 없었다.

쟈네는 너무 신중해서 토벌 의뢰에서는 비교적 약한 마물을 고르는 경향이 있었고, 레나는 야무지게 보여도 어떤 일과 관련되면 금세 폭주해 쥐도 새도 모르게 사라지곤 했다.

그리고 돌아왔을 때는 어째선지 피부가 탱글탱글해져 있었다.

이런 상태로는 아무리 시간이 지나도 강해질 수 없을 것이다.

괜히 아는 사람 중에 걸출한 치트가 있는 탓에 성실하게 용병 생활을 하는 자신이 미련하게 느껴졌다. 그렇지만 혼자 마물을 사냥하러 가도 이리스는 해체를 하지 못했다. 모험을 목적으로 스킬을 구성해서 해체 스킬을 보유하지 않았고, 가령 스킬을 가졌어도 해체할 자신이 없었다. 이리스는 지금이 되어서야 현실과 게임의 차이와 폐해에 고민했다.

"이러니저러니 해도 아저씨는 현실을 직시하고 있구나~. 그에 비해서……."

이미 땅과 집을 얻고 자급자족 생활을 시작한 아저씨는 생각하기에 따라서는 현실적이고 능동적인 삶을 계획하고 행동하고 있었다. 설령 평소 모습이 어떻건 제대로 된 생활을 하는 것만으로 성공한 사람이었다. 그에 비해 이리스는 당장 내일에라도 극빈층으로 전락할 판국이었다.

용병에게는 신용이 가장 중요했다. 안정된 생활을 할 수 있을 만큼 벌어들이는 사람은 고레벨 용병과 그에 걸맞은 결과를 내고 신뢰받는 사람들이었다.

랭크에 상응해 받는 의뢰비는 커지지만, 당연히 의뢰 달성 난이도도 높아진다. 이리스는 고위 마도사라도 용병으로서는 부족해도 한참 부족했고 해치운 마물에게서 소재를 얻지 못하는 것은 치명적이었다. 레나나 쟈네가 있으니까 망정이지, 두 사람이 없으면 아무리 강해 봤자 얼치기 용병에 불과했다.

"하아…… 기죽는다. 이세계도 지구랑 크게 다를 바 없어. 어쩔 수 없지. 아저씨한테 연금술이나 조합을 배우자. 일단 약속은 했으니까……."

이리스는 이제 와서 현실을 깨달았다. 설령 시대 배경이 중세 유럽과 비슷해도 현실 세계인 이상 일하지 않고는 살아갈 수 없었다. 용병 생활은 돈 드는 곳이 많고 생활비보다 무기 등 장비 정비에 더 많은 돈이 들어가는 지경이었다. 부업은 꼭 가지는 편이 나았다.

먹지 않아도 죽지 않는 게임 세계가 아니었다.

자극적인 생활을 바라던 이리스는 판타지 세계에서도 바꿀 수 없는 현실이 있다는 것을 새삼 깨닫고 의기소침한 상태로 아저씨네 집으로 갔다.

이리스는 아저씨 집 앞에 와 있었다.

마당 앞에서는 닭들이 대련이나 품새 훈련을 하고 있었다. 이 이상한 생물들이 무엇을 목표로 하는 건지 아직도 잘 모르겠다. 아는 것이 있다면 자신보다 강한 녀석을 만나러 가기 위한 준비라는 사실뿐이었다. 이 닭들은 용병들을 일축하는 힘을 가졌으며 강한 자가 아니면 따르지 않는 특이한 습성을 가졌다. 압도적 힘을 가진 제로스에게 따르는 것은 당연하다고 할 수 있었다.

또한, 자택 경비원으로도 우수해 부주의하게 도둑질을 하러 들어가면 눈 깜짝할 사이에 죽음을 맞이할 것이다.

이전 주인은 레벨 200인 전직 용병에 길드 랭크로 말하자면 A였다. 그런 인물과 매일 싸우면 원하지 않아도 강해질 것이다. 레벨은 반드시 상대를 죽여야만 오르는 것은 아니었다.

이리스는 제로스 집 현관문을 가볍게 노크했다.

"아저씨~, 있어? 나 이리스인데……."

『열려 있으니까 들어오세요. 지금 손을 뗄 수가 없거든요.』

아무래도 무슨 작업 중인 모양이었다. 바쁜 모양이라서 한순간 들어가기 꺼려졌지만, 이리스도 생계가 걸려 있었다. 뭔가 새로운 방향 전환이 없는 한 염원하는 던전 어택을 갈 수 없었다.

"들어갈게요~."

그녀는 인사하며 문을 열었다. 그대로 공방까지 들어가자 아저씨는 판타지 세계와는 전혀 어울리지 않는 것을 만들고 있었다.

금속 프레임에 붙은 엔진 같은 기계. 주위에 아무렇게나 널브러진 부품과 바퀴의 수를 보고 알았다. 그것은 **오토바이**였다.

그것도 그냥 오토바이가 아닌 오프로드 바이크처럼 보였다. 바퀴도 크고 겉을 덮는 커버도 달지 않은 탓인지 프레임 자체도 투박했다. 다만, 곳곳에 마도구 같은 부품이 달렸다.

어떻게 보나 1,000cc급. 커버는 감정해도 명칭조차 나오지 않지만, 모양으로 봐서 드래곤의 갑각 같았다. 그것은 사악함마저 배어나는 칠흑빛이었다. 완성된 모습을 상상하자 모 라이더가 바람

같이 등장하며 변신하는 영상이 떠올랐다.

아저씨는 판타지 세계관을 아주 박살 내 버리는 와중이었다.

"……아저씨. 오토바이는 뭐 하러 만들어?"

"필요할까 싶어서요. 마음 가는 대로 만들어 봤습니다. 오토바이는 근처에 살던 이치노세 군과 타면서 만져 봐서 구조는 파악하고 있고, 마법이 있는 세계니까 연료 걱정은 없어요."

"누구야, 그 사람?! 여기 판타지 세계야! 검과 마법의 세계 말야. 왜 그 꿈을 부수려고 해?!"

"무슨 말이에요? 검과 마법의 세계에서도 자동차나 오토바이는 나왔고, 심한 경우엔 공중 전함이나 비행선, 전투기에 이르기까지 폭넓게 판타지 세계를 석권했을 텐데요? 작품에 따라서는 로봇까지 나오고 말이죠."

"윽, 듣고 보니……. 그래도 여긴 아직 발전이 덜 된 미개척 세계인데 뜬금없이 이런 미래의 물건을 만들 건 없잖아?"

완전히 기술 치트였다. 하지만 본인은 팔 생각이 없으므로 당분간은 중세풍 판타지 세계 배경은 지켜질 듯했다. 마음만 먹으면 전차마저 만들 수 있는 아저씨는 반 재미로 현대 기술을 취미에 써먹고 있었다. 그러나 어디까지나 취미의 범주니까 큰 문제는 없으리라.

다만, 현실에 치여 지쳐 있던 이리스는 아저씨의 행위에 끝없는 실망을 품었다. 남이 뭐라고 생각하건 말건 자기 갈 길만 가는 제로스를 비난할 권리라곤 없지만, 판타지 세계에 꿈과 모험을 바라던 이리스는 말로 표현하기 힘든 감정이 소용돌이쳐서 참을 수 없었다.

"그런데 오늘은 무슨 일로 오셨죠?"

"그게, 생활이 조금 힘들어져서 아저씨한테 연금술을 좀 배웠으면 하고……. 그런데 내가 바쁠 때 왔나 보네."

"아뇨, 마침 잘 됐습니다. 실은 호위 의뢰를 받아서 이리스 양 파티를 부르려고 했거든요. 일손은 많을수록 좋으니까요."

"호위 의뢰? 영주님이라도 호위해?"

"뭐…… 비슷하지만, 호위 대상은 다른 인물입니다. 실은……."

그렇게 아저씨의 입으로 설명된 의뢰 내용은 이러했다. 호위 대상은 영주의 아들 중 한 명인 츠베이트. 이스톨 마법 학교에서 실시되는 실전 훈련에 경호원으로 참가해 그 기간 동안 대상 인물을 지킬 것. 문제는 용병들은 저마다 다른 학생의 경호를 맡으며 호위 대상인 츠베이트에게 배정될 수 있을지는 미지수라는 것.

그래서 사람 수는 어느 정도 많은 편이 좋다. 항상 연락을 취할 수 있는 상태를 유지하고 언제든 현장으로 급행할 수 있도록 준비할 필요가 있다. 이리스 파티의 역할은 호위와 동시에 제로스의 눈이 되어 습격이 벌어지면 즉각 그 사실을 알리고, 경우에 따라서는 시간을 버는 것이다.

다행히 이리스의 색적 스킬이 우수하므로 제로스는 현장으로 급행할 수 있는 오토바이를 제작한 것이었다.

"아저씨, 우리에게 선택권은 없지? 우리가 생활고에 쪼들리는 걸 알고 의뢰받은 거야?"

"거절하는 것도 자유예요. 위험한 일이니까 강요는 못 하죠. 우리 집에서도 최강의 호위 세 마리를 보낼 생각이고요…….”

“세 마리라면……. 그 닭들이면 우리는 필요 없지 않아?”

“최근 단련해서 레벨 300을 넘겼고 진화하면 코카트리스니까 독에 대한 내성도 강할 겁니다. 어떻게 보면 강력한 호위죠. 다만…….”

“다만, 뭐? 무슨 문제 있어? 그보다 그 닭들 전보다 강해지지 않았어?!”

“호전적이라서 다른 마물과 싸우느라 정신이 팔려서 호위를 잊을까 봐 걱정이에요. 뼛속까지 싸움꾼들인지라…….”

“하긴 새니까……. 기억력이 안 좋은 건지도 몰라.”

돌아서면 전부 까먹을 닭은 아니지만, 흥분하면 눈에 뵈는 게 없어지는 경향이 있었다. 이리스 파티는 그 결점을 보완할 요원으로 뽑힌 것에 지나지 않았다. 의뢰를 거절해도 딱히 상관없다는 가벼운 마음으로 불렀을 뿐이었다.

“그나저나 다른 두 사람은 어디 있죠? 제가 보기에 레나 씨와 쟈네 씨도 생활이 어려울 것 같은데.”

“쟈네 씨는 루세리스 씨를 돕고 있어. 레나 씨는 어디서 뭐 하는지 모르겠고.”

“아마…… 그렇고 그런 짓을 하고 있겠죠. 저번에 여관에서 나오는 것을 봤습니다. 여러 청소년과 함께…….”

“용솟음치는 뜨거운 성욕을 주체하지 못했나 보네. 먹고살기도 바쁜 마당에 뭐 하는 건지…….”

쟈네는 몰라도 레나는 상당히 자유분방한 성격 같았다. 욕망에 충실하다고 해도 좋았다.

농익은 과실보다 풋풋한 과실을 바라는 그 사고방식은 조금 마니악했다. 하지만 이 세계에서는 그 취향이 어느 정도 용인되며 결혼은 남자가 열네 살, 여자는 열세 살부터 가능했다.

이리스도 결혼 가능한 연령이지만, 원래 세계의 상식을 가진 탓에 저항감이 있었고 지금은 그저 자기 마음대로 살고 싶을 따름이었다. 그래서 장래에 대한 생각은 거의 하지 않았다.

그러나 이 세계에는 골치 아픈 사랑의 병이 존재했다. 한 번 발동하면 폭주할 뿐 아니라 잘못하면 사회에서 매장당할 수 있지만, 이것만은 어떤 약을 써도 치료할 수 없을 것이다. 그도 그럴 것이 생물의 근간에 자리 잡은 습성에 가까웠다.

"전에도 말했지만, 부업은 가지는 편이 좋을걸요? 이곳은 게임과 다르니까요. 현실은 시궁창이에요."

"응, 그건 이미 잘 알았어……. 세상은 마법만 쓸 줄 안다고 살아갈 수 없구나."

"연금술도 그렇지만, 마도구도 조금은 만들 줄 아는 게 좋겠죠. 보조 마법을 마석에 담을 뿐이고 재주가 좋으면 나름대로 성능 좋은 마도구를 금방 만들 수 있게 될걸요?"

"이것저것 할 수 있을 거 같아. 그런데 아저씨는 왜 그 기술로 장사 안 해?"

"제가 만들면 위험한 물건이 대량으로 나돌게 되잖아요~. 주로 폭발물이나 폭발물이나 폭발물이……. 폭발물이 제일 효과가 좋거든요. 이게 제 전문이다 보니……."

"폭발물 한정?!"

【검은 섬멸자】는 테러리스트 노선을 나아가고 있었다.

보조 마법이 담긴 마도구도 간단한 물건은 얼마든지 만들 수 있지만, 이 세계의 시대 배경을 고려하면 과도한 성능이 되고 만다. 그러면 유명인 대열에 합류하는 것도 시간문제다.

그 이전에 보조계 아이템을 만들 마음이 들지 않았다. 이번에는 의뢰 내용에 응해 어쩔 수 없이 제작했지만, 아저씨는 장난스러운 아이템을 만들기 좋아했다. 예를 들면 고성능 방어 능력을 부여함과 동시에 성가신 저주를 거는 등 그런 귀찮은 물건밖에 만들지 않았다.

게임을 하던 당시 입버릇이『자, 선택해라. 파격적인 성능과 함께 흉악한 저주를 받아들일지, 하찮은 성능으로 재미없는 저주를 받을지…….』였다.

그래서 붙은 별명이【웃는 행상인】, 또는【수상한 행상인】이었다.

단, 그 정체는 베일에 싸여 있었다고 한다.

"그보다 뭔가 간단하게 조합할 수 있는 걸 가르쳐줘. 약초는 있지만, 어떻게 조합해야 하는지 몰라."

"뭐, 좋습니다. 외상약이라면 쉽게 만들 수 있고 마석 분말을 섞어서 마력을 담으면 효력이 높아지니까 팔면 꽤 돈이 되지 않을까요?"

"대충 얼마에 팔 수 있어?"

"일반적인 시세는 몰라요. 제가 뭐 포션을 사 본 적이 있어야죠. 게임에서는 동료와 공동으로 제작해서 오히려 비싸게 팔아치우던 쪽입니다.【수상한 행상인】소문을 들은 적 없으신가요?"

"있어. 그거 아저씨였어? 엄청 흉악하고 괴상한 아이템을 판다고 들었는데.”

“정확히는『우리』죠. 다 같이 분담해서 활동 자금을 벌었거든요. 그리워라…….”

새삼스럽게【섬멸자】들의 비상식적인 면모를 알았다.

그런 시시껄렁한 일상 대화를 나누면서도 이리스는 아저씨에게 약초 조합법을 배웠다.

여담이지만…… 이날 이리스는 생산직 스킬인【조합】을 배웠다. 마도사이므로 조합 스킬 레벨이 올라가면 언젠가는 연금술로 발전할 것이다.

아저씨는 이리스에게 조합을 가르치는 한편 자신의 작업을 진행하며 이리스가 외상약 만드는 법을 완벽하게 익혔을 무렵에는 오토바이도 완성돼 있었다.

저녁, 오토바이를 인벤토리에 넣은 아저씨는 의기양양하게 밖으로 나갔다.

후에『칠흑빛 마물이 초고속으로 가도를 질주한다』는 소문이 퍼졌지만, 아저씨는 알 턱이 없었다.

가도를 가는 행상인의 짐마차나 기사단의 파발마는 당연히 추월했다. 마물로 오인해 기사단이 출동했지만, 아무도 아저씨가 모는 오토바이를 쫓지 못했다. 애초에 마력(馬力)의 차원이 달라 따라잡을 계제가 없었다.

이날의 제로스는 하이웨이 스타.

주행 연습을 할 생각이었지만, 신이 난 중년 아저씨는 가도의 바람이 되었다.

칠흑빛 회오리가 가도를 휩쓸고 지나간다. 바보처럼 유쾌한 웃음소리를 남기며—.

아라포 현자의 이세계 생활 일기 3

1판 1쇄 발행 2018년 10월 10일
1판 3쇄 발행 2021년 4월 15일

지은이_ Kotobuki Yasukiyo
일러스트_ JohnDee
옮긴이_ 김장준

발행인_ 신현호
편집부장_ 윤영천
편집진행_ 김기준 · 김승신 · 원현선 · 권세라 · 유재슬
편집디자인_ 양우연
관리 · 영업_ 김민원 · 조인희

펴낸곳_ (주)디앤씨미디어
등록_ 2002년 4월 25일 제20-260호
주소_ 서울시 구로구 디지털로 26길 111 JnK디지털타워 503호
전화_ 02-333-2513(대표)
팩시밀리_ 02-333-2514
이메일_ lnovelpiya@naver.com
L노벨 공식 카페_ http://cafe.naver.com/lnovel11

ISBN 979-11-278-4656-5 04830
ISBN 979-11-278-4453-0 (세트)

값 9,000원

L NOVEL
프리 라이프
이세계 해결사 분투기
키가츠케바 케다마
일러스트 카니빔

L NOVEL

곰 곰 곰 베어 1~6권

쿠마나노 지음 | 029 일러스트 | 김보라 옮김

게임이 현실보다 재밌습니까?—YES
현실 세계에 소중한 사람이 있습니까?—NO

……온라인 게임 설문 조사에 대답했을 뿐인데
말도 안 되는 이세계(아마도)로 내던져진 나, 유나.
은톨이 경력 3년의 폐인 게이머.
맨 처음 장착하게 된 장비템이 『곰 세트』라니…….
이게 무어야—!?
하지만 세고 편하니까 뭐, 괜찮으려나?
울프를 쓰러뜨리고, 고블린을 쓰러뜨리고
극강 곰 모험가로서 일단 해볼까요.

은둔형 외톨이 소녀, 이세계에서 무적의 곰 모험가가 되다!

라이트노벨의 새로운 빛! L노벨의 신간은 매월 10일에 발매됩니다. http://cafe.naver.com/lnovel11

검사를 목표로 입학했는데 마법 적성 9999라고요?! 1~3권

넨쥬무기챠타로 지음 | 리이츄 일러스트 | 김보미 옮김

"하지만 전 전사학과에서 검사가 되고 싶어요!"
일류 검사를 꿈꾸는 소녀 로라는 불과 아홉 살에 모험가 학교에 합격하고,
「검사 친구가 많이 생겼으면 좋겠다」는 기대에 부푼다.
그리고 다가온 입학식 날.
로라는 보통 학생이 50~60이 나오는 검 적성치 측정에서
경이로운 107점을 기록하며 검의 천재가 되지만
하는 김에 마법 적성치도 측정한 결과…… 무려『전 속성 9999』!!
전대미문의 압도적인 수치에 학교 전체가 술렁이고 마법학과로 즉시 전과 결정♪
검사가 되고 싶은 바람과는 반대로 로라는 천재 마법사로 쑥쑥 커가고
순식간에 마법학과의 어느 선생님보다도 강해지는데…….
마법 재능이 지나치게 풍부한 아홉 살 소녀의 통쾌한 판타지!!

©Tatematsuri/OVERLAP
Illustration Ruria Miyuki

신화 전설이 된 영웅의 이세계담 1~6권

타테마츠리 지음 | 미유키 루리아 일러스트 | 송재희 옮김

오구로 히로는 일찍이 알레테이아라는 이세계로 소환되어
《군신》으로서 동료와 함께 나라를 구하고,
주변 나라들을 정복하여 거대한 제국을 건설했다.
그 후, 히로는 모든 것을 버리기로 각오하고
기억을 잃는 대가로 원래 세계로 귀환한다.
그 후, 매일 행복한 날을 보내던 히로는
무슨 운명인지 또다시 이세계로 소환되고 만다.
그곳은 바로— 1000년 후의 알레테이아?!

자신이 이룩한 영광이 『신화』가 된 세계에서
『쌍흑의 영웅왕』이라 불렸던 소년의 새로운 『신화전설』이 막을 올린다!

라이트노벨의 새로운 빛! L노벨의 신간은 매월 10일에 발매됩니다. http://cafe.naver.com/lnovel11